國家出版基金項目
NATIONAL PUBLICATION FOUNDATION

近現代報刊詞話彙編

二

朱崇才 編纂

人民文学出版社

竹雨綠窗詞話

碧痕

《竹雨綠窗詞話》，七二則，載上海《民權素》一九一五年八月一五日第九集起，迄一九一六年三月一五日第一六集，署『碧痕』。原注『未完』。二六則，載上海《中法儲蓄日報》一九一九年七月一一日起，迄八月一五日。今據此迻錄，以《民權素》本爲卷一，《中法儲蓄日報》本爲卷二。原無序號、小標題，今酌加。

卷一

卷二

竹雨綠窗詞話卷一

一　詞稱詩餘

詞稱詩餘，本文章之小道，三唐引緒，五代分支，宋起大晟樂府，人才一盛。周片玉輩，移宫換羽，按時興歌，於是詞家旗幟，五色紛飄矣。至金元則曲盛，而詞勢稍煞，亦文章之命運，樂府之變更。而明而清，詞亦追勝於前，然而規行矩步，不出宋人窠臼。

二　讀詞心得

詞爲予生平所最好，然以不學無文之故，不得其精微。自幼迄今，攻索殆疲，不敢言升堂入室，而已略見門户，故將平日所讀古今之詞，稍有心得者，漫筆記之，非敢與聲律家攀談也。

三　詞所忌者

詞所忌者爲酸腐，爲怪誕，爲粗莽，爲艱澀。宋人詞險麗穠密，讀之柔聲曼然，有餘音繞梁之趣。李漁謂有道學風、書本氣者，不可以爲詞，當是確論。

四　清真爲神品

予幼讀美成詞，即喜其〔意難忘〕之『衣染鶯黄』，〔風流子〕之『楓林凋晚葉』數闋。是笑是泣，疑遠疑近，真是詞家神手。又讀〔玉團兒〕之『鉛華淡竚新裝束。好風韵，天然異俗。彼此知名，雖然初見，情分先熟』，又〔少年遊〕之『馬滑霜濃，不如休去，直是少人行』諸句，語淡而意濃。今人多學之者，然皆畫虎類狗，貽方家笑。毛稚黄謂清真爲詞家神品，如李杜之詩，可望而不可及，豈虚語哉。

五　今之詞家不數見

今之詩家多矣，而詞家不數見。予常於報紙雜誌上偶見之，雖多清空綺麗之作，足供眼福，然不能跳出窠臼，掃清牙慧，作青山外之詞人者正多。推原其故，蓋詞之一道，自八股盛行，學者不講久矣。而今不絶如縷，尤屬文運未死，遑怪及他。

六　《寫韵樓詩餘》

《真相畫報》刊有《寫韵樓詩餘》一卷，都數百闋，爲南海吴荷屋先生女公子尚熹所著。尚熹字滌卿，工詩善畫，其詞尤纖麗。集中多寫景之作。予愛其〈吟秋〉四闋，亟錄之。〔蝶戀花〕〈秋聲〉曰[一]：『剪剪清風穿繡幙。綺檻閒聽，滿樹驚蕭索。幾聲寒蛩鳴四壁。巡簷鐵馬無休歇。鶴唳澄虛天一抹。瀝瀝霜沾，遙逗心如結。寶鴨香消燈欲滅。庭前送入梧桐月。』〔唐多令〕〈秋影〉云：『寒霧散空蒙[二]。明霞在遠峰。愛冰蟾、斜挂疏桐。瑟瑟西風催漏去，頻移向、畫簾中。

小徑百花叢。花開爾伴儂。對清淡、却又無踪。翠袖添寒燈欲暗，還疑是、隔紗籠。』〔臨江仙〕〈秋色〉云：『萬里清輝新月皎，碧痕遙曳風斜。江涵雁字寄天涯。星河雲影靜，何處著殘霞。

點綴飛鴻天際外，一行秋水蒹葭。夜寒花影上窗紗。侵尋霜有信，庭樹正棲鴉。』〔行香子〕〈秋心〉云：『清夜溶溶。花影重重。乍聽來、四壁寒蛩。雲屏倦倚，愁緒偏濃。問翠眉邊，錦腸內，不言中。

展轉幽懷，料峭芳踪。儘平分、一半絲桐。年華訊速，去雁來鴻。任金爐冷，銀釭淡，晚粧慵。』以上四闋，語語著眼，字字寫秋，真繪生手也。又〔漁歌子〕〈詠漁人〉云：『占取煙波曉露清。一竿斜裊小舟橫。收網坐，帶簑行。綠水青山欸乃[三]聲。』直與張志和爭衡，誠易安後之一人矣。

[一] 曰，原作『日』。

[二] 寒霧散空蒙，原作『寒霧空蒙』，據上海《真相畫報》一九一二年九月一一日第一卷第一〇期《寫韵樓詩餘》改。

[三] 欸乃，原作『款乃』，據上海《真相畫報》一九一二年九月一一日第一卷第一〇期《寫韻樓詩餘》改。

七　春意胡可鬧

紅杏尚書，以一『鬧』字卓絕千古，而李笠翁痛詆之，謂春意胡可鬧乎。不知春到杏林，葉長花苞，次第爭發，若紅若緑，若大若小，若先若後，實有爭恐之意，胡不可謂之『意鬧』。笠翁此說，亦西河之詆『春江水暖鴨先知』，宋人之語『杜鵑聲裏斜陽暮』之類耳。

八　偶句之佳者

『鶯嘴啄花紅溜。燕尾點波緑皺』，宋人甚稱爲偶句之佳者。予讀盧祖皋《蒲江詞》，『柳色津頭泫淥，桃花渡口啼紅』，又如『寒餘芍藥欄邊雨，香落荼蘼架底風』，視之秦七，則有勝矣。其集中予愛而常書者，爲〔倦尋芳〕一闋。詞意纖濃，風情旖旎，誠宋人中不可多得之作。其詞曰：『香泥壘燕，密葉巢鶯，春情寒淺。花徑風柔，著地舞裀紅輭。鬥草煙欺羅袂薄，鞦韆影落春遊倦。醉歸來，記寶帳歌慵，錦屏香暖。別來惆悵，光陰容易，還又荼蘼，牡丹開徧。妒恨疎狂，那更柳花迎面。鴻羽難憑芳信短，長安猶近歸期遠。倚危樓，但鎮日、繡簾高捲。』

九　謝無逸工於錬字

張玉田謂句法字面，必深加鍛錬，字字推敲。予見今之作者，多未於此上用工，蓋粉澤太甚，正氣有傷耳。嘗覩宋人多稱賀方回、吳夢窗工於錬字，予讀謝無逸《溪堂集》，如『黛淺眉痕沁』，『紅添酒上潮』；又『紅綃舞袖縈腰柳，碧玉眉峰媚臉蓮』，又『杜鵑飛破草間煙，蛺蜨惹殘花底霧』，皆百鍊而成，其較之『枝裊一痕雪在，葉底幾豆春濃』，則相去遠矣。

一〇　作詞須本乎詩

詞爲詩之變體，作詞原須本乎詩。予觀五代之詞，鏤玉雕瓊，裁花翦翠，如嬌女子施朱粉，非不美艷，惜乎專工粉澤，有失正氣。

一一　嚼絨唾郎

『繡床斜倚嬌無那。亂嚼紅絨，笑向檀郎唾』，此李後主〔一斛珠〕詞也。楊載春翻其意爲〈春繡〉詩曰：『閒情正在停針處，笑嚼紅絨唾碧窗。』賀黄公謂彌子瑕竟效顰於南子，而笠翁乃謂繡床斜倚，嚼絨唾郎，爲淫嬌行爲，惟楊則含而不露，深得風人之旨。予不辯是非，亦曾翻其意作〔望江南〕〈春繡〉云：『停針嘗，晝永待如何。閒嚼彩絨無唾處，聊當紅豆誑鸚哥。含笑斂雙蛾。』自知狗尾續貂，不值識者一笑，嘗祕而不宣。前閲某雜誌，竟有變吾頭尾三句爲二句七言，中二句完全偷去，合爲一絕。予知其人爲小偷家，乃一笑置之。

一二　逸山詩餘

黄梅縣有小蘭若曰大士閣，中住持者爲一尼，已近中年，尤有風韻。尼名逸山，不詳身世，嫻詩工詞，著有《綠天香雪樓詩艸》四卷，《詩餘》一卷。甲寅春，太湖袁瞿園先生示其稿於予。予讀竟，悲感愴涼，殆塵闤之傷心人也。猶記其〈春暖〉〔西江月〕云：『小苑夭桃欲墮，長橋暖絮輕拋。雙雙燕子教回巢。任向畫樓飛繞。檢點案頭舊卷，應憐世外逍遥。自知詩病自家調。不管人間煩惱。』讀其詞可以概其人矣。又如〈詠春風〉云，『笑問道傍楊柳意，何故低頭致，亦詞中之驚[二]句也。尼僧如此，不可多得。

一三　集詞

予喜集詩，尤喜集詞，但不能聚稿，往往隨作隨失，不自檢點。記〈春睡集古〉二闋，頗爲朋際所稱許。其一曰：『春睡重（潘雲赤），夜寒濃（晏幾道）。鴛錦衾窩曉起慵（吳綺）。嬌鳥數聲啼好夢（陸鳳池），落花流水忽西東（柳永）。』其二曰：『春睡足（王世貞），篆香消（成德）。煙外飛絲送百勞（柯昱）。落盡裂花春又了（梅堯臣），更聞簾外雨瀟瀟（顧敻）。』後見詩舲其人，作小詞集龔定盦之句甚多，讀之皆無筍痕，誠集句好手。予獨記其〔賣花聲〕一闋曰：『蘭槳[三]昨同遊。明月揚州。一身孤注擲溫柔。安頓惜花心事處，看汝梳頭。　縹緲此身休。一桁紅樓。被誰傳下小銀鉤。我自低眉思錦瑟，錦瑟生愁。』

一四　胡情俠

予友胡君情俠，別號倚紅癡蝶，皖南人，落落寡交遊。流寓漢口，與予稱善。君於百無聊之時，

〔二〕驚，似应作『警』。
〔三〕槳，原作『漿』。

輒於樽前花間消遣。初作詞，便以旖旎動人，語語入拍，其才蓋不可及也。然性豪放，不賴聚稿。其所作多棄於青帘紅袖間。昨檢書篋，得其賀予之〔夢揚州〕一闋曰：『最堪愁。困人天正是深秋。衰柳斜陽，襯出十里紅樓。許多事，無心緒，效尋芳、花月勾留。及時聽鶯載酒，不教利鎖名鉤。說甚雨意雲稠。恐孽海情天，有願難酬。紅袖青衫，多是恨繞心頭。金風一霎金英老，歎浮華、轉眼都休。淒涼處，風流歇後，一夢揚州。』其造語平常，獨見其一往情深，非泛泛者所可比擬。

一五　小語致巧

南唐諸詞家，以小語致巧，而後主尤勝，哀感頑艷，誠可稱詞中之南面王。今人往往學其『羅衾不耐五更寒。夢裏不知身是客，一晌貪歡』等句法，動輒流入穢淫。予謂〔一〕，小語非李後主其人不能曲盡其妙。

一六　詞重纖巧而忌穢淫

詞重纖巧而忌穢淫。蓋一入穢淫，便失〈關雎〉〔二〕之旨。黃山谷風流自賞，少年時於青帘紅袖間，喜作纖淫之句，後經法秀道人喝之，於是改其故智。其〔漁家傲〕數闋是其事也。學者可不戒乎。

〔一〕謂，原作『渭』。
〔二〕關雎，原作『關睢』。

一七　拍眼聲律

唐人唱詞，以齊樂樂句拍眼，一有不協聲律，便不能謳。蓋詞之所重者，拍眼爲最。張玉田《詞源》論之甚詳，取之極嚴。學者讀之，殊難達其門徑，往往有望洋之嘆。楊升菴曰：作詞限語意，亦可通融。秦少游〔水龍吟〕前段歇拍云：『落紅成陣飛鴛甃。』换頭落句云：『念多情但有，當時皓月，照人依舊。』以詞意言，『但有當時皓月』作一句，『照人依舊』作一句；以拍眼言，則『但有當時』作一拍，『皓月照』作一拍，『人依舊』作一拍爲是。又如〔水龍吟〕首句六字，次句七字，而放翁『摩訶[一]池上追遊路』則是七字，下句『紅緑參差春晚』，則是六字。别如上句帶在下句，三句合著兩句者正多。然句雖不同，而字則不可增减，妙在歌者縱横取協爾。云之[二]。予謂：斯言固足以開學者方便之法門，究竟有顛倒訛亂之弊。若詞家老手，縱横其句則可，初入門徑者，不若依樣葫蘆之爲愈。

一八　小女子歌詞

壬子春，予參戎幕，駐襄陽。公餘之暇，輒作東山之遊。小坐鶯兒樓上，聞鄰家有嬌聲歌曰：『無意弄金針。天氣困人，東風啼煞隔花鶯。學得海棠眠不得，倦眼斜瞋。』爾後聲音嬝細，而笑語

[一] 訶，原作『詰』，據《全宋詞》改。
[二] 云之，疑當作『云云』。

雜出，更不聞尾唱何詞，但察其聲音囀婉，是小女子口吻。予問鄰家何人，鶯兒答以初居於此，誰氏未知。予私謂此詞風情旖旎，直追五季，必欲察爲誰氏之作。次日，移軍南陽，行色匆匆，遂罷。

上海《民權素》一九一五年八月一五日第九集

一九　贈蘇妓

蘇妓小林黛玉，爲予友易雪泥君所眷。一時漢上人士，爭以詩詞投贈。琳瑯畢集，五色繽紛。予不揣翦陋，譜得〔醉吟商小品〕贈之。其詞曰：『卻正是芳春時候，牡丹凝露。教人憐處。淺印蓮花步。畢竟顰卿重遇。怡紅須護。』社友黃纛聲君贈以〔白水令〕云：『怕底鶯嗔燕妬。掩却深深繡戶。欲別便依依，那得深情如許。　淒淒楚楚。泣秋堦風敲涼堵。勞煞可憐蟲，更闌絮語。』一唱三嘆，深得詞旨。然予最愛者，爲雪清女士之『當年一掬哭花淚，今朝灑向琵琶。惱恨無情公子，又來纏他』，淡淡數語，妙不可言。我輩皆謂驪珠爲彼獨得矣。

二〇　樂府俊語

宋時南渡諸家，多以《花間集》爲宗。晏氏父子，字字直逼《花間》，是以聲名洋溢。然予讀姑溪居士之〔南鄉子〕〈夏日〉諸闋，質之《花間集》中，不分濃淡，而〔卜算子〕『君住長江頭』

一首，尤絕。毛晉稱爲『樂府俊語』，洵非過喻〔一〕。其當年不例〔二〕於南渡諸家者，不知何故。

二二　寒酸態不可爲詞

李漁謂，有道學風、書本氣者，不可以爲詞。余謂，除道學風、書本氣而外，有寒酸態者，亦不可以爲詞。何則。詞以婉約爲宗，纖巧綺麗，必如風流自賞之人，然後始得其正，豪健沉雄則次之。如帶寒酸之氣，必腐澀質實，非詞矣。大若李杜爲詩家之宗，李能詞而杜不能，蓋二人一則豪情自放，一則悲感蒼涼，是以詞家有李無杜也。

二三　甯太一詞

長沙甯太一，文學鉅子也。歷主各報筆政，富於國家思想。癸丑之役，被執於武昌，竟就害。海内人士皆挽惜之。予嘗愛讀其文。往者伊人未去，於海上南社集常見之。其詞亦富。顧太一爲稼軒一派，生平多橅時感事之作，絕不作小兒女喁喁口吻。磊落沉雄，一如其人。予記其〔浪淘沙〕詞曰：『一腹貯千愁。長夜悠悠。自憐要妙美宜修。謠諑忽然來众女，淚灑芳洲。　詩獄苦埋頭。時俗昏幽。男兒不虜便爲侯。鑄得鐵錐長七尺，願子同仇。』又〔河傳〕云：『今生怎了。正天兒不黑，夢兒難曉。倦倚篷窗，萬事暗傳懷抱。又微風，吹雨到。　家鄉望，孤鴻杳。一片歸

〔一〕喻，疑應作『譽』。
〔二〕例，疑當作『列』。

情，訴與誰知道。魔障孽緣，總特地來纏繞。漸一庭，秋色老。』慷慨悲謌，英氣勃勃。至今讀之，尤凜凜有生氣。

二三　王雪清

王雪清女史，予表兄吳怡之婦也。嫻詩工詞，尤善於畫，惜乎以邯鄲[一]才人，歸之田舍兒。銅臭薰天，俗氣凌人。女史於是有非偶之嘆。常有〈詠蓮〉詩云：『亭亭但得香長好，何必凌波要並頭。』於此可見一斑。其詞學小晏一派。〈記閒情〉云：『閒到花陰尋並蒂，試將柳帶結同心。』又：『鄰院女兒不解愁，夕陽送過秋千影。』皆秀麗之致。其所著有《雪園詩詞艸》一卷。予曾一見及之。紅顏命薄，年將風信而死，大可哀矣。予時往要其遺作，吳兄云：死時已隨其人葬於黃土壟中，以卒其生平所好。予聞之，無語長嘆而罷。

二四　碧雲哭友詞

族妹碧雲，雪清女史之至友。女史死後，大爲哀痛。子期死而知音無，蓋不得不痛也。其哭女史〔滿宮花〕詞曰：『日沉沉，風嬝嬝。惆悵垂楊啼鳥。多般才貌與風流，換得一堆芳草。相見遲，離別早。一想一回傷悼。西窗針黹雪園詩，腸斷物存人渺。』一字一淚，令人傷神。予知女史於地下見之，必含笑曰，吾有此友，死無恨矣。

〔一〕邯鄲，原作『鄲邯』。

二五　小令貴緊束精密

詞之小令，如詩之絶句，最貴緊束精密，數語而括盡題意，搜羅萬物。作之大不容易。張玉田謂：小令一句一字，間隔不得。末句須有有餘不盡之妙乃佳。此真實之語，學者不可不知也。汪森〔十六字令〕曰：『閒。獨對寒燈枕手眠。芭蕉雨，做弄是秋天。』寫秋思二字，不偏不倚，中間字字有神。他如『西塞山前白鷺飛』、『平林漠漠煙如織』，皆足以爲吾人法。予嘗讀小令，尤記對句之佳者，如『楊柳綠搖樓外雨，桃花紅點渡頭煙』、『戶外綠楊春繫馬，床前紅燭夜呼盧』、『花底輕煙述蛺蝶，柳梢殘日帶歸鴉』、『戲剝瓜仁排梵字，閒將箋底印連環』等句，若絶句之佳者。如『如夢。如夢。殘月落花煙重』、『早是相思腸欲斷，忍教夢頻見』、『梨花飛盡不捲簾』、『黄昏却下瀟瀟雨』、『幾曲闌干萬里心』等句，自唐以來，佳者固多，在讀者自會耳。

二六　楊蘋香勸夫詞

鐵甕楊蘋香女士，嫁吾鄉黄子瑜君，伉儷甚篤。君好遊，東南西北，任意而往。女士屢作小詞，喻意以勸之。其〔卜算子〕曰：『妾命薄如花，君意輕如絮。白白紅紅可煞人，都佔春天氣。三月好風來，送得春歸去。絮向東南西北飛，花淚落紅雨。』詞句淡雅，立意沉痛，深得宋人之法。黄君見其詞，遊興乃減。

二七　別詞

黯然銷魂者，惟別而已矣。春草碧色，春水緑波，有情者無不傷情。古人別情詞甚多，大底既有真情，便不乏佳句。柳永云：『多情自古傷離別。更那堪、冷落清秋節。今宵酒醒何處，楊柳岸、曉風殘月。』秦觀云：『此去何時見也，襟袖上、空染啼痕。傷情處，高城望斷，燈火已黄昏。』辛棄疾曰：『芳草不迷行客路，垂楊只礙離人目。』吳棠禎曰：『若看城頭山色，何如鏡裏眉灣。』皆一唱三嘆，曲盡〔陽關〕之妙。周美成善作情語淡語，如『馬滑霜濃，不如休去，直是少人行』，爲世所盛稱。語淡意濃，洵不愧詞壇主將。明時女冠王休微，有『休送。休送。今夜月寒珍重』，是美成一樣筆法。清顧貞觀，亦有『儘俄延也，只一聲珍重。如夢。如夢。傳語曉寒休送』，此拾王氏牙慧，不及王氏多矣。予又記宋人有『樽前只恐傷郎意，閣淚汪汪不敢垂』又『不如飲待奴先醉，圖得不知郎去時』，意新語俊，亦別詞佳搆。

二八　作詞須自標旗幟

作詞須自標旗幟，別立新意，使人讀之屬目，餘味嬝嬝，如翻成意成句，須食古而化，若徒拾其牙慧唾餘，爲有識者所譏矣。

上海《民權素》一九一五年九月一五日第一〇集

二九　作詞用詩之成句

作詞用詩之成句，甚不易易。蓋詩之造語，與詞不同，如用之不化，便見偷借痕跡，欲巧反拙，不如不用之爲愈。然予亦好爲之，如『書被催成墨未濃』、『只寫相思意』、『閒敲棋子落燈花』、『細想郎輕薄』、『春夢初成雙蛺蝶』、『麝香微度繡芙蓉』、『夕陽西下晚雲濃』諸作，頗爲友儕所許。其實予非蓄意集古，隨意所之，不自知爲成句也。

三〇　張仲炘〔惜餘春慢〕

張仲炘[一]，號瞻園，湖北漢陽人，通聲律。閒居無事，好爲詞章，著有《瞻園詞》傳世。詞尚瘦健，學山谷一派，佳構頗多。予記其〔惜餘春慢〕〈賦新緑〉云：『一碧無情，千紅如掃，繡陌雕鞭誰驟。香浮竹簟，色膩蕉衫，團扇影邊人瘦。簾外流鶯尚啼，偷送年芳，問花知否。忍風前重憶，鬟鬟雙鬟，少年時候。　空換却、愁裏光陰，江離吟罷，亂撲離人襟袖。春波已渺，夏雨還生，只有夕陽依舊。知道春歸甚時，依約嬋娟，黛痕長皺。但沉沉如夢，莓蕪深處，畫欄憑久。』一字一態，處處着寫『新緑』二字，不即不離，非寫生手，不克臻此。

[一] 炘，原作『炊』，據《近代詞鈔》〈張仲炘小傳〉改。

三一　晴川壁上詞

甲寅春，予與校書花可可遊晴川，見壁上有詞云：『老樹荒苔，緊伴着、千年怪石。重訪那、茅亭舊址，已非當日。黃葉戰風秋色冷，殘雲壓水斜陽碧。看迴環、十二古欄杆，幾欹側。　失群鳥，聲淒惻。隔籬狗，狂吠客。試登高一望，誰憐陳迹。鶴影縱横薄寺晚，鐘聲搖動炊煙直。怕宵來、山鬼笑人窮，揶揄急。』下署『芭蕉』二字，不知何許人。可可極賞之，謂悲壯沉雄，是辛幼安後生也。予亦然其言。

三二　花可可自弄琵琶歌

花可可，自言吴氏，名嫣，蘇州人。流寓北京，家道中落，遂入北里。善音樂，知詩詞，胸中羅記甚富，尤善談吐。予自涉跡花叢，僅見其一人而已。自與予相見後，往往終夜清談，凡古今名作，能於當前悉誦。性豪放而能飲，尤嗜古跡，鄂之黃鶴樓、晴川閣、琴臺、洪山等名勝，皆邀予遊之。其所作予不曾見，屢要之，答以一無能。一日，予竊翻其篋，有斷箋上書『一生心事兩眶淚，付與琵琶』之句，未竟，爲其所覺，奪去之，後不復得。曾聽其自弄琵琶歌一曲曰：『四絃胡索。這許多心事，盡憑伊託。嘆此世、曲折零離，似柳絮楊花，任風輕薄。何處家鄉，憑高望、一天雲漠。看煙絲縷縷，惆悵舊時芳草樓閣。　而今各自流落。料紅牆亞字，盡成瓦礫。我則回夢江南，向蘇小真娘，尚有愁莫。無奈無端，剩取孤身在鄂。小牕前、蕭蕭紅葉，西風又作。』音節愴涼，悱惻纏綿，詢之，曰：『此我之身世也。』予以此詞大約爲伊自作。相處月餘，伊即言歸，云有老母住滬之九畝地德潤里某號。予旋來滬，已人面桃花，或者仍至燕京矣。

三三　同一聲有協有不協

宋張炎父子以詞名。父斗南，取締聲律最嚴。蓋聲有五音四呼，音有輕清重濁之分，同一聲也，有協有不協者。如所作『撲定花心』，必易以『守定花心』始協，『鎖窗深』易『鎖窗幽』，又易『鎖窗明』始協之類。

三四　詞須層次清楚詞意婉迴

陳晉公曰，製詞貴於佈置停勻，氣脈貫串。予以爲還須層次清楚，詞意婉迴。如片玉之〔早梅芳〕〈別情〉一詞，兼佈置、氣脈、層次、轉側之妙。其首云『花竹深，房櫳好。夜闃無人到』，寫其地也；又云『隔窗寒雨，向壁孤燈弄餘照』，寫其時，寫其景也；又云『淚多羅袖重，意密鶯聲小。正魂驚夢怯，門外已知曉』，此中有人呼之欲出，而離情別緒，傷心斷腸，一夜間事，盡此四句之中；其下半闋曰『去難留，話未了』，此二句承上；又云『早促登長道』，欲說難盡，去也難留，此一句則啟下；又曰『風披拂[一]霧，露洗初陽射林表』，此寫登程時候，又進一層；『亂愁迷遠覽，苦語縈懷抱。慢[二]回頭，更那堪歸路杳』，此三句一寫眼前，一寫心事，一寫將來之悠悠相思，不知所止，結住

〔一〕拂，《全宋詞》作『宿』。

〔二〕慢，《全宋詞》作『謾』。

全篇，如閒雲野鶴，去無痕跡。此詞實足以爲後世學者法。

三五　景語中佳搆

予兄美如，不善爲詩詞，然偶一拈筆，不乏佳句，其〈春情〉有句曰：『並非甘誤花時候，爲怕春寒懶下樓。』又如『小樓獨坐無人共，花影參差已入簾』等句，實景語中之佳搆也。

三六　郭魯泉有小晏風調

同鄉郭魯泉，愛讀《樽前》、《花間集》、《花菴詞選》諸書，故所作多綺艷。予記其『窈窕好身材。惺忪立玉堦。甚心情、斜托香腮。却又羞人簾半下，端露着、兩弓鞋』，直有小晏之風調。

三七　明初詞人

劉公勇以明初詞人擬詩之晚唐，非不欲勝前人，而中實枵然取給而已，於神味處全未夢見。予以是說未免過重。蓋明初得金元之餘炎，樂府中盛行南北曲，詞不大盛，是以作者多就於曲，至若顧孔昭、劉基、文徵明、陳道復諸人之作，豈皆取給於人乎。

三八　吳夢窗詞

張叔夏《詞源》論吳夢窗詞如『七寶樓臺，眩人眼目，拆碎下來，不成片段』，蓋以其太質實耳。予讀其『何處可成愁。離人心上秋。縱芭蕉、不雨也颼颼。都道[一]晚涼天氣好，有明月、倦登樓。　年事夢中休。花空煙水流。燕辭歸、客尚淹留。垂柳不縈裙帶住，漫長是、繫行舟』一闋，實足與清真相將[二]，不落質實之譏。他如『渺空煙四遠』、『宮粉雕痕』等句，亦屬咎有應得。

三九　作詞謹守《樂府指迷》

沈伯時《樂府指迷》云：『作詞難於作詩。蓋音律欲其協，不協則成長短之詩；下字欲其雅，不雅則近乎纏令之體；用字不可露，露則直突而無深遠之味；發意不可太高，高則狂怪而失柔婉之意[三]。』云云。予作詞謹守此語。

四〇　余明君〔春光好〕

余明君，吾鄉先輩，作詩學玉溪、冬郎，而詞則不善，然尤拘拘爲之，實無佳搆。予只愛其〔春光好〕〈春繡〉一闋，風韵翻翻[四]，實出之聰明。其詞曰：『掩繡閣，垂簾櫳。畫芙蓉。無端捲去彩香絨，罵春風。　再覓金針無處，轉頭又惱小紅。斜欠腰支拋繡線，已情慵。』

[一] 道，原作『到』，據《全宋詞》改。
[二] 將，疑應作『埒』。
[三] 意，原作『意思』。『思』字應屬下讀，據《詞話叢編》本刪。
[四] 翻翻，疑應作『翩翩』。

四一　碧玉妹讀書處

碧玉妹讀書處，額曰『綠蕉書舍』，其自題有『閒吟久，書聲送到夕陽邊。開門來翠嶂，簾捲好晴天。意悠然。這奇峰好景不論錢』之句，磊落不羈，風流自賞，已可概[一]見。若紅樓深鎖，甘受人憐者，相去真有天壤之別矣。

四二　徐又陵詩詞

竟陵徐又陵，自號詞章大家，其詩如『雙懸玉腕擲春梭，錦字挑成奈爾何』諸句，爲世所稱，予究不知其妙在何處。竊謂首句爲王建之『玉腕不停羅袖捲』，次句爲杜甫之『誰家挑錦字』，『奈爾何』亦常人作詩之附屬品，何奇之有。又其詞有『淺草春衫騎騄駬，牆花錦簇聽鶺鴒』之句，亦以爲傑作。予謂『淺草』句由辛稼軒『歸騎春衫花滿路』與『騎騄駬』、『荷青雲』諸句臻合而成；至於『牆花錦簇』，亦不能對『淺草春衫』，『聽鶺鴒』亦常字也。如此拾人牙慧唾餘以邀虛名，予甚爲文字冤。

四三　上海南社

上海南社，爲人才叢聚之處，詩詞文章，冠絕一時。出有《南社集》，集中分文選、詩選、詞選三

〔一〕概，原作『慨』。

門，詞欄多唱和應酬之作，慷慨悲歌，英氣勃然，毫無爭穠鬥纖之氣，大是辛稼軒、蔣心餘一派筆法。

上海《民權素》一九一五年一〇月一五日第一一集

四四　詞用疊字險字

詞用疊字險字，甚不容易。吕渭老有『側寒斜雨』、『西風不落』之句，又有『重重』、『忡忡』之句，皆疊字險字之妙者。李清照之『尋尋覓覓，冷冷清清，悽悽慘慘戚戚』，陸放翁之『錯錯錯』、『莫莫莫』，歐陽永叔之『庭院深深深幾許』等句，亦疊字之特出者。疊字險字，用來須有神情，否則寧可勿用。

四五　作詞與作詩等

作詞與作詩等。大底興之所[一]至，真情流露，不自知爲佳句，若深入其境，盡知其中曲折，所出之語，必在意想以外，否則即多牽强扯雜，不存本色矣。龍洲道人〔天仙子〕〈三十里別妾〉云：『宿酒醺醺渾易醉。回過頭來三十里。馬兒不住去如飛，牽一憩。坐一憩。斷送煞人山與水。是則[二]青山終可喜。不道思情拚得未。雪迷村店酒旗斜，去則是。住則是。煩惱自家煩惱你。』此種詞，非身臨其景，不得如是之情致。

[一] 所，原作『何』。

[二] 是則，原作『是則是』。按《全宋詞》〔天仙子〕計二十六首，下闋首句均作七字句，據以改。

四六　詠梅詞句

『疎影横斜水清淺，暗香浮動月黄昏』，此千古詠梅詩中之佳句也，作詞者亦有詠梅，然佳句無多。予嘗讀之，惟姜白石〔暗香〕、〔疎影〕二闋，頗稱絶唱，他如李邴之『向竹梢疎處，横三兩枝』，張錫懌之『疎影難描，月下闌干側』，周紫芝之『小池疎影弄寒沙。何是玉臺鸞鏡、對横斜』等句，皆佳作也。近人詞予不多見，或者見識不廣耳。

四七　吴子林君佳句

『旅況淒凉，杜鵑殘夜催歸急。到曉來、鷓鴣竹裏，道哥哥也行不得』，此鹿門吴子林君之佳句。人以其有『少年拚盡，須博得兩字功名』，貶其饒有寒酸氣，置而不齒，毋乃太過矣。

四八　蔡南有陸放翁幽韵

洛中蔡南，著有《南牕詞》，其人本某之幕客，有驕傲之氣，人咸鄙之。予記其『黄昏人静。且垂簾、待他月上，好看花影』，實有陸放翁之幽韵，不可因人廢也。

四九　蕙芳旅館詞

甲寅春，旅行漢口，寓於蕙芳旅館。偶於鏡臺畔，拾得紙角，上有『愛看花影不曾眠，偏惹得、滿身花露。偶驚寒，羅衫透』，頗有風韵，不知誰氏所作。

五〇　程正伯〔酷相思〕

宋人謂程正伯與蘇子瞻同調，蓋譏其一是鐵喉銅板也。予讀其〔酷相思〕〈惜别〉云：『月掛霜林寒欲墜。正門外、催人起。奈離别、如今真個是[一]。欲住也、留無計。欲去也、來無計。馬上離情襟上淚。各自個[二]、供憔悴。問江路、梅花開也未。春到也、須頻寄。人到也、須頻寄。』此詞渾厚和雅，置之《片玉集》中，不分軒輊，何竟是東坡乎。

五一　濃香淡麗之語

詞家作濃香之語易，作淡麗之語難。蓋因詞重纖巧，人多以香奩趨之。宋之詞家，奚只千百，惟趙介之以淡語勝。其〔滿江紅〕云：『目斷碧雲無消息，試憑青翼飛南北。聽掀簾、疑是故人來，風敲竹。』又『霧濃[三]煙重遥山暗，雲淡天低去水長』等句，皆宋人所無者。

五二　倪夢吾善作艷語

倪夢吾君，善作艷語，如：『小雨初晴，輕寒如爾。梁間燕子話呢喃，是賀香巢營起。』又如：

[一] 是，原闕，據《全宋詞》及《詞譜》補。
[二] 個，原闕，據《全宋詞》、《詞譜》補。
[三] 濃，原作『膿』，據《全宋詞》改。

『無人知處，憑一瓣馨香，低拜新月。心事未曾說。只四壁蟲聲，訴得淒切。』其艷態不減史邦卿矣。

五三　一字韵

詞用一字韵者，惟蔣捷，其賦秋聲〔聲聲慢〕曰：『黄花深巷，紅葉低窗，淒涼一片秋聲。豆雨聲來，中間夾帶風聲。疎疎二十五點，麗譙門、不鎖更聲。故人遠，問誰搖玉佩，簷底鈴聲。　彩角聲吹月墮，漸連營馬動，四起笳聲。閃爍鄰燈，燈前尚有砧聲。知他訴愁到曉，碎噥噥、多少蛩聲。訴未了，把一半、分與雁聲。』此詞聲聲帶秋，聲聲不同，敵得歐陽子方一賦。如此作法，與辛稼軒之騷體，皆爲詞中別格。

五四　傲寒吟社

癸丑春，小住武昌，與劉菊坡、易雪泥、紀雷淵、鄭任厂諸子相唱和，並組織傲寒吟社。一時入社者六十餘人，頗稱極盛。其間詞家如菊坡以豪放稱，蝶魂以冶艷稱，蠹聲以健瘦稱，任厂以渾厚稱，雷淵以婉約稱。別如碧玉女史之纖語，雷清女士之情語，蘭如女士之雋語，梨玉女史之景語，五色繽紛，令人眩目，惜乎集未一年，而輪蹄東西，風流雲散，不復舊日之盛況矣。

五五　黎梨玉〈紅箋〉詞

黎梨玉女士，予之姨妹，慧中秀外，有詠絮之才。其所作甚富，集爲《紅餘草》。予記其約碧雲、雪清諸姊妹之〈紅箋〉詞曰：『芳草滿春意。黄鶯也、教人休睡。垂簾風靜處，飛來了、絮與花，傷憔悴。誰也沒人來，趁時候、商量春事。這紅箋遺得東風寄。好姊妹，邀春至。』其詞旨纖巧之極。

五六　邱維生〔搗練子〕

邱維生，江夏人，予讀其詞，而未見其人。其詞學晏氏，予曾錄其〔搗練子〕二闋。其一曰：『輕傅粉，薄施朱。笑倩檀郎把筆濡。畫個彎兒新月樣，爲儂權擲正工夫。』其二曰：『梳洗罷，眼頻覷。背向人前整繡襦。攬鏡憑肩嗔問道，海棠濃淡勝儂無。』嬝嬝婷婷，有《花間》遺風。

五七　鄭任厂〈春閨〉

社友鄭任厂，通羊人，詩學樂天一派，而詞非所長，偶有興時，亦譜一二闋，咸多好句。予記其〈春閨〉有云：『剛望到花開如許。怎今朝、遍自來風雨。阿誰爲我收落紅，不教他、水流去。』此數語，亦得五代小語[一]之法。

五八　詠物尤難

作詞難，作詞而詠物尤難。史達祖之〔雙雙燕〕詠燕，姜堯章之〔暗香〕、〔疎影〕詠梅，

[一] 小語，疑當作『小詞』。

〔齊天樂〕咏蟋蟀，王沂孫之〔三姝媚〕咏櫻桃，唐珏之〔摸魚兒〕咏蓴，周美成之〔蘭陵王〕咏柳，張雨之〔燕山亭〕咏楊梅，李天驥之〔摸魚兒〕咏燈花，劉改之〔沁園春〕咏足，洪瑹之〔月華清〕咏月，章謙亭之〔念奴嬌〕咏垂楊，皆深得物之神情，足以爲咏物者法。

五九　倪稻蓀〔巫山一段雲〕

仁和倪稻蓀，著有《雲林堂詞集》四卷，刊海上《時事新報》。予愛其〔巫山一段雲〕〈咏守宫〉云：『小院猧兒吠，虛堂燕子眠。郎心果信妾心圓。一點在胸前。　的的空相守，蟲蟲生可憐。相思如豆復如煙。重認已經年。』

六〇　傅君劍〈放言〉

才人無聊之極，惟藉吟咏以喧其鬱，盡情吐出，始覺神怡，此所以詩詞非窮愁不能工也。傅君劍〈放言〉十章，無聊之作也，然立語極有見地，錄之以鎮我之無聊。詞曰：『把筆寫愁無限，及時行樂常稀。浮生只合醉如泥。時事不消說起。　海上仙山縹緲，眼中夢境離奇。白衣蒼狗總堪疑。何物令公歡喜。』其二曰：『座上東坡說鬼，佛前蘇晉逃禪。有時興到喜談天。又作荒唐鄒衍。　彭[一]澤何須高隱，旌陽未必神仙。可人最是李青蓮。終日酒杯愁淺。』其三曰：『一曲曉風殘月，數聲鐵板銅琶。興酣落筆走龍蛇。誰信曲高和寡。　世事水中撈月，人情霧裏看花。浮生一半

[一] 彭，原作『鼓』。

寄紅牙。笑罵由他笑罵。』其四曰：『千古大江東去，遼天孤鶴歸來。英雄豎子總蒿萊。算有青山尤在。　祇合銜杯樂聖，不然繡佛長齋。此心入世已成灰。那管桑田滄海。』其五曰：『雁以失鳴見殺，木緣擁腫而夭。周將才與不才間。而後而今知免。　老子猶龍遠矣，仲尼若狗纍然。潛龍無悶狗堪憐。嘗得蒸豚一臠。』其六曰：『萬樹梅花繞屋，千頭橘婢當山。一邱一壑任吾閒。休較誰長誰短。　蒲扇風堪却暑，糠皮火好消寒。柴門無事日常關。那識人間冷煖。』其七曰：『西子扁舟范蠡，赤松兩屐張良。神龍潛尾利於藏。人世獨來獨往。　蹈海仲連無取，踰垣干木難量。羞他豎子説侯王。何事此公倜儻。』其八曰：『披髮酒邊高叫，昂頭天外閒遊。奇情一縱意難留。自笑吾狂依舊。　眼底東南雲氣，掌中西北神州。新亭涕泣請君收。消箇夷吾終有。』其九曰：『儵忽早知地啞，靈均枉恨天聾。竅開難鑿問難通。偏又會將人弄。　占讖告余以臆，豈爲大塊夢夢。人間亦有物相同。釋策謝之曰懂。』其十曰：『有酒莫辭頻醉，白駒過隙匆匆。少年轉瞬便成翁。真個浮生若夢。　開口笑時能幾，勞吾形者無窮。盜丘羶舜可憐蟲。不值達人一哄。』

六一　詩詞亡於無人

予甫出世，而詩詞已亡，非詩詞之亡也，亡於無人也。鄉教師則諄諄以經義教。十四五時，偶於先祖藏書樓中，翻取《全唐詩》、《六十一家詞》等書閱之，愛不忍釋，然尤愛於詞。每課餘之暇，讀其愛者輒錄之，常爲塾師斥爲無用之學。記有小詞解之曰：『文章事，底事性情真。《小雅》《國風》誰有用，三唐兩宋盡無珍。何必更留存。』又記有：『三唐樂府盡，兩宋更無詩。滄桑興替感，文章也關時。』初作大都如是。辛亥政變，前集散佚於軍中，一無存者，思之不禁嘆息。

六二　詞之功用

詞有教人讀之破顏、讀之傷心、讀之而慷慨激昂、讀之而悔懼懾縮者，此無他，性情使然耳。我之性情，發乎聲而見於詞，人孰無性情，讀有所觸，則形隨矣。詞之足以感人，是詞之功用，褻聲哀音，不可以入世，此其故也。

六三　才人游戲

黄山谷有〔歸田樂引〕曰：『對景還銷受。被箇人、把人調戲，我也心兒有。憶我又喚我，見我嗔我，天甚教我怎生受。　看我幸厮勾。又是尊前眉峯皺。是人驚怪，冤我忒撋就。拚了又舍了，一[一]定是這回休了，及至相逢又依舊。』又：『怨你又戀你。恨你惜你。畢教人怎生是。』連用『你』、『我』、『了』字，極有神氣。古香先生[二]有〔戲效子昂體〕〔兩同心〕一闋曰：『我正思卿，卿應憶我。我思卿、不肯忘卿，卿憶我、定然罵我。細思卿罵我何爲，都緣念我。　卿我捏教成土，無分卿我。我身兒、時有個卿，卿心兒、亦有個我。纔教卿也忘卿，我也忘我。』連用『卿、我』，一句一態，到底不落於綺。才人游戲，誠不可及。

〔一〕一，《全宋詞》無。
〔二〕生，原作『王』。

六四 〈秋閨〉二首

予辛亥以前之作既失，而辛亥以後之作，又於癸丑爲人檢去，豈天爲我藏拙耶。偶見某壁間粘《大漢報·楚些》一張，詞欄有余之〈秋閨〉二首，今錄存於詞話中。〈鷓鴣天〉曰：『菊老荷枯秋又殘。含愁無奈倚欄干。芭蕉泣雨淒淒滴，桐葉飄風惻惻寒。思往事，恨悠然。一緘錦字倩誰傳。鄰家蘆管吹秋怨，同是心傷此夜天。』〈蝶戀花〉曰：『露冷霜淒秋欲盡。落葉殘花，日日飛成陣。新恨悠悠連舊恨。相思不管愁人困。憔悴慵施脂與粉。閒倚樓頭，又見斜陽隱。雁唳斷無消息近。萬山都爲傷秋殞。』詞不佳，留之以證文字將來之進境。

上海《民權素》一九一五年一一月一五日第一二集

六五 趙子吾〈玉樓春〉

偶於藏書樓檢先大人遺篋，斷簡殘編，多不全璧。有〈玉樓春〉四闋，筆致頗肖晏氏，惟字句欠煆練耳。其一：『綠陰門巷牆東處。燕子呢喃春色露。鞦千影落百花驚，一笑薔薇羞不語。穿針樓上尋閒趣。結挽丁香憑繡戶。千絲萬縷結成工，却被小姑偷得去。』其二：『芳情爛熳初如曙。小觸無端還薄怒。自從花下記相逢，偏惹紅榴牆角妒。落花細雨分飛去。夢裏相尋無覓處。明知沒分作神仙，鳳紙相思珍重付。』其三〔一〕：『連朝風日輕飛絮。不解人從愁裏度。也知

〔一〕其三，與下文『其四』，原闕，據文意補。

無石補天工，錯把黃金心印鑄。　此情懺悔朝朝暮。紅淚化成相思樹。因緣轉願結來生，却怕來生還是誤。』其四：『采蓮記取南溪路。往事不堪回首顧。秋來聽得雨聲寒，葉底鴛鴦何處去。　采蓮人本溪南住。惆悵重來都似故。傷心只怕剝蓮心，剝取蓮心同樣苦。』後聞宗璞卿公言，係趙子吾前輩少年作，事已隔六十年矣。

六六　梅子山題字

庚戌春，讀書武昌。一日，渡江遊梅子山，舟泛月湖，山下有石壁，相傳有曹阿瞞題字，然糊模不辨何語。舟子指告，就近視之，見有新題數行，其辭曰：『勸君莫墮新亭淚，生是男兒。要作男兒。寶劍而今是用時。　血原成淚淚尤血，既得機宜。要乘機宜。流淚何如流血奇。』慷慨悲歌，有『風蕭水寒』之遺響。惜姓名不傳，蓋亦有志之士之語也。

六七　黃花岡詩詞

黃花岡之血痕，千古傷心，亦千古欽仰慕拜者。凡知文士過其處，無不致辭以弔，惜余所記不多。汪蘭皋先生有和子瞻韵〔大江東去〕二闋，可與七十二烈士並傳。其一云：『殲良胡酷，霎那成宿草，痛哉英物。風馬雲車來往處，燐火宵飛石壁。碧血殷山，青虹貫日，血骨皚皚雪。九京游想，鬼雄還是人傑。　回憶電掣雷轟，犂庭掃穴，叱咤喑嗚發。大纛高牙空眼底，拉朽摧枯齊滅。天妒奇功，問天不語，怒指衝冠髮。毋忘在莒，年年記取今月。』其二云：『英雄寧死，要山河還我，當年之物。一十二旬軍再起，取次成功赤壁。灑酒靈旗，椎牛銅像，白者衣冠雪。招魂來下，故人多少豪傑。滿眼流水華輪，游龍駿馬，意氣風雲發。整頓乾坤餘子在，往事空譚興滅。化鶴歸來，尉佗城畔，山縷青於髪。傷心憑弔，珠江獨酹明月。』社友吴驤子有〈過黄花岡〉詩曰：『二十年來我不聞黄花岡。今日重過此，英雄骨已芳。』家兄粹生有古風曰：『黄花岡上英雄血，黄花岡下英雄骨。骨埋香土血化花，千年萬載名不滅。可憐北向杜鵑啼，不哭英雄哭殘孽。我來一拜徒傷心，岡花尤喜近芳烈。』漢民亦有『七十二英雄，葬骨黄花岡。黄花開燦爛，英雄骨亦芳』之句。是皆爲英雄盡情一哭者，有人於此，斯爲人矣。

六八　上元詩詞

『玉漏銀壺且莫催，鐵門金鎖徹明開。誰家見月能閒坐，何處聞燈不看來。』此崔液〈上元〉之詩，景龍中與蘇味道、郭利貞之詩，並稱絶唱。余謂不及王維之『遊人多晝日，明月讓燈光』簡徹有味。周邦彦《片玉詞》有〈解語花〉〈上元〉曰：『風銷絳蠟，露浥紅蓮，燈市光相射。桂華流瓦。纖雲散，耿耿素娥欲下。衣裳淡雅。看楚女、纖腰一把。簫鼓喧，人影參差，滿路飄香麝。因念都城放夜。望千門如晝，嬉笑游冶。鈿車羅帕。相逢處，自有暗塵隨馬。年光是也。唯只見、舊情衰謝。清漏移，飛蓋歸來，從舞休歌罷。』亦元宵佳唱也。山陰諸貞壯有和韵一首，神韵不減美成。詞曰：『衢喧遠屐，樓擁華燈，聲影交相射。雨絲濕瓦。春風暖，并坐玉梅花下。兒啼雅雅。看雙髻、漸堪盈把。縝結佩囊，知欲將雛，近已屏穠麝。　今有上元一夜。問家鄉風俗，刪盡浮冶。粢糖盛帊。更分與，腰鼓泥人竹馬。狂夫倦也。須記取、燭龍不謝。簫管中，迴憶兒時，索抱呼郎罷。』又毛澤民之『花市東風捲笑聲。柳溪人影亂於雲。梅花何處暗香聞。　露濕翠雲裘上月，燭搖紅錦帳前春。瑤台有路漸無塵』，又晁沖之之『千門燈火，九衢風月』，及『艷妝初試，把朱簾半揭。嬌波溜人，手撚玉梅低說。相逢長是上元時節』，皆雅有風致。前清趙維烈有〔早梅芳〕韵〈元宵〉曰：『月當城，霜融瓦。令節交元夜。滿街燈市，海上鼇山正初駕。香塵雲路起，火樹星珠挂。看珠簾半捲，紅袖飄蘭麝。　響鈿車，遲寶馬。是好風流也。遺簪墮珥，一餉嬉遊爲貪耍。踏歌聲飄緲，把盞人閒暇。笑黄柑，不到蓬門下。』此詞亦足以追配古人，爲元宵生色，若朱淑真之『月上柳梢頭。人約黄昏後』，直藉元宵佳會，赴其幽期密約。《四庫全書》指爲六一之作，或謂歐陽才高望重，未必以筆墨勸淫也。是節〔解語花〕兩闋中，疑互有錯誤。超注。

六九　吳嫣善歌

北妓吳嫣，余於漢口見之，其室中四壁皆古人手筆，陳列亦多古物，更有種種樂器，雅緻絕倫。其人亦清秀，如翩翩濁世之佳公子。善歌，凡京調、秦腔、崑曲，皆能追配老伶工。一日，聽其理琵琶歌一詞曰：『四絃胡索。這許多心事，盡憑伊託。嘆往事、曲折零離，似柳絮楊花，任風飄泊。何處家鄉，憑高望、一天雲漠。看煙絲縷縷，惆悵舊時，闋艷樓閣。　而今阿儂流落。料紅牆亞字，盡成瓦礫。昨夜回夢江南，問蘇小真娘，尚有愁莫。鐵馬丁東，夢醒也、人居天角。小牕前、蕭蕭葉響，秋風又作。』〔一〕婉轉淒涼，音至哀痛，歌罷至於泣下。至琵琶彈來，嘈嘈切切，絃外有聲。與之談音樂，頗精奧有理。問詞之作者，笑不答。詢家事，曰：盡在歌中，傷心歷史，談不得也。越數日，告余

〔一〕此詞已見於上文『花可可自言吳氏』條，有異文。

曰，母病矣，當歸。余以一詞送之，今亡矣。攷其所謂之譜，似〔玉連環〕。

上海《民權素》一九一六年一月一五日第一四集

七〇　余禮誠小詞翩然有致

吾鄉余禮誠先生，鄉教師也，性迂謹，咸稱之爲道學先生。作小詞，則翩然有致，然好用典，終不免詩書氣。其最可人者爲：『誰家女，窻下巧裁紅。悶繡鴛鴦雙翼起，無端飛去彩絲絨。拾得罵東風。』又：『晴窗下，無語轉雙瞳。拋茸停針呼阿母，花枝宜紫是宜紅。兒繡莫成工。』二詞小語致巧，頗有五代遺致，非迂謹人所能，意者天性一時之轉化歟。或有言『悶繡』二字板滯無稽者，非也。段成式詩：『愁機懶織同心苣，悶繡先描連理枝。』二字並非杜撰。且『悶』字實足以起結句之『罵』字，何常板滯。他如〔生查子〕〈咏團扇〉曰：『團團明月光，製就齊紈素。蟬翼引清風，班女堪題句。』則是試帖咏法，酸腐不堪，不僅迂謹有書本氣已也。

七一　紅拂墓詞

紅拂墓在湖南醴陵縣，過者多題以弔之。予友李子冷公，有題〔滿庭芳〕一首，今僅記其『青眼誰能似也，憑一顧認取情真。而今望杜鵑啼處，黃土是佳人』。毗陵陳蛻庵先生有〔金縷曲〕一闋，曰：『可是當壚侶。又無端、紅塵同摘，華堂一顧。舊約三生都不省，萬古情魂一縷。更莫怨、當朝楊素。堂上將軍原負腹，是名花、便合遭風雨。相逢晚，亦天數。　天涯何處埋香土。想如今、淥橋無恙，但爲卿故。錦瑟年華愁裏過，那更沖冠起舞。問今日、扶餘誰主。紅袖青衫飄泊久，便相逢、只勸公毋渡。誓同穴，願逢怒。』今則淥水風景，半已坵墟。李子泠公曾建議修葺，乃和者無人，遂罷。久恐亡矣。

七二　陳蛻庵〔臨江仙〕

陳蛻庵先生一身事蹟，汪蘭臯傳之甚詳，讀者未有不傷心而淚下也。先生詩詞，皆足傳誦，惜予見之不多。《南社詩文集》載〔臨江仙〕〈遺春〉詞七首，別有寓意，不僅遺春已也。其詞練字雋句，嫵媚有骨，非徒飾脂粉者可比。今錄之以存其人。詞曰：『枉自月圓人壽，梅花開與誰看。分明消息漏春寒。客來遲問訊，燈燼倚欄杆。　休記瑤臺青鳥語，須知錦帳難瞞。醒時惆悵夢時歡。同衾人不覺，何況隔邯鄲。』其二曰：『從此纔知薄倖，那禁別著情愁。對花祝謝謝休留。吳鈎腰小嘯，橫斷愛河流。　還怕橫波攔不住，向西長住溪頭。今生他世兩休休。長吟酬躅躇，傖舞傲溫柔。』其三曰：『真個消魂何必，似曾相識都非。醒時尚夢夢休題。三生拚碎石，七夕莫停機。　我有迴腸腸有淚，年來漸漸霏微。更無閒暇爲人揮。要尋曾漬處，除是舊時衣。』其四曰：『杜牧揚州遲到，臨邛海上空尋。鶼鶼鰈鰈隔升沉。不爲飛與躍，那許說情深。　記得當年多少事，傷心已到如今。不曾留事只留心。眼前無一物，休教更沉吟。』其五曰：『低唱黨家錦帳，橫彈馬上琵琶。風流原是屬豪華。情天無美景，著處便爭差。　還有傷心傷過我，千年恨史難查。夕陽行過玉鉤斜。死生空艷說，盡是雨中花。』其六曰：『拋却已經拋却，思量儘自思量。情絲剪短不添長。夜闌聞嘆息，休教夢荒唐。　記取坡仙曾道破，鳥聲煙景匆忙。朝雲抔土付斜陽。道傍誰氏墓，樹上有鴛鴦。』其七曰：『仔細推尋世法，千年萬里榛蕪。腳蹤蜿曲儘隨趨。分明人宛在，惆悵又何如。健者亡情明達悔，情生情滅情虚。君看充棟汗牛書。一從施卓死，宋玉亦登徒。』余細味此詞，哀感頑艷，纏綿悱惻，大約遣二妾時作。其然乎，其不然乎。或者病此詞典重，不足爲法，然則杜撰者是耶。典不畏重，但須食古而化乃佳耳。

上海《民權素》一九一六年三月一五日第一六集

竹雨綠窗詞話卷二

一　楊瓊與飛瓊

余贈某妓詞，有『楊瓊瘦小好身材。眉暈[一]一笑開。個中心事怕人猜。低環弄玉釵』，某大主筆先生，爲易『楊瓊』爲『飛瓊』，予至此，始知令易周美成『見説胡姬，酒爐寂静』，『胡姬』作『文姬』，『滿身香、尤是舊荀令』，易爲『舊時令』，『解移宫换羽，未怕周郎』，『周郎』作『江郎』，旋易此字者，一樣心理。蓋彼腹中僅知『飛瓊』，而不知有『楊瓊』也。白居易詩曰：『我在江陵年少日，知有楊瓊初唤出。腰身瘦小[二]歌圓緊，依約年應十六七。』注：楊瓊，江陵妓也。余用殆本此。先生不察，遽易『飛瓊』，若以『瘦小』二字就之，易爲『飛燕』，不亦現成乎。可發一笑。

二　贈漁溪老人佳句

漁溪老人築屋江村，看花酌酒，旋意殊適。余一日過其居，老人出朋儕之題贈見示，其中有

[一] 暈，原作『葷』。

[二] 瘦小，原作『疲小』，據《全唐詩》卷四二二改。

『釣罷歸來閒酌酒』，『澹煙合雨過溪橋』，『楊柳春高爭聽鳥，梧桐影落不看山』，皆佳句也。

三　詞詩

子讀《疑雨集》，頗愛其詩，以爲冬郎、玉溪以後，可數王次回。然其集中有〔滿江紅〕詞二闋，詞意膚淺，造句平常，其下筆時，固欲脱作詩之窠句[一]，而終未能脱。故置之詞苑中，亦古人所謂詞詩也。

上海《中法儲蓄日報》一九一九年七月一一日

四　〈元夕〉詩與〈元夕〉詞

朱淑真有〈元夕〉詩曰：『火樹銀花觸眼紅，極天歌吹暖春風。新懽入手愁忙裏，舊事經心憶夢中。但願背人成繾綣，不妨長任月朦朧。賞燈那得工夫醉，未必明年此會同。』此詩之意，與〔生查子〕詞較之，濃豔芳膩，正復相似。《四庫全書·花草粹編》，及考之他籍，未有爲淑真辨者。此詩果淑真作耶，則〈元夕〉詞之爲歐陽永叔，吾亦未敢斷定矣。

五　烟火氣

蘇東坡作〔卜算子〕詞，黄山谷讀之曰，類不食烟火人語。蓋謂其超然物外，不着一絲塵俗氣

[一] 窠句，疑當作『窠臼』。

也。而奉議郎曾丰非之（見〈知稼翁詞序〉）。大底謂樂府一道，發乎情而止乎禮，不食煙火之人，口所出僅塵外語，於禮義未計也。余謂此語，亦未盡是。詞人盡在青山外，不知青山，烏知其在青山之外；在青山外者，實所以知青山。不食煙火之人，未必不深知煙火而曾從煙火中來者也；若徒知烟火，則滿身熏臘氣，何以爲詞。余之愛詞，正要其無烟火氣，斯爲善也。

上海《中法儲蓄日報》一九一九年七月二五日

六　閔瑩〔生查子〕

黄陂閔瑩，字芸菁，著有《培竹館詩集》，乃詩話等書。年少風流，形骸放蕩。詩是香山一派。與余同爲傲寒[一]社友。每有所作，同儕皆擊節欣賞。詩餘一道，非其所好。有時拈作小詞，淡雅是趙師使，刻意如張孝祥。每有所作，必寄余。惜斷梗飄蓬，行篋半失於風塵中，不能存吾友也。憶其〔生查子〕[二]有句曰：『日暮倚欄杆，紅杏嬌無語。何處訴愁心，一陣梧桐雨。』直與張于湖[三]之『無奈荷花不應人，背立啼紅雨』，朱淑真之『把酒送春春不語[四]。黄昏却下瀟瀟雨』諸詞，一樣神情。

上海《中法儲蓄日報》一九一九年七月二六日

[一] 傲寒，原作『傲塞』，據上海《民權素》一九一五年二月一五日第一二集『傲寒吟社』條改。
[二] 生查子，原作『查生子』。
[三] 于湖，原作『於湖』。
[四] 『把酒』句，原作『把酒送春不語』，據《全宋詞》補。

七　于湖詞

于湖[一]之詞雋而永，典而韻，一嘔一唱，得天地之正氣，動萬物之精華。其『凱歌發』[二]、『無盡藏樓』[三]諸曲[四]，深爲湯衡、陳季陸等所稱許，謂其駿發踔厲[五]，寓句法於詩人者也。予獨愛其〔滿江紅〕〈詠雨〉一闋，一字一珠，應是墨香雨潤，合而成者，其詞曰：『斗帳高眠，寒窗靜、瀟瀟雨意。南樓近、更移三鼓，漏傳一水。點點不離楊柳外，聲聲只在芭蕉裏。也不管、滴破故鄉心，愁人耳。無似有，游絲細。聚復散，真珠碎。天應分付與，別離滋味。破我一床蝴蝶夢，輸他雙枕鴛鴦睡。向此際、別有好思量，人千里。』湯衡謂仇池僊去，其軌惟于湖繼之[六]，余正恨仇仙偶生其前也。

〔一〕于湖，原作『於湖』。

〔二〕凱歌發，疑指〔水調歌頭〕〈凱歌上刘恭父〉。

〔三〕無盡藏樓，原作『無畫藏樓』。疑指〔水調歌頭〕〈汪德邵作無盡藏樓於棲霞之間，取玉局老仙遺意，張安國過之，爲賦此詞〉。

〔四〕案，『凱歌發無畫藏樓』，有錯簡訛誤。《景刊宋金元明本詞·景宋本于湖先生長短句》卷首湯衡〈張紫微雅詞序〉作『如歌頭凱歌登無盡藏岳陽樓諸曲，所謂駿發踔厲，寓以詩人句法者也』，可資參考。

〔五〕駿發踔厲，原作『駿發涿厲』，據《景刊宋金元明本詞·景宋本于湖先生長短句》卷首湯衡〈張紫微雅詞序〉改。

〔六〕『湯衡』二句，原作『陳衡謂仇池僊去，其軌惟於湖繼之』，據《景刊宋金元明本詞·景宋本于湖先生長短句》卷首湯衡〈張紫微雅詞序〉改。該序云：『自仇池仙去，能繼其軌者，非公其誰與哉。』

八　詩人句法

作詞寓詩人句法，固足以免浮靡之氣，然落筆後，不可似詩。如似詩，則不免『句讀不葺』之譏矣。

九　性靜而善思

女子爲詞，往往較勝於男子，蓋以其性靜而善思也。溫倩華女士作〔浣溪沙〕〈夏夜〉云：『荇藻中庭月似潮。簾波瀉影自滔滔。湘妃榻[一]化木蘭橈。　壓鬢香濃開茉莉，嫩腰人倦落芭蕉。隔重秋夢聽吹簫。』尖思深刻，意味悠長，質之《漱玉集》中，無一二也。

上海《中法儲蓄日報》一九一九年七月二七日

一〇　題《芙蓉影》

閱天虛我生《芙蓉影》，有張碧琴、鮑蘋香二女士題詞，清詞麗句，可與《芙蓉影》並行。張調〔沁園春〕曰：『香盥薔薇，影攝芙蓉，紅紗帳前。有輕羅萬疊，鴛鴦費織，明珠九曲，螻蟻能穿。忉利天空，清虛月府，不信嫦娥愛少年。心不死，但花魂易□，桂魄難圓。　奇才誰敵龍川。是玉筍班中第一仙。憑六朝綵筆，文章非戲，三生白石，翰墨皆緣。意密如絲，情濃是烟。續命何須問小

[一] 湘妃榻，原作『湘妃榻』。

憐。秋水隔，又簾波夢度，鏡鑑愁索[一]。』鮑調〔高陽台〕云：『秋水搖情，晚烟織恨，本來銀漢紅墻。四壁芙蓉，伊人宛在中央。一天明月花節影，共嬋娟、只此鷗鄉。結疑團、圓缺蟾蜍，離合鴛鴦。好辭絕妙龍川筆，早灌輸陸海，挹注潘江。文瀾曲折詞源倒，滌塵襟雲熱衣裳。夢惺忪，是再生緣，是返魂香。』

一一　〈示兒〉〔西江月〕

古人示兒，皆以嚴厲出之。如馬伏波、諸葛武侯諸公之書是也。余讀《稼軒集》，其〈示兒〉〔西江月〕云：『萬事云煙忽過，百年蒲柳先衰。而今何事最相宜，宜醉宜游宜睡。早趁催科了納，更量出入收支。迺翁依舊管些兒，管竹管山管水。』此老之詞，和藹慈祥，超然俗外，畢竟詞人心地，別處一種境界。

上海《中法儲蓄日報》一九一九年七月二八日

一二　曾純甫〔壺中天慢〕

曾純甫〈進御月詞〉〔壺中天慢〕曰：『素飈漾碧，看天衢、穩送一輪明月。翠水瀛壺人不到，比似世間秋別。玉手瑤笙，一時同色。小按〔霓裳〕疊。天津橋上，有人偷記新闋。當日誰幻銀橋，阿瞞兒戲，一笑成癡絕。肯信羣仙高晏處，移下水晶宮闕。雲海塵清，山河影滿，桂冷吹香

[一] 索，失韻，疑當作『看』。

雪。何勞玉斧金甌，千古無缺。』此詞既進，上皇與孝宗皆喜，是夜西興，共聞天樂，誠奇事也。

一三　吴城龍女[一]

吴城龍女〈題柱荆州亭〉云：『簾捲曲闌獨倚。江展暮雲無際。淚雨不曾晴，家在吴頭楚尾。數點雪花亂委。撲鹿沙鷗驚起。詩句欲成時，沒入蒼煙叢裏。』詞爲黄太史所述，亦奇事也。予變讀而疑之[二]，豈鬼神亦貪人間風雅耶。畢竟詞人之筆，通天神耳。

一四　詞中翹楚

純甫爲潛邸舊人，怙寵恃勢，一代文士皆鄙之。余讀其〔水調歌頭〕〈書懷〉詞，可見嬌矜之一班。然其詞未可盡如其人而棄之也。如『不是愁人悶帶花，花帶愁人悶』，『爲憐流水落紅香，啣將歸梁』，『十分得意，一場輕夢，淡月闌干』，皆宋人詞中翹楚也。

上海《中法儲蓄日報》一九一九年七月二九日

一五　因時變體

少年人好遊樂，中年人愛富貴，老年人喜壽考，此普通人不易之心理也。然詞人亦有是乎似之。

〔一〕此條原與上條連排，據文意分。

〔二〕變讀而疑之，疑當作『愛讀而疑之』。

少年之詞多綺豔，至於中年，則變爲富麗，老矣閱歷較深，子孫在下，吐詞要有範圍，故詞則穩健而已。予讀《竹坡集》，有〔鷓鴣天〕三闋[一]，其詞曰：『樓上緗桃一萼紅。別來開謝幾東風。武陵春盡無人處，猶有劉郎去後蹤。　香閣小，翠簾重。今宵何事偶相逢。行雲有被風吹散，見了依前是夢中。』『綵鸞雙飛雪浪翻。楚歌聲轉綠楊灣。一川紅旆初銜日，兩岸珠樓不下簾。　闌倚處，玉垂纖。白[二]團扇底藕絲衫。未成密約回秋水，看得羞時隔畫簷。』『花褪殘紅綠滿枝。嫩寒猶透薄羅衣。池塘雨細雙鴛睡，楊柳風輕小燕飛。　人別後，酒醒時。午牕殘夢子規啼。尊前心事人誰問，花底閒愁春又歸。』茲三闋，老人自叙曰：於少時酷喜小晏詞，故其所作，有時似其體製者，此三篇是也。晚年歌之，不正各人心意，聊載於此，爲長短句之體助云云。此詞人因時變體之一證也。毛晉跋庭堅詞曰，魯直少時，使酒玩世，喜造纖淫之句。法秀道人誡曰，筆墨勸淫，應墮犂舌地獄。魯直答曰，空中語耳。故晚年亦作小詞，往往借題棒喝，如效賓甯勇禪師〔漁家傲〕數闋是也云云。此又一詞人因時變體之證也。

上海《中法儲蓄日報》一九一九年七月三〇日

一六　箇韻

箇韻窄而險，運用不靈，不落於俗，即偏於强。余愛向鎬之〔如夢令〕，『誰伴明燈獨坐。我合影兒兩個。燈盡欲眠時，影也把人抛躲。無那。無那。好箇悽惶的我。』情詞兼備，拈韻略不費

[一] 三闋，與下一『三闋』，原均作『之闋』，據上下文改。

[二] 白，原空一格，據《全宋詞》補。

力。有宋以還，不可多得。乃前日見昂孫君題立齋畫菊，係用其韻，詞曰：『簾捲西風小坐。愁煞蝶兒□箇[一]。休道不知秋，瘦到者般難躲。無那。無那。却笑闌珊似我。』詞意瘦健，一如畫菊，與向詞較之，可謂青出於藍而甚於藍矣。

一七　慕唐〈閨情〉詞

慕唐〈閨情〉詞曰：『眉黛瘦，淚痕長。恨郎無語轉思郎。斜墮香肩擁悶坐，停針不肯繡鴛鴦。』綺思豔情，是秦學士[二]一派筆法。

上海《中法儲蓄日報》一九一九年七月三一日

一八　詞箴詞訓

墨士多狂，因與世悖，其遭肉眼之忌，宜矣。正有以狂獲罪者，正矣狂之非也。《竹山集》中，有鄉士以狂得罪者，作〈賀新郎〉詞以送其行，令人讀之黯然。其詞曰：『止矣[三]君狂矣。想胸中、些兒磊磈，酒澆不去。據我看來何所似，一似韓家五鬼。又一似、楊家風子。怪鳥啾啾鳴未了，被天公、捉在樊籠裏。這一錯，鐵籠鑄。　濯溪雨漲荊溪水。送君歸、輭蛟橋外，水光清處。世上

[一] □箇，原作『箇□』，據律乙。
[二] 秦學士，原作『秦學生』。
[三] 止矣，《全宋詞》作『甚矣』。

恨無樓百尺，裝著許多俊氣。做弄得、棲棲如此。臨别贈言朋友事，有殷勤、六字勸君取。節飲食，慎言語。』此詞入情入理，字字是生鐵錯成，是一篇詞箴，亦一篇詞訓也。

上海《中法儲蓄日報》一九一九年八月一日

一九　美人一點

去年冬，余過武昌，晚天欲雪，小集消寒。傲寒友數人，紅爐綠酒，興會殊豪。乃議取美人一點詠之，詩詞不拘。作詞者三人，而慕唐先捷，詞亦絶佳。衆謂金鼇狀頭，彼又占矣。其調爲〔浪淘沙〕〈詠乳〉云：『春意透酥胸。一點香濃。金訶子上繡芙蓉。昨夜檀郎親解下，指印尤紅。偎近軟如絨。夢眼惺忪。風流作態韻而丰。莫道雲山千萬里，咫尺巫峯。』句豔而雅，讀之芳氣宜人。余常謂，『親解』、『金訶子』者，必慕唐，不然無若是之神情也。吳儂〈詠指甲〉調寄〔甘淑子〕，其詞曰：『筍尖剝得一枝斜。拈鬋線，撥琵琶。堦前新染鳳仙花。眉印刻些些。學一捻，劃破牡丹芽。魚鱗鵝管，一般刻畫。』有慕唐之香豔，不可無吳儂之淡雅。環肥燕瘦，各擅其美。余不敏，拈得〈足印〉詠之，非敢曰詞，不過應課而已。詞曰：『幾瓣卸妝蓮朶。淺印蒼苔破。纖痕個個。凌波三寸，彎弓輕裹。隱約欲行還惰。應是腰肢娜。香塵穩含露珠顆。料鳳頭浸過。』

上海《中法儲蓄日報》一九一九年八月三日

二〇 曾豐〈序黄公度知稼翁詞〉

曾豐〈序黄公度知稼翁詞[一]〉曰：『樂始有聲，次有音，最後有調。商〈那〉、周〈清廟〉等頌，漢〈郊祀〉等歌是也。夫頌類選有道德者爲之，發乎情歸乎禮義，故商周之樂感人深，歌則雜出於無賴不羈之士，率情性而發耳，禮義之歸歟否敢不計也。故漢之樂感人淺。』又曰：『攷功所立，不在文字。余於樂章竊之。文字之中，所立寓焉。泉幕之解，非所欲去，而寓意於「鄰雞不管離情」之句；秘館之除，非所欲就，而寓意於「殘春已負歸約」之句。凡感發而輸寫，大抵清而不激，和而不流，要其性情則適，揆之禮義而安。非能爲詞也，道德之美，腴於根而盎於華，不能不爲詞也。』云云。有善於叙知稼翁者，亦善於敍詞章者也。

上海《中法儲蓄日報》一九一九年八月四日

二一 王荆公〔菩薩鬘〕

袁子才《隨園詩話》云，王荆公之文，落筆便古；王荆公之詩，開口便錯。余於其詞亦然。其詞固不多見，偶於《黄山谷集》中，得其一首曰〔菩薩鬘〕，謂荆公新集草堂於半山，引入功德水作小港，其上壘石作橋，自成詞曰：『數間茅屋閒臨水。穿衫短袖垂楊裏。花是去年紅。吹開一夜風。　梢梢新月偃。午醉醒來晚。何物最關情。黄鸝三兩聲。』竊謂上半闋爲乞兒納涼，下半

[一] 知稼翁詞，原作『知稼軒詞』，據《全宋詞》改。

闋無以名之，名之曰乳臭小兒，不知日夜，新月下要聽黄鸝，不亦大可笑乎。或曰荆公此詞，係集句。余謂集句，不知翻破多少詩，始克扯雜臻此。

上海《中法儲蓄日報》一九一九年八月五日

一二二　〔鼓笛令〕〈打揭詞〉

《山谷集》中，有〈打揭詞〉，調寄〔鼓笛令〕。其詞曰：『酒闌命友閒爲戲。打揭兒、非常愜意[一]。各自輸贏只賭是。賞罰采、分明須記。　小五出來無事。却跋翻和九底。若要十一花下死。那管十三，不如十二。』玩其詞意，不解打揭戲之何謂也，心知其爲賭局之一種。初疑料爲與打馬之戲同類，旋閲易安居士所作之〈打馬圖序〉，有打揭、大小、猪窩、族鬼、胡畫、數倉[二]、賭快[三]之類，皆俚鄙不經之句。知打揭與打馬，絶不相類。究爲何戲，殊難察悉。敢以質之博古者。

上海《中法儲蓄日報》一九一九年八月六日

一二三　魏慕唐小詞

武昌魏慕唐，文章品格，風靡一時，時學飛卿，而有長爪郎之捷才。每傲寒社友小集時，驪珠先

[一] 非常愜意，原作『青常愜意』，據《全宋詞》改。
[二] 數倉，原作『數衾』，據《四庫全書》本《説郛》卷一〇一〈打馬圖序〉改。
[三] 賭快，原作『快賭』，據《四庫全書》本《説郛》卷一〇一〈打馬圖序〉乙。

授者，魏子也。作小詞，情詞兼備，綺語昵人。有〈六憶詞〉，皆寫閨情也，風流温藉[一]，直繼山谷之軌。〈憶江南〉曰：『迢迢恨，赤緊滯胸懷。道是蘭閨春又晚，個中心事怎安排。鴛夢費疑猜。』〈憶王孫〉曰：『纖纖細雨洒簾旌。悶煞人鬼啼煞鶯。紅杏枝頭婉轉聲。甚心情，可管愁人不耐聽。』〈憶仙姿〉曰：『斜倚熏籠閒坐。欲卸翠鈿還惰[二]。莫怪沒心情，憔悴人兒難過。羞彈。羞彈。密意怕郎猜破。』〈憶多嬌〉曰：『花團團。錦團團。風捲湘簾月色闌。不禁料峭寒。行珊珊。步珊珊。圍減柳腰裙帶寬。清消爲那般。』〈憶真妃〉云：『玉簫聲徹樓中。意惺忪。一對花前蝴蝶、鬧春風。　鶯聲緩。嬌日暖。怎情慵。多是爲郎憔悴，□雲鬆。』〈憶秦娥〉曰：『吞聲別。傷心人對傷心月。傷心月。年年江上，幾回圓缺。　衷情無奈憑誰說。愁腸扭作丁香結。丁香結。等閒過了，芳春時節。』

上海《中法儲蓄日報》一九一九年八月九日

二四　虞影

倚紅癡蝶[三]昵一妓曰虞影。初儷甚篤，相將於黃鶴樓頭攝影。歸來後，侍兒譏語侵之，致遭薄怒，梓其影爲兩而擲之。適綺之從兄秋心在側，爲拾起而聯合之，且綴小詞於背，調寄〈桃園憶故

[一] 温藉，疑當作『蘊藉』。
[二] 惰，原作『情』，據律改。
[三] 倚紅癡蝶，下文言『綺紅』，未知孰是。

人〕，其詞曰：『畫圖省識春風影。可是鴛鴦同命。一個雪心冰性，一個梅花冷。這般身世悲萍梗。離合人天難定。留得雙枝玉燕，好作寒盟證。』而今虞影去矣，蕭郎路人，虛樹燕山，徒深綺紅之愁思。所云『寒盟證』者，讖語〔二〕也。

上海《中法儲蓄日報》一九一九年八月一〇日

二五　道學與詞學

去歲客漢皋，幽閒無事，恆游北里。青帘紅袖，隨意所之。綺章醉句，散落於脂香粉氣中。有惜余者，謂明珠投暗；有呵余者，謂有傷盛德。余悉唯唯不即答。蓋以劉毅布衣，一擲百萬，見者未有不驚爲妄人也。背地思之，古人逢場作戲，見景生情，未嘗爲楮墨惜也。觀牛嶠之『捍撥雙盤金鳳。蟬髮玉髩搖動』，贈妓作也；毛文錫『步搖珠翠修蛾斂。膩鬟雲染』，贈歌妓也；黃魯直『鴛鴦翡翠，小小思珍偶〔三〕』及『薄妝小靨閒情素』，贈妓也；秦觀『愁鬢香雲墮，嬌眸冰玉裁』，贈陶心兒也，『小樓連苑橫空，下窺繡轂雕案驟』，贈樓東玉也；歐陽修之『好妓好歌喉。不醉無休』，懽讌也；毛滂之『淚溼闌干花着露。愁到眉峯碧聚』，贈瓊芳妓也；辛稼軒之『小小年華才月半』，贈濟翁侍兒也；周美成之『衣染鶯黃』及『人人豔色明春柳。憶筵上、偷攜手』，攜妓作也；張先生之『香鈿寶珥。拂菱花如水』，亦贈妓也；向子諲之『白似雪花，柔於柳絮』，贈輕輕也；謝

〔二〕懺語，疑當作『讖語』。

〔三〕思珍偶，原作『思偶』，據《全宋詞》補。

逸之『窄袖淺籠溫玉』，贈侍兒也；何　之『分香帕子揉藍膩，欲去殷勤惠』，贈妓也；蔣捷之妾有琵琶譜，贈歌者也；趙師使之『一目秋波，光明欲溜，兩眉山色，翠痕常低』〔一〕，贈段云輕也；程垓之『小小腰身相稱』，贈一東也；劉過之『窄輕衫，聯寶轡，花裏控金勒』，同妓游帥司東園作也，『恰憎憎〔二〕，一捻兒年紀』，贈妓也；蔡伸之『無憂帳裏結良緣，麼訶脩哩脩脩哩』，戲妓胡芳也；楊无咎之『玉纖半露。香檀低應鼉鼓』，贈呂倩倩也；趙彥端詠羊城妓蕭秀、蕭瑩、歐懿、桑雅、劉雅、歐倩、文秀、玉婉、楊蘭、吳玉等十人，各賦〔鷓鴣天〕一闋，謂之『十仙』；侯寘之『豆蔻梢頭年紀，芙蓉水上精神』，贈妓初嬌也；周紫芝之『薰風池閣。小紅橋下荷花薄』，贈鴛鴦也；陳師道之『娉婷娜嫋。紅落東風青子小』，贈舞鬟也；他若李氏、晏氏、蘇、姜、吳、賀等，無不有之。衮衮諸公，未嘗有傷盛德也。余謂作者言者，道學派也；道學與詞學，背道而馳，不可同日語也。故當日不即辨。

上海《中法儲蓄日報》一九一九年八月一一日

二六　集詞

集詩難，集詞尤難。蓋詞之句調，長短不齊，又須聲韻都協，信手拈來，了無筍痕，斯爲佳矣。余

〔一〕『一目秋波』四句，《全宋詞》趙師俠〔浣溪沙〕〈滕王閣席上贈段雲輕〉作：『一目波光明欲溜，兩眉山色翠長低。』

〔二〕憎憎，原作『憎僧』，據《全宋詞》改。

好集句，已略志於前，茲於報紙堆中，見有署名『時甫』者，不詳姓氏，集成句得〔小桃紅〕一闋，粗讀之，不知其爲集句也。詞曰：『正是春留處（吳文英）。又送春歸去（周紫芝）。夢遶南樓（謝懋），香銷南國（王蒙），恨迷南浦（万俟詠[一]）。料啼痕、暗裹絕紅妝（張樞），倚闌干無語（張埜）。』下半闋曰：『只有相思苦（楊果）。還解相思否（姚寬）。一掬春情（王沂孫），一襟幽事（周密），一番淒楚（仇遠）。算年年、落盡刺桐花（辛稼軒），更一番風雨（葉清臣）。』疊用『南』字一字，針峯相對，截尾一句更見力量[二]。又〔相見歡〕曰：『背牕愁枕孤眠（呂濱老）。恨綿綿（李清照）。冷落吹笙庭院（晏幾道）。負華年（鄭楷）。梅花月（闕名）。梨花雪（易祓）。杏花燭（史達祖）。又是一年春事（劉儗）、斷腸天（周紫芝）。』二詞如百川入海，渾成無跡，非老於此中，不克臻此。汪詩圃君亦多集句，其〔清平樂〕曰：『粉愁香凍（高觀國）。枕損釵頭鳳（李清照）。草草不容成楚夢（謝繹）。和淚出門相送（唐莊宗）。臨風惱斷回腸（無名氏）。惜歸羅帕分香（侯寘）。中半傷春酒病（周密），梨花院落黃昏（胡翼龍）。』又，〔減字木蘭花〕曰：『黃昏庭院（王龍[三]）。誰品新腔拈翠管（劉翰）。庭院黃昏（吳文英）。枕上流鶯和淚聞（秦觀）。千山萬水（張先）。不寄蕭娘書一紙（趙聞禮）[四]。萬水千山（黎廷瑞）。

[一] 万俟詠，原作『万俟詠』，據《全宋詞》改。
[二] 『疊用』三句，疑有錯簡。
[三] 王龍，疑当作『王詵』。《全宋詞》王詵〔憶故人〕：『海棠開後，燕子來時，黃昏庭院。』
[四] 『不寄』句，原作『不寄蕭郎書紙（趙禮聞）』，據《全宋詞》改。

暮雨朝雲去不還（潘牥）。』二詞可與時甫相軒輊，誠不可多得之作也。或曰，集句雖足以見讀書之得，惜不能發揮己意，是以古人不爲也。余以作是言者，特未一讀書耳。黄山谷〈重九〉〔鷓鴣天〕曰：『塞雁初來秋影寒。霜林風過葉聲乾。龍山落帽千年事，我對西風獨整冠。蘭萎佩，菊堪餐。人情時事半悲歡。但將酩酊酬佳節，更把茱萸仔細看。』非集句耶。辛稼軒〈秋江送別〉〔憶王孫〕曰：『登山流水送將歸。悲莫悲兮生別離。不用登臨怨落暉。昔人非。惟有年年秋雁飛。』非集句耶。大底人非觸情，不能憶及舊詞，非得意不能臻成舊句。或者所謂殆蟄伏案頭，苦翻書藉者之集句也。

上海《中法儲蓄日報》一九一九年八月一二日、一五日

適齋詞話

摩翰

《適齋詞話》五則，載上海《愛國月報》一九一五年一二月第一卷第一期，署「摩翰」，末括注「未完」；又載北京《同德雜誌》一九一七年六月六日第二期，署「鄺摩漢」，題原誤作「適齋詞語」。今據《愛國月報》迻錄，校以《同德》本。原無序號、小標題，今酌加。

適齋詞話目錄

適齋詞話

一　何雋卿詞

何君雋卿，吾鄉隱君子，喜治聲韻之學，著有《梅花仙館詩詞草》若干卷。甲寅秋，相遇邑城縣農會，談甚歡。次日，贈余〔慶春澤〕[一]詞一闋，曰：『曲澗跳珠，風湍瀉玉，泠泠古調誰彈。倚劍悲歌，却憐如此江山。天涯我亦嗟遲暮，恁銷魂、秋雨闌珊。思千般。步遍廻廊，倚遍雕欄。勾當風月吟魂殢，看紅皴酒暈，墨漬襟斑。瀛海歸來，天教重主詞壇。蘇豪柳膩君兼擅，寫烏絲、爭刻瑯玕。和應難。白雪唫成，唱徧歌鬟。』余依韻和之，稿亡。八月，余策蹇之鄂，君祖餞之夕，復贈余詩四章，洎〔春從天上來〕詞一闋。兹錄其詞曰：『咫尺天涯。恨西風無賴，盪散摶沙。笛冷吹愁，杯深承露，當筵慵泛流霞。約略墜歡如夢，追往跡、同惜年華。別情賒。悵楚江渺渺，望斷靈槎。　惆悵王孫歸去，認櫓聲嘔軋，帆影欹斜。楓錦搖丹，蘋衣皺碧，不知秋在誰家。握手奈旋分手，數相思、白露蒼葭。漫吁嗟。待何時把蘂，同話桑麻。』愛我故人，情深若揭。余依〈留別同鄉

〔一〕　慶春澤，此調應爲〔高陽臺〕張炎『接葉巢鶯』體。

諸君〉〔齊天樂〕詞韻，賦一闋答之曰：『旗亭醴酒〔陽關〕曲，平生怕傷離別。楓葉飄黃，蘆花落素[一]，驚起詩愁千疊。離懷百結。悵湘水重經，吳山難越。短棹孤蓬，年年偏照關山月。　歸來尋朋覓侶，惟吾君書寫，兩兩奇絕。字裏鍾王，詩邊李杜，高臥更同靖節。官腰不折。任屈子悲傷，賈生嗚咽。憤俗憂時，壯懷空激烈。』

二　《梅花仙館詞草》多悲感之作

《梅花仙館詞草》中，多悲感之作。其〔滿江紅〕〈中秋感懷〉一闋曰：『荏苒韶華，早又是、中秋時節。應省識、人生幾度，得逢今夕。三尺吳鉤酬壯志，五車書史供歌泣。嘆人間、無地可埋愁，乾坤窄。　雙眼冷，寸腸熱。滿腔事，向誰說。恁把酒高歌，唾壺捶缺。碧海茫茫隨夢墮，林煙漠漠和愁織。聽荒城、旅雁叫西風，心淒切。』〈自題紅袖添香圖〉〔高陽臺〕一闋曰：『月轉魚扃，露冷鴛甃，沈沈已過宵分。伴讀燈前，幾煩翠袖殷勤。星星蕙炷當窗爇，戀餘香、比似郎溫。忒氤氳。有底思量，直任銷魂。　風流怎奈成虛語，悵春人不見，玉照空存。望斷驚鴻，無聊怕到黃昏。傷心一幀崔徽畫，恁摩挲、淚漬湘筠。盼江雲。思煞阿嬌，愁煞司勳。』

三　集詞詞

去歲，余過南州，於友人處，得見蔡啼紅君〈集宋詞〉十闋，命名〔庭院深深〕。本歐陽永叔

[一] 落素，《同德》作『落碧』。

〔蝶戀花〕語。悱惻纏綿，天衣無縫。余愛讀之餘，亦集詞語和之。啼紅詞曰：『庭院深深深幾許。不捲珠簾，人在深深處。盡日沈香烟一縷。畫堂博簺良宵午。　猶憶去年歡意舞。寶勒朱輪，共結尋芳侶。畫扇青山吳苑路。桃根桃葉當時渡。』（一）『庭院深深深幾許。雨濕雲溫，留我花間住。惟恨花前攜手處。落花已作風前舞。　檀板未終人去去。千里烟波，不見江東路。回首高城音信阻。玉容寂寞誰爲主。』（二）『庭院深深深幾許。前度劉郎，重到章台路。月細風尖楊柳渡。斷鴻過後鶯飛去。　曉日窺簾雙燕語。燕子樓空，人面知何處。一晌沈吟無意緒。樓前獨繞鳴蟬樹。』（三）『庭院深深深幾許。深院無人，行到無情處。紅粉暗隨流水去。桃溪不作從容住。　短雨殘雲無意緒。夢斷高唐，回首桃源路。淚眼倚闌頻獨語，淒涼誰弔荒臺古。』（四）『庭院深深深幾許。衾冷香消，賸有殘粧污。憶得佳人臨別處。啼痕淚濕花如霧。　遺恨當時留秀句。去意徘徊，唱徹〔黃金縷〕。今日獨尋黃葉路。秦樓聲斷秦簫侶。』（五）『庭院深深深幾許。止有飛雲，冉冉來還去。碧落秋風吹玉樹。啼紅正恨重陽雨。　檻菊愁烟蘭泣露。別後風亭，月榭孤歡聚。玉勒雕鞍游冶處。斷腸惹得離情苦。』（六）『庭院深深深幾許。簾卷西風，夜冷寒蛩語。簾外絲絲楊柳舞。梧桐葉上瀟瀟雨。　驚破夢魂無覓處。行盡江南，不與離人遇。欲盡此情書尺素。孤鴻影沒江天暮。』（七）『庭院深深深幾許。更漏迢迢，耿耿天涯曙。流水落花無問處。綠蕪雕盡臺城路。　漫被閒愁相賺悞。舊恨前歡，心事兩無主。細算浮生千萬緒。狂情錯向紅塵住。』（八）『庭院深深深幾許。家住吳門，久作長安旅。可恨歸期無定據。登臨況值秋光暮。　冉冉年光真暗度。風月無情，總是傷情處。此會未闌須記取。砌成此恨無重數。』（九）『庭院深深深幾許。一帶長川，自在流今古。錦瑟年華誰與度。斷腸猶憶江南句。　淚眼問花花不語。天上人間，後會知何處。又是天涯初日莫。夜涼明月生南浦。』（十）余詞曰：『庭院深深深幾許。門掩黃昏，寂寞閒庭戶。開奩愁將紅豆數。凄凄只是驚秋暮。　隱隱青山濛碧霧。睡起無憀，妬殺〔二〕紅梅雨。粉蝶雙雙穿檻舞。憑闌總是銷魂處。』（一）『庭院深深深幾許。楊柳堆煙，回首斜陽暮。挽斷羅衣留不住。無情人向西陵去。　秋藕斷來無續處。一別經年，未得魚中素。彩筆閒來題繡戶。桃花幾度吹紅雨。』（二）『庭院深深深幾許。記得當年，花底曾相遇。情似依依黏地絮。輞川圖上看春暮。　淚濕闌干花著露。月幌風襟，總是牽情處。千偏〔三〕懷人慵不語。憑君礙斷春歸路。』（三）『庭院深深深幾許。卓女文君，繡戶深深處。好箇當壚人十五。年光正是花梢露。　爛醉花間知有數。一笑相逢，魂夢都無緒。深閉長門聽夜雨。紅紗未曉黃鸝語。』（四）『庭院深深深幾許。拍遍闌干，更漏頻頻數。一曲〔陽春〕春已暮。綠腰裙帶無人主。　偏怪東風吹不住。楊子江頭，兩兩昏鴉去。欲寄綵鸞無尺素。杜鵑啼盡行人路。』（五）『庭院深深深幾許。垂下簾櫳，一陣黃昏雨。驚破夢魂無覓處。銀河暗淡風凄楚。　年少拋人容易去。一霎旗風，斷送青春暮。細算浮生千萬緒。含情相對渾無語。』（六）『庭院深深深幾許。舊恨前歡，試託哀弦語。一片紅雲遮去路。夢魂長在分襟處。　去便不來來便去。月夕風晨，此際誰爲主。欲訴此情書尺素。斷鴻聲遠長天暮。』（七）『庭院深深深幾許。唱遍江南，一曲〔黃金縷〕。料得當年腸斷處。緣楊芳長亭路。　把酒已嗟春色暮。寂寞園林，幾度黃昏雨。

〔二〕妬殺，原作『姤殺』，《同德》本同，據文意改。
〔三〕偏，疑应作『徧』。

門外綠楊風後絮。悠揚便逐東風去。』（八）『庭院深深深幾許。閒展烏絲，翻作新詞譜。點點胭脂飄細雨。杜鵑聲裏斜陽暮。　綠滿當時攜手路。楊柳樓臺，零落花無語。檀板未終人去去。玉容寂寞誰爲主。』（九）『庭院深深深幾許。月下殷勤，待客攜尊俎。因恁斜陽留不住。爲誰流下瀟湘去。　望斷雲山多少路。冠蓋京華，枉被浮名誤。第四陽關雲不度。人間沒箇安排處。』（十）本年夏，寓滬無事，將此詞投郵寄上。旬餘，得其東京來書云：庭院十闋，僕采先賢之語，以述己遇，方且自以爲足，不料更有愈接愈厲、復振雄威如君者。僕集既已不易，君以不易之餘更集是，則難乎其難，不可思議，令人可驚，等語。按啼紅云，采先賢之語，以述己遇，箇中人説箇中事。集中編次，自較余爲佳。

四　啼紅詞客

啼紅君，吾贛碩士。光復後，曾任教育司長、參議院議員。雅好倚聲之學，著作頗富。芟除綺語，力主清空。近喜治《稼軒》、《淮海》兩詞，故其錄示者，多豪俊沈痛之作。余最愛其〔采桑子〕四闋〈暮春〉詞，不實不虛，不黏不脱，寰中之象，弦外之音，每讀一過，令人神往。詞曰：『行人誰道春愁苦，滿眼淒淒。三徑都迷。撩亂楊花撲面飛。　落紅無限纏綿意，牽著游絲。挂住殘枝。底事東風不住吹。』（一）『羣英結局寧如此，春意闌珊。辜負幽歡。鏡裏韶光不忍看。故人寥落知何處，萬水千山。相見應難。鎮日無言獨倚闌。』（二）『似曾相識離亭燕，見我翩翩。不似當年。廿四番風獨佔先。　雕鞍繡轂今無賴，江上鷗邊。亂草寒烟。遊倦江南三月天。』（三）『流鶯勸我自珍護，莫管花飛。莫聽鵑啼。庭院深深睡起遲。　此生奈被多情惱，過了花期。憔悴如斯。酒興新來更不支。（四）[二]』

五　賴波民〔滿江紅〕

賴君波民，五年前，與余訂莫逆交。癸丑夏，重過漢皋旅次，每屆夕陽西下，扁舟一葉，五兩風斜，文酒流連，殆無虛日。一和一唱，稿積寸餘。現稿存他處，待後擇尤補入。兹先錄其〔滿江紅〕〈北京天安門雪中懷古〉一闋，曰：『一縷斜陽，只影映、千年舊宅。試望那、樓臺深處，已非當日。玳瑁梁空春水綠，梧桐院鎖寒烟碧。剩失羣、孤鳥在林端，聲凄惻。青青柳，蒼蒼柏。寫不盡，興亡迹。向城頭細索，斷戈殘戟。旅客年年鷗夢遠，中原莽莽笳聲急。又無端、風雪滿乾坤，山頭白。』沈雄悲壯，殆類斯人。

上海《愛國月報》一九一五年一二月第一卷第一期

[二]（四），原闕，據上文例補。

紅藕花館詞話

哲廬

《紅藕花館詞話》二六則，載上海《小説新報》一九一六年一月第二年第一期、五月第四期、六月第五期，署『哲廬』，第五期注『未完』；又上海《中華編譯社社刊》一九一七年四月一日第四號一『藝府』欄有《論詞》四則，署『劉哲廬』；另上海《小説俱樂部》一九一八年一月第一期《奩豔叢綴》，有話詞條目三則，署『哲廬』；今合三爲一，得三三則，仍題《紅藕花館詞話》。原均無序號、小標題，今酌加。

紅藕花館詞話目錄

紅藕花館詞話

一　塡詞者軌範

柴虎臣論詞云：旨取溫柔，詞歸蘊籍。暱而閨帷，勿浸而巷曲；浸而巷曲，勿墮而邨鄙。又云：語境，則咸陽古道，汴水長流；語事，則赤壁周郎，江州司馬；語景，則岸草平沙，曉風殘月；語情，則紅雨飛愁，黄花比瘦。毛稚黄謂其雅暢，足爲塡詞者軌範。余亦曰，詞要清空，不必質實；清空則古雅峭拔，質實則凝澀晦昧。詠物之詞，用事不如用意，取形不如取神。不知此，不足與言詞也。

二　詞之工絕處

詞之工絕處，乃不在韻與豔。蓋韻，小乘也；豔，下駟也。韻則近於佻薄，艷則流於褻媟。今人率以是二者言詞，未免失之淺矣。故先哲偶爲詩餘，必先洗粉澤，後除琱繢，靈氣勃發，古色黯然，而以情興經緯其間。梁任公游臺灣，有〈感春〉之作，調寄〔蝶戀花〕，詞凡五首，余最愛其四、五兩首。雖豪宕震激而不失於粗，纏綿輕婉而不入於靡。其四云：『依約年時携手處。謝卻梨花，一夜廉纖雨。雨底蜀魂啼不住。無聊祇勸人歸去。　綿地漫天花作絮。饒得歸來，狼藉春誰主。解惜相思能幾度。輕軀願化相思樹。』其五云：『莫怨江潭搖落久。似説年來，此恨人人有。欲駐朱顔宜倩酒。鏡中爭與花俱瘦。雨横風狂今夕又。前夜啼痕，還耐思量否。愁絶流紅潮斷後。情懷無計同禁受。』其第四首，以臺人多有欲脱籍歸故國者，第五首則當英俄邊境正劇時，故能於豪爽中著一二精緻語，綿婉中著一二激厲語也。操縱自如，尤見錯綜。

三　任公〔浣溪紗〕

任公又有〔浣溪紗〕〈咏壹灣歸舟晚望〉云：『老地荒天閟古哀。海門日落浪崔嵬。憑舷切莫首重回。　費淚山河和夢遠，彫年風瑟挾愁來。不成拋却又徘徊。』余常謂，僻詞宜渾脱，乃近自然；常調宜生新，斯能振動。任公此詞，雖清雅沉着，然不及〈感春〉之作之超絶也。

四　易實甫〔大江東去〕

易實甫，名順鼎，别署哭盦。幼爲神童，長擅吟咏。凡有所作，輒傳遍人口。其爲詩也，行神如空，行氣如虹，足爲李白第二。通州張峯石《一蛩室詩話》中，已備言之。然實甫不僅能詩也，間嘗譜詩餘，亦復迥異凡響。其〈江南舟中所作〉〔大江東去〕云：『英雄往矣，對江山、赢得亂愁千斛。今古夢痕銷不盡，付與敗蕉殘鹿。醉裏征誅，愁邊歌舞，畫就與亡局。欲書遺恨，南山可惜無竹。　應念茂苑風花，壹城煙草，蕭瑟空雲木。曾倚舵樓閒眺望，惟見幕帆沙鶩。貍志祠荒，雀飛橋冷，悽斷前朝曲。無情最是，秦淮一片寒緑。』余常謂，凡寫迷離之況者，只須述景，如『小窗斜日到芭蕉』、『半牀斜月疎鐘後』，不言愁而愁自見。實甫此詞，庶乎近之。

五　詞人規模

哭菴又有〔賀新涼〕詞，其小序云：『泊舟江南，天已向暝，雲影黏樹，濤聲齧沙，廢苑荒城，模糊莫辨。惟有亂蛙代漏，愁月照人而已。觸緒蒼涼，率成此解。』『憔悴江南客。問六代、繁華去後，竟無消息。一片孤城斜照裏，賸有青山半壁。聽打岸、寒潮正急。龍虎銷殘鶯燕老，便英雄、兒女皆陳迹。聊付與，隔江笛。　桃花暗抱脂痕泣。經幾度、移根換葉，嫩紅猶濕。廿四橋邊眉樣月，曾照瓊娘夜立。更不管、玉簫聲寂。流盡舊家簾幕影，恨秦淮、總是無情碧。搖畫舫，到烟夕。』與李後主重光作〔烏夜啼〕一詞，同爲淒婉。後主之詞曰：『無言獨上西樓。月如鈎。寂寥梧桐，深院鎖清秋。　剪不斷。理還亂。是離愁。別是一般滋味、在心頭。』所謂其音哀以思也。諸如此類，均可爲詞人規模。

六　衡陽一雁詞

衡陽一雁，隱其姓名。自謂不解聲韻而愛填詞，然其詞多怨鬱凄豔之句，誠能蓋古排今，便自命爲詞人者，對之愧然。余每讀其詞，輒愛不忍釋。一雁雖曰未學，吾必謂之學矣。余最愛其〔蝶戀花〕小詞云：『人人都道相思苦。儂不相思，也沒相思侶。苦到孤懷無定所。看來還是相思愈。　天若憐儂天應許。儂願相思，可有相思女。倘得相思恩賜與。相思到死無他語。』自謂，此係理想的相思語。推陳出新，此意從未經人道過，深合余『詞宜生新，斯能振動』一語。如孤雲澹月，如倩女離魂，如春花將墮，餘香襲人，韻而不佻，豔而不褻。洵不能與常人一例語也。

七　律詩之於詞

古詩之於樂府，律詩之於詞，分鑣並轡，非有後先。有謂詩降而爲詞，以詞爲詩之餘者，非通論也。詞盛於唐人，而六代已濫觴。梁武帝有〔江南弄〕，陳後主有〔玉樹後庭花〕，隋煬帝有〔夜飲朝眠曲〕，均與詩迴有辨別，安得謂詞卽詩之餘耶。

八　詞有三法

詞有三法：章法、句法、字法。有此三長，方可稱詞。句法中有字面，蓋詞中有生硬字用不得，須是深加鍛鍊，字字推敲響亮，歌誦妥溜，方爲本色語。如賀方回、吳夢窗皆精於鍊字者，多從李長吉、溫庭筠詩中取法來。字面亦詞中之起眼處，不可不留意也。至句法、章法，更無論矣。

九　白樂天詞

白樂天詞云：『花非花，霧非霧。夜半來，天明去。來如春夢不多時，去似朝雲無覓覓處。』此蓋長慶長短句也，而後人則名之爲詞。楊升菴謂此係樂天自度之曲，因情生文，雖〈高唐〉、〈洛神〉之賦，奇麗不及也。歙縣吳東園效其韻體，曰：『烟非烟，霧非霧。逐月來，隨雲去。天寒歲暮總須愁，別有朝陽棲鳳處。』聲韻諧婉，心細如絲，於今人中固爲不可多得矣。然方之古人，未免有點金成鉄之憾。

一〇　龔定菴〔瑤臺第一層〕

龔定菴詞有〔瑤臺第一層〕一闋，詠某王孫事。按：武才人色冠後庭，裕陵得之，會教坊獻新聲，因爲製詞，號曰〔瑤臺第一層〕。定菴此詞，艷冶而不流於穢褻。其詞云：『無分同生，偏共死、天長恨較長。風災不到，明月難曉，曇誓天旁。偶然淪謫[一]處，感俊語、小玉聰狂。人間世，便居然願作，薄命鴛鴦。　　幽香。蘭言半枕，歡期抵過八千場。今生已矣，玉釵鬟卸，翠釧肌涼。賴紅巾入夢，夢裏[二]說、別有仙鄉。渺何方。向璚樓翠宇，萬古攜將。』刻細頗似晚唐。

一一　樊山〔千秋歲引〕

樊山有〔千秋歲引〕四闋，與太白之『暝色入高樓。有人樓上愁』同一趣旨，今錄四之三，以公諸世。其二云：『叮嚀明鏡，莫教紅顏老。人壽月圓花更好。紅蘭卽是相思草。青禽卽是相思鳥。玉璫投，團扇寄，難爲報。　　願金鴨一雙含瑞腦。願紫燕一雙棲玳瑁。願擲黃金買年少。桃花面對桃花笑。蛾眉月寫蛾眉照。萬祝告。千祝告。相逢早。』其三〈贈輕輕〉云：『綠波南浦，一段銷魂賦。怕見江南合歡樹。梨花影似娉婷女。娉婷淚似梨花雨。曲欄干，深院宇，愁來路。　　妾自傍鴛鴦湖畔住。郎自向鳳凰山畔去。試問銀河幾時渡。有情總被無情負。負情悔被多情

[一] 謫，原作『滴』，據《賭棋山莊詞話》續編五改。

[二] 裏，原脱，據《賭棋山莊詞話》續編五補。

誤。欲往愬。休往愬。天憐汝。』其四〈代輕輕答〉云：『蓬山青鳥，枉寄相思字。勞燕東西等閒事。儂情深似桃花水。郎情薄似桃花紙。白頭吟，秋扇賦，休相擬。　了不羡朱翁他日貴。更不望連波今日悔。身似井桐別秋蒂。玉環領略夫妻味。雙文通達夫妻例。笑不是。啼不是。誰爲計。』余竊謂是詞輕而不浮，淺而不露，美而不褻，動而不流，字外盤旋，句中含吐，詞之能事盡矣。

一二　詞難於小令

詞之難於小令，如詩之難於絶句。不過十數句耳，而一句一字都閒不得，末尾最宜留意，有有餘不盡之意乃佳。當以《花間集》中韋莊、溫飛卿爲則，至若陳簡齋『杏花疎影裏，吹笛到天明』，眞是自然而然之句，學詞者，允宜法之。又呂洞賓之『明月斜，秋風冷。今夜故人來不來，教人立盡梧桐影』之句，亦甚雅緻。

上海《小説新報》一九一六年一月第二年第一期，署『哲廬』

一三　詞有四難

詞有四難，一曰用意，二曰鑄詞，三曰設色，四曰命篇。宋人歡愉愁苦之致，動於中而不能抑者，類發於詩餘，故其所造獨臻絶境，工穩無可比擬。四難云者，蓋以沈摯之思，而出之必淺近，使讀之者驟遇之如在耳目之前，久誦之而得雋永之趣，則用意難也；以儇利之詞，而製之必工鍊，使篇無累句，句無累字，圓潤明密，言如貫珠，則鑄詞難也；其爲體也纖弱，明珠翠羽，猶嫌其重，何況龍鸞，必有鮮新之姿而不藉粉澤，則設色難也；其爲境也婉媚，雖以警露取妍，實貴含蓄不盡，時在低徊唱歎之際，則命篇難也。宋人專事之篇什既富，觸景皆會，雖高談大雅，而亦覺其可廢也。

一四　詞之忌

詞，忌陳腐，尤忌深晦；忌率易，尤忌牽澀。曲亦如之。下曲之歌殊不馴雅，文士爭奇炫博，益非當行。大都詞欲藻，意欲纖，用事欲典，然塗附堆砌則不可，意太刻細尤不可，用典偏僻更不可。必也豐腴綿密，流利清圓，令歌者不噎於喉，聽者大快於耳，方爲上乘。詞中句法對待，更當有一定之式，須如孫吳用兵，諸葛佈陣，紀律整嚴，一步不可亂動，斯可稱詞。倘可漫爲，則人人皆能之，不足貴矣。試觀《西廂》全傳，意態橫生，行雲流水，却又嚴肅整齊，絲毫不亂，故人爭稱羨之。吳石華《桐花閣詞》，郭頻伽先生以爲跌宕而婉，綺麗而不縟，有少游之神韻，而運以梅溪、竹山之清眞者也。〔黄金縷〕云：『柳絲細膩烟如織。病過花朝，又是逢寒食。多少春懷抛不得。都來壓損眉峯窄。　可憐生抱傷心癖。一味多愁，只恐非長策。葬罷落花無氣力。小闌干外斜陽碧。』〔減蘭〕〈過秦淮〉云：『春衫乍換。幾日江頭風力輭。眉月三分。又聽簫聲過白門。　紅樓十里。柳絮濛濛飛不起。莫問南朝。燕子桃花舊板橋。』均可誦。

一五　〔江城梅花引〕四病

詞中〔江城梅花引〕一調最難措手。長句轉接處易俚，一病也；短句重疊處易滑，二病也；兩段結處易澀，三病也；措語類曲，四病也。康伯可『娟娟霜月』，千秋絕唱，罕有嗣音。郭頻伽一闋云：『一重方定一重紗。采蓮花。采菱花。愛住吳船，生小號吳娃。牆內紅樓樓外水，有明月，照[一]，鴛鴦、宿那家。那家。那家。在天涯。雨又斜。雲又遮。聽也聽也[二]，聽不到、一曲琵琶。漸漸西風，秋柳不藏鴉。欲倩西風吹夢去，還只恐，夢魂中、太遠些。』音節和緩，情景迷離，眞合作也。

一六　詞格

白樂天〈花非花〉詩，唐人〔醉公子〕詞，長孫無忌〔新曲〕，楊太眞〔阿那曲〕，自是詞格。餘若〔水調歌頭〕諸名，實爲樂府，然其語有近詞者，則亦可以詞名之，如隋帝〔望江南〕，徐陵〔長相思〕，初亦何嘗是詞，而句調可塡，郎爲塡詞。由是推之，則梁武〔江南弄〕諸樂，以及鮑照〔梅花落〕，陶宏景〔寒夜怨〕，徐勉〔迎客〕、〔送客〕，王筠〔楚妃吟〕，梁簡文〔春情〕，隋煬〔夜飲朝眠曲〕，皆謂之古調，何不可哉。

一七　宋徽宗天才甚高

宋徽宗天才甚高，詩文而外，尤工長短句，當作〔探春令〕云：『簾旌微動，峭寒天氣，龍池冰泮。杏花笑吐香猶淺。又還是、春將半。　清歌妙舞從頭按。等芳時開宴。記去年、對著東風，

[一] 照，原脱，據律及《浮眉樓詞》卷一補。

[二] 聽也聽也，原作『聽也』，據律及《浮眉樓詞》卷一補。

曾許不負鶯花願。』又有〔聒龍謡〕、〔臨江仙〕、〔燕山亭〕等篇，皆清麗淒惋。〔燕山亭〕者，徽宗北轅後賦杏花者也，哀情哽咽，髣髴南唐李後主，令人不忍多聽。詞曰：『裁剪冰綃，輕疊數重，冷澹胭脂勻[一]注。新樣靚妝，豔溢香融，羞殺蕊珠宫女。易得凋零，更多少、無情風雨。愁苦。閒院落淒涼，幾番春暮。　　憑寄離恨重重，這雙燕何曾，會人言語。天遥地遠，萬水千山，知他故宫何處。怎不思量，除夢裏、有時曾去。無據。和夢也、有時不做。』

一八　詞與詩其所以不同

詞與詩不同，然人僅知其不同，而不知其所以不同也。詞之句語，有兩字、三字、四字至七八字者，惟疊實字，讀之且不通，况付雪兒乎。合用虚字呼喚。一字如『正、但、任、况』之類，兩字如『莫是、又還』之類，三字如『更能消、最無端』之類，却要用之得其所。漁洋山人曰：『無可奈何花落去，似曾相識燕歸來』，定非香奩詩；『良辰美景奈何天，賞心樂事誰家院』，定非艸堂詞。斯卽詞曲之分界也。

一九　詞中關鍵

詞之語句，太寬則容易，太工則苦澀。如起頭八字相對，中間八字相對，却須用工著一字眼，與詩眼相同。如八字既工，下句便合少寬，庶不窒塞。約莫太寬易，又著一句工緻者，便精粹，此詞中

[一] 勻，原無，據《全宋詞》補。

之關鍵也。詞中用事最難，要緊著題，融化不澀。如東坡〔永遇樂〕云『燕子樓空，佳人何在，空鎖樓中燕』，用張建封事；白石〔疎影〕云『猶記深宫舊事，那人正睡裏，飛近蛾緑』，用壽陽事；又云『昭君不慣胡沙遠，但憶江南江北。想佩環、月下歸來，化作此花幽獨』，用少陵詩，此皆用事不爲所使，寫景之工者。如尹鶚[一]『盡日醉尋春，歸來月滿身』，李重光『酒惡時拈花蕊嗅』，李易安『獨抱濃愁無好夢，夜闌猶剪鐙花弄』，劉潛夫『貪與蕭郎眉語，不知舞錯〔伊州〕』，皆入神之句。

二〇　詞以少游易安爲宗

詞以少游、易安爲宗。秦少游〔踏莎行〕云：『霧失樓臺，月迷津渡。桃源望斷無尋處。可堪孤館閉春寒，杜鵑聲裏斜陽暮。　驛寄梅花，魚傳尺素。砌成此恨無重數。郴江幸自繞郴山，爲誰流下瀟湘去。』東坡絕愛尾兩句，自書於扇曰：『少游已矣，萬身莫贖。』《詞苑》謂『「不如杜鵑聲裏斜陽暮」，尤堪斷腸。』然少游爲詞極須沈吟，鏟盡浮詞，直抒本色，此其所以爲宗也。李易安作〔重陽〕〔醉花陰〕詞，寄其夫趙明誠，云：『薄霧濃雲愁永晝。瑞腦噴金獸。佳節又[二]重陽，寶枕紗廚，半夜涼初透。　東籬把酒黄昏後。有暗香盈袖。莫道不銷魂，簾捲西風，人似黄花瘦。』《瑯環記》記是詞，謂：當時明誠自愧不如，乃忘寢食三日夜，得十五闋，雜以易安作，以示陸

[一] 鶚，原作『鄂』。
[二] 又，原脱，據《全宋詞》補。

德夫。德夫玩之再三，曰：祇有『莫道不銷魂』三句爲最佳。正易安之作也。易安又有〈春晚〉〔如夢令〕云：『昨夜雨疎風驟。濃睡不消殘酒。試問捲簾人，却道海棠依舊。知否。知否。應是綠肥紅瘦。』前輩競稱易安『綠肥紅瘦』一語爲佳作。花菴詞客頗稱易安〔壺中天〕詞『寵柳驕花』句，突過『綠肥紅瘦』一語，然昔人未有道者。

上海《小說新報》一九一六年四月第二年第四期，署『哲盧』

二一　東坡風調

賀黃公謂：蘇子瞻有『銅喉鐵板』之譏，然〔浣溪沙〕〈春歸〉詞云：『綵索身輕常趁[一]燕，紅窗睡重不聞鶯』，如此風調，令十七八女郎歌之，豈在『曉風殘月』之下。余謂，此實足以覘才子固無所不能也，如烏程朱行中，與東坡同遭貶謫，人但知其能文，而行中亦擅與[二]，如其所作〔漁家傲〕云：『小雨纖纖風細細。萬家楊柳青烟裏。戀樹濕花飛不起。愁無際。和春付與東流水。九十春光能有幾。金龜解盡留無計。寄語東陽沽酒市。拚一醉。而今樂事他年淚。』讀其詞，想見其人，不愧爲東坡黨也。

[一] 趁，原作『起』，據《皺水軒詞筌》改。下則『趁』字同。

[二] 擅與，疑當作『擅詞』。

二二　東坡能歌

世言東坡不能歌，故其所作樂府，多不協律，是則非然。晁以道謂：紹聖初，與東坡別於汴上，東坡酒酣，自歌〈陽關曲〉。然則公不能歌之言，僞也。但賦性豪放，不喜翦裁以就聲律耳。試取東坡諸詞歌之，曲終覺天風海雨逼人。蓋詞至東坡，已一洗前人綺羅香澤之態，使人登高望遠，舉首浩歌，超乎塵埃之外。於是《花間》爲皂隸，柳氏爲輿臺矣。或謂子瞻之詞，如『與誰同座[一]。明月清風我』，『明月幾時有，把酒問青天』，快語也；『大江東去，浪淘盡、千古風流人物』，壯語也；『杏花疎影裏，吹笛到天明』，爽語也；『綵索身輕常趁燕，紅窗睡重不聞鶯』，綺語也。然則博如東坡，雖爽快、雄壯、旖旎之語，尚能兼之，誰謂東坡不能歌耶。

二三　詞與古詩

詞有與古詩同義者，如『瀟瀟雨歇』，〈易水〉之歌也；『聞是天涯』，『麥蘄』之詩也；『又是羊車過也』，〈團扇〉之辭也；『夜夜岳陽樓中』，『日出當心』之志也；『已失了春風一半』，『鯢[二]居』之諷也；『瓊樓玉宇』，〈天問〉之遺也。詞有與古詩同妙者，如『問甚時同賦，三十六

[一] 座，原作『生』，據《全宋詞》改。

[二] 鯢，原作『鰥』，據《七頌堂詞繹》改。

陂〔二〕秋色』，即灞岸之興也；『關河冷落，殘照當樓』，即〈勑勒〉之歌也；『危樓雲雨上，其下水扶天』，即『明月積雪』之句也；『燕子樓空，俠人何在，空鎖樓中燕』，即『平生少年』之篇也。

二四　詞名多取詩句之佳者

詞名多取詩句之佳者，如〈夏雲峯〉則取『夏雲多奇峯』句，〈黃鶯兒〉則取『打起黃鶯兒』句是也。獨〈酹江月〉、〈大江東去〉，則因東坡〈念奴嬌〉詞內有『大江東去』、『一樽還酹江月』二句，遂易是名。夫以詞中句，而反易詞名，則詞亦偉也。今人不知詞者，動訛『大江東去』，彼亦知其詞如是偉耶。

二五　後唐莊宗詞

〈一葉落〉、〈陽臺夢〉，皆後唐莊宗所製。〈一葉落〉云：『一葉落。褰珠箔。此時景物正蕭索。畫樓月影寒，西風吹羅幙。吹羅幙。往事思量着。』〈陽臺夢〉云：『薄羅衫子，金泥鳳困。纖腰怯，銖衣重。笑迎移步小蘭叢。嚲〔三〕金翹翠鳳。嬌多情脈脈，羞把同心撚弄。楚天雲雨却相和，又入陽臺夢。』舊本有改『金泥鳳』『鳳』字爲『縫』字者。

〔二〕陂，原作『波』，據《全宋詞》改。
〔三〕嚲，原作『彈』，據《歷代詞人考畧》卷三改。

二六　塡詞必溯六朝

塡詞必溯六朝者，亦昔人探河窮源之意。如梁武帝〔江南弄〕云：『衆花雜色滿上林。舒芳[一]耀采垂輕陰。連手[二]蹀躞[三]舞春心。舞春心。臨歲腴。中人望，獨踟躕。』梁僧法雲〔三洲歌〕一解云：『三洲。斷江口。水從窈窕河旁流。啼將別共来。長相思。』二[四]解云：『三洲。斷江口。水從窈窕河旁流。歡將樂共來。長相思。』梁臣徐勉〔迎客曲〕云：『絲管列，舞曲陳。含羞未奏待佳賓。羅絲管，陳舞席。斂袖嘿脣迎上客。』〔送客曲〕云：『袖繽紛，聲委咽。歌曲未移高駕別。爵無算，景已流。空紆長袖客不留。』隋煬帝〔夜飲朝眠曲〕云：『憶睡時，待來剛不來。卸妝仍索伴，解佩更相催。博山思結夢，沈水未成灰。』『憶起時，投籤初報曉。被惹香黛殘[五]，枕隱金釵梟。笑動上林中[六]，除却司晨鳥。』王叡〔迎神歌〕云：『蓪草頭花柳葉裙。蒲葵樹下舞蠻

〔一〕芳，原作『芽』，據《詞品》卷一改。
〔二〕手，原作『年』，據《詞品》卷一改。
〔三〕蹀躞，一作『躞蹀』。
〔四〕二，原作『三』。
〔五〕被惹香黛殘，原作『被蒸香薰殘』，據《詞品》卷一改。
〔六〕上林中，《詞品》卷一作『上林鳥』，《歷代詩餘·詞話》卷一作『上林中』。

雲。引領望江遙滴淚，白蘋風起水生紋。』〔送神歌〕云：『棖棖山響答琵琶。酒濕青莎〔二〕肉飼鴉。樹葉無聲神去後，紙錢飛出木棉花。』此六代風華靡麗之語，後來詞家之所本也。

上海《小説新報》一九一六年五月第二年第五期，署『哲盧』

二七　詞家所本

詞起於唐人，而濫觴于六代。梁武帝有〔江南弄〕，陳後主有〔玉樹後庭花〕，隋煬帝有〔夜飲朝眠曲〕。六代風華靡麗之語，皆後來詞家之所本也。

二八　填詞小技

《藝苑卮言》（王元美著）云：填詞小技，尤爲謹嚴。由是見知詞故難，作詞亦未易。柴虎臣云：旨取溫柔，詞歸蘊藉，暱而閨帷，勿浸而巷曲；浸而巷曲，勿墮而郙鄙。又云：語境，則咸陽古道，汴水長流；語事，則赤壁周郎，江州司馬；語景，則岸草平沙，曉風殘月；語情，則紅雨飛愁，黃花比瘦。可謂雅暢深致。

二九　作詞必先選料

作詞，必先選料，大約用古人之事，則取其新僻而去其陳因；用古人之語，則取其清雋而去其平

〔二〕青莎，原作『青沙』，據《歷代詞話》卷一改。

實；用古人之字，則取其鮮麗而去其淺俗。澹而彌永，清而不膚，渲染而多姿，琱刻而不病格，節奏精微，輒多弦外之響。是謂以無累之神，全有道之器。

三〇　作詞

作詞，先小令而後長調，猶作詩之先律絕而後古風也。小令貴有風致，柔情曼聲，最爲相宜。若長調而亦喁喁細語。則失之弱矣。故須慷慨淋漓，沈雄悲壯，乃爲合作。其不轉韻，以調長恐勢散，而氣不貫也。

上海《中華編譯社社刊》一九一七年四月一日第四號，署『劉哲廬』

三一　吴趼人豔體詩詞

晚清之世論小説者，咸推重李伯元、林紓、吴趼人[一]三家。李別署『南亭亭長』，以《官場現形記》得名，惜早世；琴南所出小説不下百種，然皆譯本，文筆又秘奥，入古識者賞之，而之無僅識者閲之，殊味同嚼蠟；新小説中，求頹逷暢達、婦孺共曉、雅俗同賞者，厥惟我佛山人《二十年目覩之怪現狀》一書。吴本廣東佛山人，故自號『我佛山人』也。是書上自國家，下至閨闥，繪影繪聲，維妙維肖，齷齪世態，盡收入佛山腕底毫端矣。然佛山不僅能小説也，尤善豔體詩詞。如〈美人小字〉調寄〔憶漢月〕云：『恩愛夫妻年少。私語喁喁輕俏。問他小字每模糊，欲説又還含笑。

[一] 吴趼人，原作『吴研人』。

被他纏不過，說便說、郎須記了。切莫說與別人知，更不許、人前叫。』〈美人怒〉調寄〔解珮令〕云：『喜容原好。愁容亦好。驀地間、怒容越好。一點嬌嗔，襯出桃花紅小。有心兒、使乖弄巧。問伊聲悄。憑伊怎好。拚溫存、解伊懊惱。剛得回嗔，便笑把、檀郎推倒。甚來由、到底不曉。』〈美人孕〉調寄〔荊州亭〕云：『一自夢熊占後。惹得嬌慵病久。個裏自分明，羞向人前說有。鎮日貪眠作嘔。茶飯都難適口。含笑問檀郎，梅子枝頭黃否。』能以白描之筆，寫出兒女口吻，却香豔絕倫，栩栩欲活。我佛山人又有〈戍婦詞〉三章，足當得『哀感頑艷，纏綿淋漓』八字之評品。其一云：『喔喔籬外雞，悠悠河畔砧。雞聲驚妾夢，砧聲碎妾心。妾心欲碎未盡碎，可憐落盡思君淚。妾心碎盡妾悲傷，游子天涯道阻長。道阻長，君不歸，年年依舊寄征衣。』其二云：『嗷嗷天際雁，勞汝寄征衣。征衣待禦寒，莫向他方飛。天涯見郎面，休言妾傷悲。郎君如相問，願言常如郎在時。非妾故自諱，郎知妾悲郎憂思。郎君憂思易成病，妾心傷悲妾本性。』其三云：『圓月圓如鏡，鏡中留妾容。圓月照妾亦照君，君容應亦留鏡中。兩人相隔一萬里，差幸有影時相逢。烏得妾身化妾影，月中與君談曲衷。可憐圓月有時缺，君影妾影一齊沒。』余嘗謂，近人所作香艷詩詞，往往堆砌許多魚蟲花鳥之字，却不合竅，即或有一二可觀之詩，亦皆誨淫之作，終不若我佛山人，於淡淡中偏有無窮興趣也。

三二　蔣藹卿詩詞

錢塘蔣藹卿先生（坦）遺著如《秋燈瑣憶》、《微波詞》，原版均付之一炬，其書散佚，人間不多。吉光片羽，彌覺可珍。無錫王蓴農所著《然脂餘韻》，亦有言念古人惓懷不已之慨。深以未見其詩爲憾。余家舊存此書，垂數十年，幼時酷愛之。及今能顛倒背誦，不差一字。

三三　關秋芙詩詞

蔣藹卿之德配關秋芙（鍈）擅詩詞，未歸蔣時，已有〈初冬〉詩騰譽蜚聲，傳誦一時。其詩有云：『雪壓層簷重，風欺半臂單。』藹卿猶疑其爲阿翹假托。來歸之夕，伉儷聯句，漸詠漸難。蓋秋芙好以險韻及僻字入詩，藹卿至是，乃舌撟不能下。及後，著有《夢隱詞》，詞致綺麗，香艶無藝[一]，同與《微波集》焚去。是書余有藏本，以蕁農頗愛之，故已贈之矣。茲憶得〔憶江南〕六闋，錄之如下。詞云：『長相憶，最憶是江南。春水落花鷗夢闊，夕陽疎柳雁天寬。斜立各回看。』『長相憶，正月十三時。記得去年今日事，半窗燈影兩人兒。一個畫烏絲。』『長相憶，欲寫錦書遲。幾個傷心眠又減，一春無病瘦難醫。欲説又瞞伊。』『長相憶，心上數錦鞍。一角荒城三點塔，半帆秋水四圍山。畫滿碧蘭干。』『長相憶，對影自徘徊。安鏡從無臺不用，行船那見水分開。不信問瑤釵。』『長相憶，相憶在河干。過盡歸舟人不見，晚潮初落柳毵毵。何處望江南。』又有〔卜算子〕〈寄藹卿〉云：『難得望春來，君又留難住。到得君歸沒杏花[二]，却又愁春去。　春去肯從來，花落還開否。到得明年有杏花，又欲聽春雨。』〔賀新郎〕〈題秋林著書圖〉云：『一夜青溪雨。已

[一] 無藝，疑當作『無藝』。

[二] 沒杏花，原作『後杏花』，據《夢影樓詞》改。

千山萬山，黄葉飄流無主。何况愁秋人寂寞，那不鬢絲成素。算還是、青氈抛去。儂理絲筒君把鈎[二]，尚全家、靠得魚竿住。便鷗鳥，也應許。　人生多被浮名誤。念當時、螢飄蠹老，幾人詞賦。如此葫蘆依樣畫，怎免樵夫笑汝。空贏得、塵埋玉樹。不及西風枝上葉[三]，到飄零、尚有歸根處。君不見，杜陵墓。』

上海《小説俱樂部》一九一八年一月第一期，題『奩豔叢綴』，署『哲盧』

〔二〕鈎，《夢影樓詞》作『釣』。

〔三〕枝上葉，原作『枝葉』，據《夢影樓詞》補。

雙鳳閣詞話

鴛雛

《雙鳳閣詞話》三一則，載上海《申報》一九一六年五月一二日起，訖八月九日；又載上海一九一八年一〇月二〇日小説叢報社、崇文書局《二雛餘墨》；《雙鳳閣詞話續稿》九則，載上海小説叢報社、崇文書局一九一八年一〇月二〇日版《二雛餘墨》；均署「鴛雛」。今據《申報》逐録爲卷一，校以《二雛餘墨》；以《二雛餘墨》所載《續稿》爲卷二。原無序號、小標題，今酌加。

雙鳳閣詞話目錄

卷一

卷二

雙鳳閣詞話卷一

一　合辛周爲一手

甲寅夏日，消暑於松江城南之幾園，疎簾清簟間，稍稍學爲填詞。唐宋以來，莫不涉獵，不欲以門户之見，害其所好。姚師鵷雛，謂同社無錫王蒓農（蘊章），持論亦如是。嘗見其〈覆鵷師箋〉云：『夢窗詞，弟亦嫌其過費氣力。清空如玉田，豪雄如稼軒，渾脱如清眞，得其一節，無慚作者。而某公等必欲揚此抑彼，殊近偏激。懷此有年，得公爲證，心期欣快何如也。』箋尾附二詞，〔貂裘換酒〕〈題鈍艮紅薇感舊記〉云：『脱帽悲歌起。數平生、一簫一劍，更無知己。不是揚州狂杜牧，十載鬢星星矣。忍更說、墜歡重理。駿馬美人都去也，莽乾坤、合爲多情死。負此者，有如水。狂言忍發君須記。遍相思、靈均香草，澧蘭沅芷。結客他年公事了，還我傾城名士。更碌碌、嗤他餘子。痛哭山中閒日月，肯如今、短盡英雄氣。浮大白，拚沉醉。』〔太常引〕〈題亞子分湖舊隱圖〉云：『五湖歸記太無聊。魂也不禁消。何處木蘭橈。看畫裏、烟波路遥。　松陵十四，碧城十二，吹瘦小紅簫。酒醒又今宵。有自琢、新詞最嬌。』直合辛、周爲一手矣。

上海《申報》一九一六年五月一二日

二　集詞句爲聯語

集詞句爲聯語，頗見風致。集玉田、梅溪云：『石磴拂松陰，幾曲闌干，古木迷鴉峯六六；烟光搖綠瓦，一屏新繡，芙蓉孔雀夜溫溫。』集稼軒、草牕云：『雲洞插天開，欲往何從，一百八〔一〕盤狹路；湘屏展翠疊，臨流更好，幾千萬縷垂楊。』集晉卿、永叔云：『海棠開後，燕子來時，黃昏庭院；紅粉牆頭，秋千影裏，臨水人家。』集稼軒云：『素壁寫歸來，畫舫行齋〔二〕，細雨斜風時候；瑤琴才聽澈，鈞天廣樂，高山流水知音。』集清眞云：『錦幄初溫，葡萄架上春藤秀；闌干四繞，蒼蘚松階秋意濃。』集草窗云：『蓮葉共分題，貯月杯寬，笑拍闌干呼范蠡；篔屏掩雙扇，避風臺淺，旋移芳檻引流鶯。』集梅溪云：『竹杖敲苔，倚窗小梅覓句；簾波浸筍，閉門明月關心。』集夢窗云：『數曲闌干，人事迴廊縹緲；一奩越鏡，仙山小隊登臨。』皆自然而渾者也。

三　綺庵〔沁園春〕

詠物之作，以王中仙爲上，其詞旨凄咽，寄托遙深，不足以禁體限之。近見有綺庵者，〔沁園春〕〈賦藕絲〉云：『一舸搖紅，三十六陂，人來采香。看碧搓柳綫，撩將桂棹；翠牽荇帶，攔斷銀塘。輕擘冰綃，徐舒玉腕，委霧凝霜細較量。閒無事，把金針七孔，爭補荷裳。　飄烟曳雨情傷。

〔一〕八，原作『人』。

〔二〕齋，原作『商』，據《全宋詞》改。又，《清稗類鈔》二九冊文學類作『艤』。

算抽出、相思寸寸長。只青錢貫了，同心結小；明珠穿得，續命絲長。織倩湘妃，纔憑漢女，新試羅衫學淡妝。好綠雲深處，繫住鴛鴦。〔一〕』未知是同社虞山龐蘗子（樹柏）所作否。

上海《申報》一九一六年五月一五日

四　莊永祚《西堂詞》

《西堂詞》，署雲間莊永祚天申著，詞格稍遜容居，然亦蒨婉可誦。〔憶泰娥〕云：『雕闌畔。落紅似醉閒庭院。閒庭院。芹香翠徑，和風輕扇。　畫梁雙燕聲如剪。惜春歸去添離怨。添離怨。朱門深處，繡床人倦。』斷句如〔賣花聲〕云：『樓外長條親折贈，却又青青。』〔減蘭〕云：『倦眼還開。不寐如何有夢來。』尚有〔漁家傲〕〈閨詞〉十二首，與容居詞同韻，爲一時唱酬之作，明矣。并附錢芳標、范武功和作，不能盡錄。

五　汪价《半舫詞》

《半舫詞》，署汪价著。天然散人云：『汪价號三儂，嘉定人，有《三儂嘯旨》。』《半舫詞》神似玉局。〔雨中花〕〈閨思〉云：『春起嬾將殘鬢束。向鏡面、照了還覆。却裙帶輕拈，鞋尖漫點，斜倚闌干曲。　風色微薰花氛郁。已作（去）就、一天新綠。看燕子雙雙，鶯兒對對，只有人兒獨。』〔點絳脣〕〈初夏〉云：『風色初薰，竹香細細抽新翠。疏簾影裏。小燕窺人睡。　閒處

〔一〕『好綠雲』句，其上疑闕三字句。《詞譜》所收〔沁園春〕計七體，結均作『三，五，四。』。

偷行，領得花滋味。初時喜。歸時心悸。以後長如醉。』〔臨江仙〕〈罨畫溪〉云：『廿載前頭溪上宿，山光水色花香。今番重到白鷗鄉。扁舟獨放，野鳥語淒涼。　碧竹紫藤都化去，當年歌吹興亡。漫登危閣斷人腸。遠峰橫處，依舊有斜陽。』斷句如〔西江月〕云：『手搓澀眼倦還眠。好夢重尋一遍。但憑柳頰與花孱。知道曉妝深淺。』馮夢華謂，蘇詞有四難：獨往獨來，一空羈靮，一也；含剛吐柔，發其絕詣，二也；忠愛之誠，深以寄託，三也；笑樂哀傷，皆中其節，四也。所以振北宋之緒，挽秦柳之風，與稼軒各樹一幟，不域于世。世第以豪放目之，非知蘇辛者也。余謂三儂之詞，能知蘇辛者也。

六　施子野《花影詞》

施子野，亦雲間人。是李笠翁一流，著有本曲多種。曾於同邑費龍丁〔硯〕許見之，間[一]《花影詞》□卷，與天然散人所錄，稍有出入。〔浣溪紗〕云：『半是花聲半雨聲。夜兮淅瀝打疏櫺。薄衾單枕一人聽。　密約不明渾夢境，佳期多半待來生。淒涼情況是孤燈。』〔憶秦娥〕云：『闌十曲。竹浸一池春水綠。春水綠。消閒棋子，破愁雙陸。　花逋酒負何時贖。多情反被情拘束。情拘束。不堪重見，燕飛華屋。』觀此風情，固不薄也。

上海《申報》一九一六年六月三日

〔一〕間，疑當作『著』。

七　碧海逸伶《秋屏草》

《秋屏草》，署碧海逸伶著。〔菩薩蠻〕云：『酡顏綠髮稱才子。十年不合長如此。柳色黯雕輪。門前春水深。　羞將愁拍促。細按〔涼州曲〕。風起赤闌橋。低頭魂欲銷。』『春遊慣說江南好。春光復向江南老。何惜馬蹄遙。東風烏鵲橋。　愁多容易醉。强拾佳人翠。滿院碧桐花。鈎簾日已斜。』『鶯歌欲靜芳塵歇。垂楊滿院花飛雪。蕩子不歸家。空羞雙雀釵。　江南音信斷。望斷江南岸。青草咽斜陽。羅衣黯淡香。』〔浣谿紗〕云：『放浪青山久不歸。姑蘇臺下鷓鴣飛。古堤疎柳淡烟微。　欲問興亡徒草草，五湖西去又斜暉。一番新恨畫羅衣。』斷句，如〔菩薩蠻〕云：『江晚日初低。猿啼知妾啼。』〔江南好〕云：『酒旗風急杏花殘。人醉影闌珊。』〔臨江仙〕云：『夕陽無際，山色亂流中。荻花吹動，江月小如錢。』才子諸闋，絕似韋莊留蜀之作，於言語文字之外，見其傷心，至詞氣之跌宕風流，讀之盪氣。暗香水殿，舊國之思，殆自隱於伶邪。嗟嗟，江南花落，老去龜年，安得起天然散人問之，知其爲誰某邪。

八　范武功《四香樓詞》

《四香樓詞》，署范武功著。〔臨江仙〕〈金陵〉云：『曾繫扁舟桃葉渡，雙柑斗酒頻携。青山無數夕陽西。畫樓深院，細雨杏花飛。　千古江流流不盡，後湖草冷烟低。客窗何事最凄其。六朝宮樹，夜夜子規啼。』斷句，如〔玉蝴蝶〕云：『怎消除五更香夢，空斷送一段春天。』原稿爲燒痕所廢，未窺全豹，然亦俊才也。與周冰持、莊天申多唱和。及有《葺城紀事詞》，當是雲間人。

九　周穉廉〔沁園春〕

《容居堂詞》[一]，署周穉廉著。〔沁園春〕句云：『望空濛花徑，夢來夢去；參差柳影，疑短疑長。』爲索茗白龍潭蕭九娘家作，亦吾松韵事也。

一〇　張頸頑〔減蘭〕

《□□詞》，署張頸頑著。〔減蘭〕云：『愁來何處。遠在門前烏柏樹。近在眉頭。最有眉頭耐得愁。　菱花似月。照出花容紅一捻。無淚沾襟。秋在眉頭愁煞人。』似《憶雲》。

上海《申報》一九一六年六月四日

一一　《望雲詞》哀感頑艷

《望雲詞》，□□□著。〔望江南〕云：『山萬疊，石壁插天關。絕巘雲排孤塔秀，大江烟雨萬松寒。一雁拾蘆還。』〔更漏子〕云：『玉參差，金□□。墻外曾聞一笑。纔轉眼，急回身。綠楊影裏人。　金燼短。犀簟軟。人和影兒都遠。捱夜夜，數更更。今生睡不成。』〔水龍吟〕〈楊花〉云：『空中似有還無，白楊一片飛花墜。輕於蕩子，短于閨夢，澹于春思。黏著葳蕤，穿將麗霙，雙環半臂。想漢宮張緒，靈和殿側，嬾更三眠三起。　一望盤渦沙嘴，似江天殘虞密綴。曉烟籠破，

[一] 容居堂詞，原作『□□詞』，據《全清詞·順康卷》補。

曉星逼冷，曉風揉碎。桂闕含秋，銀塘抹粉，銅鋪浸水。願隨花飄傍，那人謙衾枕，偷沾鉛淚。』〔清平樂〕云：『柳風梅雪。繡幙雲彄月。花氣撲簾香影折。睡煖一雙蝴蝶。　歛眉獨倚金扉。輕寒吹上銖衣。滿地星紅小綠，鳳尖怕蹴香泥。』斷句如〔如夢令〕云：『輕薄。輕薄。人被柳絲兜着。』〔薄倖〕云：『溪心寒月。爲流急、纔圓便缺。』諸詞哀感頑艷，亦松卿、端己之遺，至於深思寄意，其亦勝國遺臣乎。

一二　《空瞳子詞》〔鷓鴣天〕

《空瞳子詞》，不署名。〔鷓鴣天〕句云：『鳳靴細按新檀板，隔箇窗兒分外明。』新意。

上海《申報》一九一六年六月五日

一三　約爲選政

天然散人所錄如是[一]，都吾松軼詞。書賈語余，得自一李姓家，然無實據可攷。邇來索居無事，與同邑吳遇春（光明），約爲選政。遇春之《谷水詩徵》，自清嘉慶始；余之《谷水詞徵》，依《松風餘韻》、《松江詩鈔》爲例，蒐采之難，其終乃不可知。世方多故，余等獨作風月閒人想，亦復自笑。余〈答遇春〉詩，所謂『世亂還宜論詩格，自教刻意到宮商』，正有不能已者。安得多如天然散人者，饗余深也。

[一] 如是，原作『至是』，據《二雛餘墨》改。

一四　李笠翁《耐歌詞》

《耐歌詞》，李笠翁著。董石甫《三岡識略》謂其『淫蕩不檢，工媚時世』，至欲屏於士夫以外。余友同邑張破浪（社浩）則特愛其詞，以爲哀感頑艷，皆從性情中來，深非石甫之說。以質於余，余意天下初無美惡，在人人之眼光爲變動耳。姑錄其詞，如〈一剪梅〉〈廣陵〉云：『此番再過玉人樓。喚汝回頭。切莫回頭。』〈點絳脣〉〈用情〉云『怕有人聽，一半留將住。』〈虞美人〉〈代柬〉云：『當時作俑豈無人，那得繡針十斛、刺伊心。』意思固精微深刻者也。

一五　〈沁園春〉〈咏艷〉二十首

〈沁園春〉〈咏豔〉二十首寫本，幀尾有慶雲篆印，字體婉弱，類出閨人之手。其中劉改之四首，見於《草堂詞》外，有范纘〈美人齒〉云：『雙鳳帷中，嫣然微笑，半露朱櫻。向翠簾弄筆，濬浸墨瀋；綠牕擘線，濕膩紅星。香沁歌珠，脂黏暖玉，怕見枝頭梅子青。沉吟久，更巡檐鵶噪，低叩聲聲。　相看恰是芳齡。每閒餵、鵁哥剝紫菱。喜含嬌剔罷，春纖甲軟；幽歡嚙處，錦被痕輕。甘液流芳，清泉初漱，細嚼花須吐畫檽。雕軒下，等檀郎不到，切恨無情。』原註：見《四香樓詞》，當是范武功作。

上海《申報》一九一六年六月一一日

一六　側艷之什

錢葆馚〔二〕〈美人唾〉云：『羅袖花輕，點點仍留，鏤金舊箱。記鏡前斑管，欲拈先潤；簾前弱線，已斷猶香。窻紙偷穿，書緘密啓，沾著些些濕不妨。粧臺倦，爱越梅青小，齒軟津涼。有時吹罷笙簧。落幾顆、隨風小夜光。更玉魚含後，脂痕隱映；錦衾嚙處，檀印顛狂。不枉如飴，眞堪消渴，莫作薔薇曉露嘗。藍橋路，算華池除却，那覓瓊漿。』原著見《湘瑟詞》，自署『申浦漁郎』。錢立山〈美人腕〉云：『碧藕華池，雪向銀盆，皎然素鮮。想雲和斜抱，清輝乍映；霓裳罷按，紅袖輕纏。約鬢微拳，洗粧全露，帶出些兒齒印偏。嬌憨處，似不任鸞繡，故倚郎肩。有時鏤枕欹眠。襯蝤領、鴉鬟相近邊。爱無多弱骨，恰勝金釧；有餘豐膩，渾惹芳煎。搗素何柔，臨書絕勁，不繫朱絲亦可憐。多應是，向洛波深處，采得芝玄。』自署『漱湄老人』。尚有一峰墨堂數首，未能悉錄。多不知其出於何本也。或於是類側艷之什，譏爲纖細。然當春寂晝長，就白梨花底唱之，眞覺鬢角衣波，呼之欲出也。

一七　〈憶江南〉二十首

失名〈憶江南〉二十首，附黏前幀之後。其詞艷怨沉幽，逼近皇甫。錄其三、十一、十六、十九云：『江南好，梅雨掩重門。不是麝臍浮小鬟，果然獺髓沒雙痕。絮語酒微溫。瀟瀟響，還共

〔二〕原作『紛』，《二雛餘墨》作『芬』。

聽黄昏。心似芭蕉長有淚，手撫芍藥已消魂。則怕是離樽。』『江南好，麥信一番寒。碧茗焙香松葉路，銀鰣翻雪楝花灘。怊悵又春殘。梅梢雨，千子綠新乾。幽夢蝶驚虛畫枕，小詞蠅細滿烏闌。和淚寄伊看。』『江南好，別是一家春。彈去金丸花滿地，坐來青翰月隨身。風淺露華新。江南事，是處可傷神。心似明珠常不定，人如照鏡未曾眞。一載夢頻頻。』『江南夜，最是五更長。昨日事如天上遠，前生人在夢中忙。切莫負春光。江南恨，難向酒杯忘。殘雨數聲敲玉枕，飛花一點逗紅窗。宿燕已雙雙。』後跋似鄉先輩郭友松（福衡）墨跡，跋云：『閲宋轅文集内，載〔憶江南〕第十九首下半闋，「宿燕」句易爲「切莫負時光」，則知此全篇，係是人所作無疑矣。』按轅文名徵輿，號直方，華亭人。

上海《申報》一九一六年六月一三日

一八　何琢齋《幗篋詞》

《幗篋詞》，華亭閨秀何琢齋著。〔淘浪沙〕〈擬易安〉云：『樓外雨濛濛。狼藉夫蓉。澹烟籠樹遠連空。目斷天涯書不至，縹緲征鴻。獨自下簾櫳。無限離衷。傷心怕聽晚來風。見説重陽將近也，情思偏慵。』〔點絳脣〕〈嘲燕〉云：『解得高飛，傍人偏是依門户。有何相訴。終日喃喃語。費盡經營，秋到還歸去。無意緒。問家何處。不肯經年住。』斷句，如〔踏莎行〕〈春旅〉云：『杜鵑苦説不如歸，欲歸畢竟歸何處。』〔醉花陰〕〈病起〉云：『休近小闌干，悵望空庭，不見黄花瘦。』諸詞淡寫輕描，不落粉奩舊調，其在《幽棲》、《漱玉》間乎。

上海《申報》一九一六年六月一六日

一九　韓寒簧《綠窻詞》

《綠窻詞》，□□閨秀韓寒簧著。〔賣花聲〕〈春感〉云：『垂柳拂簷前。燕子呢喃。花明鶯媚艷陽天。有限韶光無限恨，辜負春妍。　對鏡怯連娟。縞素淒然。亦知妖冶不堪纏。遠岫正宜山澹澹，邨樹籠烟。』縞素云云，殆鸞飄鳳泊之人乎。然而咏絮才工，自非凡近也。

二〇　沈宛君《鸝吹詞》

《鸝吹詞》，松陵閨秀沈宛君著。〔憶王孫〕云：『銀鐙花謝酒初醒，夢去愁來月半明。玉漏〔一〕沉沉夜色清。翠生生。芳草能消幾許情。』〔浣谿紗〕〔二〕云：『楓葉無愁綠正肥，多情空自繞漚磯。今宵千里斷腸時。　一棹青山人正遠，半床紅豆雨初飛。別離無奈思依依。』余謂，女子之詞，類多弱於氣格，而清輕婉約，別有意味可尋。觀於《鸝吹詞》而益信矣。按宛君爲葉天寥室，午夢風流，猶在分湖烟水間也。

二一　葉昭齊《愁言詞》

《愁言詞》，宛君長女葉昭齊著。〔點絳脣〕云：『往事堪傷。舊遊綠遍池塘上。閑愁千丈。暗逐庭蕪長。　自古多情，偏惹多惆悵。人悽愴。寒宵淡月，一片淒涼況。』又有『東風無計，吹

〔一〕漏，原作『滿』，據《二雛餘墨》改。
〔二〕浣谿紗，原作『浣雞紗』，據《二雛餘墨》改。

破春愁』之句，置之《飲水詞》中，當不能復辨。才地玲瓏，洵不可及已。乃妹瑤期《返生香詞》，知者已多，不錄。

上海《申報》一九一六年六月一七日

二二　度曲之難

度曲已難，自度曲更難。乃知姜石帚〈暗香〉、〈疎影〉諸闋，非摑然妄作可比。曲隸於律，律隸於聲，聲隸於何宮何調，各有絕旨。古者以宮、商、角、徵、羽、變宮、變徵之七聲乘十二律，得八十四調。後人以宮、商、羽、角之四聲乘十二律，得四十八調。蓋去徵聲與二變而不用，則四十八調已非古律，明矣。隋唐以來，相次沿革，逮乎趙宋，發爲詩餘，分隸四十八調。調不拘於短長，有屬黃鍾宮者，有屬黃鍾商者，皆不相出入。今則僅以小令、中調、長調分爲班部，聲律微渺，不可以跡求矣。蘇長公〈赤壁懷古〉〈念奴嬌〉調有云：『千古風流人物』，『人道是、三國周郎赤壁』，『捲作千堆雪』，『雄姿俊發』，『一樽還酹江月』；鮮于伯機是調云：『雙劍千年初合』，『放出羣龍頭角』，『極目春潮濶』，『年年多病如削』；張于湖是調云：『更無一點風色』，『着我扁舟一葉』，『妙處難與君說』，『穩泛滄浪空闊』，『萬象爲賓客』，『不知今夕何夕』。是一入聲而通『物月屑錫覺樂曷合陌職葉緝』十三韻者，可見『宋人詞本無韻，任意取押』之說所由來也。自沈去矜創爲詞韻，毛稚黃刻之（見《西河詞話》），雖有功於詞學，而反失古意。假如上下平三十韻中，惟十一尤獨用，若『東冬江陽魚虞皆灰支微齊寒刪先蕭肴豪覃鹽咸』皆是通用，雖不知詞者，亦能立辨。以獨用之外，無嫌韻，通韻之外，更無犯韻。雖不分爲獨爲通，而其爲獨爲通者，自了也。

二三　驅使前輩

去秋與了公寄父共治石帚，浸淫其間，自有興味可尋。項憶雲所謂『不爲無益之事，何以遣有涯之望[一]』，豈不然乎。余無狀，不足造述。寄父則矜持不多作，而集其詞。諸闋音節句法，幽情密意，合符古人。如〔念奴嬌〕一首云：『松江烟浦，問經年底事，琵琶解語。恨入四弦人欲老，别有傷心無數。金谷人歸，翠尊共款，心事還將與。梅邊吹笛，冷香飛上詩句。　江國暗柳蕭蕭，無人與問，惆悵誰能賦。書寄嶺南封不到，一點芳心休訴。玉笛無聲，朱門深閉，夢逐金鞍去。故人知否，爲君聽盡秋雨。』不特驅使前輩，天衣無縫，而含意深思，别有懷抱，寄父固自謂得意者。

上海《申報》一九一六年六月一九日

二四　王家營

出王家營而北，迤邐乎徐沛之間，出入乎齊魯之野，不覺泰岱之高，惟見黄水之急，征夫勞人於此，有不積思一日，觸物萬狀，思今懷古，吊夢數離，發爲歌什者乎。吳縣倪朗山（世珍）《雪鴻偶鈔》，詩四卷，詞一卷，譚仲儀爲之序，所鈔皆往來都門題壁之作也。詞如：吳縣曹紫荃（毓英）〈庚子北上道梗王家營〉〔更漏子〕云：『五更風，千里月。戍鼓暗催車發。荒驛裏，斷橋邊。酒醒鄉夢寒。　馱驢背，警人語。撤面亂沙如雨。烽火逼，角聲殘。天涯行路難。』荆溪漁隱〈青駝

〔一〕望，《二雛餘墨》本作『生』。

寺有懷〉〔念奴嬌〕下闋云：『好夢春闌，别懷秋碎，良會何時又。相思情味，説與白雲知否。』皖桐方士遴〈臨城驛〉〔山花子〕云：『水驛山程事遠遊。夢回孤館數更籌。儂是年年爲客慣，不知愁。對酒更無人似玉，捲簾惟見月如鈎。多少離情多少恨，夜燈收。』闕名〈庚戌十一月宿在平縣聽葉梅唱歌〉〔虞美人〕云：『盈盈珠睇含秋水。也識愁滋味。可憐嬌小不勝歌。抱着琵琶背裏、蹙雙蛾。落花飛絮身無主。曲曲相思苦。淚痕猶在舊青衫。一夜風風雨雨、夢江南。』〈鏡西富莊驛〉〔卜算子〕云：『又是夕陽邊，愁煞溟濛樹。樹外寒山山外雲，雲外鴻飛處。回首幾長亭，數了遠重數。今日晨星昨夜霜，切莫明朝雨。』河朔少年〈富莊驛〉〔浣谿沙〕云：『殘葉淒迷墜月詞。畫屏遮處逗眉絲。斜風細雨上鐙時。殘夢暗隨芳草遠，泥情羞被落花知。耐人憔悴是相思。』海甯羊復吉〈辛楣〉〈秋日南歸宿楊村驛〉〔念奴嬌〕云：『亂鴉殘照，看長亭煙柳，絲絲憔悴。回首帝城天際渺，又把離情勾起。花下擔琴，酒邊碎筑，都是窮途淚。淒涼無限，此身漂轉如寄。[一]笑我去住無端，匆匆一騎，此日纔歸耳。白草黄塵催道遠，猶是天涯行旅。孤雁隨人，老蟾招手，南望家千里。殘更夢醒，故山低颭寒翠。』

上海《申報》一九一六年六月二一日

[一]『淒涼』二句，原脱，據《二雛餘墨》本補。

二五　詞名起原

詞名之起原，可考者，如〔蝶戀花〕之[二]梁元帝『翻階蛺蝶戀花情』，〔滿庭芳〕取吳融『滿庭芳草易黃昏』，〔夏雲峯〕取『夏雲多奇峰』，〔黃鶯兒〕取『打起黃鶯兒』，〔點絳唇〕取江淹『明珠點絳唇』，〔鷓鴣天〕取鄭嵎『家在鷓鴣天』，〔惜餘春〕取李白賦語，〔浣谿紗〕取少陵詩意，〔青玉案〕取〈四愁詩〉語，〔踏莎行〕取韓翃詩語，〔西江月〕取衛萬詩語，〔菩薩蠻〕西域婦髻也，〔蘇幕遮〕西域婦帽也，〔尉遲杯〕取尉遲恭飲酒大杯也，〔蘭陵王〕以其入陣取勇也，〔生查子〕即張博望乘槎事也，〔瀟湘逢故人〕柳惲句也，〔巫山一段雲〕即巫峽事也。此皆楊用修升庵《詞品》考證之語，而都元敬、沈天羽、胡元瑞諸人，於詞調起原，尤多論例。

二六　《春痕詞》

三年來學詞於姚先生之門，得《春痕詞》若干首，側艷之作，止以導淫，悠繆之辭，或將損性。山谷綺語，法秀所呵，良用自疚。然而人天影事，有不忍相忘者。草藁既燼，第留其序，序曰：『平生役於世故，而塵役勞勞，禀賦不實，而孕愁漠漠，宜乎倜促兩間，莫知其所。沉吟章句，莫極其情矣。爾乃心靈蘭蕙之溫馨，神思裙裾之曼妙，若有人焉，在我之旁，如花之醲，如玉之瓏，若怡其生，若澤其夢，高情无滓，塵壒奇愁，亦破鴻濛。殊呻窈吟，知所託焉。幽情麗想，莫不逮焉。』

上海《申報》一九一六年七月一二日

〔二〕〔蝶戀花〕之，原作『蝶戀之花』，據《二雛餘墨》改。

二七　音學四變

自有言語文字以來，音學凡四變矣，《毛詩》三百五篇，古音賴存，魏晉而下，詞賦日繁，沈約作四聲之譜，於是今音行而古音亡，爲音學之一變。迨至東京，古音愈乖，休文作譜，按班張以下諸人之賦、曹劉以下諸人之詩所用之音，撰爲定例，於是今音變而古音愈亡，爲音學之再變。下及唐代，僧守溫創三十六字母圖，以紊古音，於是梵音盛而古音難復，爲音學之三變。宋理宗末，平水劉安併二百六韻爲一百七韻，元初黄公紹，因之作《古今韻會》，於是宋韻行而唐韻亡，而古音更無論矣，爲音學之四變。江永言漢雖近古，時有古音，而踳駁舛謬者亦不少。其故有數端：一則方音之流變；一則臨文不細檢；一則讀古不審，沿古而反致誤；一則韻學不精，雜用流於野鄙；一則恃才負氣，不妨自我作古。觀江氏之言，亦可知古音之湮沒，由來漸矣。陸紹明《言音》一書，發凡道古，言之較詳。至於詞韵如何者。余謂，詞本長短句，發軔於唐，張大於宋，是則短調屬唐，長調屬宋。古音本難相論，能隸於古樂府爲上著，不則短調用唐音，長調用宋音，亦原本之微意也。南北雜曲，則無論矣。

上海《申報》一九一六年七月一九日

二八　詞調之創

詞調之創，用紹詩樂之遺，於四始之中，大旨近於比興，聲有抑揚緩促，則句有長短，曲終奏雅，懲一勸百，亦承古賦之遺風。感人之深，疾於影響。則詞者，合詩樂教而自成一體者也。余嘗讀劉申叔氏之書矣，謂詩篇三百，按其音律，多與後世長短句相符，如《召南》〈殷其雷〉篇云：『殷其雷，在南山之陽。』此三五言調也。《小雅》〈魚麗〉篇云：『魚麗於罶，鱨鯊。』此二四言調也。《齊風》〈還〉篇云：『遭我乎猺之間兮，並驅從[二]兩肩兮。』此六七言調也。《召南》〈江有汜〉篇云：『不我以，不我以。』此疊句韻也。《豳風》〈東山〉篇云：『我來自東，零雨其濛。鸛鳴於垤，婦勤[三]於室。』此換韻調也。《召南》〈行露〉篇云：『厭浥行露。』其第二章云：『誰謂雀無角。』此換頭調也。大抵緩促相宜，短長互用，於後世倚聲之法，已啓其先。足證詞曲之源，實古詩之別派。至於六朝，樂章盡廢，故詞曲之體，亦始於六朝。梁武帝之〔江南弄〕，沈約之〈六憶詩〉，實爲詞曲之濫觴。唐人樂府，多采五七言絶句，如〔紇那曲〕、〔長相思〕，皆五言絶句之變調也。〔柳枝〕、〔竹枝〕、〔清平調〕、〔小秦王〕、〔陽關曲〕、〔八拍蠻〕、〔浪淘沙〕，皆七言絶句之變調也。〔阿那曲〕、〔鷄叫子〕，則又仄韻之七言絶句也。〔瑞鷓鴣〕，則七言律詩也。〔欸殘紅〕者，則五言古詩也。此亦詞爲詩餘之證。特古人詩調，多近於詞；而後世詞調，轉出於詩。蓋古代詩多入樂，與詞相同；而後世之詞，則又詩之按律者也。

上海《申報》一九一六年七月二〇日

[二] 從，原作『往』，據《二雛餘墨》改。

[三] 勤，《詩經》通行本作『歎』。

二九　詞律

詞律之密，無過宋人，能按律，即能入樂。唐人已昌其風，若李太白、温飛卿輩，其詞曲皆被管絃，以故精於詞律。太白所造〔清平調〕，玄宗調笛倚歌，李龜年亦執板高唱，且謂平生得意之歌，無出於此（見《松窗錄》）。飛卿工於鼓琴吹笛（見《北夢瑣言》），所作詞曲，當時歌筵競唱（見《雲溪友議》）。宰相令狐綯因宣宗愛唱〔菩薩蠻〕，令飛卿撰進，而宣宗君臣，迭相唱和（見《北夢瑣言》）。則太白、飛卿，精於詞律，彰彰明矣。蓋詞者，古樂之派別；古之詞人，必先通音律，默契其深，然後按律以填詞。故所作之詞，咸可播之於歌詠。後世之人，按譜填詞，人云亦云，而音律之深，茫然未解。則所謂詞者，徒以供騷人墨士寄託之用耳。而詞之外，遂別有謂曲。元人雜劇，實其濫觴，去古樂遠矣。

三〇　宋人之詞

宋人之詞，各自成家。少游之詞，寄慨身世，一往情深，而悲悱不怨，悄乎《小雅》之遺。向子諲《酒邊詞》、劉克莊《後村詞》，眷戀舊君，傷時念亂，例以古詩，亦子建、少陵之亞，此儒家之詞也。劍南之詞，屏除纖艷，清真絕俗，逋峭沈鬱，而出以平淡之詞，例以古詩，亦元亮、右丞之匹，此道家之詞也。耆卿詞曲，密處能疏，奡處能平，狀難狀之狀，達難達之情，例以古詩，間符康樂，此名家之詞也。東坡之詞，慨當以慷，間鄰豪放（如〔滿庭芳〕、〔大江東去〕、〔江城子〕是）；龍川之詞，感憤淋漓（如〔六州歌頭〕、〔木蘭花慢〕、〔浣谿紗〕），睠懷君國；稼軒之詞，才思横溢，悲壯蒼涼（如〔永遇樂〕[1]是）；例之古詩，遠法太冲，近師太白，此縱横家之詞也（見《論文雜記》）。觀此古之詞人，莫不自闢塗轍，所作之詞，各不相類，豈若後世詞人之依草附木，取古人一家之詞，以自矜效法哉。即使盡心效法，亦當辨別其家數，歸其一旨，不則東拉西雜，復成何理。嘗論近時詞人，多喜蘇辛詞曲之豪縱，競相效法，浮囂粗獷，不復成詞，此則不善學蘇辛之失，非蘇辛之失也。

上海《申報》一九一六年七月二五日

三一　元人《詞品》

元人涵虚子所爲《詞品》云：馬東籬如朝陽鳴鳳，張小山如瑤天笙鶴，白仁甫如鵬摶九霄，李壽卿如洞天春曉，喬夢符如神鰲鼓浪，費唐臣如三峽波濤，宫大用如西風鵰鶚，王實甫如花間美人，張鳴善如彩鳳刷羽，關漢卿如瓊筵醉客，鄭德輝如九天珠玉，白無咎如太華孤峯。以上十二人爲首等。貫酸齋如天馬脱羈，鄧玉賓如幽谷芳蘭，滕玉霄如碧漢閒雲，鮮于去矜如奎璧騰輝，商政叔如朝霞散彩，范子安如竹裏鳴泉，徐甜齋如桂林秋月，楊淡齋如碧海珊瑚，李致遠如玉匣昆吾，鄭廷玉如佩玉鳴鑾，劉廷信如摩雲老鶻，吴西遥如空谷流泉，秦竹邨如孤雲野鶴，馬九臯如松陰鳴鶴，石子章如蓬萊瑤草，蓋西邨如清風爽籟，朱廷玉如百草爭芳，庾吉甫如奇峰散綺，楊立齋如風烟花柳，楊西庵如花柳芳妍，胡紫山如秋潭孤月，張雲莊如玉樹臨風，元遺山如窮崖孤松，高文秀如金盤牡丹，阿

---

[1] 永遇樂，原作『遇永樂』。

魯威如鶴唳青霄，吕止庵如晴霞結綺，荆幹臣如珠簾鸚鵡，薩天錫如天風環佩，薛昂夫如雲聰翠竹，顧均澤如雪中喬木，周德清如玉笛横秋，不忽麻如閒雲出岫，杜善夫如鳳池春色，鍾繼先如騰空寶氣，王仲文如劍氣騰空，李文蔚如雲壓蒼松，楊顯之如瑤臺夜月，顧仲清如鵰鶚冲霄，趙文寶如藍田美玉，趙明遠如太華晴雲，李子中如清廟朱瑟，李叔進如壯士舞劍，吴昌齡如庭草交翠，武漢臣如遠山疊翠，李宜夫如梅邊月影，馬昂夫如秋蘭獨茂，梁進之如花裏啼鶯，紀君祥如雪裏梅花，于伯淵如翠柳黄鸝，王廷秀如如月印寒潭，姚守中〔一〕如秋月揚輝，金志甫如西山爽氣，沈和甫如翠屏孔雀，睢景臣如鳳管秋聲，周仲彬如平原孤隼，吴仁卿如山間明月，秦簡夫如峭壁孤松，石君寶如羅浮梅雪，趙公輔如空山清嘯，孫仲章如秋風鐵笛，岳伯川如雲林樵響，趙子祥如馬嘶芳草，李好古如孤松掛月，陳存甫如湘江雪竹，鮑吉甫如老蛟泣珠，戴善甫如荷花映水，張時起如雁陣驚寒，趙天錫如秋水芙渠，尚仲賢如山花獻笑，王伯成如紅鴛戲波。以上七十七人次之。又有董解元、盧疎齋、鮮于伯機、馮海粟、趙子昂、班彦功、王元鼎、董君瑞、查德卿、姚牧庵、高拭、史敬先、施君美、汪澤民輩凡百五人，不著題評，抑又其次也。虞道園、張伯雨、揚鐵崖輩俱不得與，可謂嚴矣。

上海《申報》一九一六年八月九日

〔一〕中，原脱，據涵虚子《詞品》補。

雙鳳閣詞話卷二

丙辰歲撰《詞話》一卷，輟筆至今，垂兩年餘矣。嗜痂諸君，時復見訊，輒以無暇答之，殊自赧也。兩年中，填詞謹[一]十餘闋，而蒐采之心，未嘗少泯。恒蹀躞舊書攤間，省酒資以求之。復於故家箱篋中，隨時乞讓，親友知其如是，有以零星相饋者，匪不珍而藏之。故私家著述，已積七百餘種，而詞集居其次半。鄉先輩所作，尤加研別，遲我數年，當纂成《松江詞徵》數十卷。我友吳君遇春亦允爲臂助也。二月十一日，嘿坐家下，風聲雨聲，扇於門外，悄然几屏，不可自聊，乃搜索故書，續爲《詞話》。

一　清人填詞之學

余有宏願，纂《松江詞徵》外，擬纂遜清一代之詞，爲《清詞綜》。清人填詞之學，着色出奇，軼過前代。欲匯爲大觀，殊匪易易。以余初步邯鄲，止望洋興嘆而已。往年撰《清詞人錄》一卷，

[一] 謹，或當作「僅」；又，「謹」通「廑」，有「僅」義。

得七十餘家，均可備《清詞綜》甄別者。《錄》中兼及詞人軼事，略如徐電發之《詞苑叢談》[一]，特繁瑣耳。茲姑錄姓氏、履歷、著作如左：

吳偉業，字駿公，號梅村，太倉人，崇禎四年進士，清官國子監祭酒，有《梅村詞》二卷；

吳兆騫，字漢槎，吳江人，順治十年舉人，有《秋笳詞》一卷；

王士禛，字貽上，號阮亭，新城人，順治十八年進士，官至刑部尚書，追謚文簡，有《衍波詞》一卷；

孔尚任，字季重，號東塘，曲阜人，聖裔，官户部郎中；

曹貞吉，字升六，安邱人，順治十七年舉人，官禮部員外郎，有《珂雪詞》二卷；

沈謙；

顧貞觀，字華峯，號梁汾，無錫人，康熙五年舉人，官國史院典籍，有《彈指詞》三卷；

性德，原名成德，字蓉若，滿州正白旗人，康熙十二年進士，官侍衛，有《飲水詞》一卷；

朱彝尊，字錫鬯，號竹垞，秀水人，召試博學鴻詞，授檢討，有《江湖載酒集》三卷；

陳維崧，字其年，宜興人，康熙八年以諸生召試博學鴻詞，授檢討，有《迦陵集》三十卷；

厲鶚，字太鴻，泉唐人，康熙五十八年舉人，乾隆元年薦舉博學鴻詞，有《樊榭山房詞》二卷，又《續集》二卷；

王時翔，字抱翼，號小山，太倉人，以諸生薦舉，官至成都府知府，有《香濤集》一卷、《紺寒

[一] 詞苑叢談，原作『藝苑叢談』。

集》一卷、《青綃樂府》一卷、《初禪綺語》一卷、《旗亭夢囈》一卷；

黄景仁，字仲則，武進人，貢生，議叙州判，未仕，卒，有《竹眠詞》二卷；

惲敬，字子居，武進人，有《蒹塘詞》二卷；

吴翌鳳，字伊仲，吴縣人，諸生，有《曼香詞》一卷；

郭麐，字祥伯，號頻伽，吴江人，諸生，有《蘅夢詞》二卷；

楊夔，字伯夔，□□人，有《過雲精舍詞》□卷；

左輔，字仲甫，陽湖人，官至巡撫，有《念宛齋詞》□卷；

張惠言，字皋文，陽湖人，有《茗柯詞》二卷；

張琦，字翰風，陽湖人，惠言弟，有《立山詞》□卷；

董祐誠，字方立，長洲人，有《蘭石詞》二卷；

劉逢禄，字申受，□□人，有《禮部集》□卷；

張景祁，字韻梅，仁和人，有《新蘅詞》四卷；

周濟，字保緒，宜興人，有《止菴詞》二卷；

王士進，字逸雲，□□人，有《聽雨詞》□卷；

承齡，字子久，□□人，有《冰蠶詞》□卷；

潘德興，字彦輔，□□人，有《養一齋詞》□卷；

周之琦，字稚珪，□□人，有《金梁夢月詞》□卷；

項鴻祚，字蓮生，仁和人，有《憶雲詞》三卷；

龔自珍，更名鞏祚，又名易簡，字璱人，號定盦，仁和人，官禮部主事，有《無着詞》、《懷人館詞》、《影事詞》、《小奢摩館詞》、《庚子雅詞》各一卷；

吴葆晉，字佶人，固始人，有《半舸舫館填詞》二卷；

孫鼎臣，字子餘，善化人，有《蒼莨館詞》、《湘絃詞》各一卷；

邊浴禮，字袖石，□□人，有《空青館詞》一卷；

陳澧，字蘭甫，番禺人；

許宗衡，字海秋，上元人，有《玉井山館詩餘》□卷；

蔣士銓，字心餘，□□人，有《銅絃詞》□卷；

王錫振，字少鶴，□□人，有《茂陵秋雨詞》一卷；

何兆瀛，字青耜，□□人，有《心菴詞》二卷；

劉履芬，字彦清，江山人，有《漚夢詞》一卷；

薛時雨，字慰農，全椒人，有《藤香館詞》四卷；

蔣春霖，字鹿潭，長洲人，有《水雲樓詞》四卷；

丁至和，字保庵，□□人，有《萍踪詞》二卷；

馮焯，字子明，□□人，有《道華堂詞》一卷；

顧翰，字兼塘，□□人，有《拜石山房詞》□卷；

許增；

端木埰，字子疇，江甯人，同治三年優貢生，特用到閣，官典籍；

葉英華，字蓮裳，南海人，有《花影吹笙詞》三卷；
王闓運，字壬秋，湘潭人，有《湘綺樓詞》二卷；
莊棫，字中白，□□人，有《蒿庵詞》□卷；
譚獻，字仲修，仁和人，有《復堂詞》二卷；
勒方锜；
蔣敦復，字劍人，寶山人，有《芬陀利室詞》四卷；
盛昱，字伯熙，宗室，官至國子監祭酒；
王鵬運，字幼霞，自號半塘老人，又號半塘僧鶩，臨桂人，官禮部給事中，有《袖墨集》、《蟲秋集》、《味梨集》、《鶩翁集》、《蜩知集》、《校夢龕集》、《庚子秋詞》、《春蟄吟》等□卷；
鄭文焯，字叔問，滿洲人，有《瘦碧詞》、《冷紅詞》、《比竹餘音》等四卷；
張祖同，字雨珊，長沙人，有《湘雨樓詞》一卷；
杜貴墀，字仲丹，巴陵人，有《桐花閣詞》二卷（與梅州吴石華亦名《桐花閣詞》不同）；
文廷式，字道希，萍鄉人，官至翰林院侍讀學士；
黄遵憲，字公度，嘉應人，有《人境廬詞》二卷；
王仁堪，字可莊，閩縣人，甲戌一甲一名進士，官至蘇州府知府；
何維樸，字詩孫，道州人；
況周儀，字夔笙，臨桂人，有《第一生脩梅花館詞》六卷；
朱祖謀，字古微，號漚尹，歸安人，官至禮部侍讀，有《彊邨詞》四卷，又《前集》、《別集》各一卷；

潘博，字若海，南海人；

曾習經，字剛甫，揭陽人，官度支部參議，有《瓔珞詞》□卷；

麥孟華，字孺博，順德人；

馮煦，字夢華，金壇人，有《蒙香室詞》二卷；

樊增祥，字雲門，恩施人，有《樊山詞》□卷；

李岳瑞，字孟符，咸陽人；

夏敬觀，字盥人，新建人，有《吷盦詞》四卷；

桂赤，字伯華，香山人；

關瑛，字秋芙，□□人，有《夢影樓詞》一卷。

二　周騰虎

毘陵周騰虎字韜甫，隨父宦陝，見知於林文忠公。時宗滌樓（稷辰）侍御，有聲諫垣，疏論海內英特，以湘陰左宗棠與韜甫名同上。朝旨徵召入都，因事不果。後遇湘鄉曾公於皖，哀其數奇，特疏復薦於朝，以『疏通致遠、識趣宏深、堪任封疆將帥』之選入告。旨未下，至滬瀆病死，時論惜之。而嘉善金安清所爲〈傳〉，謂左宗棠後積功至閩浙總督，封恪靖伯，當並薦時，猶一公車也。言外若有餘憾焉。韜甫爲人伉爽，常思立身報國，與呫嗶小儒，自有分别。然德清戴子高（望）評其詩，謂指陳利病，感切時務，雅近杜陵。《餐芍華館詩》八卷，其孫荄所刊，附《蕉心詞》一卷，僅十許首。纖麗之作，不能工緻；而有二首，如蔣鹿潭，傷離念亂，同其時也。〈南浦〉〈九江琵琶亭故址〉云：『危亭漸側，乍憑闌、日落九江邊。不盡大江東注，高浪蹴吳天。詞客愁魂何處，問波濤、可解惜詩篇。賸寒蘆斷岸，碎磚零甃，蕭瑟積荒煙。　水面琵琶尚在，聽琤琤細語漏漁船。當日江州淚盡，我慣天涯漂泊，儘教人、彈徹十三弦。看前溪月上，長吟驚起白鷗眠。』其一不錄。

三　沈約齋

婁縣沈約齋先生（祥龍），號樂志叟，爲劉融齋（熙載）先生高足。桐廬袁爽秋太常（昶）在蕪湖道任，羅致幕下。先生少年遭亂，晚歲里居寡出，著作不絕，誨人亦不倦。所著詩文而外，有《樂志簃詞》一卷，又有《論詞隨筆》一卷，盛道蘇辛，所詣在是焉。〈一萼紅〉〈江干放歌〉云：『大江頭。正涼風浩蕩，卷起萬重秋。帆去帆來，潮生潮落，都教攙入牢愁。便獨倚、斜陽望遠，把詩心、分付水邊鷗。舊日閒情，少年殘夢，回首悠悠。　客裏青衫憔悴，問家園消息，斷鴈蘆洲。雲影蒼茫，林容蕭瑟，今朝休上高樓。空覽徧、江山好景，更何人、同入醉鄉游。賸有元龍豪氣，且看吳鉤。』〈湘春夜月〉〈登北固山石颿樓〉云：『亂峯中，夕陽紅滿層樓。樓外滾滾寒濤，淘盡古今愁。倚醉登高望遠，看涼風吹動，一帶蘆洲。更水光暎處，輕帆歷亂，多少歸舟。　梁朝舊寺，孫家片石，猶伴清秋。弔古蒼茫，空賸有、青山無語，碧水長流。英雄事業，算向來、都付閒鷗。憑檻久，正江聲幾派、雲痕萬疊，飛上簾鉤。』以視韜甫，懷抱類似，而雄闊過之。先生之哲孫晉之，爲余至交，數宿樂志簃中。俛仰琅玕，鬢眉猶可髣髴。恨余生晚，已不及見之矣。嘗題其《遺集》云：『五茸城下數家門，短句長謠似後村。儉歲屬文緣世故，殘年作健與詩喧。幕游聊惜平生意，縑素能收地下魂。絶學至今憐池約，蠹魚無數爲翁存。』晉之好學，家聲以是不墮，而先生慰矣。

四　吕庭芷《鶴緣詞》

《鶴緣詞》一卷，陽湖吕庭芷（耀斗）號定子撰。譚仲脩爲之序，譚云：定子卓犖，志學純至，少有匡濟之器。通籍盛年，文章侍從。會寰宇兵起，憂危夙抱，不欲旅進循資，濫廁通顯，爲壯士所匿笑，於是游於四方。覽山海之夷險，擴常變之籌策。惟時封域重臣，壁壘元戎，敬禮相接，咨詢機要。君劍佩奮發，胸有甲兵，然亦用而不盡用，坦然處之。而慷慨之氣，終欲爲康乂民物，償其夙志。出入軍中，逡巡有年，晉階監司。方簡授永定河道，未莅官而逝。又云：定子填詞婉麗，樂府之餘，而通於比興，可諷詠也。《遺集》傳之其人（謂門人陳養原）。君之志行遭遇，必有瑋異而嗟惜之者。所謂以少勝者亦在是。《鶴緣詞》僅二三十首，〔浣紗溪〕云：『罥户蛛羅鏤鈿塵。紅牆深處近流鶯。絲絲夢雨玉簫聲。　柳絮競飛連日煥，桃華嬌助一分晴。畫簾燕子過清明。』〔少年游〕云：『笙歌深巷，月華勝水，到處少人行。青漆門邊，丁香似雪，低照粉牆陰。　共君側帽天街畔，風露近三更。歸夢相邀，青山影裏，吹篴柳冥冥。』〔洞仙歌〕云：『翠霞缺處，有柳嬌花困。青玉重門鎖芳訊。更虚亭晝掩、冷露絲絲，流水裏，依約棋聲人影。　仙源真不遠，猿鶴將迎。也學秦人笑相問。待醉眠花下、一晌雲深。被雲外、煗笙吹醒。恁窣地、東風妒緗桃，又添得、人間素塵一寸。』〔百字令〕〔觀荷〕云：『平堤廿四，暫偷閒存訪，菰煙蔣雨。秋近水鄉纔幾日，涼得晚荷如許。露暈疏紅，風摇亂碧，花氣愔愔午。葛衫人影，鷺鷥來共秋語。　休問環珮當年，畫船吹篴，寂寞横塘路。一屋冷香圍作暝，簾幕悄無人住。斫藕論錢，拗蓮作饌，狼藉憑誰訴。瘦魂飛盡，夕陽衰柳知否。』數詞即復堂老人所謂『婉麗可諷詠』者。蓋學《山中白雲》，而微涉綺薄。陳養廉（豪）則謂，鳳鸞之瑞，未翀霄漢，乃僅以片羽與鶴爲緣。推求立言本末，導源六義，反復循誦，非一時一境可盡已。

五　黄天河《比玉樓遺稿》

《比玉樓遺稿》四卷，山陽黄天河（振均）撰。門人滇南楊文鼎刊其稿，謂天河在咸、同間，志存經世，生平服膺亭林之學，頗冀見諸施行，而困於儒官。《遺稿》第三卷爲《比玉詞》。〔水調歌頭〕〈秋夜過柳衣園舊址〉云：『老樹作人立，半晌恰無言。應是怕人愁聽，不敢說從前。賸有一輪明月，照着一灣流水，終夜守空園。千古幻塵耳，相念莫凄然。　靜思想，未來事，已過緣。都是無因自造，消息不由天。料得當時歌舞，已分將來零落，留博後人憐。搔首獨歸去，孤櫂冷蒼煙。』作解脱語，不致煩嫌。天河有《金壺七墨》[一]及傳奇數種行世，尚有《談兵錄》四卷。序存《遺稿》中，自謂於治亂之機，頗有裁取。然此書已否刊行，不可考矣。

六　王家營[二]

出王家營而北，迤邐乎徐沛之間，渲漾乎齊魯之野，未覺泰岱之高，惟見黄水之急。燕京日近，

〔一〕金壺七墨，原作『天壺七墨』。
〔二〕本則前半内容與上海《申報》一九一六年六月二一日所載重出，參見卷一第二四則。

華頂雲飛，亦極天下之壯觀矣。游跡所同，旅懷非一。征夫多感，勞者能歌，亦人情耳。吳縣倪朗山（世珍），善游歷，舟極於黄淮，車窮於宣大。踪跡所至，輒寫録題壁之什，積廿載，成《鴻雪偶鈔》四卷，附詞一卷。如吳縣曹紫荃（毓英）〈更漏子〉〈庚申北上至王家營道梗回南〉云：『五更風，千里月。戍鼓[一]暗催車發。荒驛裏，斷橋邊。酒醒鄉夢寒。　馱驢背，警人語。撒面亂沙如雨。烽火逼，角聲殘。天涯行路難。』皖桐方士遴〈山花子〉〈臨城驛〉云：『水驛山程事遠游。夢迴孤館數更籌。儂是年年爲客慣，不知愁。　對酒更無人似玉，捲簾惟見月如鈎。多少離情多少感，夜燈收。』鏡西〈卜算子〉〈富莊驛〉云：『又是夕陽邊，愁煞濛濛樹。樹外寒山山外雲，雲外鴻飛處。　回首幾長亭，數了還重數。今日晨星昨夜霜，切莫明朝雨。』海寧羊辛楣（復禮）〈大江東去〉〈秋日南歸宿楊村驛〉云：『亂鴉殘照，看長亭煙柳，絲絲憔悴。回首帝城天際渺，又把離情句起。花下搊琴，酒邊碎筑，都是窮途淚。凄凉無限，此身漂轉如寄。　笑我去住無端，一騎匆匆，此日纔歸耳。白草黄塵吹道遠，猶是天涯行旅。孤鴈隨人，老蟾招手，南望家千里。殘更夢醒，故山低颭吹翠。』[二] 前調〈月夜十剎海觀荷索雲門寄龕同作〉云：『凉蟾飛白，看緑荷萬柄，風來香滿。隱約雲横瓊島碧，半是廣寒宫殿。柳外星高，桐間露濕，想像天邊遠。妝樓千尺，土花綉蠹蟬鈿。　當年避暑離宫，鬧紅深處，四面紗窗茜。水佩風裳無恙在，不信繁華都换。鴛宿花寒，鷺依人瘦，遥盼銀河斷。晶簾如水，幾聲玉笛悽戀。』夫大、小《雅》，多雍容揄揚之什，而亦不少行旅

[一] 戍鼓，原作『戌鼓』。

[二] 以上已見於卷一。

勞役之歌。十五《國風》，則盡勞人、思婦、游子、羈臣、戍卒、征夫所託諷。諸詞工力不同，而遺意同也。蓋柳往雪來，雎飛駱驟，積思一日，觸物萬狀，不期弔夢數離，凝感作詠，而不能已已。

七　馮二

蕭山毛又生（奇齡），即世稱西河先生者。過馬州時，有當壚者馮二，名弦，夜聞其歌，倩其同行者導意。又生辭曰：吾不幸遭厄，吹箎渡江，彼傭不知音，豈誤以我爲少年游耶。次日遂行。後十年，見《名媛詞緯》中，有馮氏〔江城子〕二闋，是讀又生新詞所作。其詞曰：『綠陰何處曉啼鶯。弄新聲。最關情。一夜寒花，吹落滿江城。讀得斷碑黄絹字，人已渡，暮潮横。』又曰：『蘭陵江上晚花飛。冷烟微。著人衣。無數新詞，最恨是桃枝。待得蘭陵新酒熟，桃葉好，送君遲。』又生著於《詩話》，謂，誦之殊自悽惋。聞其詞倩桐鄉鍾王子代作者。然又有〔武陵春〕〈春晚〉、〔虞美人〕〈賦得落紅滿地〉二詞，亦甚佳。想皆不出其手，而其意則有不可已者。前人所傳〔子夜〕、〔莫愁〕諸詞，想皆似此耳。

八　女子詞

前編曾著録女子詞數十首，兹續有所獲，最録於後。宋盧氏女，天聖中，父爲縣令，隨父從漢川歸，〔蝶戀花〕〈題泥溪驛壁〉云：『蜀道青天煙霧翳。帝里繁華，迢遞何時至。回望錦川揮粉淚。鳳釵斜嚲烏雲膩。　綬帶雙垂金縷細。玉珮珠璫，露滴寒如水。從此鸞妝添遠意。畫眉學得遥山翠。』語甚韶秀，是才美者。延安夫人，蘇丞相子容之妹，〔更漏子〕云：『小闌干，深院宇。依舊當時別處。朱户鎖，玉樓空。一簾霜日紅。　弄珠江，何處是。望斷碧雲無際。凝淚眼，出重城。隔溪羌笛聲。』極寫傷亂之象，而『朱户』三句，故宮寂寞，如在畫中。魏夫人，丞相曾子宣室，朱晦翁歎爲本朝婦人之能文者。〔菩薩蠻〕云：『溪山掩映斜陽裏。樓臺影動鴛鴦起。隔岸兩三家。出牆紅杏花。　綠楊堤下路。早晚溪邊去。三見柳綿飛。離人猶未歸。』〔好事近〕云：『雨後曉寒輕，花外早鶯啼歇。愁聽隔溪殘漏，正一聲凄咽。　不堪西望去程賒，離腸萬回結。不似海棠花下，按〔涼州〕時節。』〔繫裙腰〕云：『燈花耿耿漏遲遲。人別後，夜涼時。西風瀟灑夢初回。誰念我，就單枕，斂雙眉。　錦屏繡幌與秋期。腸欲斷，淚偷垂。月明還到小窗[一]西。我恨你，我憶你，你爭知。』三詞歌拍處，均以動宕出之。深情一往，詞筆疎秀，無拖沓之病。是從能文得來。　美奴，陸藻侍兒，〔卜算子〕云：『送我出東門，乍別長安道。兩岸垂楊鎖暮煙，正是秋光老。　一曲古〔陽關〕，莫惜金尊倒。君向瀟湘我向秦，魚鴈何時到。』疎爽不佻，古音可接。　慕容巖卿妻某氏，〔浣谿紗〕云：『滿目江山憶舊遊。汀花汀草弄春柔。長亭艤住木蘭舟。　好夢易隨流水去，芳心猶逐曉雲流。行人莫上望京樓。』姑蘇雍熙寺月夜，有客聞婦人歌此詞，傳聞於時。巖卿驚曰：此亡妻昔時作也。詢之，乃其妻殯處。詞雖不工，而聲情鮮爽。此婦鬼而韻者也。　王清惠，宋昭儀，入元爲女道士，號冲華，〔滿江紅〕〈題驛壁〉云：『太液芙蓉，渾不似、舊時顏色。曾記得、承恩雨露，玉樓金闕。名播蘭簪妃后裏，暈潮蓮臉君王側。　忽一朝、鼙鼓揭天來，繁華歇。　龍虎散，風雲滅。千古恨，憑誰說。對河山百二，淚沾襟血。驛館夜驚塵土

〔一〕窗，原作『聰』。

夢，宮車曉碾關山月。願嫦娥、相顧肯從容，隨圓缺。』詞氣懇摯，以深婉爲悲凉，筆極名貴。文信國讀至『隨圓缺』句，曰：『夫人於此少商量矣。』針砭之意深哉。《東園友聞》云：此詞或傳爲昭儀下宮人張瓊英作。說亦不可沒也。金德淑，亦宋宮人，入元歸章邱李生，〔望江南〕云：『春睡起，積雪滿燕山。萬里長城橫縞帶，六街燈火已闌珊。人在玉樓間。』語甚高逸。

九　嬰嬰宛宛之流

嬰嬰宛宛之流，往往以姓氏不著，與玉顏同盡。而片語傳流，足致珍惜。蜀妓某〔市橋柳〕云：『欲寄意，渾無所有。折盡市橋官柳。看君著上春衫，又相將、放船楚江口。後會不知何日又。是男兒、休要鎮長相守。苟富貴，無相忘，若相忘，有如此酒。』戴石屏[一]妻〔碎花箋〕云：『惜多才，憐薄命，無計可留汝。揉碎花箋，仍寫斷腸句。道傍楊柳依依，千絲萬縷。抵不住、一分情緒。捉月盟言，不是夢中語。後回君若重來，不相忘處。把盃酒、澆奴墳上土。』〔市橋柳〕與〔碎花箋〕，均自度腔，雖不入律，而音節凄惻。如聞出諸粉臆中，字字是淚。二詞俱道送行，一存厚望，一判長辭。搗麝拗蓮，亦極慘酷矣。

上海小說叢報社、崇文書局《二雛餘墨》，一九一八年一〇月二〇日版

[一] 戴石屏，原作『載石屏』。

藝文屑論詞

鵷鶵等

《藝文屑論詞》，載上海《民國日報》一九一六年六月一九日起，迄一九一七年二月二六日『藝文屑』欄，或題『論詞』，題下署『鵷鶵』、『舍我』等。另該報『民國文藝』欄，有一九一七年九月二一日『潛庵學詞記』、一九一七年一一月一四日『固紅談詞』兩篇若干則，今輯而爲一，題《藝文屑論詞》，都二四則。原無序號、小標題，今酌加。

藝文屑論詞目錄

藝文屑論詞

一　倦鶴《今詞選》

倦鶴輯《今詞選》，屬爲一短敘，卒卒未就。余于詞，初無深詣，尤不欲貽布鼓雷門之誚。所願吾友有以發我也。

上海《民國日報》一九一六年六月一九日藝文屑，無題，署「鵷鶵」

二　射詞牌

王均卿君嘗命製謎，成十餘條，皆淺直無可觀者。惟『王濬詩草』，射詞牌一，〔水龍吟〕差爲似之。亦不佳也。

上海《民國日報》一九一六年六月二六日藝文屑，無題，署「鵷鶵」

三　偷聲減字

文字有窮力盡氣以爲之，而不能工，手揮目送，水到渠成，而主文出焉。無他，亦善於偷減而已。老伶工於曲之冗曼無味處，則有偷聲減字之訣焉。偷減云者，去其陳舊，而出以清新之謂也；

去其冗煩，而出以簡淨之謂也。故神龍掉尾，而大海爲波；香象渡河，而行人聞息。皆此義矣。物窮則變，變則通，弗謂偷減之無當也。寄語諸公，勿以昏惰之氣出之可耳。

上海《民國日報》一九一六年八月一五日藝文屑，題『偷聲减字』，署『鵷鶵』

四　騷選之心

倚聲之學，人謂從溫李詩篇來，此皮相語耳。從面子説，取材固多溫李之詩；從骨裏説，言外意内，寄托遙深，的是〈騷〉、《選》之遺。有溫李之面，無〈騷〉、《選》之心，其爲詞也，必淺薄而不深厚。莊中白《蒿庵詞》，其微眇濃厚之境，爲有清一代人所罕到，得力於〈騷〉、《選》者多也。

上海《民國日報》一九一六年九月一日藝文屑，題『詞』，署『倦鶴』

五　東坡之病

東坡天才，於文辭咸不甚留意。奮其天才所至，十得八九。然終非正宗中語。文然、詩然，卽詞亦然。其高處在遺落一切，吟嘯天風，不與人以窺竊之迹。而其病，則無換筆之妙也。『明月幾時有，把酒問青天。不知天上宫闕，今夕是何年』，與〈渡海〉之『參横斗轉欲三更，苦雨終風也解晴。雲散月明誰點綴，天容海色本澄清』，細味之，終是一様言語。則東坡之詞與詩，固以一支筆去做也。

寄語後人，無東坡天才，切不可學東坡之病。

上海《民國日報》一九一六年一〇月三一日藝文屑，題『東坡之病』，署『鵷鶵』

六　王夢曾論詞微誤

杭縣王夢曾所輯《中國文學史》中，有『論詞』一節云：『學周、秦者，以姜夔爲稱最，王沂孫足與之抗。姜格高，王味厚，各有所長。史達祖其次也，吳文英、張炎又其次也。』此論大體尚是，而未免有微誤。少遊輕倩，何得與美成並稱，一也；白石固能別標高格，韻雋詞清，然謂之爲紹述美成，不當謂其獨有千古，二也；碧山風神細膩而不落俗，然曰俊永細膩則可，味厚之評，似當移與夢窗，三也；史梅谿可謂工細幽秀，特不免俗耳，乃云駕夢窗而上之，玉田所謂『把纜放船』，無大過人處者，亦何足以偶吳氏，四也。夢窗神力，我嘗論之，於詩則宋之魯直也，美成固詞中之少陵。自宋以下，推學杜最工者，不得不曰魯直，則南宋以下，學美成最工者，不得不曰夢窗也。

上海《民國日報》一九一六年一一月一日藝文屑，題『論詞』，署『鷓鴣』

七　詞人足以擬仙

作詞無他法，只要將心裏的齷齪思想洗个乾淨，然後思慮通明，空虛靈幻，從此着筆，自然有最妙者至。如張志和『西塞山前白鷺飛』，溫飛卿『過盡千帆都不是，斜暉脈脈水悠悠』，李後主『簾外雨潺潺』，少遊『斜陽外、寒鴉數點，流水繞孤村』，耆卿『楊柳岸、曉風殘月』，東坡『瓊樹玉宇，高處不勝寒』等，皆清新縹緲，飄飄欲仙。予嘗謂，詞人足以擬仙，語雖不經，然實確有見地。眞知詞中三昧者，必不河漢斯言也。

上海《民國日報》一九一六年一一月二〇日藝文屑，題『論詞』，署『舍我』

八　詞品

詞以神圓爲上品，意圓次之，筆圓又次之。周片玉可謂神意筆俱圓者也。故曰，他人鈎勒處，一鈎勒便薄；美成愈鈎勒，愈渾成。史梅溪已臻意圓之境，特微薄耳。王碧山幾有上薄美成之概，然具體而微，終降一格。吴夢窗轉折處，近乎瑣碎，而時有高處，涵蓋一切近乎神圓，則不得不服其大力也。

上海《民國日報》一九一六年一二月一四藝文屑，題『詞品』，署『鵷鶵』

九　詞分兩大派

詞分兩大派：一自南唐五代以至北宋，一卽南宋。第一派渾化，第二派刻練。李氏父子及秦、柳之詞，渾化之詞也。然效之不善，每易流於浮滑。清眞、夢窗之詞，足以藥此失矣。而雕琢過甚，每有幽晦難通之處，亦非詞之所宜。甚矣，其難也。

一〇　譚仲修另創一格

譚仲修論詞主澀，澀卽刻練之簡稱也。然仲修爲詞，疎空而不質實，如『釣磯我亦垂綸手[一]，看斷雲、飛過荒潯』之句，置諸《白雲集》中，當不能辨其眞僞。是眞能融合兩派，而另創一格者也。

[一] 垂綸手，原作『垂綸乎』，據《復堂詞》改。

謂爲有清一代之大詞家，不亦宜乎。

上海《民國日報》一九一六年一二月一九日藝文屑，題『論詞』，署『舍我』

一一　蘇辛

《介存齋論詞》，頗右辛而左蘇，其實辛之情至深[一]，果非坡老所能到。蘇之自在處[二]，辛亦萬不能到。《稼軒詞》中，如『是他春帶愁來，春歸何處。却不解、帶將愁去』，看似自然，終不及坡老『明月幾時有，把酒問青天』，自然潔麗，有飄飄欲仙之概。

一二　論白石

其論白石，謂以詩法入詞，門徑淺狹，不耐細味，固是。然謂其〔暗香〕、〔疏影〕二闋僅可與稼軒相伯仲，則不然。稼軒到底粗豪，斷不能如此描摹盡致。龍洲斯善學稼軒者耳。

上海《民國日報》一九一七年一月一日藝文屑，題『論詞』，署『鵷鶵』

一三　澀字之旨

張惠言論詞，一以寄託含蓄爲歸，其論甚正，未可厚非。然予竊以爲，含蓄寄託即譚仲修『澀』

[一] 深，原文泐，似爲『深』字。
[二] 處，原文泐，似爲『處』字。

字之旨。蓋詞之爲物，其病易滑，稍一不慎，即墜下乘。藥滑之法，莫如以君國之思、身世之感，一寓於詞中，則美人香草，莫不言中有物矣。豈必千錘百練，始可謂之澀哉。

上海《民國日報》一九一七年二月二〇日藝文屑，題『論詞』，署『舍我』

一四　夢窗棘練

自仲修『澀』字之論出，而倚聲家遂競奉夢窗爲圭臬。誠以夢窗棘練，足與仲修澀字之論相表裏。然不善學者，每易流於枯窘。惟古微先生能於棘練之中，潤以疎宕，斯其所以爲獨絕一時也。

一五　意深而趣永

夢窗有『斷紅若到西湖底，攪翠瀾[一]、總是愁魚』之句，練誠練矣，佳則未也。何若『黄蜂[二]頻撲秋千索，有當時纖手香凝』之意深而趣永耶。古微先生卽深明此旨者也。觀古微詞可以知矣。

上海《民國日報》一九一七年二月二三日藝文屑，題『論詞』，署『舍我』

一六　詞宜戒俗

古人以俗語入詞，殊覺不雅，縱能雅矣，亦不可爲後人法。倘再出以嘲詼，則直戲曲中之科諢

[一] 瀾，原作『欄』，據《全宋詞》改。

[二] 蜂，原作『鋒』，據《全宋詞》改。

耳。安在乎其爲詞也。

一七　填詞所宜用

李後主〔浪淘沙〕詞，有『夢裏不知身是客，一晌貪懽』之句，凡知詞者，莫不稱頌其佳。然予竊以『一晌貪懽』四字，殊非填詞所宜用。無他，惟犯俗耳。宋人亦間有此病，非正宗也，學者須力戒之。

上海《民國日報》一九一七年二月二六日藝文屑，題『詞宜戒俗』，署『舍我』

一八　溫故之一助

治詩才三數年，學填詞才數月耳，安足以作詞話。惟宣[一]究所心得，師友之緒餘，連類記之，亦溫故之一助也。

一九　夢窗神力

近來詞人，無不崇夢窗者。平情論之，梅溪輕纖，玉田平俗，草窗機滯，竹屋辭庸，舉無足以及夢窗者。要爲上接美成，下開清初諸家，無疑也。止菴《詞辯》所謂夢窗能於空際翻身，神力非人所能到。顧不善者每蹈『七寶樓台』之誚，余謂才力不逮者，無甯先取道碧山；碧山深秀工細，學者

〔一〕宣，疑當作『宜』。

易於悟入也。

二〇　蘇辛並稱

蘇辛並稱，蘇之天機獨運處，辛間或能到。辛之爐火純青時，蘇所萬不能到。斯言允矣。然東坡詞如〔水調歌〕之〈中秋〉、〔水龍吟〕之〈楊花〉，畢竟是絕詣。稼軒〔摸魚兒〕之『更能禁幾番風雨』，已算得天機超妙矣，持較眉山，終隔一塵也。

上海《民國日報》一九一七年九月二一日民國藝文，題『論詞』，次題『潛庵學詞記』，署『鵷鶵』

二一　碧山《花外》

碧山《花外》詞，運思既細，選詞尤麗，與夢窗微有不同。以碧山思鋭，夢窗氣原[一]也。余最愛其〈春水〉、〈水仙〉兩[二]闋。而〔齊天樂〕之〈咏蟬〉，尤見稱於後。『一襟遺恨宮魂斷，年年翠陰庭樹』，如此作，起石帚亦不多得也。世每舉之與玉田並稱，實則玉田庸俗，僅能以規撫見長耳。

〔一〕原，疑應爲『厚』。

〔二〕兩，原作『最』。

二二　余石莊《玉藤仙館詞存》

《玉藤仙館詞存》一卷，爲余石莊著。詞致平庸無足取。惟〔鷓鴣天〕一闋，差具豐甚。錄之：『曲曲欄干漠漠簾。春寒料峭晚來添。欲溫花夢先燒燭，怕寫春詞且膩箋。　風似剪，月如弦。光陰又近楝花天。遙憐疏柳紅橋畔，吟瘦東風雪一船。』

上海《民國日報》一九一七年九月二五日民國藝文，題『論詞』，次題『論詞雜札』，署『推仔』

二三　金主亮

詞始於唐，興於六朝〔一〕，盛行於宋，金人亦多好爲之。金主亮頗知書，閱柳耆卿〈西湖〉作，欣然有慕於『三秋桂子，十里荷花』，遂起投鞭渡江之志。乃密隱畫工于奉使中，寫臨安山水，復畫己像，題『立馬吳山第一峯』之句。嘗中秋舉杯，待月不至，賦〔鵲橋仙〕云：『停杯不舉，停歌不發，等候銀蟾出海。不知何處片雲來，做許大、通天障礙。　虬髯撚〔二〕斷，星眸睜裂，惟恨劍鋒不快。一揮斬斷紫雲腰，仔〔三〕細看、嫦娥體態。』出語崛強，真是咄咄逼人。

〔一〕六朝，疑當作『五代』。
〔二〕撚，原作『極』，據《全金元詞》改。
〔三〕仔，原作『係』，據《全金元詞》改。

二四　金章宗

金章宗喜文學，善書畫，有〈題扇〉〔蝶戀花〕詞云：『幾股湘江龍骨瘦。巧樣翻騰，疊作湘波皺。金縷小細花草鬭。翠條更結同心扣。　金殿珠簾閒永晝。一握清風，暫喜懷中透。忽聽傳宣須急奏。輕輕褪入香羅袖。』又有〈擘橙爲軟金杯〉賦〔生查子〕[一]云：『風流紫[二]府郎，痛飲烏紗岸。柔軟九回腸，冷怯玻瓊盞[三]。　纖纖白玉葱[四]，分破黃金彈。借取洞庭春，飛上桃花面。』亦南唐李氏父子之流也。

上海《民國日報》一九一七年一一月一四日民國藝文，題『論詞』，次題『固紅談詞』，署『張慶霖』

[一] 生查子，原作『生查小』，據《全金元詞》改。

[二] 紫，原作『紮』，據《全金元詞》改。

[三] 玻瓊盞，《全金元詞》作『玻璃碗』。

[四] 白玉葱，原作『皇葱』，據《全金元詞》改。

申報詞話

似春等

《詞話》三〇則，載上海《申報》一九一七年一月一日起，迄一九一八年八月二八日。署『似春』、『佩青』、『竹軒』等不一。原題『詞話』，偶有編輯按語，似爲《申報》組稿。因輯爲一卷，改題《申報詞話》。原無序號、小標題，今酌加。

申報詞話目録

申報詞話

一　《東鷗草堂詞》抄本

《東鷗草堂詞》二卷，祥符周星譽昀叔著。余師吉中有抄本。癸丑秋，借錄一過。便覺淮海、屯田，去人不遠。其中如〔洞仙歌〕〈無題〉七闋，描寫兒女情致，歷歷如繪，殊令人百讀不厭。亟錄之：『繡帆收了，正雨絲初歇。七里香塵熨柔碧。看綠楊陰外、樓閣溟濛，是多少，春睡初醒時節。　犀帷催喚起，餳眼慵揉，剗襪跧跰向人立。檀琖遞完時、低頸回身，傍娘坐、恁般羞澀。又小婢、催人去梳頭，向鏡裏流睟、驀然偷瞥。』『呵鈿綰翠，坐棗花簾底。華鈴斜簪小鴉髻。想妝成力怯、換了鸞衫，停半晌，纔見盈盈扶起。　問名佯不說，淺笑低聲，暗裏牽衣教孃替。眾畔坐隨肩、道是知情，卻偏又、恁憨憨地。也忒煞、難猜箇人心，笑事事朦朧、這般年紀。』『深深笑語，膩緗桃花影。削哺金泥護春暝。看珠燈出玖、錦匳藏彄，卻難得，隨意猜來都準。　起身鬆繡屧，瑣步伶仃，釵尾丫蘭顫難禁。怯醉泥秋歛、親蘸毫犀，替重抿、牡丹雙髩。似欲向、郎言又還停，但小靨緋紅、可憐光景。』『荼蘼風輭，散閒愁無數。吹送青鳧到花步。算鴛鴦卅六、排作郵籤，好細與，記箇相思程譜。　尋春三度也，永福橋西，門閉枇杷舊時路。小隔又生疏、道罷勝常，更沒些、離情低訴。但佯笑、兜鞵倚娘邊，問梅雨連宵、別來寒否。』『卓金車子，接么娘來早。鸚鵡銀籠隔花報。

聽纖纖繡屧、才近胡梯，驀一陣，抹麗濃香先到。　進房攏袖立，瘦蝶腰身，寫上紅簾影都俏。側坐錦墩邊、女伴喁喁，盡背地、贊伊嬌小。看悄撚、羅巾不抬頭，怎比在家時、更矜持了。』『離腸一寸，化萬千紅豆。底事花前又分手。便不曾春去、已是無憀，況又到，深院月黃時候。　玉鵝衾底夢，酒雨香雲，薄福蕭郎怎消受。無計贖珍珠、待說成名，可知道、甚時能彀。便僥倖、雙棲也生愁，看半摺弓腰、恁般纖瘦。』『江湖載酒，偏青衫塵積。玉笛聲中過三七。道飄零杜牧、慣解傷春，原不爲，歌扇酒旗淒悒。　惺惺還惜惜，儂自憐花，此意何曾要花識。一霎畫屏前、香夢迷離，儘日後、思量無益。待提起、重來又傷心，怕門巷斜陽、落紅如雪。』

上海《申報》一九一七年一月一日，署『似春』

二　茅山進香詞

偶檢書篋，見有前年所作茅山進香詞。寄情風景，託體閨襜，尚覺自然可愛。錄而出之，寄呈天虛我生，請實諸《自由談》中，以公同好。詞爲〔洞仙歌〕四闋。其一云：『良期十八，正桃青時候。柳綠垂垂綠於酒。（三月十八爲三茅生日）便雅將書舸、試丁春衫，邀女伴，種箇來生香火。天禧橋畔過，小扣琳宮，檢點香資也□彀。（舟經南門三茅行宮燒起脚香）忍笑炷沈檀（燒香前，須寫香牌，多以沈檀爲飾）、窄窄情腸，愛一縷、纏綿似藕。驀記得、山門那時開，恰欲暖還寒、落燈風後。（正月望後，寺僧開山門，招邀香客）』其二云：『盈盈蕩槳，喜空波如霧。略記雲陽舊時路。（山在句容縣）怪毒龍譚口、臥虎峰邊，風浪惡，不許輕舟來去。（近山有毒龍潭、卧虎峰，皆極險峻，急湍旋溜，榜人多不敢行）　黃昏山澗宿，星火依潮，髣髴瓜州兩三處。持得一宵齋、（上山前一日，多持齋茹素）靧面完將，又細把、燈花頻數。（傳言以燈花卜陰晴，輒有奇驗）却爭說、明朝上山期，怕幾日春陰、暗風吹雨。』其三云：『神祠疊鼓，上三茅山麓。此地猶留漢冠服。道弟昆小隱、夫婦同升，完色相，不減如來金粟。（茅盈，漢光祿勳，弟周，武威太守，衷，上郡太守，均於句曲山得道，號山茅真君，衷夫人楊氏，亦白日飛升）　扶携來殿左，遍拜深深，鬢影花枝散清馥。細語不聞聲、珍重心香，又强似、春蠶偷祝。旋手攏、雙鬟泥人看，早簾外黄昏、拂來蝙蝠。（俗傳三茅神最靈應，凡進香士女，涉非非想者，輒有蝙蝠撲之。）』其四云：『回頭香願，記凌晨燒了。（歸時燒回頭香）便買蜻蛉小湖櫂。儘潮風□艣、細雨侵帆，圖畫裏，真箇春人多少。　練花糖味俊，（山上土人賣練花糖，其味頗佳，法不傳外人，故他處罕見）打點人情，留與兒童結歡笑。歸路莫流連、傍得城闉，早點點、市燈紅照。算佳約、明年又須償好。雲母船窗、載儂重到。』（栩按，茅山風物，久繫夢懷。今春客金沙，以塵冗未獲一游。輒自悵悵。讀此不啻輕一度臥游矣。）

上海《申報》一九一七年一月三日，署『似春』

三　邵心炯詞

寶山邵心炯工詩，而詞亦清婉可誦。遺稿雖屬不多，然附於《艾廬遺稿》者，尚可窺其一二。如〈旅況〉調寄〔喝火令〕云：『最是無情月，教儂太瘦生。夜闌扶影下簾旌。越是要人調護，越是冷清清。　何處彈長鋏，無聊剔短檠。寒螿絮月到天明。越是嗔伊，越是一聲聲。越是要尋鄉夢，越是夢難成。』〈舟夜〉〔如夢令〕云：『幾次吹燈欲臥。兀自挑燈强坐。一縷玉簫聲，又被艣聲摇破。摇破。摇破。夢也教人難作。』又〔十六字令〕〈落花聲〉云：『輕。知有愁人倚枕聽。東風靜，胡蝶最分開。』

上海《申報》一九一七年三月一日，署『佩青』

四　小令尤難

余不解音律，而酷嗜詩餘。喜其含思宛轉，觸緒纏綿，極溫麗靡曼之致，非艷體詩所能逮也。又嘗竊謂，小令尤難於長調，蓋填長調者，精力飽滿，已盡能事；而小令，則須尺幅中，具千里之致，遽然遐思，如韓娥〔鼦門〕之歌，繞梁三日，方耐尋味。兹錄平昔所嗜而未見刊行者如後。方永潭君〔清平樂〕云：『迷離金碧。微逗春消息。小燕紅襟鵶項白。猶擬舊時顔色。　宵來翠霧成烟。兩般眉月纖纖。淺夢壓花花墜，絳雲暗鎖湘簾。』葉蕁客君〔虞美人〕云：『小梅點額新眉淺。窗底銀雲鍵。憑將消息報江南。一樣天涯同是、月初三。　抛□鈿約春無語。門掩愁如許。濃烟莫説是無情。多分虧他遮却、舊征程。』梁公約〔菩薩蠻〕云：『湘簾做暝謌珠歇。雙鬟茉莉馥香雪。何處笛聲柔。水痕衣上秋。　燈闌香已彈。隔檻聞雙艣。雙艣攪人醒。羅幃知月明。』

上海《申報》一九一七年三月二〇日，署『竹軒』

五　張婉儂詞

余鄉張婉儂女士，能詩，早卒。著有《綠梅花館吟草》、《蕉雨軒詞草》各一卷。余嘗擇尤編爲詩話，刊登各報。昨偶檢舊篋，復得昔年手鈔女士詩餘數闋，然已半飽蠹魚之腹，字跡幾難辨認。亟錄之。〔卜算子〕〈春殘〉云：『曲徑亂飛紅，香砌濃堆翠。何事東皇不管春，忍使人心醉。

樓上曉妝人，也爲春憔悴。無賴東風着意吹，竟把春揉碎。』〔鷓鴣天〕〈送春〉云：『九十春光欲暮時。曉來風景更淒其。苔痕點點胭脂淚，綠怨紅消夢亦迷。　香黯淡，影依稀。啼鵑聲裏送春歸。窗前一樹梨花雨，化作愁魂處處飛。』〔清平樂〕〈中秋臥病〉云：『重簾風動。衣薄宵寒重。病裏情懷誰與共。獨擁半牀幽夢。　良辰草草閑過。光陰暗地消磨。今夜闌干月朗。何其我負嫦娥。』〔虞美人〕〈重九〉云：『年年佳節多風雨。攪亂愁人意。今年乞與好重陽。那識天心更是、沒商量。　冷吟閑醉從來慣。無處尋詩伴。待將濁酒解牢愁。奈是酒邊心事、怕登樓。』〔風蝶令〕云：『瘦影慵臨鏡，長眉不解愁。舊時明月舊時樓。夢繞故鄉雲樹、越山秋。　不盡吟邊思，空爲畫裏游。幾回花底笑持籌。記得當年觴詠、效名流。』〔南浦月〕云：『寂寞芸窗，夢回無事消清晝。薄罗衫袖。似怯春寒透。　牆角梅花，還比人消瘦。曾知否。幽香一縷，故故簾邊逗。』以上諸詞，雖不脫閨人口脗，然用筆輕倩，自可喜也。

上海《申報》一九一七年四月二三日，署『秋夢』

六　周昀叔〔洞仙歌〕

祥符周昀叔《東鷗草堂詞》[一]卷[二]中，有〔洞仙歌〕數闋，旖旎俊逸，抗手樂章，而知者絕鮮。可慨也。特錄如下。其一云：『呵鈿綰翠，坐棗花簾底。花鈴斜簪小鴉髻。想粧成力怯、換了鸞

[一] 東鷗草堂詞，原作『東歐草堂詞』，據上文改。

[二] 卷，原作『巷』。

衫，停半晌，纔見盈盈扶起。　問名佯不說，淺笑低聲，暗裏牽衣教娘替。羅綺坐隨肩、道是知情，卻偏又、恁憨憨地。也忒煞、難猜個人心，笑事事朦朧、者般年紀。』其二云：『荼蘼風軟，散閒愁無數。吹送青鳧到花步。算鴛鴦卅六、排作郵籤，好説與，記個相思程譜。（吴江至蘇，共三十六里）　尋春三度也，永福橋西，門閉枇杷舊時路。小隔又生疏、道罷勝常，更沒些、離情低訴。但佯笑、兜鞵倚娘邊，問梅雨連宵、別來寒否。』其三云：『卓金車子，接么孃來早。嬰武銀籠隔花報。聽纖纖繡屧，纔近胡梯，驀一陣，抹麗濃香先到。　進房攏袖立，瘦蝶腰身，寫上紅簾影都俏。側坐錦墩邊、女伴喁喁，盡背地、贊伊嬌小。看悄撚、羅巾不抬頭，怎比在家時、更矜持了。』其四云：『猜花輪後，露些些嬌惰。怯飲瓊蘇薾眉鎖。把銀蕉殘酒、笑倩郎分，消受這，一抹口脂紅涴。　雁箏搊義甲，唱罷廻簧，蓮箭沉沉月西矬。席散點紗燈、臨去殷勤，問明日、郎來還麽。正風露、街心夜涼時，囑換了輕衫、下樓方可。』其五云：『吴綃三尺，屑輕煤初畫。錦髻瓊題恁姚冶。只花般性格、藕樣聰明，描不出，留待填詞人寫。　翻香么令豔，細字紅蠶，鳳紙烏絲替親界。譜上女兒情、偷拍鞵尖，低唱向、黃梔花下。好宜愛重薰、喚真真，辦一片誠心、向伊深拜。』其六云：『閒情新賦，把靈犀一點。寫入香羅白團扇。好羞時低障、浴後輕攏，長傍着，小小桃花人面。　橫塘重寄與，滿握冰蠶[一]，比似華年一分見[二]。畫裏說春愁、紅飾[三]窠瀊，反輸與、翠禽雙占。倘長得隨伊、鏡臺

〔一〕蠶，一本作「蟾」。
〔二〕見，一本作「欠」。
〔三〕飾，一本作「錦」。

邊，便掃地添香、也都情願。』

上海《申報》一九一七年五月九日，署『竹軒』

七　宋志沂詞

曩自友人案頭，獲讀其所選詞稿，清辭麗句，美不勝收。予最愛長洲宋志沂〈詠春暮〉調寄〔惜餘春慢〕云：『倦蝶偎烟，嬌鶯吹絮，鎮日香凋寒嫩。一番對鏡，半晌窺窗，却道海棠開盡。愁煞湘簾萬重，不掛斜陽，掛將春恨。料殘紅庭院，明朝還有倚樓人問。　依舊是、高燭巡花，深杯量酒，這樣淒其誰信。鵑呼夢去，燕帶愁歸，只怕意兒難穩。雙眼□多淚珠，禁得羅衫，幾回偷搵。但低低分付，天邊蟾魄，再休相近。』又〔如夢令〕一闋云：『窗外一層簾櫳。簾外一絲烟動。煙外更無人，何處藕花香送。風弄。風弄。驚了隔花鴛夢。』亦幽靚有致。

上海《申報》一九一七年五月九日，署『黑子』

八　《小元仙館詞稿》

病鳳投稿云，武進李芷喬先生《小元仙館詞稿》中，多綺麗溫柔之作。有〔菩薩蠻〕七闋，婉轉纏綿，讀之令人悽惋。詞云：『一層珠箔當中界。柳絲深處新愁掛。閒夢未分明。遥山鏡裏青。　夜窗聞暗語。寶篆微消炷。枝上越梅酸。一生從此判。』『月輪天上花如綺。屏出遮斷螺烟翠。蛛縷結淒商。琴心和漏長。　重門金屈戌。芳草愁啼鴂。紅豆隔牆拋。累他香玉銷。』『如天芳草如煙夢。最高樓上春愁重。相見不相知。一雙驚燕飛。　袖羅慵倚竹。敲斷連環玉。絲藕妬春蠶。殉春情較甘。』『天河流水迢迢去。腸廻轉盡香車路。心事一些些。瑣窗重疊紗。　寃禽傳密約。鑄鐵成今錯。一樣袖羅紅。淚痕同不同。』『謝家池館生春草。情天只恨蘼蕪老。記否粉痕嬌。涼蟾冷玉簫。　楊花春旖旎。閒煞交紅被。無限碧城闌。鸚哥嫌夜寒。』『銀牆一角驚初見。斜陽半落深深院。眉語未分明。門前聽曉鶯。　鏡中人綽約。鏡畔春寥落。烟影護遥山。淚痕別一彎。』『花魂如雨驚難定。脂痕粉暈依稀認。簾影一絲絲。春潮蕩柳枝。　韶光方過半。錦瑟年華換。窻暗梨烟斜。病中春又賒。』其德配趙純碧夫人粹媛，亦工詞，著《微波閣稿》，有〔摸魚兒〕一首云：『掩重門、相思千里，淚痕襟上如許。殘燈冷照牕□夜，欲向夢中低訴。携手處。便話到離懷，也只添愁緒。情絲萬縷。願化作垂楊，團成幽夢，常繫香車住。　江南路。自是離人更苦。天涯芳草無據。碧城曲曲闌干在，倚徧斜陽無數。聞杜宇。怨如此華年，容易匆匆誤。瑶琴罷撫。但手撚秋棠，珠簾深下，聽盡瀟瀟雨。』亦覺無限幽情。

栩按：〔摸魚子〕前後兩結句，第三字均應仄，歐陽《六一》，雖有作平之句，但不可法也。而〔菩薩蠻〕結句，亦以用『仄平平仄平』爲宜。李君夫婦，詞思固佳，第於律，似尚欠細。質之鳳公，以爲如何。

上海《申報》一九一七年五月三〇日，無署名

九　蕭子羽〈寄内〉

〔羽仙歌〕一調，拗句極多，往往有刻意求工，而全失自然者。頃得蕭君子羽〈寄内〉一闋，乃信操觚者自有高下，初不關於調也。詞云：『蓬窗乍啓征人，摺鸞箋、寫來無緒。昨夕江雲，今朝山

霧。一樣春光如許。新凉似水。料故土楊花，又飛殘絮。夕照簾櫳，可還有個閒鸚鵡。征帆十里又去。看野棠灘畔，如此嫣嫵。擁髻山靈，含顰岸草，勝似當年烟浦。離愁暗鋪。便忘却卿卿，也難挨過。描人新詞，沉吟又自苦。』（竹軒）

栩按：〔羽仙歌〕，乃〔洞仙歌〕也，與此迴異。蕭君此作，當是〔齊天樂〕，惟其中亦有誤處。如『新凉如水』之『水』字，當叶韵，（水字出韵）兩結句均應拗：『可還有個閒鸚鵡』句，則『有』字應平，『閒』字應仄；『沈吟又自苦』句，則『沈』字應仄，『又』字應平。歷觀古名家詞，皆如是也。

上海《申報》一九一七年六月一八日，『栩按』之前署『竹軒』

一〇　小令最難作者

小令中，以〔浣溪紗〕、〔柳梢青〕兩體爲最難作。〔浣谿紗〕上半闋三句，句句押韵，每患堆砌而失層次；而〔柳梢青〕末三句同是四字，尤易於運掉不靈，全闋情勢，遂篇之收押不住矣。余嘗擬集今人稿中，此兩調之善者，彙錄一編，苦於謭狹，積久仍寥寥數紙耳。茲略錄一二，以示同好。梁秋雲君〔浣溪紗〕云：『花事盈盈過海棠。一聲風笛下寒塘。烟波何處祇茫茫。　十里風塵籠暮靄，幾回鵑血滴清香。可憐無語又斜陽。』費無我君〔浣溪紗〕云：『客思依依繞短篷。一橈去也忒匆匆。祇餘山色入吟中。　和我愁詩唯竹籟，吹將歸夢有春風。兩邊心事可相同。』龐檗子〔浣溪紗〕云：『垂柳依依書檻邊。倡條冶葉把愁牽。總教攀折也堪憐。　慘碧山塘春似水，落紅門巷雨如烟。怎生消受斷腸天。』郭楚生〔浣溪紗〕云：『玉撥朱弦夜未休。滿湖燈火放蘭舟。是鄉端合號溫柔。粉黛三千新按隊，朱簾十二半垂鈎。素心花下看梳頭。』夏玉廷〔柳梢青〕〈題橫波畫蘭〉云：『春去天涯。江南哀怨，定屬誰家。想見臨時，無多幾筆，玉腕微斜。風流翠袖烏紗。空賺了、尚書鬢華。扇底香消，眉邊墨淡，愁對湘花。』趙寒庵〔柳梢青〕云：『淚濕梨雲。春容一片，紅了斜曛。且拓璇窗，展將裙褶，重印新紋。袷衣蕉萃殘春。祇剩得、銀蟾二分。蝶散雲寒，花欹露重，愁煞那人。』旖旎繽紛，均屬不可多得之作。（竹軒）

栩按，〔浣谿沙〕以風韵勝，起三句，宜一句一意。而一句中，尤宜轉折生波，乃有情致。第三句尤重，後起對句，尤貴細膩濃郁，結句宜有餘情不盡，庶不類於詩。近人作者，往往非粗率即扯淡，直是一首不完全之律絶詩耳。〔柳梢青〕以四字句爲主，每一句中，至少亦宜鍊一字，以作眼。三句連者，宜用蝦鬚格一氣呵成。後起二句宜呼應，便不覺難。最忌襲用駢文句法。不善作者，往往類於幕賓四六書稟，俗腐逼人。竹軒所選，亦未足稱上乘也。

上海《申報》一九一七年八月四日，未署名

一一　〔洞仙歌〕宛轉流利

余於長調中，獨喜誦〔洞仙歌〕調，以其宛轉流利，勝於他調也。近見某君有本事數闋，録之：『蘭期初七，正黄昏時候。新月娟娟比人瘦。向雙星拜了、欲説還休。悄不覺，心事檀奴猜透。斷紅雙頰語，如此良宵，肯惹天孫笑人否。纖手繫香囊、囊底鴛鴦，替買得、香絲親繡。待咫尺、銀河隔三橋，還密誓深盟、玉鵝屏後。』『紅絨唾罷，把簾鈎放了。翡翠琉璃寫來悄。説詩人子野、合配兜娘，都寫入，小小烏闌詩稿。鄉親原不惡，蘇小前身，家計商量不嫌早。買個五湖船、隨處浮家，看粗服、亂頭都好。便修到、梅花算今生，博流涕無言、夜闌雙笑。』『歸來無恙，有舊歡難續。一笛吹殘落梅曲。認紅樓那角、樓外垂楊，却少個，昔日倚樓人獨。幽蘭墜露泣，圖畫春風，描上生綃展蛾綠。從此走天涯、芳草相思，算只有、〈離騷〉堪讀，又拂袂、天花伴維摩，記心上溫馨、個人如玉。』洵佳作也。

上海《申報》一九一七年八月一四日，署『竹軒』

一二　呂碧城〔摸魚子〕

呂碧城女士，將赴牯嶺，以近作〔摸魚子〕一闋見示，清麗綿邈，逼近玉田，并有小引云：『曉眠慵起，嘒嘒蟬聲，催成斷夢。翠水瀠洄，紅蕖萬柄，宛然復身到瀛蓬也。醒而感賦此闋。』詞云：『漾空濛、一奩涼翠，烟痕低鎖依黯。吟魂已共花魂化，恰趁蓬瀛清淺。覷醉眼。認露粉新妝，隔浦曾相見。韶華易換。只鷗夢初迴，宮衣未卸，塵劫已千轉。　春明路，一任蒼雲舒卷。俊游回首都倦。鸞箋未許忘情處，寫入冷紅幽怨。芳訊斷。怕瘦萼吹香，零落成秋苑。摩訶池畔。又幾度西風，爲誰開謝，心事水天遠。』

栩按，〔摸魚子〕兩結句，及前後起兩次句，均拗，最不易塡，用字稍涉生硬，即足爲通首之病。碧城此作，聲韻自然，一片性靈，行神於空，洵絶妙好詞也。

上海《申報》一九一七年九月三日，未署名

一三　〔洞仙歌〕五闋

飲露餐英室主來函云，《搯花記月詞》中，所刊〔洞仙歌〕五闋，與《南社》第九集所刊沈南雅〔洞仙歌〕五闋雷同，竊念二君均負盛名，斷非互相剿襲。究爲何人之作，乞示以釋下疑云。按，南雅係沈太侔君别署，太侔與僕，在十年前往來函札甚密。此詞係僕乙巳年舊作，時内子方歸寧也。與後列〔憶秋娘〕四首，即同一事，曾刊於十年前《著作林》雜誌中。楊古醖曾和原韵五首，亦刊《著作林》中。其時太侔適刊《國學萃編》，彼此交換所刊，殆太侔嘗以此詞書之扇頭或屏册中，未叙來歷，致抄傳者誤認爲太侔之作耳。大抵稍以聲價自高者，必不屑自行錄稿，寄投雜誌乞刊。旁人抄傳，因而致誤，固不足奇。但細辨之，亦易分別。太侔係粵人，而僕爲杭人，第一首押紙寘韵，本極寬，而必以『水悴睡醉墜媚』爲協者，是杭人之方音使然，粵人固必不如是也。兹錄原詞如下：『銀房寂寞，鎖嫩寒如水。不去尋芳耐憔悴。況日長似歲、夜永於年，那禁得，翠被薰香孤睡。　晚來無氣力，薄飲些些，半盞葡萄便沈醉。欹枕悄思量、小夢荒唐，還早被、罡風吹墜。纔記得、分明又模糊，賸一樹櫻花、想伊柔媚。』『湘簾放下，倩孤檠低照。一稿瓶花向人笑。者相思滋味、懊惱情懷，怎生地，寄與那邊知曉。　歸期明日是，小婢搴幃，錯問歸來恁般早。鸚鵡忒多情，渴了文園，干底事，呼將茶到。聽窻外、風吹雨瀟瀟，算坐着無聊、不如眠了。』『薄衾單枕，向邯鄲尋夢。花底廻身抱么鳳。被庭蕉打雨、簾蒜敲風，驀驚起，更鼓譙樓聲勁。　醒來無覓處，床背銀屏，返照蘭釭嫩紅凍。摸索墜釵痕、脂粉餘馨，又嵌入、離人心縫。鎮輾轉、匡牀不成眠，怕捱到天明、歸期還哄。』『紗窗淡白，有一鶯啼起。百鳥和鳴亂如沸。把银荷熄了、寶蒜鈎將，悄思想，那處曉妝成未。花稍遲日上，一樹梨裳，辜負東風尚沈睡。牆角走鈿車、一步還差，早門外、烏龍先吠。爭知道、相逢又非他，鎮立盡斜陽、櫻桃簾底。』『銀瓶索酒，拚今宵依舊。獨醉孤眠再消受。待明朝撇去、隔歲歸來，也教您，禁着幾番僝僽。一更人靜久，忽地華燈，簇擁魚軒轉屏後。小婢笑先迎、說道歸來，怎捱到、者般時候。尚一晌、俄延卸嚴妝，渾不管紗窗、曙光將透。』

上海《申報》一九一八年四月一三日，署『栩園』

一四　沈約齋

婁縣沈約齋先生（祥龍），自號樂志叟，爲劉熙載（學者稱融齋先生）高足。桐廬袁爽秋（昶）在蕪湖道任，羅置幕下，先生少年遭亂，晚歲里居寡出，著作不絕，而誨人亦不倦。所著詩文集外，有《樂志簃詞》一卷，又有《論詞隨筆》二卷，盛道蘇辛，所詣在是焉。〔一萼紅〕〈江干放歌〉云：『大江頭。正涼風浩蕩，捲起萬重秋。帆去帆來，潮生潮落，都教攙入牢愁。便獨倚、斜陽望遠，把詩心、分付水邊鷗。舊日閒情，少年殘夢，回首悠悠。　客裏青衫憔悴，問家園消息，斷牋蘆州。雲影蒼茫，林容蕭瑟，今朝休上高樓。空覽徧、江山好景，更何人、同入醉鄉遊。應有元龍豪氣，且看吳鈎。』〔湘春夜月〕〈登北固山石飄樓〉云：『亂峰中，夕陽紅滿層樓。樓外滾滾寒濤，淘盡古今愁。倚醉登高望遠，看涼風吹動，一帶蘆洲。更水光映處，輕帆歷亂，多少歸舟。　梁朝舊寺，孫家片石，猶伴清秋。弔古蒼茫，空賸有、青山無語，碧水長流。英雄事業，算向來、付都閒鷗。凭闌久，正江聲幾派、雲痕萬疊，飛上簾鉤。』以視韜甫，懷抱類似，而雄闊過之。先生之哲孫晉之，爲余至交，數宿樂志簃中，俛仰琅玕，須眉猶可髣髴。恨余生晚，已不及見之矣。嘗題其遺集云：

『五茸城下溯家門，短句長謡似後邨。儉歲屬文緣世故，殘年作健興詩喧。幕遊聊惜平生意，縑素能收地下魂。絶學至今憐沈約，蠹魚無數爲翁存。』蓋晉之好學，足以慰先生矣。

上海《申報》一九一八年四月二六日，署『朱鴛雛』

一五　賀雙卿

金沙綃山農家周某室賀雙卿，字秋碧，丹陽人，工詩詞，有《雪壓軒詩詞集》，其詞如小兒女噥噥絮絮，訴説家常，見見聞聞，思思想想，曲曲寫來，頭頭是道。讀者忘其爲詞，作者亦不自以爲詞，而情眞語實，直接《三百篇》之旨，豈非天籟，豈非奇才。惜其所遇之窮，爲古才媛所未有，每誦一過，不知涕之何從也。〔鳳凰臺上憶吹簫〕〈殘燈〉詞云：『已暗忘吹，欲明誰剔，向儂無焰如螢。聽土階寒雨，滴破三更。獨自懨懨耿耿，難斷處、也忒多情。香膏盡，芳心未冷，且伴雙卿。星星。漸微不動，還望你淹煎，有個花生。勝野塘風亂，摇曳漁燈。辛苦秋蛾散後，人已病、病減何曾。相看久，朦朧成睡，睡去空驚。』抑何悽戾乃爾。

一六　錢斐仲《雨花盦詩餘》

秀水錢斐仲女士，字餐霞，德清戚士元室，有《雨花盦詩餘》一卷。女士工詩詞，善屬文，所爲詞惻惻動人，凄入心脾，正如鸞音鳳吹，縹渺天外，一掃閨襜綺艷之習。嘗見其〔解連環〕云：『抱愁含醉。啓晶奩顧影，臉霞消未。解香絲、煙付鸞篦，驗舊夢無痕，鬢雲疎翠。幾摺紋紗，可留取、那時清淚。記砌蟲唧唧，窗蕉策策，伴人不作平寐。　輕衾又還自展[二]，更自寬離帶，自憐腰細。慣淒涼、守盡殘更，漸忘卻人間，歡娛情味。冷了熏鑪，依舊是、和衣斜倚。怎禁他、月曉霜濃，叫寒雁起。』

上海《申報》一九一八年七月二三日，署『祖靖亞』

一七　劉醇甫幽雋絶塵

陽湖劉醇甫太史，以相門子，續學能文，早歲落拓不偶，後官編修，亦不顯。然著述宏富，自足名世。有《箏船詞》，幽雋絶塵，不涉凡豔。〔清平樂〕〈舟宿水仙墩〉云：『鐙涼如畫。繫纜叢祠下。水佩風裳魂欲化。碧月迢迢殘夜。　曉來零落明璫。鏡中生怕思量。手把一絲烟柳，不知秋恨多長。』

一八　張湘任〔滿江紅〕

平湖張湘任先生，幼擅才名，長立行誼，廓然有當世之志，奈荏苒文場，中年後始得一第。又以母老，不赴春官，息影家居，摧頽終老。讀〔滿江紅〕一闋，蒼涼激楚，可以感其遇矣。今錄其詞云：『素鬢□蕭，歸去也、雄心盡歇。回首望、帝京縹緲，長歌激烈。十六年來餘舊夢，三千里外看明月。趁此時、早作下場詩，休淒切。　想前事，鴻泥雪。從今後，都消滅。擁殘畫也當，免營三

〔二〕展，疑失韻。據《詞譜》，〔解連環〕三體，下闋首句均入韻。

窟。濁酒千鍾澆塊壘，名山萬卷留心血。算吾儕、草野出經綸，酬金闕。』自序云：乙未四月三十夜敖陽店中作，用岳忠武韵。

一九　孔荃溪幽秀婉約

曲阜孔荃溪方伯，有《繪聲琴雅詞》，幽秀婉約，塵障一空。每誦一過，如身在緣陰芳草間也。〔踏莎美人〕云：『奩鳳銷香，鬟蟬凋翠。樓東花共人顦顇。疎英已過早春時。春在沈香亭北、牡丹枝。長信詞工，玉階怨古。豈無人解相如賦。君王枉自費恩波。一斛珍珠那抵、淚珠多。』

上海《申報》一九一八年七月二四日，署『祖靖亞』

二〇　董東亭如冷蝶秋花

海鹽董東亭太史，性至孝，負志節。工詩詞六法，詞如冷蝶秋花，自饒淒艷。〔謁金門〕云：『東風早。吹緑一庭芳草。寒擁香篝深閣悄。夢和烟縹緲。昨夜雨聲催曉。試問亂紅多少。二十四番花信了。蝶癡鶯已老。』

二一　張信甫《種玉堂詞稿》

《種玉堂詞稿》，常熟張信甫先生所作，纏綿淒涼，言外恨長，弱柳嗁煙，疎花顰雨。讀之低徊欲絕。能爲此種詩詞者，是洪稚存、黃仲則一流人也。嘗見其〔虞美人〕云：『玉簫淒弄誰家院。暗把東風怨。擔愁惹病作去相思。算是不曾閒過、好春時。烟梢濕卸殘紅重。香徑鶯呼夢。打窗幾陣下如潮。酒醒落花聲裏、又今宵。」

上海《申報》一九一八年七月二五日，署『祖靖亞』

二二　李小白小令

梅縣李小白袠夢，擅爲小令，深得笠翁神髓。惜高才短命，天不假年，今已死矣。猶憶其〈一痕沙〉〈閨思〉云：『對着一窗明月。萬種幽思交集。欲繡小香囊。贈檀郎。　還是繡叢蘭葉。還是繡雙蝴蝶。還是繡鴛鴦。細思量。』又〈無題〉云：『者樣玲瓏嬌小。恰似依人飛鳥。憨極轉無言。惹人憐。　問到渠儂年紀。悄指闌干十二。含笑一廻眸。會心不。』〈菩薩蠻〉云：『攜手碧桃花下立。要將幽怨從頭説。欲説又徘徊。防他小婢來。　靈心思人細。隱語成詩謎。字字悶葫蘆。檀奴解得無。』

上海《申報》一九一八年七月二六日，署『病鳳』

二三　李次白《夢春廬詞》

嘉興李次白先生《夢春廬詞》，中多香艷之作，旖旎[一]可愛，如〈鬥草〉調寄〈漁家傲〉云：『窗外東風吹未老。斜韋銀屏，各露驚鴻爪。書帶裙腰都過了。猜不到。袖中尚有相思草。　較翠量青憑汝狡。輸也甘心，莫謾將儂誚。懷裏幾曾無此寶。卿可曉。人前羞説宜男號。』又

[一] 旖旎，疑當作『旖旎』。

〈閨情〉調寄〔踏莎行〕云[一]：『龜甲屏開，蝦鬚簾捲，重樓略欵春光在。倭篏鏡側寫簪花，畫眉筆輭難端楷。　醉蝶醒初，懶鶯嚦罷，仙雲朶朶纏香海。歌完〔子夜〕問癡郎，歡儂兩字何如寫。』集中又有〔金縷曲〕一闋，亦極綿邈有致。詞云：『二月寒如此。恁朝朝、風風雨雨，作去聲成秋意。指點門前溪流漲，添就兩三篙水。忽湧起、烏篷艇子。燕侶鶯儔愁無語，正香懶、鵲尾重門閉。問春去，二分矣。　曉妝人向樓頭倚。記前年、賣花深巷，一肩紅膩。一樣錫簫鈴鴿候，何處絲絲花氣。祇蛛網蝸涎而已。怕按深深楊柳曲，算風光、九十今無幾。半銷入，屐聲裏。』

上海《申報》一九一八年七月二八日，署『黑子』

二四　樂蓮裳朗秀幽峭

臨川樂蓮裳孝廉，喜爲奇麗之文，兼工韻語。秋薦後，屢不第，橐筆江湖，鬱鬱以歿。才人偃蹇，殊堪浩歎。詞境朗秀幽峭，別具會心。〔浪淘沙〕云：『歌罷酒顔紅。船小江空。仙仙衣袂惹輕風。玉臂雲鬟波上影，明月當中。　沙渚淡烟籠。隔岸聞鐘。流蘇羽帳夜香濃。喚起侍兒教瀹茗，燈隕釵蟲。』

上海《申報》一九一八年七月三〇日，署『祖靖亞』

〔一〕云，原作『去』。

二五　瑞香女士婉約可誦

瑞香女士錄寄詩餘兩闋，頗婉約可誦。〔玉漏遲〕云：『素蟾天外照。畫簾静、漏殘人悄。小立中庭，驚起宿花雙鳥。千古冰輪如鏡，空老卻、天涯芳草。吟更嘯。醉歌踏月，虚度年少。舊遊縹緲無憑，記折柳分春，尋梅索笑。回首西湖，清夜夢魂猶繞。萬里片雲天淨，且莫把、閒愁縈抱。芳訊杳。空餘别情多少。』〔滿江紅〕〈春社咏燕〉云：『舊燕重來，曾記否、草堂前度。喜此日、相逢勝地，昔遊同訴。海國春深常作客，江南芳訊同羈旅。想一年一度，壘香巢，良艱苦。花柳滿，他鄉負。風雨夕，天涯暮。問故園松竹，只今誰主。卜築何時酬素願，棲遲聊寄全家聚。對溪山、風月學躬耕，西泠路。』咏物如人，絶不雕琢，是塡詞上乘，惟〔玉漏遲〕第二句應作四字，前段結句第二字宜平耳。後段結句，用『平平仄平平仄』，則頗細到。

上海《申報》一九一八年七月三一日，署『栩園』

二六　唐際虞《小桃花盦詞稿》

《小桃花盦詞稿》，浙人唐際虞著。中有小令數闋，詞藻興麗，而命意琢句，不失之艱滯，合作也。如〔浣谿紗〕〈麗情〉云：『星的妝成賽月容。羞擡繡帶露香蹤。裲襠斜搭錦芙蓉。眉玉瓏璁釵綰鳳，縷金篦簇髻盤□。鍼樓鈿閣暗相逢。』〔南歌子〕〈春閨〉云：『翦綵裁金勝，穿珠貫玉釵。羅巾畫扇預安排。準約來朝，撲蝶過花街。粉褪輕還抹，脂消淡更揩。芳郊一路穩相挨。不管香泥，溼透鳳頭鞋。』

二七　曹某〔金縷曲〕

近人曹某，有〔金縷曲〕一闋，悽婉可誦，兹錄如下：『小結風流案。感江南、傳來鄉信，杳梁去燕。我待成名卿已嫁，休説雲英重見。倘再許、相逢人面。解道湖州非薄倖，□綠陰、青子吾無怨。腸一寸，似輪轉。　當初依約眉樓畔。傍梔欹、晨看梳洗，夕教詩卷。自分枉拋心力事，爭忍柔情翦斷。且博得、有朝如願。今日海棠飛絮盡，纈芳亭、只怪春能短。花下淚，冷紅泫。』盪氣迴腸，殆在揚州夢醒時矣。

二八　張景奩〔踏莎行〕

『鳳尾拖春，蟾眉顰雨。虬雲似向征人語。湘簾一晌颺晴烟，烟消變了彌天絮。　乍學矜持，偏多情緒。璁瓏小瞻[一]渾無主。障衣欲淚淚偏無，送他灑向征邊去。』此吾友張君景奩〔踏莎行〕〈閨怨〉詞也。情致纏綿，詞采綺豔，每讀一過，輒喚奈何。

上海《申報》一九一八年八月五日，署『竹軒』

二九　胡長本清微婉約

成都胡長本先生博學多才，尤工詞章。著有《苾芻館詞集》六卷。清微婉約，兼南宋作者之

〔一〕瞻，疑讀作『扇』。

長。予劇賞之，如〈擬唐人艷體〉〔南歌子〕云：『笑裏呵黄蕊，歌邊曳畫裾。簸錢打馬你都輸。輸却砑羅銀扇、鏤金梳。　鳳髻飄珠粟，鸞綃襯玉膚。等閒小別又生疎。知道昨宵春冷、怨儂無。』〔虞美人〕云：『蓮衣褪了池塘緑。菱帶銷香玉。相逢記得拍闌干。記得生綃同倚、竹風寒。　臨風誰更篩香屑。靨子應非昔。斜陽紅到白鷗邊。勾起濃愁一縷、逐秋煙。』〔更漏子〕云：『碧闌干，紅抹麗。黄月一庭香氣。輕暈頰，淺含顰。見春翻怯春。　蛩茵軟。鴛衾暖。應是今宵更短。禁不得，暫時離。笑啼都要伊。』〔女冠子〕云：『晚風池閣。繡户低垂罘罳。夜來人。偎臉雙□玉，兜鞵點點金。　柳邊三尺水，花外一枝燈。莫憾驕兒睡，悄相尋。』〔杏園芳〕云：『膩鬢低護□[一]金蕤。鈎人兩點山眉。玳筵一曲唱黄支。莫來遲。　檀唇香吐同心結，今宵莫是佳期。櫻桃花落雨絲絲。閉門時。』〔後庭花〕云：『珠軿翠轤紅香陌。月高催發。薄寒吹透檀黄靨。落燈風急。　歸來故要雙肩疊。嚲鬟無力。笑他小性生嬌劣。把人偷掐。』綺麗艷情，每讀一過，輒覺齒頰生香，三日不散也。

按：來稿均圈破句，諒係録自他書，惟胡君詞固可取，爰矯正句讀，録之以共欣賞。

上海《申報》一九一八年八月九日，『按』之前署『棣華館主』

三〇　玉香仙子〔高陽臺〕

有玉香仙子，余在友人案頭，見其〈代父贈廣陵九校書〉詞，調寄〔高陽臺〕，云：『月傍層霄，

〔一〕□，原脱，據律補，或當爲『黄』。

露滋香畹，蓮燈照到花關。一片湘雲，煞人疑殺仙山。廻腸脈脈誰相似，黄河水、幾曲銀灣。笑無端。轉盡爐頭，未熟靈丹。　明珠穿破風流蟻，更起來爲我，妙解連環。謝女機絲，鴛鴦綉偏雙翰。黄花插到西風鬢，記重陽、會上追歡。且盤桓。紅袖圍爐，共爾消寒。』通體隱用九字，妙不着痕。

上海《申報》一九一八年八月二八日，署『陳兆元』

東園論詞

吳東園

《論詞》五則，載上海《中華編譯社社刊》一九一七年二月一六日第一號、三月一日第二號，署『吳東園』；今據此迻錄，改題《東園論詞》。原無序號、小標題，今酌加。

東園論詞目録

東園論詞

一 樂府之始

《漢書》〈禮樂志〉，有〔房中〕詞樂，高祖唐山夫人所作也。凡樂，樂其所生，禮不忘本。故〔房中樂〕，楚聲也。孝惠二年，使樂府令夏侯寬，備其簫管，更名曰〔安世樂〕。至武帝定郊祀之禮，乃立樂府，采詩夜誦。有趙、代、秦、楚之聲。以李延年爲協律都尉，又舉司馬相如等數十人，造爲詩賦詩論律吕，以合人音之調。樂府之名，實始於此。

二 樂府之變

《師友詩傳録》：唐人惟韓之〔琴操〕，最爲高古。李之〈遠別離〉、〈蜀道難〉、〈烏夜啼〉，杜之〈新婚〉、〈無家〉諸別，〈石壕〉、〈新安〉諸吏，〈哀江頭〉、〈兵車行〉諸篇，皆樂府之變也。降而元、白、張、王，變極矣。元次山、皮襲美補古樂章，志則高矣。顧其離合，未可知也。唐人絕句，如『渭城朝雨』、『黃河遠上』諸作，多被樂府。元楊廉夫、明李賓之，各成一家，又變之變者也。

三　樂府之作

樂府之作，宛同《風》、《雅》。如《短簫鐃歌》二百五十一曲，繫之正聲，即風雅之聲也。〔郊祀〕、〔東都〕等九十一曲，繫之別聲，而非正樂之用也。正樂之餘，則有琴琴[一]五十七曲；別聲之餘，則有琴琴二十三曲。則古調雜體等，總四百十九曲。不得其聲，則以義類相屬。分爲二十五門，曰『遺聲』。遺聲者，逸詩之流也。

上海《中華編譯社社刊》一九一七年二月一六日第一號

四　樂府流變

樂府登於漢〔房中歌〕，用於房中，《風》之變也。鼓吹曲用於朝會，横吹曲用於軍中，《雅》之變也。相如諸人所定十九章之歌，以正月上辛用事，《頌》之變也。漢以後節奏漸亡，往往以時事創立新題，名爲樂府，而實與漢不同，故謂之『新樂府』。漢魏樂府高古渾典，不可擬議。初唐人擬〔梅花落〕、〔關山月〕等古題，有類五律。杜子美〈新婚〉、〈無家〉諸別，〈潼關〉、〈石壕〉諸吏，太白之〈遠別離〉、〈蜀道難〉，則樂府之變也。韓退之、白樂天、元微之、王建及元楊維楨、明李東陽，名爲新樂府，雖自成一體，古意寖遠矣。

[一] 琴琴，及下一『琴琴』，疑有誤。

五　詞學尚雅正

詞學尚雅正，當以張玉田之空靈婉麗爲宗。玉田詞雖與白石、碧山有別，然空靈婉麗，開詞家雅正之宗者，當以玉田爲首屈一指。今之學詞者，如以空靈爲主，但學其空靈而筆不求深，則其意淺；非入於滑，即入於纖矣。以婉麗爲歸，但學其婉麗，而句不鍊精，則其音卑；非近於弱，即近於靡矣。吾輩爲詞，不難於作，而難於改；不難於工，而難於協。此中造詣，可與知者道，難與俗人言。時賢當以天虛我生嫻於詞學，心細律嚴，詞句雅正，不獨以空靈婉麗見長，尋聲按節，換羽移宫，補古人之所未及。其次易實甫、王蓴農、吳癯庵、汪詩圃、程篘甫、劉語石、周夢坡、王睫庵，皆一代詞宗，大致不外乎雅正者近是。

上海《中華編譯社社刊》一九一七年三月一六日第二號

天問廬詞話

舍我

《天問廬詞話》一五則，載上海《民國日報》一九一七年四月一日起，迄四月九日，署『舍我』。今據此迻錄。原無序號、小標題，今酌加。

天問廬詞話目錄

天問廬詞話

一　詩詞話不易出色

詩話汗牛充棟，詞話則頗罕覯。近惟徐電發之《詞苑叢談》，頗膾炙人口。蓋其中有『紀事』一欄，凡宋至清初著名之詞，無不搜其本事，足資考證。故倚聲家頗稱道之也。至其論詞辯聲，則亦無足觀矣。作詩詞易，作詩詞話難。非詩詞話難，所難者，不易出色耳。蓋此種著作，須學識、經驗兼而有之。選擇稍濫，則招人嗤鄙，倘再評論失當，即見笑方家，遺人口實。此不可不審慎出之也。

二　詞話之所由作

予十五歲始學詩，十六歲始學詞，距今不過二三年，若言學識經驗，則幼稚達於極點。曩作之《尺蠖軒詩話》，已惴惴然，懼其出乖弄醜，不意湖海朋輩不以爲陋，更紛以著作錄示，且囑予另作詞話一種。予自維鄙僿，然朋輩雅意，未可拂也。謹以所知，筆之于此，尚冀諸大方家有以教我。

三　論詞頗宗宛鄰

予論詞頗宗宛鄰，以其能抉出詞之奥旨，使讀者能恍然大悟，不復以小道視詞，且知詞之爲物，出於中正，非僅止于遊冶贈答也。

四　張惠言以經師而爲詞宗

張惠言以經師而爲詞宗，殊足駭異。蓋有詞以來，人皆目爲導淫之具，治經者恆詆毀之不遺餘力，惠言獨能矯此種俗鄙之習慣，已足見其非凡矣。

上海《民國日報》一九一七年四月一日

五　宛鄰《詞選序》可爲學者敲門磚

宛鄰《書屋叢書》中，有《詞選》二卷，爲皋文先生所手定。皋文自敘其端，其敘甚佳，可爲學者敲門磚也：『叙曰：詞者，蓋出於唐之詩人，採樂府之音，以製新律，因繫其詞，故曰詞。傳曰：意内而言外謂之詞。其緣情造端，興於微言，以相感動。極命風謡里巷男女哀樂，以道賢人君子幽約怨悱不能自言之情，低徊要眇以喻其致。蓋詩之比興，變風之義，騷人之歌，則近之矣。然以其文小，其聲哀，放者爲之，或跌蕩靡麗，雜以昌狂俳優。然要其至者，莫不惻隱盱愉，感物而發。觸類[一]條鬯，各有所歸，非苟爲雕琢曼辭而已。自唐之詞人李白爲首，其後韋應物、王建、韓翃[二]、白居

[一] 類，原作『數』，據《張惠言論詞》附録改。

[二] 翃，原作『栩』。

易、劉禹錫、皇甫松〔一〕、司空圖、韓偓，並有述造，而溫庭筠最高，其言深美閎約。五代之際，孟氏、李氏君臣爲謔，競作新調，詞之雜流，由此起矣，至其工者，往往絶倫。亦如齊梁五言，依託魏晉，近古然也。宋之詞家，號爲極盛，然張先、蘇軾、秦觀、周邦彦、辛棄疾、姜夔、王沂孫、張炎，淵淵乎文有其質焉。其盪而不反，傲而不理，枝而不物。柳永、黄庭堅、劉過、吴文英之倫〔二〕亦各引一端，以取重于當世。而前數子者，又不免有一時放浪通脱之言出於其間。後進彌以馳逐，不務原其指意，破析乖剌〔三〕，壞亂而不可紀。故自宋之亡而正聲絶，元之末而規距隳。以至如今，四百餘年，作者十數，諒其所是，互有繁變，皆可謂安蔽乖方，迷不知門户者也。今第錄此篇，都爲二卷。義有幽隱，並爲指發。幾以塞其下流，導其淵源，無使風雅之士，懲於鄙俗之音，不敢與詩賦之流同類而風誦之也。』（按：惠言先生爲陽湖派巨子，阳湖學者，多治《公羊》及讖緯之學，故先生之文，能塊〔四〕麗若是也。）

上海《民國日報》一九一七年四月二日

〔一〕松，原作『嵩』。
〔二〕倫，原作『類』，據《張惠言論詞》附錄改。
〔三〕剌，原作『刺』。
〔四〕塊，疑應作『瑰』。

六　皋文先生論詞之旨

皋文先生之論詞也，實爲詞之正宗。惟先生所錄《詞選》，自唐迄宋，僅止於一百一十六首，未免過嚴，且遺耆卿弗錄，此亦矯枉過正之弊也。《續詞選》爲先生外孫董子遠所錄，雖足補先生之失，然偏重南宋，未免與先生論詞之旨稍有牴牾。甚矣，其難也。

七　皋文選詞之旨

皋文選詞之旨，不外『莊雅醇麗』四字。其遺耆卿者，以耆卿之詞過於輕佻耳。然予以爲柳詞雖多淫冶之處，而〔雨霖鈴〕及〔八聲甘州〕二闋，旖旎纏綿，要自不可沒也。

八　詩詞曲之變

詩至唐而變爲詞，詞至元而變爲曲。元以後之詞家，頗不多覯，雖有二三作者，然其去宋遠矣。有清一代，惟竹垞[一]、樊榭、復堂三人可以追蹤前賢，而工力不足以副之，故不能恢廓堂皇，與姜張媲美。他若容若之《飲水詞》，哀感頑豔，説者謂容若乃後主前身，語雖無稽，然容若實後主同詞[二]也。

[一] 垞，原作『咤』。

[二] 詞，疑應作『調』。

九　爲詞三蔽

金應珪曰：『近世爲詞，厥有三蔽：義非宋玉而獨賦蓬髮，諫謝淳于而唯陳履舄。揣摩牀笫[一]，污穢中冓，是謂淫詞。其蔽一也。猛起奮末，分言析字，詼嘲[二]則俳優之末流，叫嘯則市儈之盛氣，此猶巴人振喉以和〔陽春〕，黽蜮怒嗌以調疏越，是謂鄙詞。其蔽二也。規模物類，依託歌舞，哀樂不衷其性，慮嘆無與乎情，連章累篇，義不出乎花鳥，感物指事，理不外乎應酬[三]。雖既雅而不艶，斯有句而無章，是謂游詞。其蔽三也。』

上海《民國日報》一九一七年四月三日

一〇　今日其蔽愈甚

應珪爲皋文及門弟子，頗憤當時作詞者不能衷於矩矱，故陳『三蔽』語，蓋有感而發，非無謂也。予以爲時至今日，其蔽愈甚，所謂淫、鄙、游三者，幾無一不犯此病，斯可哀矣。

〔一〕笫，原作『第』。

〔二〕詼嘲，原作『談詼』，據《張惠言論詞》附録改。

〔三〕應酬，《張惠言論詞》附録作『酬應』。

一一　譚仲修《篋中詞》祖述皐文

譚仲修《篋中詞》祖述皐文，惟選擇稍濫，不及皐文之精刻，而持論則與皐文同，足以後先輝映。譚工小學，乃以其餘緒治詞，亦與皐文之以經師治詞相似。以予觀之，仲修之詞，較皐文爲高。皐文〔水調〕『東風無一事，粧出萬重花』諸闋，仲修許爲『詞中聖手』，此實過譽。皐文此詞，蓋摹倣東坡『明月幾時有』一闋而來，雖佳，然尚不足稱聖也。至仲修自填之詞，則師法白雲，殊能得其神味。予幼時見其〈登安慶大觀亭〉〔渡江雲〕詞，即深爲景仰。若『釣磯[一]我亦垂綸手，看斷雲、飛過荒潯』之類，置諸《白雲集》中，當不能辨其真僞。此等處非皐文所能做到。蓋皐文工力遜譚遠矣。譚之譽張，特所以標榜同志耳。

一二　仲修之填詞

三六橋先生曾學詞於仲修，故其知仲修最詳。嘗謂予曰：仲修不多填詞，綜其生平，不過百餘闋。每填一闋，必易稿數十次，每有歷數月之久，尚未脱稿者。予聞此言，益信仲修主澀之論，實由經驗而來也。

上海《民國日報》一九一七年四月五日

[一] 釣磯，原作『釣機』。

一三　仲修論詞主澀

仲修論詞主澀，足爲特識。近世之詞，多流於滑。藥滑之法，惟一澀字，庶幾能除其病根。大抵師法北宋者，易染此症。若從夢窗、白石、清真等入手，便決無此失矣。

一四　夢窗以棘練見長

近數十年，作者多趨重夢窗，蓋因仲修有澀字之論。澀即棘練之簡稱，而夢窗則專以棘練見長者也。如『黄蜂頻撲秋千索，有當時纖手香凝』，『斷[一]紅若到西湖底，攪翠瀾[二]，總是愁魚』等句，皆想入非非，非率爾操觚者所能做到。惟棘練太甚，則難免牽强不通，學者所當慎也。

一五　笨句

予初學詞，有『風定庭紅葉織愁』之句。或謇曰：『此可以抗手夢窗也。』予笑曰：『夢窗恐無此笨句，要惟笨人有之耳。』

上海《民國日報》一九一七年四月九日

[一] 斷，《全宋詞》作『飛』。
[二] 瀾，原作『欄』，據《全宋詞》改。

習静齋詞話

瘦坡山人

《習静齋詞話》二七則，小序一則，載上海《小説海》一九一七年五月五日三卷第五號、六月五日第六號。目錄署『方瘦坡』，正文署『僊源瘦坡山人輯』。今據此迻錄。原無序號、小標題，今酌加。

習静齋詞話目録

習靜齋詞話

《習靜齋詩話》中，間有詩餘之選，吾友武進惲鐵樵見之，以爲詞入詩話，雖前人偶有之，然嫌與詞話駢枝，似可删去。所論極當，爰從其説，盡數汰下，寫於别紙。約可一卷，不忍棄去，强名之曰《習靜齋詞話》云。

一　江秋珊

近代詞學，自朱竹垞倡之，厲樊榭和之。樂章之盛，幾欲抗手兩宋，希縱五代。〈紅鹽詞序〉云：『詞雖小技，昔之鉅公通儒，往往爲之。蓋有詩所難者，委曲倚之於聲，其詞愈微，而其旨益遠。善爲詞者，假閨房兒女子之言，通之〈離騷〉、變雅之義。此尤不得志於時者所寄情焉耳。』旌德江秋珊先生順詒，宏才績學，尤工倚聲，有《明鏡詞》二卷。其友仁和譚仲修序之曰：『秋珊抱才不遇，憔悴婉篤，而無由見用於世。於是玲瓏其聲，有所不敢放；屈曲其旨，有所不敢章。爲長短言數卷，退然不欲附於著作之林，而無靡曼奮末之病，杳杳乎山水之趣，花草之色。』其激賞如是。餘謂聲至於不敢放，旨至於不敢章，是亦〈離騷〉、《小雅》之意，而出之勞人思婦之口乎。願世之爲詞者，同臻斯境也。〔高陽臺〕云：『絮影膠空，花魂依夢，春風那許長留。一面天涯，奈何竟付東流。人間俊眼知何限，怎垂青、翻在青樓。慘離魂，今日殘春，昨日中秋。　青衫久被淄塵涴，况半生潦倒，萬事都休。捲簾人瘦，好分一半新愁。美人一霎成黄土，問白楊、何處荒坵。料輸他，蘇小錢塘，過客來游。』〔高陽臺〕〈用夢窗韻〉云：『瘦影凌風，幽香媚雪，無人獨倚江灣。翠羽飄零，難留金玉雙環。閑愁萬種黄昏近，趁晚妝、都上眉山。更誰看，玉骨支離，珠淚闌干。　冰肌底作長生藥，恁深盟嚙臂，淺爇香瘢。青衫人老，偏憐翠袖單寒。柔腸百結渾難解，怕猿啼、莫近溪邊。最關心，水幾時迴，月幾時圓。』〔惜餘春慢〕〈春寒〉云：『翠抹湘雲，紅黏絲雨，一種春寒難遣。鴛衾怯薄，翠袖愁單，那更峭風似翦。多少閒情舊愁，冷冷清清，纏綿不斷。况天涯行客，惺忪冷夢，夜深誰暖。　最惱亂弱蕊嬌花，芳時忍俊，直恁東皇不管。雙鈎擱玉，小押閒銀，鎮日繡簾怕卷。誰奏春陰綠章，有限韶光，[一]看來忒賤。任鶯嬌燕澀，獨倚熏籠，冷凝淚眼。』〔蝶戀花〕云：『空望碧雲愁日暮。半角紅樓，消盡癡魂處。一寸芳心深掩護。分明月照相思路。　心期硬把良宵誤。夢裏瞢騰，醒也無憑據。舊案崔娘誰解悟。聰明枉說鴛鴦賦。』〔金縷曲〕〈水仙花〉云：『冷守東皇令。笑羣芳、香閟梁園，色枯陶徑。不借東風春煦力，寒破嫩芽齊迸。更葉葉、青排翠並。選石安根泥盡涴，女兒身、出世原清净。塵莫污，護明鏡。　海天舊事宜重省。憶一曲、瑶琴罷弄，誰憐孤影。縹緲迎來舟一葉，粉色波光相映。襯玉珮、湘環齊整。比似冬山酣睡了，倩南檐、曬得螺鬟醒。冰不凍，素心冷。』〔虞美人〕〈用花簾詞韻〉云：『燕歸早趁珠簾捲。斜試春風翦。綠窗珍

[一]『直恁』六句，原脱，據《願爲明鏡室詞稿》補。

重晚來風。綉幕深深透入、夕陽紅。無端賺得春人病。一晌疏簾鏡。閒來無計遣眉頭。生來嬌小偏說、不知愁。』〈唐多令〉云：『冷菊傲清霜。三秋桂子香。恁匆匆、前度劉郎。翠袖空將修竹倚，顛頷煞、杜秋娘。　春夢爲誰長。春歸燕子忙。訊春風、十載淒涼。殘稿零星曾讀遍，重記取、斷人腸。』〈渡江雲〉云：『春深人未起，繡帷雙燕，輭語正遲遲。昨宵枝上雨，虧了花旛，不許峭風吹。多情芳草，想如今、綠遍天涯。空記得、茶煙輕颺，兩鬢易成絲。　相思。鴛鴦解繡，鸚鵡難傳，有萬千心事。枉費了、深深粉黛，淡淡胭脂。晴絲不人閒庭院，倩紅簫、莫唱新詞。春在眼、金樽且醉芳時。』〈浣溪紗〉云：『楊柳當門青倒垂。一雙蝴蝶向人飛。封侯夫婿幾時歸。　西子湖邊尋舊夢，東風陌上寄相思。一腔春意沒人知。』〈醜奴兒〉云：『畫堂簾子朝來捲，苦恨斜陽。沒個商量。燕子催歸又一雙。　可憐私語無人處，不是西厢。不是東牆。小犬金鈴也要防。』

二　崔弁山

吾鄉崔弁山先生，爲湯敦甫入室弟子。一時名流，如潘芸閣、徐少鶴、張吉甫、胡玉樵、華榕軒、陶鹿崖、杜晴川，皆與交好。平生喜著述，尤工長短言。其言情處，極婉約有致，如詩家之袁隨園。錄其〈旅愁〉調寄〈滿江紅〉云：『我別無愁，只春日、他鄉作客。俾家園、許多佳景，概同抛擲。轉眼便驚三月暮，回頭總恨千山隔。聽聲聲、盡是子規嗁，朝連夕。　一片片，梅似拭。一點點，桃欲滴。更柳枝可折，柳絲堪織。鴛枕頻縈蝴蝶夢，魚箋莫奮麒麟筆。正徘徊、獨對夕陽中，誰橫笛。』〈答友人問近況〉調寄〈一剪梅〉云：『閒居何事老吾身。琴裏三分。書裏三分。有時病作忽惛惛。日映疏櫺。夜撲寒檠。阿儂老婦是良姻。喜也相親。怒也相親。一身傲骨犯時瞋。欲有人欣。那有人欣。』〈咏懷〉調寄〔樂天洞〕云：『一帶林泉，四面雲烟。此中之樂樂由天。賓來倒甕，興至攤箋。不求人，不求佛，不求仙。　我賦歸來，二十餘年。每離寢蓐便窺園。風中嘯傲，月下盤旋。對竹亭亭，花簇簇，鳥翩翩。』

三　玉梅論填詞

吾友玉梅，詩才放逸，尤精倚聲。嘗見其與淵一論填詞，須求協律。協律須論五音，不考五音，則不能協律。不能協律，則不能歌。不能歌，不得謂之詞也。吴夢窗所謂長短之詩耳。昔張玉田賦〔瑞鶴仙〕句云：『粉蝶兒、撲定花心不去』，『撲』字歌之不協，改『守』字乃協。蓋清濁之分，輕重之節，不可亂也。觀此可知梅公深於此道矣。

四　劉申叔

儀徵劉申叔，爲恭甫先生猶子。先生三世治經，爲海内所稱榮。申叔長承庭誨，遂通左氏書，著《讀左劄記》，論者嘉其克紹先業。嘗痛祖國舊學淪亡，偕順德鄧枚子、黄晦聞諸子，創國學保存會於海上，收拾遺聞，刊售《國粹學報》，發明儒術，甚盛事也。中叔詩、古文、詞，皆有師法，詞尤才思洋溢，健麗絶倫，洵足起此道之衰。〈讀南宋雜事詩〉調寄〔掃花游〕云：『殘山賸水，聽鳥喚東風，鵑傳南渡。繁華暗數。惜珠簾錦幕，美人遲暮。剩有華堂蟋蟀，芳園杜宇。傷心處。將無限閒愁，訴與鸚鵡。　西湖堤畔路。賸渺渺寒波，蕭蕭秋雨。暮潮來去。送樓臺歌管，夕陽簫鼓。芳草凄迷，夢斷蘇堤煙樹。無情緒。酒醒時，江山非故。』〈徐州懷古〉調寄〔一萼紅〕云：『過彭城。看山川如此，我輩又登臨。繫馬臺空，斬蛇劍杳，霸業都付銷沉。試重向、黃樓縱目，指東南、半壁控淮陰。衰草平蕪，大河南北，天險誰憑。　千劫興亡彈指，賸碭山雲起，泗水波深。宋國雄都，楚王宮闕，千秋故壘誰尋。溯當日、中原逐鹿，笑項劉、何事啟紛爭。空嘆英雄不作，豎子成名。』〈登開封城〉調寄〔賣花聲〕云：『莽大河流。空際悠悠。天涯回首又登樓。百二河山今寂寞，已缺金甌。　宮闕汴京留。王氣全收。浮雲縹緲使人愁。又是夕陽西下去，望斷神州。』〈元宵望月〉調寄〔壺中天慢〕云：『滿身花影，看蟾光如許，盈虧幾易。難得南樓同醉月，不負天涯今昔。鼙鼓蕭條，悲笳嗚咽，遼海音書急。扶風歌罷，元龍豪氣猶昔。　堪嘆好夢烟銷，年華水逝，俯仰悲陳跡。千里相思無寄處，惹我青衫淚濕。雲海沈沈，金波脈脈，終古橫空碧。夜烏驚起，一聲何處長笛。』〈無題〉調寄〔菩薩蠻〕云：『一樹梨花深院隔。遊絲飛去無縱跡。金瑣闥門開。傳書青鳥來。　簾櫳殘月曉。夢斷青樓道。曉色綠楊枝。流鶯對語時。』

五　康秀書

南匯康秀書，以詩名世，而詞亦秀曼無前。《習靜齋詩話》中，曾載其詩，兹更得其詞數闋，亟錄之，以餉世之同嗜者。〈垂釣〉調寄〔江南春〕云：『風細細。日遲遲。一堤芳草綠，數點柳花飛。江村晝永閒無事，且把漁竿坐釣磯。』〈春暮〉調寄〔風蝶令〕云：『穉竹搖新綠，雛鶯學弄機。池塘春暮落紅稀。只有紛紛彩蝶、作團飛。　晚景堪圖畫，垂楊籠釣磯。鯉魚風起夕陽微。數點楊花飛上、釣人衣。』〈冶遊〉調寄〔踏莎行〕云：『壠麥垂鬚，春光欲暮。桃花零落飛紅雨。

隔溪一帶種垂楊，綠陰深處藏朱户。略彴斜通，分明有路。徜徉緩步且尋去。數聲幽鳥最關情，聲聲似欲留人住。』〈七夕〉調寄〔鷓鴣天〕云：『乞巧深閨笑語柔。横空銀漢影悠悠。數聲衣杵鳴村巷，一片笙歌起畫樓。涼似水，月如鈎。鵲橋辛苦駕河洲。穿針有個眉峯鎖，憶得蕭郎尚遠遊。』又〔抛球樂〕句云：『無端杜宇催春去，紅了薔薇緑了蕉。』〔搗練子〕云：『兩岸黄鸝啼忽住，一聲欸乃見漁郎。』皆絶妙好詞也。

六　毛華孫

或述錢唐毛華孫承基〈踏青〉詞兩闋。〔賣花聲〕云：『烟際草痕迷。緑遍蘇隄。踏青深怕路高低。和向郎君低語道，扶過橋西。　風試翦刀齊。恰試春衣。緑陰陰處聽鶯啼。悔把鳳頭鞋子換，涴了香泥。』〔臨江仙〕云：『一帶柳陰如畫裏，尋芳到處勾留。東風未免忒風流。吹開裙百褶，露出玉雙鉤。　行盡沙隄芳草軟，夕陽紅上枝頭。小姑生性太貪遊。長途行不得，喚渡趁歸舟。』二詞清麗芊緜，不減溫李。

上海《小説海》一九一七年五月五日三卷第五號

七　柳亞子、姚鵷雛

連日得柳亞子、姚鵷雛詞數十闋，鵷雛長於寫豔，亞子工於言愁；鵷雛穠麗似夢窗，亞子俊逸似稼軒。余於鵷雛愛其小令，亞子取其長調。亞子〔金縷曲〕〈巢南就醫魏塘，迂道過此，余小病初痊，冒雨往舟中訪之，復招潁若傾談，竟日而別，詞以紀事〉云：『小病愁難療。忽報導、先生來也，甚風吹到。倒着衣冠迎户外，贏得兒童爭笑。算此意、旁人難告。小艇垂楊低處泊，有明牕、净几添詩料。令我憶，浮家好。　深談款款何曾了。依舊是、元龍湖海，容顔未老。商略枌榆文獻業，此事解人漸少。剩滿地、鵶鳴蟬噪。一客東陽來瘦沈，好共君、清話瀾翻倒。奈别後，忘昏曉。』〔高陽臺〕〈楚傖泛舟分湖，尋午夢堂遺址不得，作分堤弔夢圖以寄慨，爲題此解〉云：『午夢堂空，疏香閣壞，芳蹤一片模糊。衰草斜陽，涼風摇動菰蘆。深閨曾煮蕉窗夢，到而今、夢也都無。最傷心、鏡裏波光，依舊分湖。　披圖遥憶當年事，記一門風雅，玉佩瓊琚。一現曇華，無端零落三珠。孤臣況又披緇去，莽中原、哭遍榛蕪。剩伊人、弔古徘徊，感慨窮途。』〔金縷曲〕〈楚傖入粤，道出春江，邂逅卧子，開尊鬬酒，樂可知矣。書來索詞，填此奉寄〉云：『百尺樓頭客。最傾心、雲間卧子，東南人傑。歇浦遨遊誰把臂，狂殺東江葉葉。這相見、何須相識。箝口莫談天下事，只高歌、痛飲乾坤窄。稽阮放，荆高俠。　酒家壚畔花爭發。笑人間、淺斟低唱，都非英物。龍吸鯨吞無算爵，旗鼓中原大敵。似鉅鹿昆陽赤壁。笑問玉山頽也未，好商量、死葬陶家側。算此樂，最難得。』〔蝶戀花〕〈寒夜憶内〉云：『小别居然愁寂寞。一日三秋，況是三旬約。風雨淒清樓一角。惱人只怨天公惡。　因甚心情容易錯。見也尋常，去便思量著。睡鴨香銷寒夢覺。半牀繡被渾閒却。』鵷雛〔惜分飛〕云：『淺笑深顰無意緒。煞憶柔情如許。小立花深處。濃春都被君收去。　冉冉春雲忙散聚。記取舊題斷句。銀燭重開處。淚痕紅濕桃花雨。』〔長相思〕云：『别時愁。會時愁。離合一生雙鬢秋。骨灰情始休。　恨無由。思無由。淺醉初逢一味羞。背人紅淚流。』〔生查子〕〈閨情〉云：『深院静聞鶯，午夢人初醒。舊恨似春潮，一一心頭省。　紅雨慣飛愁，暮色蒼生暝。不語自亭亭，立瘦花前影。』

八　龐檗子、王蒪農

南社同人，長於倚聲，足與柳、姚逐鹿詞場者，復有虞山龐檗子樹伯、梁溪王蒪農蘊章。檗子〈浣溪紗〉云：『垂柳依依畫檻邊。倡條冶葉把愁牽。總教攀折也堪憐。　慘碧山塘春似水，落紅門巷雨如烟。怎生消受斷腸天。』〈鷓鴣天〉〈題病鶴丈石屋尋夢圖〉云：『水白霜紅初雁天。西風衰帽又今年。尋來無賴三生夢，畫出銷魂一角山。　山似黛，夢如烟。鐘聲落葉到愁邊。阿誰解得淒涼句，留段斜陽看不完。（金雲門女士遺句也。）』蒪農〈乳燕飛〉〈題風洞山傳奇〉云：『一滴真元血。是天工撐持世界，作成豪杰。猿鶴沙蟲秋燼化，了却中原半壁。生不幸、謀人家國。欲乞黃冠歸里去，聽桃花扇底嬌鶯泣。抽佩劍，四空擊。　靡笄獨抱孤臣節。儘昏昏終朝醉夢，草間偷活。柱木焉能支大厦，萬丈靈光照澈。灰冷透、昆明殘劫。偏地皆非乾凈土，莽青山、何苦收遺骨。休更向，老僧說。』

九　孫鵡洲

吾鄉孫鵡洲先生，不獨能詠，兼擅倚聲，集中有詩餘數闋，茲錄其〈春游〉調寄〈菩薩蠻〉云：『東風吹斷簾纖雨。尋芳踏遍青郊路。心醉板橋西。垂楊護酒旂。　春光無近遠。到處流鶯囀。日暮折花歸。餘香尚滿衣。』〈蝶戀花〉云：『妝罷登樓愁望遠。楊柳青青，又是春將半。枝上流鶯千百囀。芳心一點如絲亂。　不恨玉郎音信斷。衹悔當時，錯把封侯勸。日日花前珠淚濺。鏡中漸覺紅顏換。』〈山花子〉云：『隱隱江城漏欲終。背人獨立月明中。兩頰凝紅無一語，怨東風。　聽得喚眠佯作意，幾番不肯入房櫳。猶自徘徊香徑畔，看花叢。』〔賀新郎〕云：『生就枝連理。看華堂、杯斟合巹，共夸雙美。已是郎才如錦繡，女貌更如桃李。問豔福、幾人消此。漸漸更闌銀燭爐，想凝眸、暗把芳心遞。呼侍女，展鴛被。　從前無限相思意。算今宵、相思償盡，良緣天啟。怎奈夢回天又曙，不住雞聲催起。略代整、新妝鏡裏。手把風流京兆筆，畫雙蛾、一抹遥山翠。簾幕卷，鎮偎倚。』風流旖旎，詞家之最。

一〇　王又點

浙東戚又邨，善丹青，性傲岸，而與余交好，嘗爲余誦閩中王又點〔木蘭花慢〕詞一闋，題爲〈興郡客感〉，云：『洗紅連夜雨，吹不散、畫橋烟。歎景物關人，光陰在客，情味如禪。尋思刺船弄水，便歸歟、何用置閒田。拚約春風爛醉，恨春輕老花前。　湖天。碧漲篁紋邊。日日憶家眠。料試衣未妥，暈妝還懶，鬢冷欹蟬。分明片時怨語，説相思、金篋已無箋。雨歇西齋淡月，隔牆猶咽幽絃。』王名允皙，生平詞學玉田，頗能神肖。

一一　黄摩西

虞山黄摩西人，天才横溢，其詞直可抗手辛蘇，惜以痼卒。生平著作，半已散佚，然見於《南社集》中者，亦頗不少。兹録四闋，可想見摩西當年之跌宕情場也。〔喝火令〕云：『心比珠還慧，顔如玉不凋。砑羅裙底拜雲翹。立把剛腸英氣，傲骨一齊消。　眼借眸波洗，魂隨耳墜摇。低發一笑過花梢。可惜匆忙，可惜性情嬌。可惜新詩無福，寫上紫鸞綃。』又云：『再覓仙源路，劉郎鬢欲凋。蒼苔隱約印雙翹。立到下風媮嗅，香氣未全消。　花底鑪烟祝，燈前掛盒搖。茫無頭緒問收梢。何日重逢，何日許藏嬌。何日腮邊雙淚，親手拭鮫綃。』〔南歌子〕云：『枕匣鸞情活，釵梁燕影橫。千憐萬惜泥呼卿。但覺香濃聲軟、欠分明。　倚玉酬初願，量珠定舊盟。投懷驀地臉波生。只怕桃花年命、犯風驚。』又云：『霞頰含嗔暈，山眉斂翠橫。不知何事又干卿。任爾左猜右測、負聰明。　胡亂賠花罪，慌忙指月盟。天生小膽是書生。爲甚只禁歡喜、不禁驚。』

一二　林慕周

吾鄉林慕周，一號香輪，余未見其人，友人咸稱其善填詞。嘗游秦淮，眷一妓，别後不能忘情，於舟中作〔後庭宴〕、〔醉春風〕詞兩闋，以寫懷思，悟笙嘗爲余誦之。〔後庭宴〕云：『暮靄沈山，斜陽掛樹。孤舟獨泊秋江渚。一鉤新月照篷窗，姮娥應解離愁苦。　思量未帶愁來，何事帶將愁去。者番去也，後會知何處。夢繞水邊樓，魂銷江上路。』〔醉春風〕云：『如玉人千里。欲見終無計。思量只有夢魂通，睡。睡。睡。單枕愁寒，孤衾怯冷，怎生成寐。　往事從頭計。幽恨何時洗。消魂無奈又天明，起。起。起。試把相思，寫來箋上，却將誰寄。』

一三　張烈仲

張烈仲世兄，嘗手錄江蘇蔣小培詞數闋見寄，沈雄悲壯，有稼軒、龍川之遺風，不得目爲粗豪也。〔水調歌頭〕云：『八九不如意，搔首問青天。將人抵死磨挫，辛苦自年年。不作名場傀儡，便合沙場馳騁，壯志豈徒然。倚酒拂長劍，慷慨繫腰間。　天下事，非草野，所能言。驀思南宋，朝局怒髮欲衝冠。却笑中興宰相，慣有和戎妙策，歲幣輦金錢。五百兆羅卜，牧馬不窺邊。』〈客窗聽雨〉〔一剪梅〕云：『春雨簾纖膩似油。密過機籌。細數更籌。連宵織得幾多愁。旅客眉頭。思婦心頭。　濁酒頻澆不解愁。望裏鄉樓。夢裏歸舟。十年蹤跡等沙鷗。鈍了吳鈎。敝了貂裘。』〈聞雁〉〔虞美人〕云：『小窗一夜西風緊。梧葉飄金井。燈前白雁兩三聲。不是離人聽得、也關情。　問伊此去歸何處。道向衡陽去。來時帶月過津沽。爲問征人可有、一封書。』〈聞戴孝侯統帶六營，赴吉林防禦俄人，喜而賦此〉〔清平樂〕云：『憂時念切。海上妖氛烈。聞道故人新建節。佇看犁庭掃穴。　吾生七尺昂藏，腰間蓮鍔霜寒。便欲乘風萬里，先驅手斬樓蘭。』

一四　姜參蘭

社友姜參蘭詩，已入《詩話》。茲又於《南社叢刻》中，讀其〔賀新涼〕〈弔史閣部墓〉詞一首，激昂排宕，極似蘇辛。云：『血鑄興亡劫。戀江城、忠魂一縷，動人歌泣。何事文山偏入夢，末季又完臣節。縱抛去、沙場骸骨。身後了無毫髮憾，祇當年、未葬高皇側。千載下，共淒絕。　舊時袍笏新朝碣。剩寒宵、梅花帶淚，二分明月。我亦臨風來膜拜，別有恨填胸臆。覺萬事、從今休說。十日揚州君記否，者乾坤、愈逼前途窄。空弔古，唾壺缺。』

一五　潘蘭史

番禺潘蘭史在德時，曾撰《海山詞》一卷，中多記彼邦山水美人。余友寄塵《海天詩話》中，擇錄數首，讀而愛之，惜全帙余未之見也。〔一翦梅〕〈斯布列河春泛〉云：『日煖河干殘雪消。新綠悠悠，浸滿闌橋。有人橋下駐蘭橈。照影驚鴻，個個纖腰。　絕代蠻娘花外招。一曲洋歌，水遠雲飄。待儂低和按紅簫。吹出羈愁，蕩入春潮。』〔碧桃春〕〈夏鱗湖在柏林西數里，松山低環，綠水如鏡，細腰佳人夏日多遊冶於此〉云：『山眉青抹一奩煙。湖平花滿天。羅裙香影漾紅船。凌波人是仙。　風絮外，醉魂邊。層樓燈又燃。畫筵歌舞繫歸舷。鴛鴦眠不眠。』〔搗練子〕〈與嬉嬋女士游高列林，林有酒樓，臨夏菲利河，極烟波之勝〉云：『河上路，翠浮空。萬點蘋花逐軟風。縹緲樓臺如畫裏，卷簾秋水照驚鴻。』

一六　魏鐵三

浙中魏鐵三先生，負才不偶，徜徉江湖，生平工倚聲之學。傷時感物，游宴登臨，往往借長短言，以抒懷抱。其清新拔俗，頗有南宋諸家風概焉。〔高陽臺〕云：『擣麝留塵，焚香聚影，天涯儔侶曾招。曾幾多時，墜歡一倍迢迢。孤雲漸有飄流意，渺無憑、風過清簫。最魂銷。止是當時，不似今宵。　華年莫漫尊前數，甚無端錦瑟，觸撥絃么。別有傷心，酒波分付如潮。東風例把嬋娟誤，好花枝、容易紅凋。更無聊。明日華顛，昨日垂髫[一]。』〈游萬柳堂〉調寄〔摸魚子〕云：『問江潭、婆娑萬柳，而今當剩多少。河陽潘令殷勤補，同是一般潦倒。春已老。算如此年光，還有詞人到。虛堂晝悄。只呵壁尋詩，憑欄寄恨，思古發清嘯。　牢落感，槃敦風流已渺。劇憐無限芳草。倡條冶葉渾如帚，可惜不將愁掃。風嫋嫋。把十丈黃塵，吹滿閒亭沼。清遊倦了。好款段歸來，斜陽

〔一〕昨日垂髫，原作『昨日華顛，昨日垂髫』，據律刪。

影裹，休聽暮鴉噪。』

一七　許克孳

《蘿月詞》二卷，閩中許克孳先生賡皞著。先生性好山水，游輒經月忘返。嘗偕友遊武彝，渡紅橋板，失足墜崖死。兹錄其〔滿江紅〕〈題郵亭壁〉云：『秋冷郊原，看一帶、平林如畫。嘆閱盡、嶔崎世路，夢中猶怕。萬里關河長緬渺，千年塵土空悲咤。只垂楊、不管別離愁，斜陽掛。誰苦勸，勞人駕。料不似，青山暇。奈感生髀肉，壯懷難罷。滾滾黄塵隨馬起，悠悠白鳥和煙下。聽笳聲、寒月戍樓西，驚心乍。』〔蝶戀花〕〈撥悶〉云：『悶捲簾窗消永晝。小小蛾彎，綠得愁痕皺。人在子規聲裏瘦。落花幾點春寒驟。　坐擁博山熏翠袖。燕姹鶯嬌，不管人僝僽。拍斷闌干吟未就。鸚哥驚醒將人咒。』『子規』句，的是絶妙好詞。當與〈輞川〉、〔陽關三疊〕曲，同唱偏旗亭。林薌谿每盛稱先生詞『品高詣粹，瓣香在邦卿、白石間』，良不誣也。

一八　陳蝶仙

錢唐陳蝶仙以豔體詩聞，而其長短言，亦復娟媚流麗，不同凡俗。嘗有〔南柯子〕〈詠閨情〉兩闋云：『柳葉顰眉黛，桃花襯臉霞。剛剛睡穩莫驚他。分付鬟兒簾外、走輕些。　睡起雙鬟嚲，羅衾半體遮。横波無賴向人斜。笑索檀奴親手、遞杯茶。』又：『嫁去教郎愛，歸來阿母誇。和卿不是別人家。爲甚人前稱我、總稱他。　膚色瑩如玉，妝成豔若霞。同心結子綰雙丫。要與郎肩相並、照菱花。』〔浣溪紗〕〈贈曲中人翠玉〉云：『阿姊年華二八强。大家風度畫眉長。西湖

生齒頰。歌舞問端詳。無限嬌憨羞小妹，若般輕薄笑痴郎。佯言阿母到中堂。』芳馨悱惻，讀之令人香

一九　吴眉孫

丹徒吴眉孫清庠，工爲詞，一宗南宋。聞所著有《春風紅豆詞》一卷，惜未寓目，僅於《南社》十一集中，見其〔喝火令〕〈别後寄阿蓮〉云：『豆蔻同心結，芙蓉透臂紗。洛陽街上七香車。笑指馬櫻，一樹是兒家。長命千絲縷，相思一寸芽。青衫門外又天涯。記得沿河，十里紫菱花。記得鮫珠，彈出一曲悶琵琶。』

二〇　咏馮春航色藝

邇來海上伶人馮春航之色藝，名震全國。南社同人，若柳亞子、林一厂輩，復力爲揄揚，筆歌墨舞，幾不惜嘔盡心血，爲之辯護。葉楚傖嘗有〔菩薩蠻〕詞一闋，〈戲送一厂歸粤，並調亞子〉云：『幾生修到江南住。緣何復向蠻荒去。即不記吴儂。還應戀阿馮。　近來心變了。到處窺嚬笑。什麼是相思。分明一對痴。』

二一　吴癯盦

社友吴癯盦，吴中名士，其詩余已收入《詩話》。頃得其〔蝶戀花〕詞四闋，讀之令人想見其抑鬱磊落之氣。詞云：『蟣蝨浮生同一夢。横海功名，才大難爲用。試問芻尼誰作俑。可憐困坐

醖雞甕。顛倒天吳翻紫鳳。浪說通侯，不及書城擁。和淚送窮窮不動。白楊風裏銘文冢。』又：『拍案悲歌中夜起。生小吳儂，却帶幽幷氣。汴水東奔湘水沸。人間難得埋愁地。　又向華亭聽鶴唳。烟驛燈昏，諳盡勞生計。誰解霜裘溫半臂。少年結客談何易。』又：『大道青樓揺策去。錦瑟雙聲，〔子夜〕同心句。春水吳艭楊柳溆。匆匆豔夢歡如絮。　白馬青絲惟萬緒。一篋牛衣，孤負當時語。偏又重逢深院宇。小紅不是吹簫侶。』又：『悔向名場標赤幟。一霎天風，折了南鵬翅。三十光陰如激矢。覩河面皺而今是。　識字從來憂患始。用盡聰明，笑破河東齒。咄咄書空真怪事。侏儒飽死臣饑死。』癯盦工爲傳奇，如《風洞山》、《綠窗怨記》、《鏡因記》、《暖香樓》、《落茵記》、《雙泪碑》諸院本，唱遍旗亭。葉楚傖謂其『才調不讓臨川，音律辨別，精嚴無錯，且增損節拍，獨著新唱，聞癯盦歌，令人如坐〔江城梅花引〕中』，殆非虛語也。

二二　程善之

歙縣程善之，素工倚聲，《南社》集中，收其詞最夥。嘗有《倦雲憶語》之作，少年情事，縷述無遺，其筆墨亦不在沈三白《浮生六記》下也。兹錄其〔虞美人〕、〔唐多令〕詞兩闋入《詞話》，以告海内之知善之者。〔虞美人〕云：『絳紗窗下珠絨墮。暗遞櫻桃唾。記儂生小慣聰明。怪底閒人偏說、是多情。　無端風雨年華暮。催促朱顔故。闌干倚遍怕黄昏。不耐舊人新夢、訴溫存。』〔唐多令〕云：『何處話春愁。花柔草更柔。舊心情、度上眉頭。燕子不曾來入夢，人獨倚、小紅樓。　望遠倦凝眸。韶光幾日留。怕相思、錯了簾鉤。桃葉桃根還柳絮，溝畔水、自東流。』

二三　鄭蘿庵

長沙鄭蘿庵澤〈述感〉調寄〔上西樓〕一闋云：『萱花誰道忘憂。試回眸。已是隔簾彈淚、爲伊愁。　春信好。東風早。上妝樓。拓起茜紗窗子、再梳頭。』風格秀逸，酷肖迦陵。

二四　陳巢南

巢南之詩，已傳誦海内，而其詞之纏綿深婉，如曉霞媚樹，春水浮花，尤極幽豔盪漾之致。録其〈春暮與景瞻、匪石、癡萍、楚傖、無射旗亭偶集〉調寄〔鷓鴣天〕云：『薄霧濃雲半帶烟。鷓鴣啼亂奈何天。綠楊巷陌人誰過，細雨櫻桃色可憐。　情脈脈，意緜緜。愁來且向酒家眠。鱸蒓味美盤飧好，莫問春歸何處邊。』〔蝶戀花〕云：『寒食清明都過了。盼得春來，又怕春歸早。綠暗紅稀鶯燕老。天涯何處尋芳草。　獨上高樓思渺渺。感逝懷人，幾度愁盈把。白日蹉跎清興少。落花流水江南道。』巢南嘗輯其邑中自宋至清之詞，凡二百餘家，名曰《笠澤詞徵》，刊於歇浦，其用力，可謂勤矣。

二五　黄摩西〔浣溪紗〕

讀摩西詞，如入武夷啖荔枝，鮮美獨絕。前已收其數首，兹更録其〔浣溪紗〕兩闋，以餉世之同嗜者。詞云：『媕騐紅痕玉臂寒。釧聲入袖炙荀蘭。欠伸不定骨珊珊。　千手佛香攤掌嗅，十眉月様並肩看。買花容易養花難。』又：『草草蘭盟未忍寒。願爲文簞受花眠。燈前獨坐弄金鈿。瘦骨難消纏臂印，枯毫常帶畫眉烟。親探碧海種紅珊。』

二六　弱國之難

近見某君〔減字浣溪紗〕詞下半闋云：『曲檻半危猶倚笛，中庭小立只低鬟。笑啼宛轉向人難。』蓋謂全歐戰爭，波及青島，我政府方守局部中立也。寫弱國左右做人難之苦衷，隱然言外。

二七　柳亞子〈分湖舊隱圖〉

亞子〈分湖舊隱圖〉，題詩者幾遍海内。詞則以蕁農、檗子兩家爲最。蕁農〔太常引〕云：『五湖歸計太無聊。鄉思落輕橈。魂也不禁銷。看畫裏、溪山路遥。松陵十四，碧城十二，吹瘦小紅簫。酒醒又今宵。有自琢、新詞最嬌。』檗子〔剔銀燈〕云：『劫外移家何地。寫出水荒煙悴。夢弔疏香，詞搜珍篋，同社葉楚傖爲天寥後裔，有〈分隄弔夢圖〉，陳巢南輯《笠澤詞徵》，有〈徵獻論詞圖〉。一樣悲秋情味。滴殘清淚。却輸與、冷吟閒醉。遥想寒燈獨倚。望斷蒹葭無際。故國梅花，扁舟桃葉，我亦難償心事。且抛歌吹。聽漁笛、蕡洲夜起。』

上海《小説海》一九一七年六月五日三卷第六號

獨笑詞話

龐獨笑

《獨笑詞話》五一則，載《無錫日報》一九一七年七月一日起，迄八月二五日。未署名。今據此逐錄，釐爲二卷。原無序號、小標題，今酌加。

獨笑詞話目錄

卷一

卷二

獨笑詞話卷一

一　蝶仙〔鶯啼序〕

辛丑夏初，與天虛我生陳蝶仙，初訂交於西泠，館余於紫陽山下天風樓者月餘，時余新悼亡，曾繪一《吳門載夢圖》以誌痛。蝶仙爲題〔鶯啼序〕詞一闋。後余遊黔中，此圖在途中失去，今不知浮沉何處矣。而此詞則已刊於蝶仙之《眉山冷翠詞》中，展卷微諷，有不勝山塘斜日之痛。詞曰：『濛濛一篙煙水，正吳江楓落。板橋短、凉月如霜，人家幾畝修竹。畫船載、燈邊幽夢。寒山分與眉尖綠。漾吟魂一水，瀠洄文波如縠。　照影羞看，鬢畔華髮，被流光催促。記潘車、市上曾遊，擲來佳果盈掬。儘溫存、鴛樓春醉，肯躭誤、鷄窗夜讀。有多少，恨縷情絲，繫儂心曲。　于今休矣，彈指風流，墮歡不可續。便許我、埋頭睡也，奈此芳景，魂不禁銷，眉偏愛蹙。相思此地，最難拋却，漁燈伴影楓橋宿。問何年、一枕黄粱熟。別無長物，眼前除却琴書，貼身衹有僮僕。　去年何事，滾滾黄塵，壞車輪馬足。算何似、烏篷馬足。容個匡牀，桃葉携將，蒲帆掛著。中流容與，浮家一舸，升沉休問榮辱。讓秋潮、城外嗚嗚哭。夜來砑破衍波，拚把銀毫，爲君寫秃。』此詞娓娓清談，如白香山詩，老嫗都解。

《無錫日報》一九一七年七月一日

二　天虛我生題《秋病圖》

老友天虛我生，又有題余《秋病圖》〔南北仙吕入雙角合套〕傳奇，時在庚子之冬，與余尚末識面，故末闋云也：

〔新水令〕莽西風落葉下蕭蕭，徧天涯斜陽芳草。江湖雙短屩，風雨一詩瓢。琴劍飄搖，打不破一個愁圈套。

〔步步嬌〕落拓青衫相如老，華髮添多少。襟痕酒半消，秋雨瀟瀟。鎮日價添煩惱，減了沈郎腰，瘦生生禁不起秋雨暴。

〔折桂令〕嫩年華過眼如潮，賸相思擱住眉梢。幾年來浪跡蓬飄，纔上河梁，又去河橋。這一答玉驄嘶了，那一答折簡來邀。百忙裏過了燈宵，又是花朝。說什麽倚翠偎紅，倒做了病柳殘條。

〔山坡羊〕驀生生招花惹草，好端端自尋煩惱，鬧烘烘擊鼓吹簫，醉昏昏睡不醒揚州覺。魂易銷，斷腸經幾遭。怕何郎老了，老了被花枝笑。值得胡嘲，不堪潦倒。蕭條把閒愁一擔挑，牢騷把相思一筆消。

〔雁兒落帶得勝令〕再休提走章臺駿馬驕，倒做了困鹽車良驥老。你看有幾輩躓名場劍氣銷，有幾輩散歡場心緒槁。呀，故人兒幾個隔雲霄，美人兒幾個埋秋草。那時兒到處任逍遥，這時兒何處追歡笑。今宵一更更愁到曉，明朝一斑斑淚未銷。

〔江兒水〕輾轉匡牀睡，煎熬藥鼎燒。興來時獨自把金樽倒，醉來時獨自把寒衾抱，悶來時獨自把柔腸攪，直到於今病倒。只落得禿筆丹青，畫幅文園圖稾。

〔收江南〕呀，我也把年來愁病話今朝，便眼中熱淚湧如潮，與梓鄉埋首少深交。歎舊遊鶯燕都休了，把瑤琴漫調，把瑤琴漫調，贏得個淚痕湮透玉華袍。

〔沽美酒帶太平令〕望虞山天樣遙，望虞山天樣遙，問名兒早傾倒。他是獨立人間品誼高，鳳雛年少，黃山谷更招邀。袖霜毫，吳門來到，樹吟壇一幟相招。倩舊雨題詞多少，倩新知補吟須早。我呀望龍門心香漫燒，慕荊州相思未銷。呀，怎不把畫圖兒寄與認蓮花貌。

〔尾聲〕聞聲相契由來少，便摶個夢裏尋蹤五夜勞。他日呀怕真個相逢，還要問名和號。

《無錫日報》一九一七年七月二日

三　潘老蘭詞

老友潘老蘭，與邱菽園齊名，主香港《華字日報》最久，曾寓柏靈三年。彼都人士，有東方托爾斯泰之目，足以徵其景仰之深矣。所作詩詞，極芬芳悱惻之觀，與哀豔騷屑之致。其在《山泉詩話》中，嘗謂：『不佞驚才好色，蔣劍人一流人物。』今讀其短令數闋，則真夫子自道也。如〔臨江仙〕〈記情〉云：『第一紅樓聽雨夜。琴邊偷問年華。書房剛掩綠窗紗。停弦春意嬾，儂代脫蓮鞾。　也許胡牀同靠坐，低教蠻語些些。起來新酌咖啡茶。却防憨婢笑，呼去看唐花。』〔如夢令〕〈玉蓉樓錄別〉云：『不分玉樓雙鳳。喚醒紅窗幽夢。半晌不抬頭，只道一聲珍重。休送。休送。江上月寒霜凍。』

四　〔如夢令〕〈贈雛妓〉[一]

又，曩有友人，嘗爲余誦某君題〔如夢令〕一闋〈贈雛妓〉云：『越女生來窈窕。懷抱琵琶輕巧。且莫聽琵琶，先把雙鈎看飽。真好。真好。儂愛通身都小。』可謂形容盡致矣。

《無錫日報》一九一七年七月三日

五　陳蝶仙〔洞仙歌〕

陳蝶仙詞，無派别，無家數，一以性情出之，詩中之袁子才也。其《海棠夢詞》中，有〔洞仙歌〕四闋，題爲〈庚子客蘇，訪花雲香校書不得，荷誕日騁車追涼，猝然相遇，詣談竟夕，賦贈〉。詞云：『晚涼時節。聽啼聲得得。來去香車亂如織。看紅樓、兩面紈扇高低，醞釀做，一路媚梨香息。阿誰欄畔立。瘦小紗衫，背影娉婷鬢雲黑。瞥見黛眉痕、一半驚疑，却正是、舊時相識。算人面、桃花又相逢，合打點、温存薄憐輕惜。』『朦朧月色，趁夜涼過訪。指點紅廊那邊向。認門楣、小字樓角雙燈，剛正把，六幅晶簾鈎上。入門先問訊，纔上香梯，細碎弓鞵隔簾響。花底乍相携，含笑牽衣，化做個、明珠擎掌。怕一寸、芳魂不禁銷，漫勸解、羅裳自挑珠幌。』『年華碧玉，却輸儂癡長。天與聰明善調侃。説我無知已，只解憐卿，都不信，道个人胡謊。隔窗誰盼望。兩處周旋，解識芳心愛倜儻。爲整白羅衫、不用輕紈，信説是、冰肌涼爽。把六柱、檀槽付人彈，自整頓、嬌

[一] 本條與上條原連排，據文意分。

喉背郎低唱。』『顰眉笑靨，總合儂心眼。軟語泥人酒渦淺。者消魂樣子，可喜寵兒，在夢裏，去歲今年常見。　算來纔一面。要說多情，還怕卿卿道儂諞。莫怪指尖長、特地留伊，好吩咐、定情時翦。只縷縷、情絲繫卿邊，想合有、些兒相思前欠。』

《無錫日報》一九一七年七月四日

六　檗子遺稿

予弟檗子遺稿，有〔西子粧〕一闋，題爲〈己酉三月，小留滬瀆，與秋枚、真長、哲夫驅車往徐家匯，哲夫邀至寓廬茗憩，歸途遊味蒓園，是日西商賽馬，鞭絲帽影，遊事甚盛，晚間真長招飲於嶺南樓，侑觴人鳳仙，聆口音悮爲鄉親蘇小，詢之，則梁溪人也〉，詞云：『舊草隨輪，柔腸罥袂，十里紺煙橫路。眼中猶恨少谿山，避繁華、結廬何處。輕敲竹戶。羨修到、雙鷗同住。恁東風，正花光如海，香塵如霧。　空凝佇。門外啼鵑，早又催人去。鬧紅臺榭易斜陽，怕重看、一天飛絮。旗亭劃句。祗贏得、啼痕無數。向尊前，難認蕭娘眉嫵。』又〔鶯啼序〕闋，題爲〈壬子三月劫後過吳閶感賦步夢窗韻〉，詞云：『斜陽淡黃似舊，問鶯欄燕戶。去年事、吹破瓊簫，可惜容易春暮。櫂歌去、吳波自綠，銷魂望斷金閶樹。待愁絲輕繫，東風數點飛絮。　迴首前塵，酒醒夢冷，早看花過霧。更何意、刻翠題紅，淚痕空染豪素。恁飄零、揚州杜牧，怕吟鬢、微添霜縷。儘重逢，休話滄桑，且尋鷗鷺。　荒臺廢苑，到處鵑啼，有誰伴倦旅。歎滿眼、剩香零粉，料理無計，換了淒涼，半溪煙雨。湔裙侶散，凌波人杳，芳心先逐鴟夷逝，趁漁鐙、爲喚蘭舟渡。清遊已晚，傷心屧步麋跡，轉瞬一樣焦土。　繁華故國，最惹相思，漫訪蘿覓苧。算祇是、吳春難賦。負盡流光，幾度徘徊，罷歌休舞。茫茫對此，憑高懷遠，青尊澆取千古恨，莫華年、閒記哀絃柱。何時携笛重來，一曲家山，尚能唱否。』

《無錫日報》一九一七年七月五日

七　葉中冷詞

丹徒葉中冷，亦南社健者，工於長短言。有時銅琵鐵板[一]，有時曉風殘月，能人固無所不能。近見其東渡時所作數首，如〔滿庭芳〕，題爲〈上野動物園中之澳洲桃花鸚武，衣綠，腹毛淡紅，豔絕，賦此寵之〉，詞曰：『鳳臆丹鮮，燕襟霞麗，玉籠無語拳寒。桃花春色，分得半身酣。待訴夜來幽夢，斜陽影、又落闌干。依人苦，飄零西客，愁絶綠衣單。　一般秦吉了，耳聰心慧，花頸爛斑。奈薦芰，憔悴癡念家山。回顧翠哥雪姊，嬌無那、自惜朱顏。空飼與，相思紅豆，未解憶江南。』又〔春風嬝娜〕，題爲〈東京市上，見漢海馬蒲桃鏡一面，蓋庚子之役，掠自大內者，賦此寫恨〉，詞曰：『怪瀛洲喧市，一片冰寒。脂印暈，乳花斑。認分明、曾照未央人影，綠雲梳曉，爭學秦鬟。海馬神銷，蒲桃枝蝕，落魄天涯哀鳳鸞。便化團圞漢時月，生愁飛不到家山。　試話當時鏡史，天顏有喜，吉祥字、都鑄菱槃。龍蛇劫，燕鶯殘。茂陵金盌，同出人間。幻影浮生，孤悽玉女，落花幽怨，暗咽銅仙。丹忱一點，向珍神癡咒，會須有日合浦珠還。』可謂句斟字酌，體物瀏亮者矣。

《無錫日報》一九一七年七月六日

[一] 銅琵鐵板，原作『銅昆鐵板』。

八　中冷詞不拘一格

中冷詞不拘一格，小令用蘇辛體，爲詞家别開生面，可謂創局。如〔鷓鴣天〕[一]云：『高枕龍淵儘醉眠。夢聞漢武勅開邊。蠻夷大長鬚如蝟，都護將軍臂似猿。　踰瀚海，出祁連。幕南都屬漢山川。會當痛飲蒲桃酒，更促閼氏替拂弦。』〔太常引〕云：『狗屠燕市筑聲高。塊壘酒難銷。醉眼對花搖。記門巷、胭脂那條。　分明影事，歸車緩緩，殘月虎坊橋。飛夢託蘭橈。莫漫唱、天風海濤。』〔關河令〕云：『霜寒啞啞塞雁語。絮亂愁千縷。北斗星高，酒漿誰贈與。　傳烽知又幾處。莫更向、胡笳曲譜。斷送明妃，漢家無恙否。』〔思遠人〕云：『聽慣春雷驚不得，扃戶學龍蟄。摶風意氣，拏雲心事，孤厄老奴識。　胭脂坡下貂裘客。換酒不論值。願同醉黃壚，爲君狂舞，橫刀看天色。』〔玉團兒〕云：『楊花踪跡蘋花約。儘蕉萃、簫枝劍萼。邀月分杯，呼燈說夢，總是閒著。　匆匆過了芳華錯。便有怨、良媒羞託。佩玉當腰，〈離騷〉繫肘，依舊牢落。』〔摘紅英〕云：『龍山黑。天山白。漢家春好狼烽息。千軍唱。刀環響。雕怯驚弓，虎啼空帳。　風無跡[二]。駝能識。鐺鐺鈴語銅駝陌。高邱上。傷心望。亂鴉無主，雄狐自黨。』權奇倜儻，語語如生鐵鑄成。

《無錫日報》一九一七年七月七日

[一] 鷓鴣天，原作『鷓鴣天』。

[二] 風無跡，原作『風無帳跡』，據《南社》第五集删。

九　王蓴農工於倚聲

同社王蓴農工於倚聲，尤長小令，鏤雲刻月，極纏綿哀艷之致。如〔喝火令〕云：『寶瑟棲塵冷，闌干倚月斜。愁痕幅幅倚窗紗。輪與紅襟□□[一]，雙燕早還家。狸婢輕翻局，鸚哥低喚茶。□□□□□□□。[二]記得門前，一樹馬櫻花。記得馬櫻花下，同上七香車。』[三]〔虞美人〕云：『新霜昨夜迎秋到。九月窺人笑。聽風聽水又今宵。載了離愁，不載木蘭橈。　薰爐衣潤薰還罷。我已魂銷也。玉蟲底事不銷魂。紅寫一簾，花影顫黃昏。』〔祝英臺近〕云：『怨紅綃，愁綠綺，絲淚欺明鏡。覓徧天涯，不見春風影。怪他海燕歸來，雕梁軟語，也直恁、商量不定。　盼芳訊。過了下九初三，消息總難準。采筆慵拈，還自背人問。早[四]知一笑無端，別時怎易，悔那日、畫樓雙凭[五]。』〔醉太平〕云：『爐烟一窗。瓶花一牀。更添十里湖光。對南屏晚妝。　藕風氣香。竹風韵涼。等他月照迴廊。浴鴛鴦一雙。』〔采桑子〕云：『東風不伴愁人住，病過花朝。閒却蘭橈。

〔一〕『輪與』句，原作『輪與紅襟』，據律補。

〔二〕據律，原闕一句。

〔三〕按，黄庭堅有〔喝火令〕，《詞譜》收錄，爲雙調五十六字。《南社詞集》第一册，與《無錫日報》本同，惟『倚窗紗』作『影窗紗』。

〔四〕早，原作『旱』，據《南社詞集》第一册改。

〔五〕凭，原作『恁』，據律改。

雁齒紅潮第幾橋。　愁多酒薄澆無力，待不魂銷。又是今宵。月暈微黃掛柳梢。』〔減字木蘭花〕云：『蕭殘劍怒。如此天涯儂慣住。心事箋天。一角紅墻路幾千。　韶光餘幾。容易秋風秋老矣。舊約西湖。有個扁舟載得無。』〔南鄉子〕云：『雙鬟罷調笙。羅襪花陰濕未曾。西下夕陽東下月，無情。不爲愁人且暫停。　小膽怯春酲。影瘦黃花作麼生。換了羅衣無氣力，難聽。時有歸鴻一兩聲。』使十八女郎執紅牙檀板歌之，不啻『曉風殘月』詞也。

《無錫日報》一九一七年七月八日

一〇　黄季剛賸藁三闋

社友黄季剛侃，爲太炎入室弟子，詩古文辭直逼漢魏，其倚聲不多作，偶一爲之，亦能芳馨悱惻，見者稱之。近見其昔年所作賸藁三闋，亟錄以入吾話。〔解語花〕〈題紅礁畫槳錄〉云：『晴漪漾碧，夜汐流紅，搖散文鴛影。淚珠濺鏡[一]芙蓉老、誰遣怨魂驚醒。鮫宮正冷。收情網、斷珊慵整。空自憐、填海冤禽，此恨隨年永。　溟漲愁[二]瀾無定。送虛舟何處，奇興難並。碎萍飄梗。隨潮遠、似與阿儂同命。嬌郎更病。算往事、殷勤猶省。招桂旗、巖畔相逢，終是凄涼境。』〔六醜〕云：『對鬢花進酒，又恰是、殊鄉寒食。願花散愁，愁多花散識。落去無力。問去年香夢，賸脂零粉，費幾番追憶，斜陽染就嬌紅色。嫩蕊纔舒，殘英旋積。幽吟祇成悽惻。怕鶯癡蝶怨，休放攀摘。

[一] 淚珠濺鏡，原作『淚珠濺』，據《南社詞集》第二册改。
[二] 愁，原作『隨』，據《南社詞集》第二册改。

飛花仍急。向東風似泣。淚與芳流遠，還暗滴。回頭縱念孤客。悵穠華易盡，綠波無極。仙雲渺、已難蹤迹。終不奈、一片華燈照曉[一]，萬枝岑寂。無聊處、復待誰惜。算斷魂、儘有相憐意，空憑夜汐。』〔蘭陵王〕云：『海波碧。天遠垂空漾色。危闌外，仍見片帆，載了斜陽反鄉國。簾前燕似客。還識。分飛可惜。江關去，應倩斷鴻，來與羈人伴岑寂。　連宵夢難覓。況雨上高樓，風送涼汐。孤燈孤影搖長夕。將一枕清怨，數年離感，哀音零亂付鄰笛。悵然淚輕滴。　追憶。但悽惻。更獨倚浮雲，空羨歸翮。寒烟裊娜秋無力。似別恨縈繞，舊懷牽織。滄溟萬里，倦望眼，自歎息。』

《無錫日報》一九一七年七月九日

一一　邵次公小令尤佳

淳安邵次公，工於倚聲，小令尤佳。比之《花間》、玉田，幾不能亂楮葉。《南社》十六集，載其近作，多至五十餘首，今摘錄數闋，以餉閱者。〔菩薩蠻〕云：『江南遊女新妝束。枕痕紅沁堅牢玉。捲幔看垂楊。一絲三尺强。　些兒寒食散。當作梅花嚥。不願日頭甜。甯教石闕銜。』『頗黎窗冷黃昏小。書眉春裏春歸了。夢醒轉疑真。海棠花笑人。　新詞看不足。更點雙紅燭。郎若戀天涯。從郎索臂紗。』〔醉春風〕云：『陌上青絲騎。橋畔消魂樹。餘春煞是可憐生，去。去。去。滿院殘紅，一池皺碧，伴儂鵻頳。　幾點思家淚。偷灑防人覷。茶煙

[一] 曉，《量守廬詞鈔》作『晚』。

禪榻忒蹉跎，住。住。住。住。癡問鄰僧，湖心紅藕，著花也未。』前調云：『幾點催花雨。又是天將暮。誰家玉笛喚愁生，去。去。去。乳鴨喧萍，哀蟬扶柳，最撩人處。　潮打西陵渡。月上蘇隄路。更無心緒砌香詞，住。住。住。十里歌塵，半簾風絮，一聲辜負。』〔浪淘沙〕云：『池閣小逡巡。獨自溫存。一重簾子一重雲。芳香迢迢儂已怨，何況伊人。　陌上數琱輪。又是斜曛。梨花無計避黃昏。知道春歸留不住，索性開門。』〔少年遊〕云：『十分秋意上簾鈎。人語夕陽樓。山靚如妝，波平似熨，凉夢羡孤漚。　蘭愁蕙歎從排遣，何況少年遊。亂葉欺紅，幽花凝紫，小病未曾休。』〔憶王孫〕云：『帛蘭艇子麴塵波。隔岸山情數點螺。月軟烟平不奈何。忒蹉跎。笑掩銀屏唱櫂歌。』〔巫山一段雲〕云：『燭下紅花冊，尊邊綠水波。人間醉夢勝蹉跎。鸚武莫輕呵。　香燼遲遲漏，風銷薄薄羅。悲秋情事本無多。揩眼看天河。』均極含情棉邈，悱惻芳馨之致。

《無錫日報》一九一七年七月一〇日

一二　邵次公詞

邵次公詞，昨已載數首於吾話中，今又得幾闋，頑艷清新，所謂文人珠玉女兒喉者非歟。爰亟錄之。〔虞美人〕云：『門前艤个吳船小。船上簫聲悄。春風著意畫離愁。吹得楊花如雪、上高樓。　衍波箋子微波語。此際惺忪否。生憐眉月一彎彎。占了良宵能有、幾回圓。』〔唐多令〕：『人影掠波斜。船兒慢慢划。蔦香風來襲衣紗。慘碧明湖三十里，開一朵白蓮花。　楊柳宿啼鴉。前頭蘇小家。有六朝金粉些些。古恨今愁消不盡，來喫你木山茶。』〔踏莎行〕云：

『禁火光陰，掃花庭院。簾衣鎮日和愁捲。一春無夢好還鄉，羈魂也怕江南遠。黄玉敲詩，紅牋記怨。闌干凭了千千遍。等閒消瘦不成圓，月兒爭似人兒面。』〔減字浣溪紗〕云：『小小微波隔畫簾。纖纖月子是初三。些些殘醉夜懨懨。豈有京塵驚倦客，衹放日日殢春酣。人間何地不江南。』〔羅敷艷歌〕云：『多情最是秦淮水，載過王郎。又載潘郎。累得紅妝打槳忙。　箏弦笛孔閒商略，只管疏狂。全不隄防。隔岸秋娘欲斷腸。』〔洞仙歌〕云：『愁春未醒，恰披衣侵曉。窗眼玲瓏个人小。覺玉葱微露、銀蒜還垂，才一霎，報道牡丹開了。　偶然通隱語，忒殺矜持，似怕鸚哥隔簾叫。名字寫偏旁、細摺蠻箋，却不管、渠儂猜到。聽閒唱、鶯聲繞紅樓，也説著、填詞勝看字好。』

《無錫日報》一九一七年七月一日

一三　朱鴛雛卓然成家

朱鴛雛亦南社中人，爲吾友鵷雛高足弟子，年少才美，詩詞皆卓然成家。近見其〔臺城路〕〈有柬〉云：『綠梅初破璇閨夢，無端兜伊心事。鏡霧迷鸞，梳雲束燕，換了妝成身世。春痕館裡。便貯個蘭姨，紫皇應未。舊日朱樓，半襟香色見憔悴。　從前幽怨休憶，問春愁萬態，只有誰會。嫁杏無媒，代桃何那，藴釀中邊清淚。儂心似水。想卜與芳鄰，偷傍羅綺。禁得今朝，小詞填鳳紙。』〔燭影搖紅〕云：『吹冷冰肌，廻身自把羅裙掩。月鈎鈎夢到西樓，醒著真悽惋。那曉秋風不管。任棠花、斷恩重怨。金荷瀉淚，銀蒜飄香，更長更短。　一事難忘，鮫珠紅比蘭姨眼。最憐煩惱幾千絲，誰遣從頭翦。只合桃僵李代[二]，隔蓬山、者回相見。枕鴛笑我，衾鳳抱伊，睡時還顫。』〔惜紅衣〕云：『醉眼留鶯，輕腰抱日。柳枝無力。不放東風，吹寒半塘碧。相思未解，愁損了、朱樓詞客。沈寂。詩思漸來，念鷗邊消息。　尋常紫陌。還有遊人，悲春已狼藉。柔絲上下去去。自南北。可許片時呼住。好共錦箋吟歷。倩翠鬟磨墨，寫出一番晴色。』末一闋，大似小長蘆釣師。

《無錫日報》一九一七年七月一二日

一四　顧婉娟詞筆清麗

華亭顧婉娟女士，詞筆清麗，有『不櫛進士』之目，小令尤佳，如〔減蘭〕云：『相波浩渺。十里西湖春色好。淺綠深紅。映入樓臺倒影中。　扁舟一葉。相將笑蕩中流楫。日暮風寒。半臂涼生翠袖單。』〔少年遊〕云：『孤出一角瘞芳魂。憑弔獨傷神。悅己誰容，知音難覓，同是可憐人。　憑誰演出凄涼影。顰笑竟成真。似夢情懷，如花顏色，倘或再來身。』，〔一痕沙〕云：『情願此間樂死。說甚我非彼是。結伴笑談餘。語音殊。　人影珠穿一串。閒步六條橋畔。臨水更登山。幾時還。』〔浣溪紗〕云：『聞說西泠繫我思。名流咸集各無差。湖山不恨到來遲。　香徑燕泥飛片片，碧欄蝶粉染絲絲。清明已過落花時。』〔減蘭〕云：『雙雙並坐。更有兒郎人

[二] 代，失韻。〔燭影搖紅〕周邦彥九十六字體，係疊毛滂四十八字體而來，上下闋應完全對稱；且宋元詞作，此處均入韻。

一個。蕩槳推蒿。容與中流傍小橋。　相偕游侶。柳鄭姚王都自許。大好湖波。擱住圖中莫放他。』〔羅敷媚〕云：『水光照見人如玉，絶代仙姿。絶頂書癡。借影清波慰所思。　無端添上人三兩，驀地相期。竟不分離。傍著闌干競笑嬉。

《無錫日報》一九一七年七月一三日

一五　姚鵷雛出入南北宋

社友姚鵷雛，於詞不輕作，偶然爲之，哀感頑艷，出入於南北宋。若以近人例之，與易哭盦盛年爲近。兹見近作五首，亟爲録之，片金零楮，彌足寶貴已。〔蝶戀花〕云：『玉鴨煙消寒惻惻。柳怨鶯顰，祇有簾波識。不信閒庭芳草色。香歸[一]還把愁腸織。　入水釵光留不得。泥帶芹香，燕去空相憶。紅煞雕欄蟬鬢側。憑欄還覓柔荑跡。』〔點絳唇〕云：『九十流光，匆匆過了廉纖雨。晚霞慰汝。一抹紅如許。　斷角殘鐘，商略傷春語。憑欄暮。斜陽煙柳，便是春歸處。』〔浣溪紗〕云：『藝罷黄精自荷鋤。夕陽煙水澹菰蘆。攝生須問女相如。　不信《態經》歸謝女，那從鈿合貯丹書。脂痕粉印滿《靈樞》。』〔蝶戀花〕云：『寒食清明都過了。不怨花飛，但怨花開早。昨夜玉蟲蘭蕊小。一分春在孤燈悄。　墮袂一丸涼月皎。欲理幽歡，醒醉都難好。不信春來人不老。鴛鴦打出相思藁。』〔卜算子〕云：『好是畫簾疏，不隔羅衫袖。人共春愁一例憑，熨得欄干瘦。　鈿怨與釵情，沒個商量後。自檢空箱舊酒衫，褶疊春痕透。』芳馨旖旎，可謂無詞不韻，有

〔一〕香歸，姚鵷雛《燕蹴箏弦録》第四章作『春歸』。

句皆香矣。

《無錫日報》一九一七年七月一四日

一六　林浚南詞

閩縣林浚南，與華亭姚鵷雛，世所稱爲大學二子者也。林本閩人，詩宗海藏一派，詞則亦不多作。近見社集中，載有數闋，錄之以見其吐屬之一班。〔菩薩蠻〕云：『春宵獨自搴簾幙。相思兩地燈花落。莫倚小紅闌。風吹羅袖寒。　寒時愁幾許。只是無言語。鸚武不知愁。低聲喚未休。』『海棠院落春光冷。玉階腸斷個儂影。綠葉盼成陰。琴聲深處尋。　思量空夢憶。安得如儂意。風露劇淒清。和衣坐到明。』又云：『芙蓉半是離人淚。紅痕染就秋江水。哀雁一聲聲。可憐長短亭。　垂楊江上住。解繫人愁駐。殘照掛西山。何時君復還。』〔蝶戀花〕云：『楹外桃花千萬樹。今夜東風，不解吹愁去。花落花開愁欲暮。庭前記否春來路。　背對銀缸誰共語。明月圓時，却憶紅樓雨。鸚武有情猶絮絮。羅衾依舊人何許。』〔摸魚兒〕云：『記前身、託生南國，千枝艷影消瘦。鸚哥啄去餘殘粒，入骨玲瓏紅透。花落久。任拋向池塘，打起鴛鴦耦。淚飄杯酒。早絳蠟燒殘，頳珠解贈，密意問誰受。　銀屏裏，記曲憑伊纖手[一]。最憐生世非偶。星星淚點如珠落，肝膽爲君輕剖。春去後。便網到鮫綃，朱實盈襟袖。相思永晝。算只解憐儂，東風日暮，心緒尚依舊。』〔金縷曲〕云：『寂寞郵亭路。正春風、倡條冶葉，依稀無數。攀折應添遊子恨，裊

〔一〕『銀屏』二句，原作『銀屏事，記曲裏憑伊纖手』，據《南社叢選》第五冊《浚南詞選》改。

裊含情欲舞。問那得、愁絲縷縷。夢醒隋隄人已遠，玉鈎斜、也算相思處。垂淚立，澹無語。腰支底事輕如許。便淒清、和煙和月，閱殘今古。記否靈和前殿事，嫵媚風流僅汝。便欲寄、纏綿容與。消息玉關何處問，又聲聲、羌笛吹愁去。空悵望，日將暮。』蓋〔摸魚兒〕題爲〈紅豆〉，〔金縷曲〕則〈春柳〉也。

《無錫日報》一九一七年七月一五日

一七　徐半夢清麗纏綿

同社徐半夢天生逸才，於詩詞無所不工，而又能自成一子。茲錄其近作數首。清麗纏綿，雅與小長蘆釣師爲近。〔浣溪紗〕云：『別恨匆匆已十秋。渡江雲蕊也含愁。水絲牽夢過杭州。桃葉柳枝雙繫艇，玉簫金管一登樓。露潮涼處理漁鈎。』〔蝶戀花〕云：『一縷春魂春約住。恨草啼花，淚點無從數。春也飄零吟也苦。幽香寂寞西泠路。　白板紅橋淒絕處。不盡傷心，勾起傷心句。夢斷薙煙聞杜宇。蕪亭影咽瓊笙雨。』〔桂殿秋〕云：『春一片，水仙洲。夕陽無語翠生愁。天風吹墮涼螺影，閣住湖光不許流。』〔高陽臺〕云：『恨壁欹樓，愁堤咽水，萋萋衰草斜陽。記否遊蹤，重來前度劉郎。憑欄欲數清溪夢，問紅衣、何處凝妝。怕東風，從此吹殘，娟佩嫣裳。　河山粉劫空回首，算鵑絲織怨，蝶帕啼香。悄佛魂飛，殘泥碎向空王。不堪再畫銷魂影，畫江南、鐵血淒涼。任飄零，一掬離雲，一寸迴腸。』

《無錫日報》一九一七年七月一六日

一八　劉雪耘清剛遒上

醴陵劉雪耘，善於倚聲，傅鈍根甚稱其才。其小令尤清剛遒上。〔浪淘沙〕云：『風緊雁聲哀。幽憤難排。幾回搔首立空階。天地無情儂命薄，年去年來。　血淚不勝埋。染徧蒿萊。黄花一片爲誰開。惆悵南朝金粉地，煙水秦淮。』〔卜算子〕云：『秋老鴈聲酸，潮落江天静。明月無端入畫窗，映著凄凉影。　詩自别來多，夢到圓時醒。一見腰圍瘦不支，門外西風冷。』〔采桑子〕云：『年年此日悲離别，脚轉秋蓬。目送征鴻。省識傷心兩地同。　漫漫永夜何時曉，缺月西風。斷杵疏鐘。無限凄凉坐臥中。』〔轉應曲〕云：『朝暮。朝暮。一旦思君幾度。書來一字都無。點點斑斑淚珠。珠淚。珠淚。多少可憐心事。』『消瘦。消瘦。不是悲秋痛酒。梧桐疏雨黄昏。獨自懨懨閉門。門閉。門閉。畫燭向儂垂淚。』〔點絳唇〕云：『結習難删，拈來便是傷心句。婆娑此樹，怎敵風和雨。　鳳泊鸞飄，比翼知何處。秋光暮。零縑斷楮。寄向瀟湘去。』〔醉花陰〕云：『病眼開時秋又暮。雨打空庭樹[一]。鎮日盡簾垂，一榻呻吟，嘗盡般般苦。　人間那有開懷處。深悔投胎誤。求死亦云難，未報恩多，忍别高堂去。』〔憶蘿月〕云：『年光賸幾。又是初冬矣。已分妾心同井水。爭奈風波頻起。　東籬落盡黄花。荒城咽斷悲笳。惆悵一身如寄，年年此日天涯。』

《無錫日報》一九一七年七月一七日

[一] 樹，原作『暮』，據《南社詞集》第二册改。

一九　王蓴農詞

社友王蓴農詞，如搓粉研脂，香艷欲滴，今之秦九、柳七也。〔點絳唇〕云：『爲惜春歸。看花擷取芳蘭佩。曲江飛蓋，花事今宵最。　一院鶯聲，喚起春如海。春無賴。薄粧蛾黛。贏得春愁在。』〔減字木蘭花〕云：『紫琅山畔。山色窺簾閒不捲。紅袖香溫。疏影横斜月到門。　春風筆底。細嚼梅花梅熟矣。我亦天涯。老樹秋根苦憶家。』〔浣溪紗〕云：『半夢吳綾禁曉寒。玉樓殘夢最難圓。好嬉倒影淚闌干。　慧業都從天上種，愁痕還向書中看。爲伊惆悵寫銀紈。』〔醉太平〕云：『香消酒醒。參斜斗横。蘆簾紙閣雙聲。修梅花幾生。　前身玉京。仙山紫清。閒來寫入丹青。署傾城小名。』〔惜紅衣〕云：『澹柳扶煙，零花熨目，做秋無力。淨洗池塘，西風換愁碧。青銅瘦影，還問訊、淮南仙客。岑寂。鵑語斷紅，說春歸消息。　黄沙怒陌，玉壘浮雲，香塵半狼藉。滄波費淚，帝國夢魂北。喜有小山叢桂，且共詞人登歷。看陣驚寒雁，飛破一痕霜色。』〔浣溪紗〕云：『絕妙才華絕妙詞。幾聲〔水調〕足相思。竹枝唱後又桃枝。　襟上淚痕濃似酒，客中愁緒細於絲。最難風曉月殘時。』『踠地柔條爾許長。江南何處不斜陽。西風樹樹儘思量。　粉本如披圖蛺蝶，櫂歌好繼湖鴛鴦。移家擬傍水雲鄉。』溫馨旖旎，其風致爲何如耶。

《無錫日報》一九一七年七月一八日

二〇　陳倦鶴宗夢窗

社友陳倦鶴，與葉小鳳齊名，於詩古文詞，無所不工，兼通政法及各種科學，可謂能人無所不能矣。詞宗夢窗，今摘錄數闋。〔綺寮怨〕云：『怕觸悲秋心事，引杯忘醉醒。隔綺户、乍見團欒，深深徑、一角空亭。知誰高樓獨倚，微茫裏〔一〕、微綠燈影青。最惱人、竟夕無眠，轔轔過、門外車馬盈。月窟不知幾程。乘風去也，深情話與飛瓊。玉宇風清。問天樂、可能聽。蓬山萬重猶隔，翦不斷、是癡情。將愁作城。鈴聲怕化作，秋雨零。』〔水調歌頭〕云：『寥廓此天地，目送夕陽遲。暮笳哀怨吹徹，楊柳又絲絲。待翦吳淞秋水，還覓蘇臺斷夢，何處彩雲飛。瞠目一無語，春老鷓鴣啼。

傷春句，懷人什，寫心悲。堂前三兩新燕，門巷戀烏衣。頻看征衫顏色，怕被風塵緇化，翻道不如歸。聽徹瑽璇玉，含淚和新詞。』〔金縷曲〕云：『何處爲知己。恨頻年、風塵奔走，斷蓬身世。閱徧蛾眉無一盼，說甚美人名士。者玉軟、香溫風味。落盡桐花飛畫絮，漾閒愁、黯黯渾無俚。牧之夢，醒還未。

人間幾個拚情死。看奴奴、鴛鴦密誓，碧天如水。爭道溫柔鄉裏好，一笑置之而已。儘幻影、迷離阿紫。解脫沉沉無邊海，問金迷、紙醉誠何事。心只在，腔兒裏。』其〔水調歌頭〕一闋，即〈題亡弟檗子琤瑽館詞〉者。

《無錫日報》一九一七年七月一九日

二一　姜可生清麗芊棉

姜可生爲胎石之弟，一時有『二難』之稱。驚才好色，蔣劍人一流人也。小令清麗芊棉，雅近玉田。〔卜算子〕云：『明月紙窗中，黃葉秋風裡。孤館無人解客愁，千里知心否。　鐵笛聽淒

〔一〕微茫裏，原闕，據《南社》第十四集補。

涼，夜半披衣起。獨倚危樓目已穿，何處伊人是。』〔河滿子〕云：『吾輩飄零慣事[一]，相逢快訴平生。爛熳芳尊拚一醉，山前綠樹雲橫。無限傷春情緒，催人聽覺啼鶯。　磨劍十年倦矣，行看世局紛更。薄利浮名誰與競，荷鋤自足躬耕。滌盡閒愁煩慮，尋君共訂詩盟。』〔虞美人〕云：『形骸放浪江頭醉。銷盡閒愁未。東風無緒亂花飛。燕子來歸春日、又先歸。　客邊遊子飄零慣。雨止鄉魂斷。更從何處問奇花。不見青青芳草、徧天涯。』〔秦樓月〕云[二]：『鵑啼夕。月華如水疏簾隔。疎簾隔。閒愁休說，落花休惜。　青衫欲濕江頭客。儂情但問三生石。三生石。心心記取，當年筵席。』〔昭君怨〕云：『扶病風前弱柳。此景怎堪消受。寂寞移闌干。不禁寒。　別有傷春心緒。花事闌珊無語。忍聽杜鵑啼。夕陽低。』〔蝶戀花〕云：『念五年華芳訊早。燕子南歸，啼破春山曉。十里紅霞吟未了。傷心南浦青青草。　李戴張冠非異道。本是同根，顧影欷歔弔[三]。妹妹林家人已杳。如何鎮日閒愁惱。』〔漁家傲〕云：『文酒流連佳麗地。生平不解封侯事。愁云歡來雲水思。臨風遲。南樓借月酩酊醉。　午夜夢回人不寐。燈花半萎知愁睡。側耳酸腸邊角起。心無計。鴟鳶滿目傷時淚。』

《無錫日報》一九一七年七月二〇日

[一] 事，原闕，據《南社詞集》第一册及下文二九日『丹陽姜可生』條補。

[二] 秦樓月云，四字原闕，據《南社詞集》第一册及下文二九日『丹陽姜可生』條補。

[三] 弔，原作『第』，據《南社詞集》第一册及下文二九日『丹陽姜可生』條改。

二二　劉雪耘白描取勝

醴陵劉雪耘，余友癡萍稔其人，其所箸《雪耘詞》，前已錄數闋，近又見其小令若干首，純以白描取勝，如李龍眠畫也。〔虞美人〕云：『重重綺障何年了。長是歡顏少。病餘消瘦不禁風。偏又絲絲吹入、繡窗中。　相思入骨君何在。不信前盟改。從知自苦是多愁。可奈抽刀難斷、大江流。』〔應天長〕云：『輕塵飛滿菱花鏡。雲鬟飄蕭慵更甚。風兒靜。人兒迴。一片心旌採不定。蒼煙迷曲徑。絡緯悲啼金井。回首繁華夢醒。不由人不病。』〔雙紅豆〕云：『風絲絲。雨絲絲。金井梧桐賸幾枝。江南秋盡時。　吟聲嘶。哭聲嘶。病起懨懨瘦不支。傷心訴與誰。』〔點絳脣〕云：『獨立蒼茫，家鄉萬里空凝睇。夕陽天際。掩映長江水。　爛醉酣歌，難遣辛酸意。歸無計。海風凄厲。冷透心兒裡。』〔憶羅月〕云：『年光賸幾。又是初冬矣。已分妾心同井水。爭奈風波頻起。　東籬落盡黃花。荒城咽斷悲笳。惆悵一身如寄，年年此日天涯。』〔菩薩蠻〕云：『顧影煢煢行踽踽。素心人遠吾誰語。木落洞庭波。相思此日多。　晚風吹不斷。煙雨迷天半。瘦盡沈郎腰。更無魂可銷。』

《無錫日報》一九一七年七月二一日

二三　葉中冷〔洞仙歌〕

社友葉中冷，聽鼓皖垣時，賞一雛妓名『小雲』者，過從甚密，視如銀屏錄事，有〔洞仙歌〕[一]六闋奏記妝閣云：『鶴衫空谷，詫天然姝麗。綽約春風小桃媚。倩黄鸝三請、催上瓊筵，嬌無那，豆蔻梢頭年紀。前身疑鄭旦，還說生時，織女牽牛渡河水。何苦願爲雲、乞巧針樓，偏織就、美人名字。背燈坐、嗚咽訴銅弦，記一曲秦腔、紅牙拍碎。』『蟲跳鯽溜，有幾分憨意。小眼纖眉露妖氣。向杯邊抛果、硯角揮毫，渾兒戲，依舊簸錢情味[二]。能言嬰武累，鴉舅飛來，贏得啼聲那能避。流麗太婀娜，纔學端莊，早風動、柳枝搖曳。儘饒舌、芳草孕騷心，只一片天真、帶些癡醉。』『小山招隱，又攀來桂樹。不分空華逗愁緒。看雛鶯弄舌、弱蝶顰眉，都釀作，簾外石榴紅醋。惱儂儂自惱，一部燕支，避面都難奈朝暮。燕雀重輕平、那有些偏，偏說我、有些偏處。細思索、微覺鬧紅喧，算薄倖三分、負卿如許。』『東皋觴罷，正涼星數粟。泥叩瑤宫訪蛾綠。忽融階瀉瀑、鴛瓦奔泉，行不得，門外銀河一束。留人花解語，兩小無嫌，我自空房耐幽獨。心已冷紅禪、守雨通宵，奈濕透、綃衾斜幅。待雞唱、倦眼疾披衣，謝蓬鬢門前、別情穠郁。』『綠楊城郭，信揚州佳麗。散徧人間萬花淚。況寄巢燕怯、絆架鸚啼，冤和苦，叵奈風姨月姊。自家傷命薄，那有人憐，願誓夷齊首

[一] 洞仙歌，原作『洞簫歌』，據《南社小說集》臨時增刊〈雲〉改。

[二] 依舊簸錢情味，原作『依舊一簸錢情味』，據《南社小說集》臨時增刊〈雲〉删。

陽志。玉粒不曾吞、薇蕨何來，算只有、棗瓤瓜子。雙紅筋〔二〕、幾度向儂垂，道瘦粉蟬腰、不如乾死。』『菖蒲花放，恰匆匆歸去。報道流鶯遠辭樹。待枇杷門巷、重拂鞭絲，分明是，做了重來崔護。累卿遲一日，惻惻江舟，聽雨聽風更何處。蔗味似回甘、兜上心頭，翻覺着，惹些情絮。但私祝、一瓣火中蓮，謾彈碎琵琶、相逢白傅。』

《無錫日報》一九一七年七月二二日

二四　胡栗長擅倚聲

庚戌秋冬間，與山陰胡栗長，訂交於吳下之浪滄亭畔。胡方在自治籌備處，爲交牘科長，詩酒流連，殆無虚夕，而諸貞壯、陶小柳、戴季陶，亦時時來會。胡擅倚聲，今錄數闋如下。〔齊天樂〕云：『眼前相對人何物，英雄使，君同操。故里聞名，他鄉識面，銷盡羈愁多少。園林况好。是越國山川，吳宫花草。把酒論文，可知春去夜寒悄。　悲歡離合不定，送行微雨裏，車走龍矯。直上青雲，橫排黑霧，遙望觚棱天曉。前程自保。莫任染京塵，素衣緇丁，盪氣迴腸，虎邱聞劍嘯。』〔聲聲慢〕云：『江村漁火，寒夜鐘聲，離人空損愁眠。文字精靈，詩名傳唱千年。今朝寺門開處，認殘陽、流水橋邊。病僧在，伴荒龕古佛，共證枯禪。　西竺宗風東渡，笑莊嚴彈指，花雨嬋娟。可記南朝，樓臺都付秋煙。清游未妨惆悵，悼滄波、應泛吳船。待歸去，聽城烏、霜又滿天。』〔壽樓春〕云：『登滄浪荒亭。正江南春暮，楊柳搖青。淡蕩潮風湖水，亂花新萍。今古恨、同飄零。轉笑他、

〔二〕雙紅筋，原作『雙紅筋』，據文明書局一九一七年《南社小説集》臨時增刊〈雲〉改。

山川無靈。是倦宦幽居，孱王別館，千載動芳馨。　空搜討，殘碑銘。問樓臺幾許，煙銷云扃。却好廊隨意轉，竹比人婷。游興逸，吟眸醒。夕照斜、漁歌前訂。共誰出閶盤，重開綺筵眠畫屏。』

《無錫日報》一九一七年七月二三日

二五　胡先驌與玉田夢窗相近

新建胡先驌先驌，留學英倫，不廢吟詠。尤喜填詞，雅與玉田、夢窗相近。如〔高陽臺〕云：『蕉萃江湖，飄搖海國，無端浪擲華年。三載抓心，幾回微託啼鵑。商颸異地增蕭索，望天涯、何處中原。念翩翩，洛下機雲，一晌情牽。　通眉長爪嶄頭角，想三郎風度，玉樹風前。錦字奚囊，早應題徧山川。開緘有分聆珠玉，恨識荊、今日緣慳。待春光，重伴薔薇，把盞花間。』〔燭影搖紅〕云：『雲暗天低，琵琶簾外廉纖雨。暮山煙霧罨遙青，依約千松樹。斜倚銀簫黯佇。又無端、風鈴亂語。冷冷淅淅，落盡簷花，良宵虛度。　芳草芊芊，天涯綠徧無歸路。孤燈夜擁聽殘更，鵑語聲聲苦。廿四番風漫數。歎花深、心期又誤。年華逝水，春事蹉跎，羈愁如絮。』又〔高陽臺〕云：『目斷流雲，心隨征鳥，海天盻煞飛鴻。尺鯉迢迢，眉開喜捧瑤封。荒林落葉成淒黯，更休題、故國秋容。指銀河，光亙長天，何處仙宮。　夢魂不度蓬山遠，想抛殘紅豆，兩地應同。萬里想思，一年又遇西風。江關蕭瑟瘦郎苦，看斑斑、鉛淚都紅。更難聽，夜雨瀟瀟，滴盡疎桐。』

《無錫日報》一九一七年七月二四日

二六　蔡寒瓊〔瑞鶴仙〕

又見蔡寒瓊有〔瑞鶴仙〕三闋，特開一境，爲詞界闢新紀元。其第一闋〈題石屋洞觀造象〉云：『倚巖鐫割也。看層層、皆法象也。頭銜最奇也。有天龍體[一]者，史無之也。山羅漢也[二]。伏爲保、安身位也。爲亡人，謹捨衣囊，當院僧願招也。　奇也。浮螺滄海，巖底何來，地脈穿也。石樓高也。佛髻蒼苔侵也。問誰云、一百一十六佛，笑曝書亭誤也。净財蠲、郢手堅珉，非楊璉也。』第二闋題〈偕吴三娘陸四娘登烟霞洞禮千官塔〉云：『禮千官塔也。共雙娥、槃那寐也。玲瓏七層也。看題名瓊柱，都指揮也。吴延爽也。爲錢王、夫人弟也。兩崖間，十八聲聞，知亦同時鐫也。　奇也。塔旁石壁，十六行間，吴三娘也。陸四娘也。汝二人前身也。願生生、爲姊妹歸一婿，同享煙霞福也。樂巖棲、供養湖山，長婆稚也。』第三闋題〈靈隱觀造象懷曼殊〉云：『此峯奇絕也。號飛來、僧慧理也。如千佛樓也。信禪岩幽邃，佛莊嚴也。山愈古也。笑天奇、何曾損也。令凡夫，來往觀瞻，能發皈依心也。　何也。俗流謬誕，謀擊三髡，真焚琴也。憶當年也。此地逢曼殊也。各漂零、蓬島幾時淺水，何處重相見也。黯消魂、霧鬢風鬟，斜陽瘦也。』

《無錫日報》一九一七年七月二六日

〔一〕體，《南社詞集》第二册作『軍』。

〔二〕山羅漢也，原脱，據《南社詞集》第二册補。

獨笑詞話卷二

一　檗子《玉琤瑽館詞》

旅窗無俚，午夜篝燈，展閲亡弟檗子《玉琤瑽館詞》，益泫然於鴒原之痛。略摘一二，以實詞話。〔望江南〕云：『江南好，一路種垂楊。落日樓臺臨水碧，東風飛絮滿城香。牽住紫絲韁。』『江南好，載酒畫橋邊。雙槳烟波桃葉渡，一船絲管夕陽天。扶醉且流連。』『江南好，夢繞莫愁湖。金粉六朝零落盡，西風菱唱起菰蒲。歸去狎沙鳧。』『江南好，秋雨上皇陵。石馬嘶風翁仲立，夕陽無語暮山青。何處弔神靈。』又〔轉應曲〕〈效彊邨體〉云：『春雨。春雨。花外病鵑聲苦。爐薰閣住殘烟。一夜幽窗未眠。眠未。眠未。費盡枕心鮫淚。』『春柳。春柳。生就小蠻腰瘦。輕雷車去多時。還聽紅橋笛吹。吹笛。吹笛。不是東風無力。』『春水。春水。一線相思千里。碧欄斜倚波痕，曾照雙蛾斷顰。顰斷。顰斷。日暮湔裙人遠。』吐音結句，真玉田、碧山之遺也。

《無錫日報》一九一七年七月二七日

二　檗子贈梅詞

梅蘭芳之初次到滬也，檗子激賞之，甚至願日作〈梅花〉詩一首，以志其拳拳。其詞中涉於贈梅之作，今摘錄之，以實詞話。〔暗香〕〈贈梅蘭芳和白石道人韵〉云：『畫裙雪色。又傍花怨度，東風殘笛。且喚綠華，欲試梅粧手親摘。無意調脂弄粉，重收入、何郎吟筆。漫忘却、玉樹歌終，清淚濕蘭席。　南國。歎寂寂。有兩點翠眉，舊愁深積。細弦似泣。還訴漂零爲誰憶。何日芳尊共倚，望漠漠、江雲凝碧。便一櫂、隨去了，此生未得。』〔金菊對芙蓉〕〈觀鳳卿蘭芳合演迴荊州〉云：『龍雀刀鐶，鴛鴦衾枕，吳宮花睡方濃。有周郎妙算，小妹嬌容。溫雲柔雨輕吹散，恨江頭、又借東風。雙雙顛倒，英雄兒女，兒女英雄。　休數人物江東。歎紫髯何在，紅粉成空。聽繁絲促管，唱徹雕籠。煙鬟霧鬢依稀是，怕清霄、暗落驚鴻。如今還記，一春夢雨，愁人眉峯。』〔絳都春〕〈蘭皋爲梅郎蘭芳集屬題譜此〉云：『年芳去遠。尚特地夜寒，鸞簫吹斷。記否故家，歌舞沈沈宜春苑。當時拚醉東風晚。奈空惹、瓊愁瑤怨。好教重認，襪塵素涴，袖痕紅滿。　誰管。烏絲鳳紙，舊香在、細把何郎吟卷。妬草恨花，微雨輕烟閒庭院。凄馨還作〈離騷〉看。自參透、湘心一點。勝他殺粉調鉛，翠翹棒硯。』〔眼兒媚〕〈題蘭芳化妝小影〉云：『花下輕寒小立時。玉骨泣銖衣。髻鬟偏著，眼波微泣，如許風姿。　嬋娟祇合瑤臺住，悔不手同携。春痕一幅，沈香一縷，彀得想思。』

《無錫日報》一九一七年七月二八日

三　姜可牛善小令[一]

丹陽姜可牛，與乃兄胎石，有『二陸雙丁』之譽。喜填詞，尤善小令，其佳處如李龍眠白描山水。今見社錄中有數闋，特轉載之。〔卜算子〕云：『明月紙窗中，黄葉秋風裏。孤館無人解客愁，千里知心否。　鐵笛聽凄清，夜半披衣起。獨倚危欄目已穿，何處伊人是。』〔河滿子〕云：『吾輩飄零慣事，相逢快訴平生。爛熳芳樽拚一醉，山前緑樹雲横。無限傷春情緒，催人聽覺啼鶯。　磨劍十年倦矣，行看世局粉更。薄利浮名誰與競，荷鋤自足躬耕。滌盡閒愁煩慮，尋君共訂詩盟。』〔秦樓月〕云：『鵑啼寂。月華如水疎簾隔。疎簾隔。閒愁休説，落花休惜。　青衫欲濕江頭客。儂情但問三生石。三生石。心心記取，當年筵席。』〔蝶戀花〕云：『念五年華芳訊早。燕子南歸，啼破春山曉。十里紅霞吟未了。傷心南浦青青草。　李戴張冠非異道。本是同根，顧影欷歔弔。妹妹林家人已杳。如何鎮日閒愁惱。』〔漁家傲〕云：『文酒流連佳麗地。生平不解封侯事。愁去歡來雲水思。臨風遲。南樓借月酩酊醉。　午夜夢回人不寐。燈花半萎和愁睡。惻耳酸腸邊角起。心無計。鴟鳶滿目傷時淚。』〔鷓鴣天〕云：『大地春光付酒巵。杜鵑啼血上花枝。誰人移得天臺種，疑向昭陽乞藥時。　披香殿，莫輕離。鶴林奇色總相宜。沈郎漫擲相思子，狂殺江東姜杏癡。』

《無錫日報》一九一七年七月二九日

[一] 此條與二一〇日『姜可生爲胎石之弟』條大半重複。

四 徐小淑詞

語溪徐小淑女士爲寄塵之妹，受業於余弟檗子，學吟咏有年，適林寒碧[一]，固今之朱淑真、李易安儔也。〔意難忘〕〈寄褚慧僧〉云：『遮眼高軒。正冷楓搖落，雁思初繁。驚秋無限意，撫鬢已微髠。遵北轍、折南轅。泫是未歸魂。苦眼中、紛馳長路，馬殆車煩。　傷情羃外霜痕。有凉燈吐瞑，市吹流喧。林陰分域界，鈴語破朝昏。思往事、略溫存。賸日定難言。漸付憑、誰家管領，水陌花暾。』〔雁過妝樓〕[二]〈題純飛館填詞圖卷〉云：『翠宇高寒。銀箏澀、猜疑夜夜停鸞。舊聲入破，誰念刻骨家山。髣髴仙蹤追[三]畫，低徊密記補金鑾。賸無端。瑣窗玉戸，江雨霏闌。　勝情裝池半幅，有古春送眼，淺繡成斑。鄭箋無分，驚歎顧曲才難。匆匆一庭謝絮，沾題處、淩滄應笑孱。方回老，只斷腸愁句，流出人間。』〔聲聲慢〕〈題分湖舊隱圖〉云：『鴟夷泛舸，鶴市吹簫，羈心早晚秋潮。且向臨邛，琴臺酤肆堪消。休標向年高意，對疎香、芳雪凝銷。傷神事、况松森永久，野曠蕭條。　一角西山可住，甚賦矜孫綽，資薄郗超。藏海藏山，人間無地歸橈。獨臨書圖深惘，顧淮南、小隱能招。殢情地，想帆過、別墅正遙。』

《無錫日報》一九一七年七月三〇日

[一] 適林寒碧，原作『林寒嗣適碧』，據《徐蘊華林寒碧詩文合集》改。

[二]《南社》第十四集作『新雁過妝樓』。

[三] 追，原闕，據《南社》第十四集補。

五　陶小柳善填詞

甲辰春間，僑居海上，與丹陽姜貽石，南昌陶小柳，文酒過從，殆無虛夕，今則天各一涯。回首舊遊，不勝惘惘。小柳善填詞，其集中〔齊天樂〕云：『嫩寒如水輕裘重，暖日斜臨窗戶。凍雀聲枯，征鴻影亂，同作天涯羈旅。閒愁幾許。苦萍背紅消，草根緑去。開到梅花，江南春滿驛中路。歸期相約江上，一舟飄泊裏，敲殘津鼓。看徧斜陽，尋來舊夢，杯酒共懷今古。滄桑何處。指禿柳誰攀，千絲萬縷。倦倚樓頭，晚風吹葉舞。』〔東風第一枝〕云：『吹第梅開，丁零鶯喚，春風又到窗戶。草草中原〔一〕，一霎年光過去。胡塵成火，聽未了、滿城簫鼓。賸舊愁、新恨難消，細話長安兒女。知換徧、桃符如故。曾攀得、柳枝誰付。數堆蠟淚成灰，寸寸心牽夢縷。紅爐酒暖，醉幾輩、滄桑何處。只潘郎、誤盡平生，鬢影恰飄煙絮。』〔菩薩蠻〕云：『梅梢暖送新春至。聲聲歌舞朝朝醉。畢竟在誰家。春風吹落花。應知三月暮。又見春歸去。可惜好年光。年年伴夕陽。』前調云：『池波底事吹愁上。誰恩誰怨閒情釀。非獨太無情。心心訴不明。果能情可繫。也許因情死。却恐薄情多。將情付玉梭。』〔朝中措〕云：『風風雨雨換朝眠。開窗只見天。欲問無情天上，有誰推破雲煙。杯空酒冷，衣單塵滿，寒重愁添。除却春光洩漏，瓶梅香到爐邊。』

《無錫日報》一九一七年七月三一日

〔一〕草草中原，按律，當爲六字句，宋元人詞作均作六字。然《南社》第十七集、《南社詞集》第二册均作『草草中原』。

六　丁不識擅小令

武林丁不識，爲松生先生文孫，其家藏書之富，甲於東南。性喜填詞，尤擅小令。〔少年游〕〈爲春航題名小青墓作〉云：『碧氍毹上現真真。同是夢中人。我本鄉親，卿非異姓，何必問前身。　花開花落年年恨，酌水奠鄉魂。蝴蝶[一]飛灰，杜鵑哭血，今古此傷神。』又云：『傳奇彷彿再來人。又覩舞腰身。血淚雙行，心香一瓣，我弔女兒魂。　鍾情爭説虞山事，簧鼓欲離真。譚子攘名，牧齋無賴，唐突藐姑神。』〔減蘭〕〈爲荀郎題小影〉云：『宜嗔宜喜。省識春風圖畫裡。滿月年華。開到人間第一花。　紅牙按拍。望斷江南空冀北。問姓香薰。小字分明解受辛。』前題[二]〈爲吹萬、亞子題三潭泛舟照片〉[三]云：『輕舟穩坐。叢竹橫空搖翠個。笑把蘭篙。刺人新荷傍小橋。　三家仙侶。添個高郎豪自許。素月流波。對影飛觴爾我他。』〔浣溪紗〕〈題西泠雅集照片〉云：『君慣牢愁我鬱思。酒痕和淚影差差。莫嗟蘼莕十年遲。　鏡裏蛾眉修黛色，畫中蟬鬢引烏絲。明湖回首暮春時。』〔相見歡〕〈湖上對月調冥飛〉云：『窺他半面嫦娥。恨偏多。只恨張郎，不與畫雙蛾。　無情緒。聽私語。隔銀河。應悔廣寒歸去、奈孀何。』〔羅敷媚〕〈寄懷春航〉云：『秋風容易吹人老，郎未歌殘。儂已吟殘。燭影搖紅淚墨乾。　記曾共泛西泠

[一] 蝴蝶，原作『蝶蝴』，據《南社詞集》第一册乙。
[二] 前題，疑應作『前調』。
[三] 『爲吹萬』句，《南社詞集》第一册作『題吹萬、亞子、石子暨眷屬三潭泛舟照片，次吹萬韻』。

櫂，相見何難。乍別何難。月子彎彎兩度看。

《無錫日報》一九一七年八月一日

七　中冷〔憶江南〕

中冷詞之佳處，全在不拘一格，長調短令，無一不工。小長蘆釣師盛年，未嘗有此作也。〔憶江南〕云：『蘇州夢，曉泊滸關時。記得推篷看露鬢，吳山一個一西施。髣髴畫中詩。』『蘇州夢，低首可園門。三宿空桑仍墮劫，七年落葉足消魂。海水未能吞。』『蘇州夢，拖屐過滄浪。雪白藕花初出水，粉紅亭子有斜陽。濯足更誰狂。』『蘇州夢，獨自訪寒山。古寺松姿曾轉翠，小橋楓葉不成丹。饒舌[一]學豐干。』『蘇州夢，記得虎邱遊。片石頭邊圍說法，小舟唇上坐吟秋。明月送人愁。』『蘇州夢，塢裏問桃花。薄命才人唐伯虎，桃花庵子更誰家。花落夕陽斜。』『蘇州夢，拙政一園留。茶樹更無明月影，藤花猶是紫風流。曾倚水邊樓。』『蘇州夢，記得集怡園。詞榜碎嵌姜柳句，茶甌分吸陸盧仙。影裏悟因緣。』『蘇州夢，水石愛西園。未許持竿窺溜鯽，不妨投餅施靈黿。活潑了人天。』『蘇州夢，花木植園多。竹所千竿通竹徑，瓜棚一角託微波。月落尚聞歌。』『蘇州夢，園墅爲誰留。赤字雙旗新病院，紅欄九曲舊迷樓。劫後亂鶯愁。』『蘇州夢，北寺塔曾登。茂苑風光芳草徧，太湖煙水夕陽澂。人在最高層。』『蘇州夢，風月醉金閶。盤膾魚腸生劍氣，簾垂鳳眼邊花光。安得萬千場。』『蘇州夢，軟語泥棉蠻。裙葉微颺搖鳳舄，錦花斜疊貼螺鬟。好在一生閒。』

[一] 饒舌，原作『饒日』，據《旅蘇必讀》第四集改。

『蘇州夢，百唱續吳謳。水軟山溫花蘊藉，人生真合住蘇州。萬事且休休。』於吳下風光，描摩殆盡，而回首前遊，盍令人盪氣迴腸，不能自已矣。

《無錫日報》一九一七年八月二日

八　胡懺庵溫馨綺麗

新建胡懺庵，留學英倫，不廢吟詠，近見其致友函中，有新作〔菩薩蠻〕小令八闋，溫馨綺麗，讀之齒頰生香。詞曰：『珠簾寶鴨穠香重。鬟雲斜嚲金纍鳳。妝竟幾多時。畫堂春日遲。　垂楊樓外影。樓裏春人困。漫展繡衾單。微聞濃麝殘。』『畫欄干外鶯聲急。天涯芳草無情碧。何處是遼西。屏山遮夢低。　愁深眠未穩。香暖鴛鴦錦。負煞好春光。閨中空斷腸。』『篆烟漠漠金爐歇。夢雲如絮明還滅。應是玉關西。廣原聞馬嘶。　玉驄嘶正緊。垂柳因風定。何處賣花聲[一]。驚殘春夢新。』『垂楊委地東風軟。續來殘夢如雲暖。天際識歸帆。陸郎今日還。　離情銜淚咽。反覺無言說。偶倚畫窗前。淚痕相對乾。』『禁城漏轉初更過。夢回半晌情無那。街鼓又鼕鼕。一鐙如豆紅。　柳枝籠夜色。初上蛾眉月。眉月有時圓。墜歡重拾難。』『當年月比人兒小。如今人比黃花瘦。新月似蛾眉。畫眉人不歸。　錦屏金六曲。綺席燒華燭。往事莫思維。思維空淚垂。』『夜來月色臨窗靜。離愁歷亂如花影。舊約指薔薇。薔薇開幾回。　更闌春袖冷。獨自沈沈等。縷縷篆煙長。燒殘心字香。』『月斜天半聞飛雁。曙光遠罥平林黯。香

〔一〕賣花聲，原作『變花聲』，據《南社》第十七集改。

燼漏聲殘。綠窗人未眠。 臨妝開曉鏡。翠鈿簪雙鬢。鏡裏貌如花。陸郎應念家。』

《無錫日報》一九一七年八月三日

九　傅君劍沉著流動

醴陵傅君劍，於南社中卓卓負盛名。詞學蘇辛一派，沉著中寓流動，如〔攤破浣溪紗〕云：『露似珍珠月似鈎。有人徙倚最高樓。望斷天涯何處是，路悠悠。 曉雨催寒輕破夢，朔風吹霰苦添愁。萬種心懷拋擲盡，付東流。』『落葉西風夕照殘。金商颯颯起林間。多恐明朝便摧折，不堪看。 蕭瑟平蕪千里共，凄涼秋影一天寒。誰省此情無奈處，淚欄干。』〔誤佳期〕云：『記得臨岐欵語。珍重長途風雨。洲邊草綠好歸來，莫更題鸚鵡。 和淚檢征衣，纖手殷勤補。夜來鴛瓦上新霜，指冷瓊簫譜。 閒共檀郎笑語。偷沐蓮邦化雨。便當修到再生緣，不作籠中鵡。 願化燕雙飛，舊屋銜泥補。春來春去總隨君，休唱離鸞譜。 俏倚金閨無語。簾外落花如雨。三春過盡綠陰濃，開到紅鸚鵡。 長是誤佳期，誤却如何補。相思待寄與君知，寫入新詞譜。』

《無錫日報》一九一七年八月五日

一〇　張揮孫瓣香南宋

社友張揮孫，久厲哈爾濱，主持《遠東報》筆政有年〔二〕，與姜貽石同里，一時有『姜張』之目。

〔二〕遠東報筆政有年，原作『遠東投筆有政年』，據文意改。

喜填詞，瓣香南宋。近見〈題悶尋鸚館填詞圖〉〔金縷曲〕云：『底事尋鸚鵡。有許多、無聊待說，藉傾肺腑。惹起人間愁恨緒。說也都無說起，但記着、放翁詩句。繞柱循廊千百轉[一]，問填詞、竟爲誰辛苦。花弄影，烏同舞。　天涯想亦傷毛羽。撫秋風、樊籠身世，何分爾汝。難得寫生丹青手，寫入宣和畫譜。點拍聽、美人分付。更乞時流題詠徧，較才名、得似迦陵否。狂態發，起撾鼓。』又〈題鈍根紅薇感舊記〉〔水龍吟〕云：『英雄酷愛溫柔，問君欲覓何鄉住。也曾訪艷，也曾結客，十年借箸。劍胆龍蕎，簫心鳳萎，向流連處。有愁痕蕩月，簾鈎挂起，依稀認，紅薇樹。　一例年芳躭誤。淚絲絲、泣殘花露。秋風養疴，最難消得，美人調護。死肯忘恩，生猶感舊，蛾眉解妬。待銀毫細醮，脂香粉迹，擬閒情賦。』

《無錫日報》一九一七年八月六日

一一　倦鶴近作

倦鶴酷愛倚聲，其詞在南北兩宋之間，竹垞所謂『倚新聲、玉田差近』也。茲見其近作，爲錄數首。〈題丁氏風木庵圖〉〔減蘭〕云：『數椽老屋。門對明湖春水綠。風雨西谿。聽徹慈烏夜夜啼。　二難名並。留取雙雙仙蝶影。重寫丹青。眼底滄桑問幾經。』〈四年國慶日感賦〉〔蝶戀花〕云：『一夜西風摧碧樹。冷雨淒迷，做就江天暮。如此韶光能幾度。楊枝尚弄妖嬈舞。　片片彩雲飛別浦。不見當時，解佩蘅皋路。巫峽三聲清淚注。多應好夢無尋處。』〈菊花和夢窗

[一] 轉，原作『輩』，據《南社詞集》第二册改。

韻〉〔霜花腴〕云：『淚重怨色，仗晚香，重來戀取衰冠。霜影愁孱，月痕疑碎，秋心替寫仍難。故園地寬。勸素英、休落風前。向孤松、舊約追尋，徑荒秋老倚天寒。　聞説露枝猶見，甚驚飆一夕，又蜕枯蟬[一]。纔得黄迴，依然金散，斑斑恨墨題牋。泛觥作船。倩灔波、留住嬋娟。怕無言、淡了伊人，捲簾相對看。』〈淞濱久客，遊賞多在徐園，離合悲歡，事乃萬狀，和檗子瑞龍吟用清真韻〉云：『長堤路。還見泠翠侵苔，暝烟籠樹。枝頭聲咽殘蟬，院槐自老，新凉處處。　漫迴佇。前度綻桃春晚，笑窺簾戶。年年換却秋風，舊時燕子，西窗倦語。　重鼓探芳餘興，采菱低唱，垂楊慵舞。桑海淚中相看，人半新故。冰弦掩抑，無限傷心句。憑誰話、江皋佩影，幽廊[二]屧步。過眼繁華去。題襟賸有，詩情酒緒。平翦愁千縷。偏又是，紛紛梧桐吹雨。夢痕暗結，一天雲絮。』

《無錫日報》一九一七年八月七日

一二　裙帶袖籠

某歲，楚傖有〔踏莎行〕裙帶袖籠之徵，應徵者凡數十人。西神殘客〈裙帶〉云：『旛襯榴紅，絛牽柳翠。臨風恰稱淩波細。天吴紫鳳鬥輕鸞，秋千打罷流蘇理。　結綰同心，繡成如意。酒翻血色從頭記。昨宵蟢子夢雙飛，羅襦低解心先喜。』〈袖籠〉云：『雙束柔荑，圓翻子氄。妝成倦繡盈盈捧。熏殘凫藻欲生皺，效顰醫可心頭凍。　甲鳳春藏，窩貂暖擁。平分翠袖殷勤寵。畫

[一] 蟬，原作『禪』，據《南社叢選》第五冊改。
[二] 廊，原作『郎』，據《南社叢選》第五冊改。

闌搓手莫輕抛，雪花起粟新寒重。』檗子〈裙帶〉云：『蜨翠飄烟，鶯紅簇影。當風時見雙雙並。同心綰就尚含差，纖腰减透猶瞞病。　著手偏鬆，低頭欲整。偷拈故故將人近。含情不敢罵他狂，背鐙自把羅裙緊。』〈袖籠〉云：『籠去爐邊，抛來鏡畔。貂茸一握春雲軟。溫馨疑帶麝薰微，依稀怕染脂痕淺。　樣愛團圞，心同宛轉。閒時獨自摩挲遍，謝郎替熨玉葱尖，笑他還比郎情暖。』松風[一]〈裙帶〉云：『步拂蓮低，腰縈柳細。錦泥蝶簇春如意。同心結了又重分，拈來引得貓兒戲。　玉佩紛垂，金鈴緊繫。盼他蟢夢今宵遞。驚鴻翩若舞凌波，霓裳舊製懷妃子。』〈袖籠〉云：『貂錦胎分，鵝絨孔細。個中深貯溫柔意。漢宫春暖玉玲瓏，問誰慣作藏鉤戲。　翠袖雙籠，紅絲圓繫。泥郎親手風前遞。捧心樣自學西妝，效顰休笑東家子。』諸詞俱風情娟好，曼妙欲仙，寫情佳什也。

《無錫日報》一九一七年八月九日、一〇日、一一日

一三　亦殊纖巧

吳中潘紱庭，有〈詠抹胸〉〔風蝶令〕一詞，爲時下傳誦。頃見王旡生〔齊天樂〕一闋，亦復旖旎溫馨。詞曰：『一重隔斷溫柔界，風流倩他遮護。盎玉凹梨，堆瓊發菽，都被輕輕兜住。何堪更注。尚環約銀鈎，帶拖金縷。汗顆嬌融，爲誰芳暈竟如許。　年時卿定記取。縱狂郎在抱，歡境初遇。翠袖微揚，羅襦私解，纖手摩挲偷度。魂銷個處。記春夜橫陳，艷懷全露。皓體鮮妍，片紅

[一] 松風，《南社》第十四集、《南社詞集》第一册，均作王蘊章。上文『西神殘客』，即王之號。

添媚嫵。』无生少時，嘗作〈如夢令〉一闋云：『攜手畫簾深處。風送口脂香度。說到兩情癡，低啐一聲佯怒。佯怒。佯怒。又把秋波偷顧。』亦殊纖巧。

《無錫日報》一九一七年八月一二日

一四　李式玉語妙天下

李式玉〈賀瞽者新娶〉〈剔銀燈〉云：『窈窕佳人絕世。奈對面、猶如千里。百遍傳情，幾番招手，惟有垂頭而已。朱顏憔悴。空自鎖、遠山眉翠。　歡亦不知人喜。怒亦不知人氣。腰卸羅裙，胸開寶袜，何必燭前深避。個中滋味。那得有、定睛偷視。』妙語解頤，令人絕倒。又〈贈友納姬〉〈瑞鷓鴣〉云：『珠簾曲檻繞迴廊。明月團圞桂子黃。連理枝頭巢翡翠，同心帶[一]上結鴛鴦。新妝試罷芙蓉粉，清夢回時荳蔻[二]香。樂應憐，秋夜短。風流重整顧周郎。』言情之作，亦復不失典麗。又有〈戲贈子間納雙寵〉〈南鄉子〉云：『茉莉晚涼天。角枕橫施壓鬢蟬。郎似西陵潮有信，誰先。妾似初生月半弦。　旖旎若行憐。不辨巫峯與洛川。妾似芙蓉花上露，誰妍。郎似荷珠到處圓。』斯則語妙天下矣。

《無錫日報》一九一七年八月一三日

[一] 同心帶，原作『同心事』，據《香艷叢話》卷二改。

[二] 荳蔻，原作『荳寇』。

一五　王次回娟媚流麗

王次回以艷體詩聞，而其詞亦復娟媚流麗，不同凡俗。嘗見其〈菩薩蠻〉詞六闋云：『海棠嬌倚東風睡。畫屏雙燭疑紅淚。春燕已歸來。天涯人未回。　越羅裁繡領。漏箭三更冷。寂寂掩重門。嬾將鴛被熏。』『木蘭艇子橫塘路。湔裙人怯淩波步。綽約度蘭叢。斷霞雙頰紅。　綺窗羅袖倦。花外春山遠。極目草青青。愁聞鷓鴣鳴。』『碧紗雙袂籠香霧。靈砂一點深深護。間隔繡簾看。東風料峭寒。　梁塵封寶瑟。玉指慵無力。宛轉錦衾窩。銷魂春夢多。』『一絲風送荷塘雨。蜻蜓[一]飛上鞦韆去。寶扇障齊紈。黃金縷合歡。　曲瓊深夜響。煙影迷青帳。香氣透層紗。珠鬟茉莉花。』『象牙寶帳春無賴。青山人在湘雲外。芳樹暖啼鶯。紗窗曉夢驚。　玲瓏金約指。連理渾相似。綃帕畫鴛鴦。濃熏沈水香。』『紙鳶風定尋香去。碧苔夜濕簾纖雨。拋却繡工夫。知他夢有無。　龍鬚方錦褥。低亞鬟云綠。梔子一雙拈。同心兩不嫌。』

《無錫日報》一九一七年八月一四日

一六　徐澹廬《碧春詞》

崇川徐澹廬，當世詞家也，有《碧春詞》一卷行於世，所作都不同凡響，如〈羅敷媚〉〈爲雛鬟玉寶題帕〉云：『迷離撲朔初相見（玉寶喜作男裝），看個分明。問個分明。顛倒怡紅公子名。

[一] 蜻蜓，原作『蜻艇』，據《疑雲集》改。

東南第一琵琶手，人也多情。夜也多情。勒住情天不放明。』〔菩薩蠻〕〈高樓詞集定公句〉云：『高樓卜罷芻尼至。鸞箋偷寫伊名字。燈火四更天。香車駕暮烟。梨花涼弄影。燕子歸期定。春更不回頭。人間無盡愁。』『高樓特啓櫻桃宴。爐香自炙紅絲硯。花影上身時。春愁亂幾絲。玉闌干畔路。沒個銷魂處。細語道家常。口脂聞暗香。』又〔夢江南〕〈美人六詠〉云，〈影〉：『婷婷影，一個可怜儂。羞浴隔幃移短蠟，催妝開鏡照驚鴻。若有若無中。』〈病〉：『懨懨病，鎮日下簾衣。雙鬢綠雲鬆不整，兩彎紅玉軟難支[一]。一半是相思。』〈恨〉：『重重恨，嵌入小桃心。青鳥紅箋緘淚簡，殘鶯新絮斷腸吟。僝僽到而今。』〈醉〉：『醺醺醉，衣袖唾痕香。扶婢偷歸眠芍藥，泥人細嚼遞檳榔。減却一分狂。』〈夢〉：『迢迢夢，雨意更雲情。珊枕香迷雙粉蝶，晶窗春破一聲鶯。好事不分明。』〈嗔〉：『喃喃語，薄怒見丰神。留客有心佯對母，誣郎分寵亂猜人。一種愛情真。』

《無錫日報》一九一七年八月一五日

一七　葉元禮〔浣溪紗〕

葉元禮客西泠時，遇雲兒於宋觀察席上，一見留情，時尚未破瓜也。雲兒居孤山別墅，密簡相邀，訂終身焉。別五年，復至湖頭，則如彩雲飛散，不可踪跡矣。元禮撫今追昔，情不自禁，賦〔浣溪紗〕四闋云：『彷彿清溪是若耶。底須惆悵怨天涯。青驄繫處是儂家。生小畫眉分細繭，

[一] 軟難支，《香豔集》作『軟雙支』。

近來綰髻學靈蛇。妝成不耐合歡花。』又：『柳暖花寒懊惱時。春情脉脉倩誰知。廉纖香雨正如絲。　團就鏡臺烏鰂墨，寄來江上鯉魚詞。此生有分是相思。』又：『潛背紅窗解珮遲。銷魂爾許月明時。羅裙消息落花知。　蝶粉蜂黃拚付與，淺顰深笑總難知。教人何處懺情癡。』又：『斗帳〔一〕脂香夜氣侵。幾番絮語夢難尋。清波一樣淚痕深。　南浦鶯花新別恨，西陵松柏舊同心。一番生受到而今。』

《無錫日報》一九一七年八月一六日

一八　李笠翁詞絕艷

李笠翁以十種曲得名，然其詞亦有絕艷者。其〈瞥遇〉調寄〔山花子〕云：『瞥遇花間笑語吞。三分羞釀十分春。擱住秋波猶未轉，彀消魂。　紈扇有情留點縫，湔裙無意露些痕。只此今人禁不得，況全身。』〈鴛鴦〉調寄〔兩同心〕云：『怪煞雙禽，幽情何恣。到飛時、才覺成雙，但宿處、但知爲二。問向當時，月下星前，幾多盟誓。　慣會攬人心志。益人愁思。忒修行、羨爾前生，甚福分、能消今世。問誰能，嫁個蕭郎，和伊成四。』〈瞰浴〉調寄〔風入松〕第二體云：『蘭湯携到不寬衣。生怕有人窺。門扃事把湘裙掩，纔褪出、葉底葳蕤。誰識蜂媒電眼，慣穿翠箔珠帷。　芙蓉香透水晶輝。紅白艷成堆。從前愛把燈吹滅，不使見、帳內冰肌。今自盆中托出，請從眼底收回。』〈誤佳期〉調寄〔誤佳期〉云：『天授佳期人誤。神締良緣鬼妬。休將薄倖呪檀郎，提起盟先負。　再訂幾時來，諒不如前度。他能

〔一〕斗帳，原作『斗悵』，據《詞苑叢談》卷九改。

原我我原他，何處生嗔怒。』艷冶入骨，令人之意也消。

《無錫日報》一九一七年八月一七日

一九　吳趼人小調九闋

南海吳趼人，己亥遇於海上，文酒過從，殆無虛日。曾出示其小調九闋，雋妙無匹，録之以實吾話。〈誤佳期〉〈美人嚏〉云：『浴罷蘭湯夜，一陣冷風恁好。陡然嬌嚏兩三聲，消息難分曉。莫是意中人，提著名兒叫。笑他鸚鵡却回頭，錯道儂家惱。』〈荆州亭〉〈美人孕〉云：『一自夢熊占後。惹得嬌慵病久。個裡自分明，羞向人前說有。鎮日貪眠作嘔。茶飯都難適口。含笑問檀郎，梅子枝頭黃否。』〈解佩令〉[一]〈美人怒〉云：『喜容原好。愁容也好。驀地間、怒容越好。一點嬌嗔，襯出桃花紅小。有心兒、使乖弄巧。　問伊聲悄。憑伊怎了。拚溫存、解伊懊惱。剛得回嗔，便笑把、檀郎推倒。甚來由[二]、到底不曉。』〈一痕沙〉〈美人乳〉云：『鎮日昏昏如醉。斜倚桃笙慵睡。乍起領環鬆。露酥胸。　小族雙峯瑩膩。玉手自家摩戲。欲叩又還停。儘憨生。』〈蝶戀花〉〈夫婿醉歸〉云：『日暮挑鐙閒徙倚。郎不歸來，留戀誰家裏。及至歸來沈醉矣。東倒西歪扶難起。　不是貪杯何至此。便太常般，難道儂厭你。只恐曹騰傷玉體。教人憐惜渾無計。』〈眼兒媚〉〈曉妝〉云：『曉起嬌慵力不勝，對鏡自松惺。澹描青黛，輕勻紅粉，約略妝成。

[一] 解佩令，原作『令解珮』，據吳趼人《二十年目睹之怪現狀》第三十九回改。
[二] 甚來由，原作『甚來有』，據吳趼人《二十年目睹之怪現狀》第三十九回改。

檀郎含笑將人戲，悄地喚芳名。（一作『故問夜來情』）回頭斜眄，一聲低啐，你作麼生[一]。』〔望漢月〕〈美人小字〉云：『恩愛夫妻年少。私語喁喁輕悄。問他小字每模糊，欲說又還含笑。被他纏不過，說便說、郎須記了。切休說與別人知，更不許、向人前叫。』〔憶王孫〕〈閨思〉云：『昨宵燈爆喜情多。今日窗前鵲又過。莫是歸期近了麼。鵲兒呵，再叫聲兒聽若何。』〔三字令〕〈閨情〉云：『人乍起，曉鶯啼。眼猶餳。簾半捲，檻斜凭。綻新紅，呈嫩綠，雨初經。　開寶鏡，掃眉輕。淡妝成。纔歎息[二]，聽分明。那邊厢[三]，牆角外，賣花聲。』

《無錫日報》一九一七年八月一八日

二〇　俞劍華造意俊永

俞劍華〔蝶戀花〕、〔菩薩蠻〕詞，余曩已錄之。近復於友人處，見其〔南柯子〕二十首，吐辭芬芳，造意俊永。茲錄其八首於此云：『箓簌珠圍領，琅璫玉墜肩。叢頭鞋子繡文鴛。嬌怯欲行還住，意綿綿。』『倭墜雙丫髻，欹斜七寶釵。春風兩小各無猜。攜手海棠花下，酌金罍。』『拂扇佯遮面，橫波暗弄情。曉霞凝艷遠山橫。魂斷粉香微度，笑輕盈。』『欲醉酡顏暈，貪眠綠鬢鬆。夢回無力意惺忪。斜眄玉郎微笑，訴情濃。』『繡帕裁連理，熏爐注降檀。夜深不耐薄羅寒。驚看水晶

[一] 你作麼生，原作『了作麼生』，據吳趼人《二十年目睹之怪現狀》第三十九回改。
[二] 纔歎息，原作『纔歇息』，據吳趼人《二十年目睹之怪現狀》第三十九回改。
[三] 那邊厢，原闕，據吳趼人《二十年目睹之怪現狀》第三十九回補。

簾外，月欄干。』『着意須憐我，含嬌苦泥人。團酥凝雪綺羅春。容得萬般嗔恨，爲微顰。』『多爲伊人惱，横教阿母嗔。和嬌和淚曉妝研。偷向縷金屏邊，畫嬋娟。』『鬢畔迷蝴蝶，釵頭顫鳳凰。含情無語倚斜陽。依約耳邊問道，莫悲傷。』又〈東京〉〔竹枝詞〕云：『柳梢月上試新妝。羅袖輕籠百和香。邀得鄰家衆姊妹，先教宜稱看端詳。』〔緣日〕『圓膚六寸步遲遲。同伴相嘲笑不支。拜罷十藏游夜店，亂人叢裡立多時。』『金衣緑鬢一羣羣。來聽荒唐救世軍。儌倖比肩難致意，偷摩春筍露殷勤。』『不忍池邊三月春。蠻妝游女競時新。櫻花深處閒凝佇，不看櫻花却看人。』〔櫻花節〕『兩袖翻紅最惱公。行行還自避春風。誰知放學歸來後，重整雲鬟入楚宮。』〔女學生〕可補郁曼陀〈東京〉〔竹枝詞〕之遺。

《無錫日報》一九一七年八月二〇日

二一　梁清標〈美人足〉

梁清標〈美人足〉〔沁園春〕一闋，工艷無匹。其詞云：『錦束溫香，羅藏暖玉，行來欲仙。偏簾櫳小立，風吹倒褪；池塘淡竚，苔點輕彈。芳徑無聲，纖塵不動，蕩漾湘裙月一彎。秋千罷，將根兒慢拽，笑倚郎肩。　登樓更怕春寒。好愛惜、相偎把握間。想嬌憨欲睡，重纏繡帶；蒙騰未起，半落紅蓮。笋印留痕，凌波助態，欵欵低回密意傳。描新樣，似寒梅瘦影，掩映窗前。』尤悔菴云，艷情旖旎，如看若耶未足女，白地斷肝腸也。又陳迦陵評云，碧纈湘鈎，曲瓊么鳳，古今詠此者多矣，總不如『寒梅瘦影』二語，爲異常冷艷也；至暗中惟覓繡鞋香，抑又浪子語耳。

《無錫日報》一九一七年八月二一日

二二　冷紅〔菩薩蠻〕

冷紅有〔菩薩蠻〕四闋，芬芳秀逸，婉約可誦。其詞云：『宮花不見人憔悴。朝朝洗面燕支淚。樓閣易斜暉。彈箏送鴈歸。　空階銷玉冷。背立秋千影。隔院笛聲來。臥屏紅扇開。』『小波秋冷芙蓉苑。鴛鴦頭白花應見。山黛可憐顰。故宮眉樣新。　有人妝澹薄。縞袂垂深幕。青鳥驀飛來。報君雙鳳釵。』『畫樓殘點和簫咽。鏡中愁見人如月。雙陸賭金鐶。別時相贈難。　舊紅寬臂縷。粧罷長無語。明日鬥花風。爲誰梳洗濃。』『年年織錦紅窗老。繡裙空染南園草。夢里送香車。好春歸到家[一]。　手栽[二]池上樹。難繫斑騅駐[三]。悔不種芙蓉。花時還妒儂。』

《無錫日報》一九一七年八月二二日

二三　眉奩〔憶故人〕

眉奩有〔憶故人〕詞八闋云：『燕子樓空，尋消問息都無準。水晶簾底斷吹笙，人遠秋河近。花劫消除墮溷。儘甘灰、相思一寸。便教重見，忍對眉奩，零脂凄粉。』（其一）『病怯妝遲，懶

[一] 到家，《樵風樂府》卷一作『別家』。

[二] 手栽，原作『手裁』，據《樵風樂府》卷一改。

[三] 斑騅駐，原作『斑駐駐』，據《樵風樂府》卷一改。

將花鑰開眉鎖。箏床低擁藥爐煙，也常熏香坐。　瓶沈乍可[一]，怕分攜、紅綃淚裹。玉羅衫薄，一握冰肌，天寒無那。』（其二）『剗襪瑤階，畫廊低響弓之屧。重來花下訪朱門，銷冷金蟾齧。囊麝香痕漸滅，忍思量、分香佩玦。才人廝養，一例氤氳，三生鴛牒。』（其三）『一串圓吭，剪刀天與紅鸚舌。吳儂子怕夜聞歌，入耳鄉音熱。　達摩不題繡闥。悵情禪、鬘雲倏忽。玉窗追憶，靧面桃花，一奩紅雪。』（其四）『蝶撥蜂撩，露桃穠艷春無主。李娘阿妹是鄉親，昵昵相儂汝。杯面歕來酒霧。暈紅潮、玉環眉嫵。月寒霜重，檻外籠鸚，教人休去。』（其五）『一笑緣慳，翻疑憔悴羞郎面。垂燈看足海棠眠，癡妒眉間靨。　夢到藍橋宛轉。乞雲英、親調茗椀。紅冰彈淚，碧唾飄香，離襟休浣。』（其六）『燭底尊前，撩人一段秋波活。小窗橫幅碧桃花，倩影根和葉。暗雨泥痕沁襪。欹瑤扃、華燈替月。幕綃低控，瀉露荷盤，相如消渴。』（其七）『甚事干卿，蘭成小字逢人問。釵叢出格鬥新妝，貼翠堆烏鬢。　花底金鈴護穩。恨啼鶯、矣無端蹴損。車如流水，掩扇徘徊，星眸偷認。』（其八）[二]　冶情綺思，佳詞也。

二四　〔沁園春〕詠美人

〔沁園春〕詞咏美人身體，實始於劉改之及邵青溪。厥後，作者乃如雲而起。改之〈美人足〉云：『洛浦凌波，爲誰微步，輕生暗塵。記踏花芳徑，亂紅不損；步苔幽砌，嫩綠無痕。襯玉羅慳，

[一]『瓶沈乍可』句，疑有誤。此八闋其餘七闋此句均作六字句。

[二]（其八），原闕，據上文補。

銷金樣窄，載不起、盈盈一段春。嬉遊倦，笑教郎欵捻，微褪些跟。　有時自度歌勻。悄不覺、微尖點拍頻。憶金蓮移换，文鴛得侣；繡茵催衮，舞鳳輕分。懊恨深遮，牽情半露，出没風前烟縷裙。知何似，似一鈎新月，淺碧籠雲。』又〈美人指甲〉云：『銷薄春冰，碾輕寒玉，漸長漸彎。見鳳鞋泥污，偎人强剔；龍涎香斷，撥火輕翻。學撫瑶琴，時時欲剪，更掬水、魚鱗波底寒。纖柔處，試摘花香滿，鏤棗成斑。　時將粉淚偷彈。記綰玉、曾教柳傅看。算恩情相着，搔便玉體；歸期暗數，劃遍闌干。每到相思，沈吟靜處，斜倚朱唇皓齒〔二〕間。風流甚，把仙郎暗掐，莫放春閑。』邵青溪〈美人目〉云：『漆點填眶，鳳梢侵鬢，天然俊生。記隔花瞥見，疎星炯炯；倚闌凝注，止水盈盈。端正窺簾，瞢騰並枕，睥睨檀郎長是青。　端相久，待嫣然一笑，密意將成。　困酣曾被鶯驚。强臨鏡、掇抄猶未醒。憶帳中親見，似嫌羅密；尊前相顧，翻怕燈明。醉後看承，歌闌鬥弄，幾度孜孜頻送情。　難忘處，是鮫綃搵透，別淚雙零。』

《無錫日報》一九一七年八月二三日、二四日

二五　〈美人〉詞八闋

贋叜有〈美人〉詞八闋，頗有風趣，余酷好之。〈畫中美人〉調寄〔醉花陰〕云：『嫩注雙波春暗送。似喻人調弄。衣袂恍翩翻，欵折腰肢，風裊香屏空。　寫上生綃情便重。爲作真真供。何必更能言，脉脉風流，已入消魂夢。』〈鏡中美人〉調寄〔醜奴兒令〕云：『是誰偷入芙蓉裡，秋

〔二〕皓齒，原作『皓雪』，據《全宋詞》改。

水神清。春岫愁縈。似笑無言却有情。　何須猜作消魂影。如此輕盈。如此分明。咋得團圞永貯卿。』〈夢中美人〉調寄〔蘇幕遮〕云：『語迷奚，容縹緲。底是何人，來訴春懷抱。第一輪他風韻好。欲即還離，向我愁邊繞。　影冥冥，聲悄悄。猛地驚回，春暈[一]燈花小。頓覺清輝香霧杳。奈何思量，賸有情顛倒。』〈想中美人〉調寄〔賣花聲〕云：『彷佛步珊珊。翠凝眉彎。知他衣薄强勝難。偷轉雙眸明剪剪，定比波寒。　一晌獨貪歡。何處嬌鬟。憑虛撰個玉容看。若有還無仍未得，天上人間。』〈聾美人〉調寄〔少年遊〕云：『眼波眉黛鬢雲青。雙耳玉瓏玲。轉側凝神，低迴含笑，話響囀春鶯。　背人偷約訴衷情。一再費叮嚀。絮語偏多，芳心似印，未識可曾聽。』〈瞎美人〉調寄〔浪淘沙〕云：『悄悄又瞑瞑。似睡偏醒。個人丰貌太娉婷。膚雪鬢雲光聚月，忍再眸星。　何必盼清泠。暗已惺惺。那關秋水不晶瑩。多管爲郎非冠玉，未肯垂青。』〈啞美人〉調寄〔點絳唇〕云：『默默含吁，誰猜個裡相思苦。未能言處。暗地通眉語。　玉手輕翻，忍把心情吐。偷要汝。縱無推拒。半字何曾許。』〈癡美人〉調寄〔采桑子〕云：『芳心玉貌渾無主，纔拭星眸。忽轉珠喉。爲看[二]銀蟾又上樓。　知他啼笑[三]皆天趣，不解佯羞。不識閒愁。絮煞檀郎愛並頭。』統觀八闋，後四闋尤勝。

《無錫日報》一九一七年八月二五日

[一] 春暈，《梵天廬叢録》第十三册卷二十五柴萼〈美人雜咏三十一則〉引作『青暈』。

[二] 爲看，《梵天廬叢録》第十三册卷二十五柴萼〈美人雜咏三十一則〉引作『爲捉』。

[三] 啼笑，原作『啼哭』，據《梵天廬叢録》第十三册卷二十五柴萼〈美人雜咏三十一則〉改。

病倩詞話

陳巢南

《病倩詞話》一三則，載上海《民國日報》一九一七年九月一日起，訖一九日。署『陳巢南』，一署『陳佩忍』。今據此逡錄。原無序號、小標題，今酌加。

病倩詞話目錄

病倩詞話

一 《笠澤詞徵》

往嘗搜輯鱸鄉遺箸，得《松陵文集》八十卷，《詩徵》六十卷，咸以卷帙繁重，僅僅集稿，未暇秩理。祇《笠澤詞徵》，竭十餘年之力，分編二十四卷，亦弗敢示人也。柳子安如見之，敦促授梓，並以貲助。雅不欲孤其盛意，即畀之坊刻。不意未及竣板，而所獲益多，故刻成時竟得三十卷。可云富矣。兩年以來，奔走南北，幾無暇晷，乃偶一展卷，輒復有得。若宋之孫耕閑〔一〕鋭，明之趙氏重道，平時求其詩文，亦所罕覯，矧在樂府。顧今所獲孫詞二首，一係〔魚歌子〕，一則與沈伯時相倡和者，良堪寶貴。惜伯時所作，僅見一序，爲缺陷耳。趙爲余里人，其詞六首，即分詠同川風景者，足爲富土增一掌故。尤奇者，雅宜山人王寵固以工詩文、擅書法，鳴於當時者也，乃亦得其和石田衡山諸賢詞一章，輒爲狂喜。閒時當爲續輯一卷，以附前刻之後，或庶幾無遺憾矣。

上海《民國日報》一九一七年九月一日

〔一〕閑，原作『間』。按孫鋭集名『耕閑』。

二　王半塘一生憾事

王半塘一生憾事，即在朱敦儒《樵歌》一帙，未之過目。余亦引以爲奇。平居輒便捃攟，頗獲逸簡，遂寫成一册，聊自娱悦。竊以爲原本之終不可覩矣。乃去歲在杭州於陳越流旅所得新刊巨頁，視之固赫然皆朱作，不禁狂喜。既而益自增歎曰：古人云，讀書不可不多，豈不然哉。

上海《民國日報》一九一七年九月二日

三　毛氏《六十家宋詞》

毛氏《六十家宋詞》，或附李漱玉、朱幽棲二人，成六十二家。余竊異之。謂宋以詞鳴，炳炳稱盛，雖年代久遠，而其專集亦斷不衹此。因力爲搜采，竟得百餘家，大抵取資於《西泠詞萃》、半塘輯本及各叢書。其間若碧山、玉田、草牕、夢牕諸作，頗經時賢校録，極爲精審。安得俸錢十萬，盡付雕鋟，則予願足矣。

上海《民國日報》一九一七年九月三日

四　題〈徵獻論詞〉圖

余既撰《詞徵》，嘗倩歙人黄質繪〈徵獻論詞〉圖以紀一時之盛。其首爲余題詞者，則虞山龎芑庵也。其次爲吴瞿安，最後則陳小樹。詞皆精妙，龎、吴詞已傳誦，不復及。兹録小樹詞，調寄〔法曲獻仙音〕云：『亭上虹垂，壺中天遠，舊日紅簫低度。響墮疏鐘，夢廻芳草，鷄鳴漫天風雨。

向百尺峥嶸處，蒼茫獨懷古。　展縑素。有華香、一般情思，遺緒渺，佳話柳塘倩補。（周勒山有《松陵絶妙詞》，沈柳塘有《古今詞話》，皆吴江人）韻事勝填詞，問良工、誰憐心苦。短鬢婆娑，粤游吟、重續新謳。（吴江沈日霖有《粤游詞》，君亦載槖游嶺南。）待楓漁棹返，妙筆水村同賦。』語語親切，無一浮泛，洵可喜也。小樹又嘗見示〔浣溪紗〕一詞云：『耻徹當筵定子詞。楊枝帶雨舞傞傞。夢回九九夜寒多。　僊骨錯疑丹藥换，孤絃癡盼素琴龢。羞紅强説醉顔酡。』其寄託處亦殊緜渺。

上海《民國日報》一九一七年九月五日

五　郭靈芬一代詞宗

郭靈芬一代詞宗，舉世莫不知之。顧其所成就，實本之於庭訓。姚惜抱氏所謂郭海粟先生者，即其父也。海粟名灝，字少山。亦名諸生，與同里陸朗夫中丞交契。著有《深柳讀書堂詩稿》一卷，約百四五十首。係其所手寫未刻原稿，今藏其里陸樹棠所，惜未有詞。靈芬弟丹叔，詩學受之乃兄，亦不工詞。惟丹叔幼子少蓮名柟者，居嘉善，能填詞。余既録之《詞徵》矣。而樹棠語我，其家有《杏花書屋詩詞鈔》一卷，爲郭仁薌學洪所箸，都百數十首，經柳古槎先生所删定者。亦蘆墟人，諸生，精醫，大抵其族人也。

上海《民國日報》一九一七年九月七日

六　黄小槎

其後蘆墟有黄小槎名以正者，亦工詞，箸有《吟紅館詩詞集》。生平恬淡自適，不慕榮利，以野鶴自號。詩分《春雨錄》、《白溪集》、《雲水閒謳》、《海南游草》、《鶴歸吟》等五卷，其詩餘一卷附焉。

七　潘倬雲

近時有潘倬雲文漢亦好填詞，箸有《疏香齋存稿》一卷。雖其人名氏不箸，所作亦未見，顧要皆於靈芬有一瓣香者，則亦不必以其壤流而廢之。因與竹薌[一]、小槎並記於此。

上海《民國日報》一九一七年九月八日

八　李易安論詞之作

詞肇於唐，盛於宋，衰於元明，而再振於清。然則清之詞，將彷彿乎宋之徒歟，亦未也。唐宋孳精聲律，其詞多可入簫[二]管，而清賢俱謝不能。此古今優劣之比較，略可覩矣。往讀李易安論詞之作，輒用傾倒，玆特迻錄如下，庶能得此中消息已。論云：『樂府聲詩並著，最盛於唐。開元、天寶

[一] 竹薌，上文爲『仁薌』。

[二] 簫，原作『蕭』。

間，有李八郎者，能歌，擅天下。時新及第進士，開宴曲江，榜中一名士，先召李，使易服，隱名姓，衣冠故敝，精神慘沮，與同之宴所。曰：「表弟願與坐末。」衆皆不顧。既酒行樂作，歌者進。時曹元謙、念奴[一]爲冠。歌罷，衆皆咨嗟稱賞。名士忽指李曰：「請表弟歌。」衆皆哂，或有怒者。及轉喉發聲歌一曲，衆皆泣下。羅拜曰：「此必李八郎也。」自後鄭衛之聲日熾，流靡之變日煩，亦有[二]〔菩薩蠻〕、〔春光好〕、〔莎鷄子〕、〔更漏子〕、〔浣溪沙〕、〔夢江南〕、〔漁父〕等詞，不可遍舉也。五代干戈[三]，斯文道熄。獨江南李氏君臣尚文雅，故有「小樓吹徹玉笙寒」、「吹皺一池春水」之詞，語雖奇甚，所謂亡國之音哀以思也。逮至本朝，禮樂文武大備，又涵養百餘年，始有柳屯田永者，變舊聲作新聲，出《樂章集》，大得聲稱於世。雖協音律，而詞語塵下。又有張子野、宋子京兄弟、沈唐、元絳、晁次膺輩繼出，雖時時有妙語，而破碎何足名家。至晏元獻、歐陽永叔、蘇子瞻，學際天人，作爲小歌詞，直如酌蠡水于大海，然皆句讀不葺之詩爾。又往往不協音律者，何耶。蓋詩文分平仄，而歌詞分五音，又分五聲，又分六[四]律，又分清濁輕重。且如近世所謂〔聲聲慢〕、〔雨中花〕、〔喜遷鶯〕，既押平聲韵，又押入聲韵。〔玉樓春〕本押平聲韵，又押上去聲，又押入聲。其本

[一] 念奴，原作『念奴嬌』，據《苕溪漁隱叢話》後集卷三三删。

[二] 亦有，《苕溪漁隱叢話》後集卷三三作『已有』。

[三] 五代干戈，《苕溪漁隱叢話》後集卷三三下有『四海瓜分豆剖』。

[四] 六，原作『音』，據《苕溪漁隱叢話》後集卷三三改。

押仄聲韵者，如押上聲則協，如押入聲則不可歌矣。王介甫、曾子固，文章似西漢，若作[一]小歌詞，則人必絶倒，不可讀也。乃知别是一家[二]，知之者少。後晏叔原、賀方回[三]、秦少游、黄魯直出，始能知之。又晏苦無鋪叙，賀苦少典重，秦即專主情致，而少故實，譬如貧家美女，非不妍麗，而終乏富貴態[四]。黄即尚故實，而多疵病，譬如良玉有瑕，價自減半也。』去病案：此篇於源流正變，推闡極致，其所課隲諸家，是非優劣，尤似老吏斷獄，輕重悉當，洵乎深得詞家三昧矣。沈東江謙嘗曰：『男中李後主，女中李易安，極是當行本色。』今日思之，斯言良信。

上海《民國日報》一九一七年九月一五日

九　疊字

歐陽公〈蝶戀花〉〈春暮〉詞起句『庭院深深深幾許』，連疊三字，風調絶勝。易安居士酷愛之，遂用其語别成數闋，亦可謂風流好事矣。然余所最佩者莫若〈聲聲慢〉一闋，劈頭連用十四個疊字，豈非大珠小珠落玉盤乎。而煞尾更綴以『點點滴滴』四字，真所謂『回頭一笑百媚生』也。

[一] 作，《苕溪漁隱叢話》後集卷三三作『作一』。

[二] 别是一家，原作『詞别是一家』，據《苕溪漁隱叢話》後集卷三三删。

[三] 回，原作『面』。

[四] 富貴態，原作『富貴』，據《苕溪漁隱叢話》後集卷三三補。

一〇　易安『清露晨流，新桐初引』

毛稚黃嘗以易安『清露晨流，新桐初引』係《世説》全句，用得軍妙[一]，因謂：詞貴開宕，不欲沾滯。忽悲忽喜，乍遠乍近，乃爲入妙。如李詞本閨怨，而結云『多少遊春意』，『更看今日晴未』，忽爾開拓，不但不爲題束，併不爲本意所苦，直如行雲，舒卷自如，人不覺耳。斯言真能將妙處道得出來。然余更因是知易安此作，殆如〈詞論〉所云，有鋪叙，又典重，多故實，而兼情致者歟。

上海《民國日報》一九一七年九月一六日

一一　李易安〔醉花陰〕

李易安作〔醉花陰〕詞致趙明誠云：『薄霧濃雰愁永晝。瑞腦銷（一作噴）金獸。佳節又重陽，寶枕紗廚，半夜秋初透。　東籬把酒黃昏後。有暗香盈袖。莫道不銷魂，簾捲西風，人比黃花瘦。』明誠自媿弗如，乃忘寢食，三日夜得十五闋，雜易安作，以示陸德夫。德夫玩之再三，曰：『只有「莫道不銷魂」之句絶佳。』政易安作也。李復有〔如夢令〕云：『昨夜雨踈風驟。濃睡不消殘酒。試問捲簾人，切[二]道海棠依舊。知否。知否。應是緑肥紅瘦。』極爲人所膾炙。明誠卒，易安祭之云：『白日正中，嘆龐翁之機捷；堅城自墮，憐杞婦之悲深。』文亦黯絶。或傳其再適張汝

〔一〕軍妙，似應作『渾妙』。

〔二〕切，《全宋詞》作『卻』。

舟，此出怨家誣陷，不足信也。嘗考德甫之歿，漱玉年已四十餘，維時正值紹興南渡，倉皇奔走，艱苦迭嘗，讀〈金石錄後序〉已略可覩。而曾謂其能從容再適乎。且既再適矣，而尚忍掇拾遺稿，與之作跋併闡述其生平行狀乎。是固不辯而知其誣也。蓋德甫雖暴卒，而其所寶臟猶多，漱玉以一嫠婦，提携轉側，安得不引人豔羡，而盜竊攘奪之事，斯接踵而至矣。及以玉壺興訟而仇隙益滋，此蜚語之所由相逼而來也。《金石錄》一序，易安其亦有悔心歟。故曰有有必有無，有得必有失，乃理之常。楚人亡弓，楚人得之，又何足道。蓋所以爲好古之戒，至深且切。而再適之誣，亦大白矣。

上海《民國日報》一九一七年九月一七日

一二　魏夫人詞

朱晦庵嘗以魏夫人詞與易安並論，謂爲本朝婦人之冠。魏夫人詞不多見，世亦罕知之。惟曾慥《樂府雅詞》載十首，均清絶韵絶，果不在易安下也。如〔好事近〕云：『雨後晚寒輕，花外早鶯啼歇。愁聽隔溪拽[一]漏，正一聲凄咽。不堪西望去程賒，離腸草[二]回結。不似海棠陰下，按〔涼州〕時節。』〔阮郎歸〕云：『夕陽樓外落花飛。晴空碧四垂。去帆回首已天涯。孤煙捲翠微。樓上客，鬢成絲。歸來未有期。斷魂不忍下危梯。桐陰月影移。』〔點絳脣〕云：『波上清風，畫船明月人歸後。漸銷殘酒。獨自憑闌久。　聚散匆匆，此恨年年有。重回首。淡烟疏柳。隱隱

[一] 拽，《全宋詞》作『殘』。

[二] 草，《全宋詞》作『萬』。

蕪城漏。』清微咽抑，摇弄生姿。斷句如『三見柳緜飛。離人猶未歸』，融化龍標詩意，頗覺含渾。『冤盡春來金縷衣。憔悴有誰知』，亦是少婦本色。而余尤愛其〔減蘭〕兩闋：『西樓明月。掩映梨花千樹雪。樓上人歸。愁聽孤城一雁飛。　玉人何處。又見江南春色暮。芳信難尋。去後桃花流水深。』『落花飛絮。杳杳天涯人甚處。欲寄相思。春盡衡陽雁漸稀。　離腸淚眼。腸斷淚痕流不斷。明月西樓。一曲闌干一倍愁。』回環宛轉，如注而後，使置之《茗柯詞選》，不幾以《金荃》、《陽春》目之耶。

上海《民國日報》一九一七年九月一八日

一三　朱淑真

同時幽栖居士朱淑真，相傳爲文公姪女，以所適非偶，箸《斷腸集》，時有怨語。或且以〔生查子〕詞病之，而不知爲歐九作，則其被誣也深矣。嘗觀其詩有與魏夫人飲宴唱和之作，所謂『飛雪滿羣山』者是已。詞尤與漱玉齊名。如〔生查子〕：『寒食不多時，幾日東風惡。無緒倦尋芳，閒却秋千索。　玉減翠裙處，病怯羅衣薄。不忍捲簾看，寂莫梨花落。』『年年玉鏡臺，梅蕊宫妝困。今歲未還家，怕見江南信。　酒從别後踈，淚向愁中盡。遥想楚雲深，人遠天涯近。』斷句如『攲枕背燈眠。月和殘夢圓』，『多謝月相憐。今宵不忍圓』，『十二闌干閒倚遍。愁來天不管』，『滿院落花簾不捲。斷腸芳草遠』，『亭亭佇立移時。拌瘦損、無妨爲伊』，『把酒送春春不語。黄昏却下瀟瀟雨』，俱極清新俊逸，意態横生，一若聰明人不嫌作癡語，真所謂嬌憨絶世也。又其〔清平樂〕云：『嬌癡不怕人猜。和衣睡倒人懷。最是分攜時候。歸來嬾傍妝臺。』〔柳梢青〕

云：『個中風味誰知。睡乍起，烏雲任欹。嚼蕊挼英，淺顰輕笑，酒半醒時。』此尤豈門外漢所能道隻字耶。

上海《民國日報》一九一七年九月一九日

冰簃詞話

秋雪

《冰簃詞話》一四則，小序一則，載澳門《雪堂月刊·詩聲》一九一九年三月一六日第四卷第二號、四月一五日第三號、五月一四日第四號、七月一二日第六號。署『秋雪』。今據此逐錄。原無序號、小標題，今酌加。

冰簃詞話目錄

冰簃詞話

去歲金風初至，采薪遽憂，晝永夜長，書城坐困，籠愁日淡，煑夢鐙熒。連城藥罏事暇，輒於榻前，爲余誦唐宋諸大家長短句。每終一闋，絮絮評高下，有屈古人者。余則如律師，滔滔申辯不已。連城謂余傷氣。古人縱屈，亦不許作辯護士，否則去詞談野乘。余素不甚喜説部，願反舌，可否亦筆之。積二旬，得百三十則。病中所記，詞多蕪雜。去臘歲除，出而删汰。冰簃，余與連城讀書之室也，爰取以名篇。中所論者，皆癒後辯正也。民國第一己未年初夏，秋雪記。

一　和人之性情

詞者，補詩之窮也，蓋詩于五七言不能盡者，詞能長短以陳之，抑揚緩促以達之，溫柔細膩以出之。和人之性情，詞之功，尤居詩上也。

二　詞實樂之餘

詞或曰詩餘，不知實樂之餘也，六藝，樂居其次，而佚亡久。居今日，而求樂之似者，不能不取諸詞矣。

三　李易安一代詞家

宋女子李易安（清照），洵一代詞家。果使易笄而弁，則宋代諸公，亦當避軍三舍。其〔聲聲慢〕、〔醉花陰〕、〔壺中天慢〕等，非當代專家所能望其肩背。其〔聲聲慢〕詞云：『尋尋覓覓，冷冷清清，悽悽慘慘戚戚』，一連十四疊字，匪特不覺其疊，且一疊一轉，一轉一深，一深一折，眞化筆也。後人多有仿之者，然自鄶矣。

四　朱淑眞頡頏易安

繼漱玉後者，推朱淑眞。有《斷腸詞》一卷，辭則可頡頏易安，而情則不及焉。其〔菩薩蠻〕云：『山亭水榭秋方半。鳳幃寂寞無人伴。愁悶一番新。雙蛾只舊顰。　起來臨繡户。時有疏螢度。多謝月相憐。今宵不忍圓。』纏綿悱惻，又可伯仲易安矣。

澳門《雪堂月刊·詩聲》一九一九年三月一六日第四卷第二號

五　雙卿〔鳳凰臺上憶吹簫〕

李易安之〔聲聲慢〕，一連十四疊字，已是難能可貴，不謂《西青散記》内有〔鳳凰臺上憶吹簫〕云：『寸寸微雲，絲絲殘照，有無明滅難消。正斷魂魂斷，閃閃摇摇。望望山山水水，人去去、隱隱迢迢。從今後，酸酸楚楚，只是今宵。　青遥。問天不應，看小小雙卿，嫋嫋無聊。更見誰誰見，誰痛花嬌。誰望歡歡喜喜，偷素粉、寫寫描描。誰還管，生生世世，夜夜朝朝。』連用四十餘疊字，脱口如生，洵心靈舌慧，前無古人矣。

六　連疊一韵到底

詞之疊韵，所在多有，然連疊一韵到底，則罕覯焉。宋蔣捷〔聲聲慢〕〈賦秋聲〉云：『黃花深巷，紅葉紙窗，淒涼一片秋聲。豆雨聲來，中間夾帶風聲。疎疎二十五點，麗譙門、不鎖更聲。故人遠，問誰搖玉佩，簷底鈴聲。　彩角聲吹月墮，漸連營馬動，四起笳聲。閃爍鄰燈，燈前尚有砧聲。知他訴愁到曉，碎噥噥、多少蛩聲。訴未了，把一半分與雁聲。』

七　有清詞學

詞之有宋，猶詩之有唐。有清一代，詞學大昌，集宋之成者也。吳梅村、顧梁汾〔二〕也，則可追踪幼安；曹寔庵也，可伯仲方回、美成；納蘭容若，則升南唐二主之堂；朱竹垞、陳其年、厲樊榭也，則容與乎白石、梅溪、玉田、夢窗之間；王小山則直逼永叔、少游；張皋文則集兩宋之精英，開詞家未有之境；項蓮生則從白石、玉田、夢窗，而超出其外；龔瑟人則合周辛一鑪而冶，作飛仙劍俠之音；蔣鹿潭則與竹垞、樊榭異曲同工，勝朝杜工部也；鹿潭而後，雖有作者，然大都從字句間彫琢，有辭無氣，過此目往，恐成〔廣陵散〕矣。

澳門《雪堂月刊·詩聲》一九一九年四月一五日第四卷第三號

〔二〕　梁汾，原作『汾梁』。

八 落花詞

月前因沛功先生得交謝君菊初，并介紹入社。破題兒第一課，題爲『落花』，君填〔大江東去〕詞云：『朱欄憑眺，看千紅萬紫，已知春暮。記得夭桃曾識面，可奈東風吹去。一段鶯愁，幾番蝶怨，多少銷魂處。杏芳園裏，悄然相對無語。 回憶漢苑繽紛，楚宫旖旎，觸景添離緒。縱使家僮還未掃，畢竟留他難住。流水無情，斜陽尚在，莫把衷懷訴。春陰乞借，明年更倩誰護。』不匝月，謝君即賦悼亡，君謂生平未嘗填詞，而首次賦落花，豈已心滋不懌，詎料竟成詞讖云云。雖然，詩讖之説，按諸古籍皆云歷歷不爽，惟我觀之，則未敢決其必然。猶憶八年前，讀書於廣雅書院，豈初解吟咏，〈秋懷〉兩律中有句云，『萬斛愁懷百歲身』，詩成以箋謄寫，分示學友，陳子見而弗悦，曰：『君詩不祥實甚。』余曰：『何謂也。』曰：『萬斛愁懷百日身。』余曰：『余作迺「歲」字，非「日」字也，君誤耳。』陳子立出詩箋示余，余亦爲咋舌，果誤寫『萬斛愁懷百歲身』爲『萬斛愁懷百日身』。後學友來言，與陳子同，謂恐成詞讖，盖皆誤『日』爲『歲』也。豈余雖不信，而心終惴惴，恐眞成讖。然屈指至今，蹉跎八載，則此詩終不驗也，又何讖之足云乎。此段與下段乃近著加入，非此編原作，讀者幸毋誤會。

九 七夕詞

今歲雙星渡河之夕，予約連城填七夕詞。題爲〈問仙〉與〈傲仙〉，各賦一題，以鬮定。余得〈問仙〉，連城得〈傲仙〉也。復翻詞牌以定譜，得〔踏莎美人〕。豈已夜午，推窗仰視，雙星閃閃，正渡河旹也。拙作下半闋云：『白露橫空，鵲橋延竚。人間天上喁喁語。一年一度一歡娛，細問天孫，巧字怎生書。』連城作有云：『夜夜比肩，朝朝檢韻，此情此景而無分。女牛若解悄含顰。應羨阿儂朝夕畫眉人。』予之〈問仙〉詞，『問』字已嫌問得太過，而連城之〈傲仙〉詞，『傲』字尤突過予前。牛女有知，泪當簌簌落也。詩成，黑雲頓翳，微有雨点，意者其仙姬之泪乎。

澳門《雪堂月刊·詩聲》一九一九年五月一四日第四卷第四號

一〇 巾幗詩詞

連城最愛《漱玉集》，謂其清新雋逸，別饒丰致，且詞華橫溢，睥睨一代。唐宋諸公，不足道也。余謂其言過當，連城曰：『「寵柳嬌花」之「寵」字，「怎生得黑」之「黑」字，奇險而穩，唐宋諸公，能及否乎。至其詞之純屬天籟，不假雕飾，尤與宋代諸公「七寶樓臺」者有別。』又曰：『寫眞景，男子能之；惟寫眞情，非女子不辦。男子縱有能者，亦與眞字相去尚遠。試將古今來巾幗詩詞，一讀便知。蓋情字天賦女子獨厚，無可如何者也。』云云。是二說，我頗疑之。

一一 鍾梅心語

連城又曰：『鍾梅心之「花開猶似十年前，人不似、十年前俊」二語，時人稱道弗置，不知實從李易安之「舊時天氣舊時衣，只有舊懷、不似舊家時」句脱胎出來，而情韵鏗鏘不及也。』

一二　易安才思

易安詞之『守着窗兒，獨自怎生得黑』，情語也；『莫道不消魂，簾卷西風，人似黃花瘦』，致語也；『寵柳嬌花寒食近』，麗語也；『只恐雙溪舴艋舟，載不動、許多愁』，趣語也；『舊時天氣舊時衣，只有舊懷、不似舊家時』，癡語也；『此情無計可消除，才下眉頭，却上心頭』，苦語也。才思如此，蔑以加矣。

一三　李清照〔漁家傲〕

其〔漁家傲〕云：『天接雲濤連曉霧。星河欲轉千帆舞。彷彿夢魂歸帝所。聞天語。殷勤問我歸何處。』昂藏若千里之駒，此豈女兒家言耶，兩宋諸公，當低首碧茜裙下也。

一四　周止庵評清眞〔六醜〕

周止庵批清眞〔六醜〕云：不説人惜花，却説花戀人，已是加倍寫法，而易安之『惟有樓前流水，應念我、終日凝眸』二句，比清眞詞更深一層。蓋清眞詞云，『長條故惹行客。似牽衣待話，別情無極』，則覺物尚有情。而易安則覺眼前事物，俱屬無知，誰可與語，只有强教流水以情，縱不能載歸舟，亦應憐我危樓悵望也。的是更加一倍寫法。

澳門《雪堂月刊・詩聲》一九一九年七月一二日第四卷第六號

心陶閣詞話

沛功

《心陶閣詞話》九則，載澳門《雪堂月刊·詩聲》一九一九年七月一二日第四卷第六號、八月一〇日第七號、一〇月八日第八號、一九二〇年六月三〇日第一〇號。署『沛功』。今據此迻錄。原無序號、小標題，今酌加。

心陶閣詞話目錄

心陶閣詞話

一　心餘、容若各極其妙

心餘、容若之〔蝶戀花〕，各極其妙。心餘詞云：『雨雨風風愁不止。月下燈前，愁又從新起。天許有情人不死。不應更遣愁如此。　暫時撇去仍來矣。纔盡天涯，又到人心裏。我愛人愁愁愛汝。一人一箇愁相倚。』容若詞云：『蕭瑟蘭成看老去。爲怕多情，不作憐花句。閣淚倚花愁不語。暗香飄盡知何處。　重到舊時明月路。袖口香寒，心比秋蓮苦。休說生生花裏住。惜花人去花無主。』眞所謂筆舌互用也。心餘妙句，如『情一往，灔灔溶溶難比。恰似一江春水』，又『記前歲，同在京華懷爾。爾懷亦復相似』，又『料知音、各有淚痕雙，誰先墮。又却怪、影兒難拆，峭風前，拋他獨自，料應偎倚。防人相妬，轉令歡相避』，又『捫胸臆，既相識如斯，不若休相識』，又『不如放眼向青天。立盡松陰，我與我周旋』。容若妙句，如『不恨天涯行役苦，只恨西風，吹夢今成古』，又『一世疎狂應爲著，橫波。作箇鴛鴦消得麽』，又『塞鴻去矣。錦字何時寄。記得燈前佯忍淚。却問明朝行未』，又『緘書欲寄又還休。箇儂憔悴甚，禁得更添愁』，又『曾記年年三月病，而今病向深秋』，又『腸斷月明紅豆蔻。月似當時，人似當時否』，又『幾時相見，西窗剪燭，細把而今說』，又『不爲香桃憐瘦骨，怕容易減紅情』，皆別具一副詞筆，曲而能達，爲二公獨步也。

澳門《雪堂月刊·詩聲》一九一九年七月一二日第四卷第六號

二　題畫詞

《潛確類書》，言：衡州華光長老，以墨暈作梅花，如影然。黃魯直觀之曰：如嫩寒春曉，在孤山水邊籬落間，但欠香耳。家漱庵畫意，仿雪湖道人，客歲用潑墨法寫梅，盖雪中景也。余題〔清平樂〕云：『暗香含雨。黯黯雲遮住。幾箇放翁和幾樹。不辨沈沈何處。　是梅是雪繽紛。非煙非霧氤氳。一樣龍賓驛使，伴伊萼綠黄昏。』漱庵令弟弼臣，亦善丹青，其畫〈美人花間戲臥圖〉，生趣天然，彬彬欲活，余題〔菩薩蠻〕云：『春人慵到扶難起。腰肢倦甚無人倚。贏得十分憨。紅顏花半酣。　鞦韆方弄罷。眠近酴醾架。綠縟縱如茵。嫌渠香未溫。』余酷愛兩翁之畫，因錄此二闋而並誌之。

三　漁家詩詞

詠田家，要閒淡樸雅；詠漁家，要灑脱飄逸。金完顏璹〔漁父〕詞云：『楊柳風前白板扉。荷花雨裏綠簑衣。紅稻美，錦鱗肥。漁笛閒拈月下吹。』頗饒風致。及觀厲樊榭〈漁家〉詞云：『漁事多。奈漁何。漁心太平誰似我。春雨漁簑。落日漁艖。漁舍水雲窩。　約漁兄漁弟經過。聚漁兒漁女婆娑。漁竿連月浸，漁網帶煙拖。歌漁笛，定風波。』其風趣殆更過之，宋人郭振宿〈漁家〉詩云：『幾代生涯傍海涯，兩三間屋蓋蘆花。燈前笑説歸來夜，明月隨船送到家。』亦佳。

四　賀無庵〔菩薩蠻〕

賀無庵寓澳門南灣時，學琴於李柏農，所習〔雙鶴聽泉〕一曲，每當夜靜，爲余一彈再鼓，風濤之聲，與琴聲相贈答，恍置身塵世外也。余偶與庵別，寄余以〔菩薩蠻〕云：『南灣日晚多風雨。抱琴獨坐無人語。君去幾時歸。懷君花正飛。　春山青欲墮。春水愁無那。昨日得君書。還君雙鯉魚。』觀此詞，其志趣可想見矣。乃未幾，無庵還返羊城，余亦南飄北轍，迄無定所，惜未能學琴於無庵，如無庵之學柏農也。

澳門《雪堂月刊・詩聲》一九一九年八月一〇日第四卷第七號

五　粵東三子詞

清道咸間，粵東三子詩，推重一時，而其倚聲則少流傳。譚康侯詞，尚未之見；若張南山、黃香石詞，偶見於名流筆記中，亦管豹耳。南山〈海珠寺〉之〔滿江紅〕云：『一水盈盈，似湧出、蓬壺宮闕。遙望處、紅牆掩映，碧天空闊。光接虎頭春浪遠，影翻驪夢秋雲熱。看人間、天上兩團圓，江心月。　南北岸，帆檣列。花月夜，笙歌徹。願珠兒珠女，總無離別。鐵戟苔斑兵氣靜，石幢燈暗經聲歇。試重尋、忠簡讀書堂，英風烈。』香石〔西江月〕云：『屋角烏雲漬墨，檐前銀竹懸流。愁心滴碎幾時休。怕看遠山沈岫。　安得青天見月，但聞玉漏添籌。曉來花架莫凝眸。打落那邊紅豆。』又〔憶仙姿〕云：『銀漢迢迢清景。滿院露涼風冷。回憶別離時，又是隔年秋永。人靜。人靜。憑徧一欄花影。』香石素稱方嚴，而詞乃爾風韻。宋廣平賦梅花，不類其爲人，未足奇也。

六　姚雲文重陽詞

重陽詞不少佳作，而以宋人姚雲文之〔紫萸香慢〕爲最佳。其詞云：『近重陽、偏多風雨，絶憐此日暄明。問秋香濃未，待攜客、出西城。原自覊懷多感，怕荒臺高處，更不勝情。向樽前、又憶灑酒插花人。只座上、已無老兵。　淒清。淺醉還醒。愁不肯、與詩平。記長楸走馬，雕弓笮柳，前事休評。紫萸一枝傳賜，夢誰到、漢家陵。儘烏紗、便隨風去，要天知道，華髮如此星星。歌罷涕零。』若此等詞，正杜少陵所謂『顧視清高氣深穩』者矣。

七　秦少游〔好事近〕

秦少游在處州時，夢中成〔好事近〕一闋云：『山路雨添花，花動一山春色。行到小溪深處，有黄鸝千百。　飛雲當面化龍蛇，夭矯挂空碧。醉臥古藤陰下，杳不知南北。』詞語頗奇，非復人間意境。後公南遷，久之北歸，逗遛於藤州光華寺，方醉起，以玉盂汲泉，欲飲，笑視之而化。自來慧業文人，具有夙根，觀此詞，益信。

澳門《雪堂月刊·詩聲》一九一九年一〇月八日第四卷第八號

八　風趣絶佳雅俗共賞

宋人詞，有風趣絶佳，雅俗共賞者。辛幼安塡〔西江月〕〈示兒〉云：『萬事雲煙忽過，一身蒲柳先衰。而今何事最相宜。宜醉宜遊宜睡。　蚤已催科了辦，更量出入收支。乃翁依舊管些兒。

管竹管山管水。』又宋自遜，號壺山，填〔蓦山溪〕〈自述〉云：『壺山居士，未老心先懶。愛學道人家，辦竹几蒲團茗椀。青山可買，小結屋三間，一徑俯清溪，修竹栽教滿。　客來便請，隨分家常飯。若肯再留連，更薄酒三杯二盞。吟詩度曲，風月任招呼，外事不相關，自有天公管。』陳眉山亦有詞云：『背山臨水。門在松陰裏。茅屋數間而已。土泥牆、窗糊紙。牀木几。四面攤書史。若問主人誰姓，灌園者、陳仲子。　不衫不履，短髮垂雙耳。携得釣竿筐筥。九寸鱸、一尺鯉。菱香酒美，醉倒芙蓉底。旁有兒童大笑，喚先生、看月起。』詞能似此明白如話，句句雅馴，更難於詩。

九　題冰簃室詞

孫子瀟之夫人席浣雲，所居白長眞閣。閨房唱和，今人豔羨。馮秋雪與其夫人趙連城，讀書一室，顏曰冰簃，倩家漱菴繪〈冰簃讀書圖〉，囑余題詞，余倚〔壽星明〕云：『冰簃主人，仙侶劉樊，時還讀書。看燈熒縹紩，雙行竝坐；香添紅袖，滴露研朱。董氏書帷，孟光食桉，月夕風晨酒熟初。南陔近，指杏花深巷，是子雲居。　今吾。自愛吾廬。愛吟社、攤箋集庾徐。況壎箎迭奏，翩翩二陸；唱隨多暇，汲汲三餘。公子親調，佳人相問，一片清泠貯玉壺。閒掩卷，記當年雄武，攬轡登車。』觀此詞，則馮君唱隨之樂，何讓子瀟浣雲耶。其令弟印雪，有〈雲峰仙館圖〉，亦漱菴所繪，余題〔清平樂〕云：『溪山佳處。中有高人住。峰外白雲飛過去。閒煞兩行煙樹。　客來風月能談。知非捷徑終南。半點紅塵不到，螺青當戶層嵐。』

澳門《雪堂月刊·詩聲》一九二〇年六月三〇日第四卷第一〇號

陳陳詞話

陳陳

《詞話》一則，載上海《廣益雜誌》一九一九年第五期，署『陳陳』。今據此迻錄，改題《陳陳詞話》。原無序號、小標題，今酌加。

陳陳詞話目錄

陳陳詞話

一 小令〔浣溪紗〕、〔柳梢青〕

小令中以〔浣溪紗〕、〔柳梢青〕兩體爲最難作。〔浣谿紗〕上半闋三句，句句押韵，每患堆砌，而失層次；而〔柳梢青〕末三句同是四字，尤易於運掉不靈，全闋情勢，遂爲之收押不住矣。余嘗擬集今人稿中此兩調之善者，彙錄一編，苦於謭狹積久，仍寥寥數紙耳。兹略錄一二以示同好。梁秋雲君〔浣溪紗〕云：『花事盈盈過海棠。一聲風笛下寒塘。烟波何處祗茫茫。　十里鳳塵籠暮靄，幾回鵑血滴清香。可憐無語又斜陽。』費無我君〔浣溪紗〕云：『客思依依繞短篷。一橈去也忒匆匆。祗餘山色入吟中。　和我愁詩唯竹籟，吹將歸夢有春風。兩邊心事可相同。』龐檗子〔浣溪紗〕云：『垂柳依依畫檻邊。倡條治〔一〕葉把愁牽。總教攀折也堪憐。　慘碧山塘春似水，落紅門巷雨如烟。怎生消受斷腸天。』郭楚主〔浣溪紗〕云：『玉撥珠弦夜未休。滿湖燈火放蘭舟。是鄉端合號溫柔。　粉黛三千新按隊，朱簾十二半垂鉤。素心花下看梳頭。』夏玉廷

〔一〕治，原作『冶』。

〔柳梢青〕〈題横波畫蘭〉云：『春去天涯。江南哀怨，定屬誰家。想見臨時，無多幾筆，玉腕微斜。　風流翠袖烏紗。空賺了、尚書鬢華。扇底香消，眉邊墨淡，愁對湘花。』趙寒庵〔柳梢青〕云：『淚濕梨雲。春容一片，紅了斜曛。且拓璇窗，展將裙褶，重印新紋。　袷衣蕉萃殘春。祇剩得、銀蟾二分。蝶散雲寒，花欹露重，愁煞那人。』旖旎繽紛，均屬不可多得之作。按〔浣谿沙〕以風韵勝。起三句，宜一句一意，而一句中，尤宜轉折生波，乃有情致。第三句尤重。後起對句，尤貴細膩濃郁。結句宜有餘情不盡，庶不類於詩。近人作者，往往非粗率，即扯淡，直是一首不完全之律絶詩耳。〔柳梢青〕以四字句爲主，每一句中，至少亦宜鍊一字以作眼。三句連者，宜用蝦鬚格一氣呵成，後起二句，宜呼應，便不覺難。最忌襲用駢文句法。不善作者，往往類於幕賓四六書稟，俗腐逼人。竹軒所選，亦未足稱上乘也。

上海《廣益雜誌》一九一九年第五期

實業新報詞話

逸名

《詞話》三則，載上海《中國實業新報》一九二〇年一月第七期，題『詞話』，無署名。今據此迻錄，改題《實業新報詞話》。原無序號、小標題，今酌加。

實業新報詞話目錄

實業新報詞話

一　馴靜溫雅

塡詞一道，足覘文人之馴靜溫雅。頗有吐句如絲，吹氣如蘭之概。即擬之以織錦刺繡之細工，終難喻其縝緻也。稍刻畫，即欠流麗；稍放逸，即欠細膩。絕似風前舞蜨，低徊審慎，其惜粉留香之態，深恐被飛絮游絲之孟浪，以觸碎其纖弱之芳魂也。余讀栩園先生詞稿，內有〔蝶戀花〕一曲，係戲演之盛君周拜花語，措辭諧而莊，流麗不落纖巧，詞令之殷勤款懇，勝於古風〈飲馬長城窟〉[一]之情緻纏綿也。謹錄如下云：『如水交情儂與汝。不見相思，見了無言語。一歲相逢能幾度。那堪又向天涯去。　屈指郵程逢一五。天雁河魚，來往休躭誤。聞道見書如見我。翻因遠別能常晤。』

[一] 飲馬長城窟，原作『飲馬長城崖』。

二 《清可軒詞》

又《清可軒詞》，亦清麗可人。錄如下：『六曲房櫳花四面。鏡樣玻璃，拂拭無塵點。小婢開簾面笑臉。風前放入雙雙燕。露井宫桃開已遍。幾個春寒，顔色些兒變。屏角迷藏人不見。麝香偷出紗窗眼。』均在落脚一句，傳出神韻。

三 首夏即景

余有〈首夏即景〉之〔蝶戀花〕一詞，覺口占時並未費力，故錄之：『竹褪新篁憐瘦小。門外飛花，門裏香風嬝。説與東風渾不曉。落紅滿地無人掃。愁裏韶光容易老。夢覺添愁，醒覺愁多少。半枕閑情誰教惱。緑陰深處啼黄鳥。』

上海《中國實業新報》一九二〇年一月第七期

紅葉山房詞話

霜蟬

《紅葉山房詞話》一七則，小序一則，載廣州《明覺》一九二〇年二月一〇日第一卷第一號，署『霜蟬』。該號所載，題《紅葉山房詞話》，次題『一　《啼紅詞稿》評注』，則該詞話尚有或擬有續篇。今據此逐錄。原無序號、小標題，今酌加。

紅葉山房詞話目錄

紅葉山房詞話

吾友尋芳倦客，盡瘁國家，熱心社會，歷遭失敗，備極慘酷，而其志潔行廉，泥而不滓。所作詩餘，妙精律呂，詠歎淫液，一往情深。其稱文小而其指極大，舉類邇而見義遠。楚些遺風，於今復振。人僅賞其含英咀華，披風抹月，而未解詞客哀時之旨。茲特抄列數作，附以說明，然後知傷心人別有懷抱也。

一 〈高陽臺〉〈感事〉

己未所作〈高陽臺〉〈感事〉一闋云：『爐獸沈香，鏡鸞銷玉，簾櫳不耐春陰。薄晚歸鴻，流丹卻認斜曛。畫梁鸚䳇言猶在，向何人、訴與殷勤。擲黃金。懶倩圖工，慢賦長門。　僊緣歷盡閒愁苦，又花殘月缺，酒冷燈昏。一枕高唐，覺來雲雨無痕。從今休憶江南樂，任天涯、絮果蘭因。斂芳魂。願化東風，莫化纖塵。』（一）此數目記號指第幾韵，餘準此。猶北風雨雪之意，以比國家危亂，而氣象愁慘也。（二）春陰叵耐，渴望晴天而不可得，以見彼近黃昏之斜陽爲幸，詎非斜陽，乃流霞之餘焰耳。癡想之極，曲盡其致，以喻吾人希望武人護法，不知其實假名遂欲。（三）人民不能爲代議機關之後盾，反責其不行使職權。（四）（五）夤緣求媚於虜廷，以圖私利者，實繁有徒，而君嚴絕之。（六）換頭追叙艱難締造之苦。（七）數載共和，付與槐安一夢。（八）當時紛紛主張南京製憲，君持反對，雖至解散，亦所弗恤。（九）（十）固定精神，決不同流合污，枉己殉人。觀其意緒重重，鋪叙井井，不以富麗取妍，而自然流利，投荒念亂，往復低徊，好色不淫，怨悱不亂，擷風挹雅，其庶幾乎。一結有拔山之力，蓋世之氣，而無撫劍裂眥之態，纏綿懇摯，餘韵悠然，尤耐尋味。詞至此境，洵神化也。

二　〈虞美人〉〈己未花朝〉

〈虞美人〉〈己未花朝〉云：『自隨征雁南來後。江上西風瘦。年時花事太匆匆。一任韶光冉冉、又西風。　今年花事何如也。卜個東風卦。沈香亭北待繁華。遮莫來年依舊、阻天涯。』自相從中山護法以來，迂徊曲折，以四換頭，而道盡過去、現在、未來四年間事。作短調而峰巒層疊，波浪騰涌，大氣盤旋，得未曾有。其言也約而博，簡而該，譬而喻，且逆料到次年花朝，亦復如是。人咸謂護法結果，必不至此，以爲詩人浮誇，是其常態，今此遷延之役，庚申花朝，餘幾日矣。三復此詞，可堪浩歎。

三　〈祝英臺近〉〈己未春感〉

〈祝英臺近〉〈己未春感〉云：『杏花殘，芳意悄。小院東風老。無那流鶯，喚起懵騰覺。謝他陌上依依，多情楊柳，放青眼、親人如笑。　休憑眺。忙了蝶使蜂媒，趁把餘香醮。燕燕飛飛，到幾時了。年年寒食江南，舊時草色，慣惹得、羈愁盈抱。』（一）（二）刺護法當局之萎靡。（三）

鄰邦提出警告。（四）主張合法和平各團體。（五）（六）鑽營趨赴和會諸人員，君曾通電反對。（七）奔走呼號於滬瀆者。永叔『庭院深深深幾許』之句，人皆愛之；君之『燕燕飛飛，飛到幾時了』，字法句法情致，無不酷肖。（八）刺長江某滑督。此詞臚舉事實，寓以褒貶，可謂詞史。人方渴望和議快成，君殊否認，輕輕以『幾時了』三字斷定之，而『年年』、『慣』等字，皆有作意。今又重施設置仲裁於寧之倡議，賜不幸而言中，是使賜多言者也。吾於此詞亦云。

四　〔青玉案〕〈詠綠陰〉

〔青玉案〕〈詠綠陰〉云：『東風過盡江南路。草草又春歸去。暗柳黃鸝聲不住。枇杷巷迴，芭蕉鹵冷，舊夢無尋處。　千紅萬紫渾無據。斷送芳華是誰主。翠幕重重深幾許。晝長人倦，黃昏庭院，點破蒼苔雨。』上闋寫疲靡不振，無正大强固之主張。下闋，莊嚴神聖之國會，黑幕中竟有犧牲之陰謀，其條件紊亂不堪。（四）（五）（八）（九）換韻，創格。

五　〔醉花陰〕〈感事〉

〔醉花陰〕〈感事〉云：『韶華消卻情深淺。直恁朱顏變。倦眼待清明，深院誰家，欲把春光占。　匆匆一度尋芳宴。莫又笙歌散。歸騎倚吹鞭，閒殺東風，遍染垂楊岸。』（一）（二）事勢日非，內部感情益惡，態度漸變。（三）乘機伺隙，欲實行其包賣政策。（四）（五）遷延之役，有渙散之虞。（六）各路援軍盡撤，虜庭從容局部連動。

六　回文詞

〔虞美人〕回文一闋，不過施其餘才小技，發爲游戲之作，然試一尋味，其一片感事傷時之情，自然流露滿紙。至性如此，豈尋常雕蟲刻鵠者可比耶。文云：『年華訴與誰辛苦。遍歷鹹酸趣。綠肥紅瘦怨殘春。甚說看花閒事、也勞神。　南天閒訊新來燕。極目煩愁遣。遠山流水思悠悠。日落翠蕪平處、倚高樓。』『樓高倚處平蕪翠。落日悠悠思。水流山遠遣愁煩。目極燕來新訊、問天南。　神勞也事閒花看。說甚春殘怨。瘦紅肥綠趣酸鹹。歷遍苦辛誰與、訴華年。』詩之回文，句同字數，故易；詞則長短不齊，每闋自起一字至末，連屬不斷，故難。此一氣貫注，渾無接痕，而又得自由發攄性靈之妙，殊屬罕覯。如上所舉，尚屬短調，且前後闋字數相等，可分作兩部爲之；若爲長調，而前後闋又有多寡之不同，自起一字延亙連綴，累百餘字，直貫至全首之終者，尤難回。〔蘇武慢〕云：『暗柳嗔鶯，慘紅驚蝶，永晝晴闌倚倦。微酣新酒，薄[二]酹閒花，餘香凝味清淺。風動簾波，翠紋橫疊，輕悄靜陰庭院。小囪幽短夢重平溫，屏枕愁春黯黯。　自笑枉怨斷歌殘，剩長懷忘去了，去來華序換。滄桑祇怕，綠鬢添絲，幾曾濃興遊散。雲外樓空，城西江曲，到處平蕪青眼。望沈沈日盡，迴天廖碧，山重水遠。』『遠水重山，碧廖天迴，盡日沈沈望眼。青蕪平處，到曲江西，城空樓外雲散。遊興濃曾幾，絲添鬢綠，怕祇桑滄換。序華來去了忘平懷，長剩殘歌斷怨。　枉笑自黯黯春愁，枕屏溫重去，夢短幽囪小院。庭陰靜悄，輕疊橫紋，翠波簾動風淺。清味凝香，餘花

〔二〕薄，原作『簿』，據下文改。

閒酹，薄酒新醅微倦。倚闌晴晝永，蝶驚紅慘，鶯嗔柳暗。』纍纍乎如貫珠，此之謂矣。

七　一首回作兩調

君回文詞，尚有一首回作兩調者。〔人月圓〕云：『屏山掩映翠嵐淺，春色暝高樓。輕寒晚散，雲鳥遊倦，罷舞休休。　橫塘水秀，輭風萍碎，瘦柳煙浮。笙調玉笋，嫩聲新起，靜院悠悠。』〔秋波媚〕：『悠悠院靜起新聲。嫩笋玉調笙。浮煙柳瘦，碎萍風輭，秀水塘橫。　休休舞罷倦遊鳥，雲散晚寒輕。樓高暝色，春淺嵐翠，映掩山屏。』兩詞互回，各自成調，極有味也。

八　逐句回文詞

其逐句回者，〔子夜〕二首，文云：『細塵香輭閒花碎。碎花閒輭香塵細。紗碧護細車。車細護碧紗。　綠波隨岸曲。曲岸隨波綠。鬟翠擁眉山。山眉擁翠鬟。』『醉眠重昵香羅綺。綺羅香昵重眠醉。煙莫鎖深寒。寒深鎖莫煙。　斷腸愁夢遠。遠夢愁腸斷。潮落晚天寥。寥天晚落潮。』又二首：『亂雲橫疊重山晚。晚山重疊橫雲亂。遙路客魂銷。銷魂客路遙。　雁回驚夢斷。斷夢驚回雁。殘月悵天南。南天悵月殘。』『暗燈寒悄空庭晚。晚庭空悄寒燈暗。長恨鎖〔一〕眉雙。雙眉鎖恨長。　笑啼隨事好。好事隨啼笑。難處過秋三。三秋過處難。』

〔一〕鎖，原作『銷』，據下文改。

九 〔瑞鷓鴣〕回文

又調名〔瑞鷓鴣〕者，即七言律，有句云『紅萼一枝春帶雨，碧蕪平野莫連天』，『紅飛滿苑空啼鳥，綠輭垂楊瘦倚人』，皆回文之工緻者。餘不備錄。

一〇 詞中複字

山谷『萬事休休休莫莫』，爲詞中複字之最精者。李易安創三疊韵六雙聲，千古詞宗，不可無一，不可有二。非雙聲疊韵之不可用，用之者不可强效施顰，適增嫫醜也。馮煦『花花葉葉雙雙』，項鴻祚〈秋聲〉詞『泠泠暗起，澌澌漸聚。蕭蕭忽住』，余淑柔『簷雨溜風鈴。滴滴丁丁』，君謂馮詞以『雙雙』形容花葉，如此使用複字，仿古生新；謂項詞，複字形容，妙有層次；謂余詞承上『雨鈴』，用四雙聲二疊韵，以形容其音，巧無痕迹，別覺生色。可知使用複字，自有方法，正不必專以勦襲爲事也。乃喬夢符『鶯鶯燕燕春春，花花柳柳眞眞。事事風風韵韵〔二〕，停停當當人人』，譽之者，謂此等句亦從李易安『尋尋覓覓』得來。□□□〔滿庭芳〕全首複字，『……望望山山水水……』，譽之者謂易安不得擅美於前。夫二氏者，拚命勦襲，癡笨欲死，不揣譾陋，反欲逸古賢而上之，誠不復知人間有羞恥事。季氏舞八佾，是而可忍，孰不可忍。彼嗜痂嘗糞者，更不足道矣。君嘗讀至此，輒拋卷而起曰：何何物物傖傖父父，唐唐突突西西施施。其深絕而痛惡之如此。君所作

〔二〕 喬夢符〔天净沙〕原文，此句下有『嬌嬌嫩嫩』一句。

〔長相思〕云：『風凄其。雨淒其。風風雨雨過城西。烏烏城上啼。　草離離。黍離離。勞勞亭畔燕飛飛。勞人歸未歸。』多使複字，加以變幻調節，遂不覺其笨伯。前『燕燕飛飛，飛到幾時了』，句亦佳。

一一　聲音之道

〔高陽臺〕〈自序〉云：『國初，鋭霆弟威鎮湖口，幼襄自武昌遣使，來修同姓兄弟之好，協以備袁。癸丑敗後，各自出亡，生平曾未一謀面也。弟就義後，幼襄同仇之念益切。詎今出師未捷，而身被害。視彼蒼蒼，空書咄咄。嗟予馬齒，自慚後死。臨風灑淚，莫知所云。』詞云：『目斷鴻飛，心傷鶴唳，夕陽無限江山。哀角蒼茫，風煙萬里荒寒。龍城飛將今何在，任强胡、馬度秦關。動渺然。楚客相思，痛切南冠。　中原大事還堪問，但死生骨肉，相繼摧殘。一世參商，將星又隕南天。寃魂誰倩招清些，夢悠悠、大上人間。賸重泉。細數生平，遺恨綿綿。』君與蔡公濟民，素無一面，不過彼此知名而已。第以兄弟同志關係，以其所愛，及其所愛，至情高誼，楚楚動人，晚近有此，可以風矣。論其文詞，一字一淚，可哀可怨。悲懷鬱結，彷彿屈宋，一結於無可奈何之際，反爲死者設身處地，尤令人難以爲情。吾每讀一回，輒復掩卷，心爲之酸，欷歔曾不自禁。聲音之道，感人深也。

一二　謁黄花岡詞

〈清明謁黄花二望兩岡〉〔醉吟商〕二闋：『十里芳塵，寶馬香車無數。行人來去。　靈鶴歸何處。望斷白楊煙樹。斜曛無語。』『賸水殘山，迸入東風淚眼。忠魂吊遍。　空把牧兒喚。

問杏花村不見。綠蕪不遠。』廖廖數筆，將情、景、致，全行寫出，綽有餘地，不見其率而。〈丁巳秋過黃花岡〉〔惜秋華〕長調一闋：『莽莽荒原，有神鴉隱隱，隨人來去。亂塚蕭蕭，一任慘風悽雨。珠江脉脉東流，浪淘盡、英雄千古。傷心，問斷螢衰草，幾番秋莫。　事業如塵土。者匆匆一夢，國魂無據。贏得人民城郭，鶴歸何處。可堪北望燕雲，更百粤關山誰主。延佇。黯銷魂、夕陽無語。』大氣鬱勃，舖叙有序，與前作長短詳畧，舉適其宜。（一）（二）因彼時尚未加修緝，故有銅駝荆棘之感。時北庭毀法，粤史又不贊成護法，故下半闋慨乎言之。黃花岡爲建國歷史重地，遷客騷人題詠極多，而詞最少，且無甚佳者，歷誦各作，輒歎觀止。

一三　妥娘詞

君嘗就診於廣州杏林醫院，其醫妥娘悦之，殷勤半載，要君棄其舊以與己。君弗允，妥娘怨望，君遂絕之。後過其處，則室邇人遠矣。爲自譜〈舊院〉一闋云：『玉驄曾繫處，朱戶塵迷，翠衣人遠。小徑苔荒，杏花幾度開遍。回首妝臺何處，只綠滿囱前，犀簾誰卷。語輭殷勤，多情算有，舊巢雙燕。　杜郎俊賞，揚州一夢，覺來遊興都懶。僝僽年光，萬重芳思零亂。贏得天涯冷落，商婦琵琶，向人依黯。枉教儂感時撫景，臨風浩歎。』對景傷情，不勝前度劉郎、重來崔護之感。

一四　〈題許乙仙運甓齋詩集〉〔探春慢〕

〈題許乙仙運甓齋詩集〉〔探春慢〕云：『蹈雪行吟，尋芳載酒，一襟幽思如許。錦纜盟鷗，金堂客燕，回首南州舊侶。漫數興亡迹，總銷向、五陵風雨。征鞍十載歸來，人天影事無據。　江左夷吾何處。但阮屐看山，謝棋賭墅。匣裏青龍，鏡邊華髮，三十功名晨塵土。無恙秦淮月，祇望眼、關河非故。倦倚危闌，子規啼遍煙樹。』君與許有師生之誼，辛亥起義，皆有光復之勞。癸丑失敗出走後，嘗賭酒放歌於逆旅，今同護法於廣州，慨談身世，無限牢愁，故其大處發揮，慷慨淋漓，不落尋常題詞窠臼。

一五　〈病中所作〉〔渡江雲〕

〈病中所作〉〔渡江雲〕云：『乍輕寒又暖，才醒還倦，天氣苦愁人。早嫣紅散盡。　侵曉鶯啼處，亂碧濃陰。夢中夜雨，惜殘英、猶自傷神。算輸與、山公解事，慰問忒殷勤。　沈沈。鑾歌隔院，竟日騰喧，惱羈懷陣陣。渾不管、吳鉤潛焰，湘瑟封塵。從今莫問東風訊，倩柔荑、爲整紅衾。拚醉了、胡床漫倚枯吟。』（一）病中情狀。（二）（三）感物傷時，惓懷大局，纏綿如許。（四）君有小猿，名克定，性聰慧，見君未下床，據囪呼嗚，聲極悽惋。（八）（九）此時決意不聞世事，專心靜養，奈情不可遏，乃藉醉鄉以自頹放，丹忱熱血，不能慰心之甚也。

一六　〈己未五日〉〔碧牡丹〕

〈己未五日〉〔碧牡丹〕云：『灑遍悲秋淚。勞倦傷春思。節序催人，又早趁炎天氣。榴火槐金，各自爭華美。殉春誰念桃李。　渾慵起。夢擾蜩螗沸。遊驄陌頭如水。艾虎龍舟，漫付尋常嬉戲。記否靈均，遺恨湘蘭佩。騷魂何日歸只。』（四）（五）競攘私利，護法捐軀諸先烈則忘之。（六）（七）（八）（九）大局紊亂，竟如兒戲。（十）（十一）帶動零陵舊事，追悼援閩粵軍陳亡將士。〔臨江仙〕云：『半壁殘棋誰主，百年幽憤填胸。數奇李廣未侯封。權奸排異己，重地陷英雄。南渡君臣輕社稷，諸公齎恨何窮。黄龍痛飲又成空。岳軍方効死，秦檜竟和戎。』兢存司令戡定南閩，功高勞苦，忌之者絕其軍械，斷其餉源，又利用所號稱民軍之土匪，塞其後路，以制止攻閩，爲搆和之密件。此作侃侃而談，公道難泯。

一七　美人憑石依桐詞

林子超以〈美人憑石依桐〉畫幅徵詞，即所見以起興，爲作〔蝶戀花〕云：『南國佳人幽谷裏。有所思兮，城北徐公美。薄倖不來腸斷矣。望夫石上長凝睇。　采采春萱言樹背。欲待忘憂，可奈心如醉。一點情癡何處寄。鉛華淚托秋桐洗。』（一）指某要人。（二）指虜酋。（三）（四）搆和中心，移向武鳴，某大失望。（五）呼其名。（六）（七）其代表章某，爲暗通密欵。此詞恰有其人，恰有其書，傳神耶，寫照耶，何物詞人具此魔力，燃犀一照，遂令方良無所遁形，奇文奇事。

廣州《明覺》一九二〇年二月一〇日第一卷第一號，題『一　《啼紅詞稿》評注』

餐櫻廡詞話

況周頤

《餐櫻廡詞話》，載上海《小説月報》一九二〇年五月第一一卷第五號起，迄第一二號，署『臨桂　況周頤　夔笙』。今據此迻錄，釐爲三卷。原無序號、小標題，今酌加。該詞話爲《蕙風詞話》之前身，然有部分條目爲《蕙風詞話》及《蕙風詞話續編》所未見。

餐櫻廡詞話目錄

卷一

卷二

卷三

餐櫻廡詞話卷一

一　詞境以深静爲至

詞境以深静爲至。韓持國〔胡擣練令〕過拍云：『燕子漸歸春悄。簾幙垂清曉。』境至静矣，而此中有人，如隔蓬山。思之思之，遂由静而見深。蓋寫景與言情，非二事也。善言情者，但寫景而情在其中。此等境界，唯北宋人詞往往有之。持國此二句，尤妙在一『漸』字。

二　熨帖入微之筆

清眞詞〔望江南〕云：『惺忪言語勝聞歌。』謝希深〔夜行船〕云：『尊前和笑不成歌。』皆熨帖入微之筆。

三　淡遠清疏之致

李方叔〔虞美人〕過拍云：『好風如扇雨如簾。時見岸花汀草，漲痕添。』春夏之交，近水樓臺，碻有此景。『好風』句絶新，似乎未經人道。歇拍云：『碧蕪千里思悠悠。唯有霎時涼夢、到南州。』尤極淡遠清疏之致。

四　姚令威〔憶王孫〕

姚令威〔憶王孫〕云：『毵毵楊柳綠初低。淡淡梨花開未齊。樓上情人聽馬嘶。憶郎歸。細雨春風濕酒旗。』與溫飛卿『送君聞馬嘶』，各有其妙，正可參看。

五　梅溪反用少陵詩意

『詩酒尚堪驅使在，未須料理白頭人』，少陵句也。梅溪詞〔喜遷鶯〕云：『自憐詩酒瘦，難應接、許多春色。』蓋反用其意。

六　加倍寫法

盧申之〔江城子〕後段云：『年華空自感飄零。擁春酲。對誰醒。天闊雲閒，無處覓簫聲。載酒買花年少事，渾不似、舊心情。』與劉龍洲詞『欲買桂花同載酒，終不似、少年游』，可稱異曲同工。然終不如少陵之『詩酒尚堪驅使在，未須料理白頭人』，爲倔彊可憙。其〔清平樂〕歇拍云：『何處一春游蕩，夢中猶恨楊花。』是加倍寫法。

七　醉美人

黄幾仲《竹齋詩餘》〔西江月〕題云：『垂綫海棠，一名醉美人。』『撚翠低垂嫩萼，勻紅倒簇繁英。穠纖消得比佳人。酒入香肌成暈。　簾幕陰陰窗牖，闌干曲曲池亭。枝頭不起夢春酲。

莫遺流鶯喚醒。』此花唯吾鄉有之，太半櫻桃花接本。江南薊北，未之見也。紫豔沈酣，信足當『醉美人』品目。

八　用僻字

毛子晉跋《哄堂詞》，謂其喜用僻字，如袢溽、皴皵、褑子之類。按，《詩·鄘風》：『是紲袢也。』傳：『是當暑袢延之服也。』《類篇》：『袢延，衣熱也。』鄒浩詩：『清標藐冰壺，一見滌袢暑。』范成大詩：『袢暑驕噃雜瘴氛。』袢溽，即袢暑也。皴皵，音逡鵲，皮皺也。鄒浩〈四柏賦〉：『皮皴皵以龍驚。』《爾雅》〈釋木〉：『大而皵楸，小而皵榎。』疏：『樊光云，皵，豬皮也。謂樹皮粗也。』褑，於眷切，音瑗。《玉篇》：『佩衿也。』《爾雅》〈釋器〉：『佩衿謂之褑。』注：『佩玉之帶上屬。』此類字未爲甚僻。

九　意愈婉悲愈深

牟端明〈金縷曲〉云：『撲面胡塵渾未掃，强歡謳、還肯軒昂否。』蓋寓黍離之感。昔史遷稱項王悲歌慷慨，此則歡歌而不能激昂。曰『强』、曰『還肯』，其中若有甚不得已者。意愈婉，悲愈深矣。

一〇　宋詞用襯字

元人製曲，幾於每句皆有襯字，取其能達句中之意，而付之歌喉，又抑揚頓挫，悦人聽聞。所謂遲其聲以媚之也。兩宋人詞，閒亦有用襯字者。王晉卿云：『燭影搖紅向夜闌。乍酒醒、心情嬾。』『向』字、『乍』字，是襯字。據詞譜，〔燭影搖紅〕第二句七字，應仄平仄仄平平仄。周美成云：『黛眉巧畫宮妝淺』，不用襯字，與換頭第二句同。

一一　草窗詞從義山詩脱出

草窗〔少年游〕〔宮詞〕云：『一樣春風，燕梁鶯户，那處得春多。』即『梨花雪，桃花雨。畢竟春誰主』之意，俱從義山『鶯啼花又笑，畢竟是誰春』脱出。其〔朝中措〕〔茉莉擬夢窗〕云：『尚有第三花在，不妨留待涼生。』庶幾得夢窗之神似。

一二　姹婭

竹山詞〔絳都春〕換頭云：『姹婭[一]。嚬青泫白，恨玉珮罷舞，芳塵凝榭。』『姻婭』之『婭』，從無作活用者。字典[二]亦無別解。唯《字彙補注》云：『婭[女余]，態也。婭音鴉，幺加切。』蔣詞又叶作去聲。按《廣韻》作『[穴亞]奈』，注：『姿態[三]貌。』

[一] 姹婭，《藝文》本《蕙風詞話續編》卷一同，《全宋詞》、《詞話叢編》本《蕙風詞話續編》卷一作『婭姹』。

[二] 字典，原作『字無』，據《藝文》本、《詞話叢編》本《蕙風詞話續編》卷一改。

[三] 姿態，《藝文》本《蕙風詞話續編》卷一作『態』。

一三　更進一層

竹山詞〈虞美人〉〈詠梳樓〉云：『樓兒忒小不藏愁。幾度和雲飛去、覓歸舟。』較『天際識歸舟』，更進一層。

一四　翻新入妙

寄閒翁〈風入松〉云：『舊巢未著新來燕，任珠簾、不上瓊鉤。』用『待燕歸來始下簾』句意，翻新入妙。〈戀繡衾〉云：『自不怨、東風老，怨東風、輕信杜鵑。』是未經人道語。

一五　清眞詞樸厚

元人沈伯時作《樂府指迷》，於清眞詞推許甚至。唯以『天便教人，霎時厮見何妨』，『夢魂凝想鴛侶』等句，爲不可學，則非眞能知詞者也。清眞又有句云：『多少暗愁密意，唯有天知』，『最苦夢魂、今宵不到伊行』，『拌今生、對花對酒，爲伊泪落』，此等語愈樸愈厚，愈厚愈雅。至眞之情，由性靈肺腑中流出，不妨說盡，而愈無盡。南宋人詞，如姜白石云：『酒醒波遠，政凝想、明璫素襪』，庶幾近似。然已微嫌刷色。誠如清眞等句，唯有學之不能到耳。如曰不可學也，詎必顰眉搔首，作態幾許，然後出之，乃爲可學耶。明已來詞，纖豔少骨，致斯道爲之不尊，未始非伯時之言階之厲矣。竊嘗以刻印比之，自六代作者以縈紆拗折爲工，而兩漢方正平直之風蕩然無復存者。救敝起衰，欲求一丁敬身、黃大易，而未易遽得。乃至倚聲小道，即亦將成絕學，良可慨夫。

一六 竹友善言愁

《竹友詞》〈留董之南過七夕〉〔蝶戀花〕後段云：『君似庾郎愁幾許。萬斛愁生，更作征人去。留定征鞍君且住。人閒豈有無愁處。』循環無端，含意無盡，小謝可謂善言愁矣。

一七 填詞要襟抱

填詞，第一要襟抱。唯此事不可彊，並非學力所能到。向伯恭《酒邊詞》〔虞美人〕過拍云：『人憐貧病不堪憂。誰識此心如月、正涵秋。』此等語，即宋人詞中，亦未易多覯。

一八 命意遣詞

宋周端臣〔木蘭花慢〕句云：『料今朝別後，它時有夢，應夢今朝。』呂居仁〔減字木蘭花〕云：『來歲花前。又是今年憶昔年。』命意政同，而遣詞各極其妙。

一九 沈著厚重與竟體空靈

小山詞〔阮郎歸〕云：『天邊金掌露成霜。雲隨雁字長。綠杯紅袖趁重陽。人情似故鄉。蘭佩紫，菊簪黃。殷勤理舊狂。欲將沈醉換悲涼。清歌莫斷腸。』『綠杯』二句，意已厚矣。『殷勤理舊狂』，五字三層意。『狂』者，所謂一肚皮不合時宜，發見於外者也。狂已舊矣，而理之，而殷勤理之，其狂若有其不得已者。『欲將沈醉換悲涼』，是上句注腳。『清歌莫斷腸』，仍含不盡之意。

此詞沈著厚重，得此結句，便覺竟體空靈。小晏神仙中人，重以名父之貽，賢師友相與沆瀣，其獨造處，豈凡夫肉眼所能見及。『夢魂慣得無拘管，又逐楊花過謝橋』，以是爲至，烏足與論小山詞耶。

二〇　奇豔絶豔

東坡詞〔青玉案〕〈用賀方回韻送伯固歸吴中〉歇拍云：『作箇歸期天已許。春衫猶是，小蠻鍼線，曾溼西湖雨。』上三句，未爲甚豔。『曾溼西湖雨』，是清語，非豔語。與上三句相連屬，遂成奇豔、絶豔，令人愛不忍釋。坡公天仙化人，此等詞猶爲非其至者，後學已未易橅昉其萬一。

二一　賢字作人字用

曹元寵〔品令〕歇拍云：『促織兒、聲響雖不大，敢教賢睡不著。』『賢』字作『人』字用，蓋宋時方言。至今不嫌其俗，轉覺其雅。

二二　三要

《香海棠館詞話》云：宋詞[一]有三要，重、拙、大。又云：重者，沈著之謂。在氣格，不在字句。於夢窗詞庶幾見之。即其芬菲鏗麗之作，中間雋句豔字，莫不有沈摯之思，灝瀚之氣，挾之以流轉。令人翫索而不能盡，則其中之所存者厚。沈著者，厚之發見乎外者也。欲學夢窗之緻密，先學夢窗

〔一〕　宋詞，《大陸報》本作『作詞』。

之沈著。即緻密，即沈著。非出乎緻密之外，超乎緻密之上，別有沈著之一境也。夢窗之詞，與東坡、稼軒諸公，實殊流而同源。其見爲[一]不同者，則夢窗緻密其外耳。其至高至精處，雖擬議形容之，猶苦不得其神似。穎慧之士，束髮操觚，勿輕言學夢窗也。

二三　廖世美詞語淡情深

廖世美〔燭影摇紅〕過拍云：『塞鴻難問，岸柳何窮，别愁紛絮。』神來之筆，即已佳矣。换頭云：『催促年光，舊來流水知何處。斷腸何必更殘陽，極目傷平楚。晚霽波聲帶雨。悄無人、舟横古渡。』語淡而情深。令子野、太虚輩爲之，容或未必能到。此等詞一再吟誦，輒沁人心脾，畢生不能忘。花菴《絶妙詞選》中，眞能不愧『絶妙』二字，如世美之作，殊不多覯也。

二四　于湖詞緜麗蓄豔

于湖詞〔菩薩蠻〕云：『東風約略吹羅幕。一檐細雨春陰薄。試把杏花看。濕紅嬌暮寒。佳人雙玉枕。烘醉鴛鴦錦。折得最繁枝。暖香生翠幃。』此詞緜麗蓄豔，直逼《花間》。求之北宋人集中，未易多覯。

[一]　見爲，《蕙風詞話》卷二作『所爲』。

二五　舊本可貴

《稼軒詞》〈席上送張仲固帥興元〉〔木蘭花慢〕句云：『追亡事，今不見，但山川滿目淚沾衣。』蓋用酇侯追韓信事。時本誤『追亡』作『興亡』，遂失本恉。王氏四印齋所刻大德廣信本作『追亡』。此舊本所以可貴也。

二六　韓玉有二

《歸潛志》之韓玉，字溫甫；《四朝聞見錄》之韓玉，字未詳。作《東甫詞》者，非《歸潛志》之韓玉。毛子晉跋首稱『韓溫甫』，誤也。

二七　妙於傳神

侯彥周《嬾窟詞》，〔念奴嬌〕〈探梅〉換頭云：『休恨雪小雲嬌，出羣風韻，已覺桃花俗。』頗能爲早梅傳神。『雪小雲嬌』四字連用，甚新。又，〔西江月〕〈贈蔡仲常侍兒初嬌〉云：『荳蔻梢頭年紀，芙蓉水上精神。幼雲嬌玉兩眉春，京洛當時風韻。』『芙蓉』句亦妙於傳神。『幼雲嬌玉』四字亦新。

二八　語淡而深

仲爾性〔浪淘沙〕過拍云：『看盡風光花不語，卻是多情。』語淡而深。〔憶秦娥〕〈詠木犀〉

後段云：『佳人斂笑貪先折。重新爲翦斜斜葉。斜斜葉[一]。釵頭常帶，一秋風月。』末二句，賦物上乘，可藥纖滯之失。

二九　蔣氏詞

《梅磵詩話》：金人犯闕，武陽令蔣興祖死之。其女[二]被擄至雄州驛，題詞於壁，調〔減字木蘭花〕云：『朝雲橫度。轆轆車聲如水去。白草黃沙。月照孤邨三兩家。飛鴻過也。百結愁腸無晝夜。漸近燕山。回首鄉關歸路難。』蔣乃靖康間浙西人。詞寥寥數十字，寫出步步留戀，步步悽惻。當戎馬流離之際，不難於慷慨，而難於從容。偶然攬景興懷，非平日學養醇至不辦。興祖以一官一邑，成仁取義，得力於義方之訓深矣。雄州，宋隸河北東路，金屬中都路，今甘肅寧夏府靈州西南。[三]

上海《小説月報》一九二〇年五月第一一卷第五號

三〇　石屏赤壁懷古

《石屏詞》，往往作豪放語，緜麗是其本色。〔滿江紅〕〈赤壁懷古〉云：『赤壁磯頭，一番過、

[一] 斜斜葉，原脱，據《全宋詞》補。

[二] 女，原作『父』，據《蕙風詞話續編》卷一改。

[三] 《蕙風詞話續編》卷一引王幼安云：雄州爲河北省寧縣，非寧夏。

一番懷古。想當時、周郎年少，氣吞區宇。萬騎臨江貔虎噪，千艘烈炬魚龍怒。捲長波、一鼓困曹瞞，今如許。　江上渡，江邊路。形勝地，興亡處。覽遺蹤，勝讀詩書言語。幾度東風吹世換，千年往事隨潮去。問道旁、楊柳爲誰春，摇金縷。』歇拍云云，是本色流露處。

三一　江湖四靈

毛子晉跋《石屏詞》云：『式之以詩名東南，南渡後天下所稱「江湖四靈」之一也。』按，宋詩人徐照、徐璣、翁卷、趙紫芝，傳唐賢宗法，號稱『四靈』。據子晉云云，則又別有『四靈』之目矣。

三二　宋代曲譜

《四庫提要》云：『宋代曲譜，今不可見。白石詞皆記拍於句旁，莫辨其似波似磔，宛轉欹斜，如西域旁行字者，節奏安在。』攷《四庫存目》箸錄宋張炎《樂府指迷》一卷，〈提要〉云：『其書分詞源、製曲、句法、字面、虛字、清空、意趣、用事、詠物、節序、賦情、離情、令曲、雜論十四篇。』即《詞源》下卷。不知何所本，而以沈伯時《樂府指迷》之名名之。而其上卷，則當時並未經見。故於白石譜字，竟不能辨識也。宋燕樂譜字，流傳至今者絶尠。日本貞亨初，當中國康熙初。所刻《增類羣書類要事林廣記》吾國西穎陳元靚編輯。卷八音樂舉要，有管色指法譜字，與白石所記政同。卷九樂星圖譜所列律吕隔八相生圖及四宮清聲律生八十四調，於諸譜字之陰陽配合，剖析尤詳。卷二文藝類有黃鐘宮散套曲，爲〔願成雙令〕、〔願成雙慢〕，已上係官拍。〔獅子序〕、〔本宮破子〕、〔賺〕、

〔雙勝子〕、〔急三句兒〕等名，首尾完具，節拍分明。讀白石詞者，得此可資印證。

三三　朱淑眞菊花詩

曩余譔詞話，辨朱淑眞〔生查子〕之誣，多據集中詩比勘事實。沈匏廬先生《瑟榭叢談》云：『淑眞菊花詩「寧可抱香枝上老，不隨黄葉舞秋風」，實鄭所南自題畫菊「寧可枝頭抱香死，何曾吹落北風中」一語所本。志節皦然，即此可見。』其論亦据本詩，足補余所未備，亟記之。

三四　榮諲詠梅

大卿榮諲〈詠梅〉〔南鄉子〕云：『江上野梅芳。粉色盈盈照路旁。閑折一枝和雪嗅，思量。似箇人人玉體香。　特地起愁腸。此恨誰人與寄將。山館寂寥天欲暮，淒涼。人轉迢迢路轉長。』見《梅苑》。『似箇』句豔而質，猶是宋初風格，《花間》之遺。諲，字仲思，《宋史》有傳。

三五　詞與詩體格不同

《吹劍錄》云：『古今詩人閒出，極有佳句。無人收拾，盡成遺珠。陳秋塘詩：「不知筋力衰多少。但覺新來嬾上樓。」』按，此二句乃稼軒詞〔鷓鴣天〕歇拍。稼軒，倚聲大家，行輩在秋塘稍前，何至取材秋塘詩句。秋塘平昔以才氣自豪，亦豈肯沿襲近人所作。或者俞文豹[1]氏誤記辛詞爲

---

[1] 俞文豹，原作『俞文蔚』，據《蕙風詞話》卷二改。

陳詩耶。此二句入詞則佳，入詩便稍覺未合。詞與詩體格不同處，其消息即此可參。

三六　神致自在言外

詞有淡遠取神，只描取景物，而神致自在言外，此爲高手。然不善學之，最易落套。亦如詩中之假王、孟也。劉招山〔一翦梅〕過拍云：『杏花時節雨紛紛。山繞孤邨。水繞孤邨。』頗能景中寓情。昔人但稱其歇拍三句『一般離思』云云，未足盡此詞佳勝。

三七　以刻畫見長

宋詞名句，多尚渾成。亦有以刻畫見長者。沈約之〔謁金門〕云：『獨倚危闌清晝寂。草長流翠碧。』又云：『寒色著人無意緒。竹鳴風似雨。』〔如夢令〕云：『忺睡。忺睡。窗在芭蕉葉底。』〔念奴嬌〕刻本無題，當是詠海棠之作。云：『醉態天眞，半羞微斂，未肯都開了。』雖刻畫而不涉纖，所以爲佳。

三八　妙於領會

羅子遠〔清平樂〕『兩槳能吳語』，五字甚新。楊柳渡頭，荷花蕩口，暖風十里，翦水咿啞，聲愈柔而景愈深。嘗讀《飲水詞》〔望江南〕云：『江南好，虎阜晚秋天。山水總歸詩格秀，笙簫恰稱語音圓。人在木蘭船。』『笙簫』句與此『兩槳』句，同一妙於領會。

三九　詞有理脈可尋

詞亦文之一體。昔人名作，亦有理脈可尋，所謂蛇灰蚓綫之妙。如范石湖〔眼兒媚〕〈萍鄉道中〉云：『酣酣日脚紫煙浮。妍暖試輕裘。困人天氣，醉人花底，午夢扶頭。　春慵恰似春塘水，一片縠紋愁。溶溶洩洩，東風無力，欲皺還休。』『春慵』緊接『困』字、『醉』字來，細極。

四〇　翻新入妙

陳夢弢〈和石湖〉〔鷓鴣天〕云：『指剥春蔥去採蘋。衣絲秋藕不沾塵。眼波明處偏宜笑，眉黛愁來也解顰。　巫峽路，憶行雲。幾番曾夢曲江春。相逢細把銀釭照，猶恐今宵夢似眞。』歇拍用晏叔原『今宵賸把銀釭照，猶恐相逢是夢中』句，恐夢似眞，翻新入妙，不特不嫌沿襲，幾於青勝於藍。

四一　梅溪〔壽樓春〕

《梅溪詞》〈尋春服感念〉〔壽樓春〕云：『裁春衫尋芳，記金刀素手，同在晴窗。幾度因風飛絮，照花斜陽。誰念我、今無腸。自少年消磨疏狂。但聽雨挑燈欹牀。病酒多夢睡時妝。　飛花去，良宵長。有絲闌舊曲，金譜新腔。最恨湘雲人散，楚蘭魂傷。身是客愁爲鄉。算玉簫、猶逢韋郎。近寒食人家，相思未忘蘋藻香。』此自度曲也。前段『因風飛絮，照花斜陽』，後段『湘雲人散，楚蘭魂傷』句，風、飛、花、斜，雲、人，蘭、魂，並用雙聲疊韻字，是聲律極細處。

四二　潘紫巖〔南鄉子〕

潘紫巖詞，余最喜其〔南鄉子〕一闋，《後邨詩話》題云『鐔津懷舊』，《花菴絶妙詞選》題云『題南劍州妓館』。小令中能轉折，便有尺幅千里之勢。詞云：『生怕倚闌干。閣下溪聲閣外山。空有舊時山共水，依然。暮雨朝雲去不還。　相見躡飛鸞。月下時時認佩環。月又漸底霜又下，更闌。折得梅花獨自看。』歇拍尤意境幽瑟。

四三　神州陸沈之感

芸窗詞，〔瑞鶴仙〕〈次韻陸景思喜雪〉云：『農麥年來管好，禾黍離離，詎忘關洛。』〔賀新郎〕〈送劉澄齋歸京口〉云：『西風亂葉長安樹。歎離離、荒宮廢苑，幾番禾黍。』神州陸沈之感，不圖於半閒堂寮吏見之。自來識時達節之士，功名而外無容心。偶有甚非由衷之言，流露於楮墨之表。詎故爲是自文飾耶，抑亦天良發見於不自知也。

四四　薛梯飆詞工於刷色

詞筆麗與豔不同。豔如芍藥、牡丹，慵春媚景；麗若海棠、文杏，映燭窺簾。薛梯飆詞工於刷色，當得一『麗』字。〔醉落魄〕云：『單衣乍著。滯寒更傍東風作。珠簾壓定銀鉤索。雨弄初晴，輕旋玉塵落。　花唇巧借妝梅約。嬌羞纔放三分萼。尊前不用多評泊。春淺春深，都向杏梢覺。』

四五　空同詞娟妍

空同詞，如秋卉娟妍，春蘅鮮翠。

四六　空同詞喜鍊字

空同詞喜鍊字。〔菩薩蠻〕云：『繫馬短亭西。丹楓明酒旗。』〔南柯子〕云：『碧天如水印新蟾。』〔阮郎歸〕云：『綠情紅意兩逢迎。扶春來遠林。』又云：『羅衣金縷明。』兩『明』字、『印』字、『扶』字，並從追琢中出。又，〔鷓鴣天〕云：『瑩然初日照芙蕖。』能寫出美人之精神。〔浪淘沙〕〔別意〕云：『花霧漲冥冥。欲雨還晴。』能融景入情，得迷離惝恍之妙。皆佳句也。『漲』字亦鍊。〔行香子〕云：『十年心事，兩字眉婚。』『眉婚』二字新奇，殆即目成之意，未詳所本。

四七　張武子〔西江月〕沈頓

張武子〔西江月〕過拍云：『殷雲度雨井桐凋，雁雁無書又到。』昔人句云：『江頭數盡南來雁，不寄西風一幅書。』此詞括以六字，彌覺沈頓。

四八　馬古洲善變

馬古洲〔海棠春〕云：『護取一庭春，莫彈花間鵲。』用徐幹臣『悶來彈鵲，又攪碎、一簾花影』，可謂善變。又，馬古洲〔月華清〕云：『怕裏。又悲來老却，蘭臺公子。』『怕裏』，宋人方言，《草窗詞》中屢見，猶言『恰提防間』，大致如此詮釋，尚須就句意活動用之。

四九　後邨壯語

後邨〔玉樓春〕云：『男兒西北有神州，莫滴水西橋畔淚。』楊升菴謂其壯語足以立懦，此類是已。

五〇　韓子畊

韓子畊〔高陽臺〕〈除夕〉云：『頻聽銀籤，重然絳蠟，年華袞袞驚心。餞舊迎新。能消幾刻光陰。老來可慣通宵飲，待不眠、還怕寒侵。掩清尊。多謝梅花，伴我微吟。　鄰娃已試春妝了，更蜂枝簇翠，燕股横金。句引春風，也知芳意難禁。朱顔那有年年好，逞豔遊、贏取如今。恣登臨。殘雪樓臺，遲日園林。』此等詞語淺情深，妙在字句之表；便覺刻意求工，是無端多費氣力。又，詞家鍊字法斷不可少。韓子畊〔浪淘沙〕云：『試花霏雨濕春晴。三十六梯人不到，獨喚瑶箏。』妙在『濕』字、『喚』字。

五一　韓子畊詞妙處在鬆

韓子畊詞妙處，在一『鬆』字。非功力甚深不辦。

五二　高彦先〔行香子〕

高彦先，吾廣右宦賢也。《東溪詞》〔行香子〕云：『瘴氣如雲，暑氣如焚。病輕時、也是十分。沈疴惱客，罪罟縈人。歎檻中猿，籠中鳥，轍中鱗。　休負文章，休説經綸。得生還、早已因循。菱花照影，筇竹隨身。奈沈郎尫，潘郎老，阮郎貧。』蓋編管容州時作，極寫流離困瘁狀態，足令數百年後讀者爲之酸鼻。曩余自題《菊夢詞》句云：『雪虐霜欺。須拌得、鬢邊絲。』彦先先生可謂飽經霜雪矣。

五三　疏密相間之法

馮深居〔喜遷鶯〕云：『涼生遥渚。正緑芰擎霜，黄花招雨。鴈外漁燈，蛩邊蟹舍，絳葉表秋來路。世事不離雙鬢，遠夢偏欺孤旅。送望眼，但憑舷微笑，書空無語。　慵看清鏡裏，十載征塵，長把朱顔污。借箸青油，揮毫紫塞，舊事不堪重舉。閒闊故山猿鶴，冷落同盟鷗鷺。倦游也，便檣雲柂月，浩歌歸去。』此詞多矜鍊之句，尤合疏密相間之法，可爲初學楷模。

五四　雅令之筆

曾宏父〔浣溪沙〕云：『紫禁正須紅藥句，清江莫與白鷗盟。』尋常稱美語，出以雅令之筆，閱之便不生厭。此酬贈詞之别開生面者。

上海《小説月報》一九二〇年六月第一一卷第六號

五五　詞心詞眼

黄東甫〔柳梢青〕云：『天涯翠巘層層。是多少長亭短亭。』〔眼兒媚〕云：『當時不道春無價，幽夢費重尋。』此等語非深於詞不能道，所謂詞心也。〔柳梢青〕又云：『花驚寒食，柳認清明。』『驚』字、『認』字，屬對絶工。昔人用字不苟如是，所謂詞眼也。納蘭容若〔浣溪沙〕云：『被酒莫驚春睡重，賭書消得潑茶[一]香。當時只道是尋常。』即東甫〔眼兒媚〕句意。酒中茶半，前事伶俜，皆夢痕耳。

五六　用筆兩面俱到

翁五峯〔摸魚兒〕歇拍云：『沙津少駐。舉目送飛鴻，幅巾老子，樓上正凝佇。』東坡〈送子由〉詩：『時見烏帽出復沒。』是由送客者望見行人，極寫臨歧眷戀之狀。五峯詞乃由行人望見送者，客子消魂，故人惜别，用筆兩面俱到。

五七　曾蒼山游粤詩詞

曾蒼山原一，曾游吾粤。攷《粤西金石略》，臨桂雉山、隱山、水月洞，並有淳祐十二年與趙希囿同游題名。《梅磵詩話》云：『蒼山年七歲，賦楊妃韈云：「萬騎西行駐馬嵬，淩波曾此墮塵埃。

[一] 潑茶，原作『撥茶』，據《蕙風詞話》卷二改。

誰知一掬香羅小，踏轉開元宇宙來。」蓋穎慧絶人者。』其詞如〔謁金門〕云：『梅粉褪。點點雨聲春恨。半吐桃花芳意嫩。草痕青寸寸。　把酒花邊低問。莫解寒深紅損。等待春風晴得穩。琵琶重整頓。』亦以天事勝也。

五八　眞率語

《覆瓿詞》，〔沁園春〕〈歸田作〉云：『何怨何尤，自歌自笑，天要吾儕更讀書。』眞率語似未經前人道過。

五九　吴莊敏詩詞

宋王沂公之言曰：『平生志不在溫飽。』以〈梅〉詩謁吕文穆云：『雪中未問調羹事，先向百花頭上開。』吴莊敏詞〔沁園春〕〈詠梅〉云：『雖處林幽壑，數枝偏瘦，已存鼎鼐，一點微酸。松竹交盟，雪霜心事，斷是平生不肯寒。』二公襟抱，政復相同。『一點微酸』，即調羹心事，不志溫飽，爲有不肯寒者在耳。又莊敏〔滿江紅〕詞，有『晚風牛笛』句，絶雅鍊可憙。

六〇　静與細

《履齋詞》〔滿江紅〕〈九日郊行〉云：『數本菊香能勁。』勁韻絶雋峭，非菊之香不足以當此。〔二郎神〕云：『凝竚久，驀聽棋邊落子，一聲聲静。』〔千秋歲〕云：『荷遞香能細。』此静與細，亦非雅人深致，未易領略。

六一　婉至

余少作〔蘇武慢〕〈寒夜聞角〉云：『憑作（去聲）出、百緒淒涼，淒涼唯有，花冷月閒庭院。珠簾繡幕，可有人聽，聽也可曾腸斷。』半塘翁最爲擊節。比閱《方壺詞》〔點絳脣〕云：『曉角霜天，畫簾卻是春天氣。』意與余詞略同，唯余詞特婉至耳。

六二　方壺賦梅絶新

《方壺詞》〔滿江紅〕〈賦感梅〉云：『洞府瑶池，多見是、桃花滿地。君試問、江梅清絶，因何拋棄。仙境常如二三月，此花不受春風醉。』此意絶新。梅花身分絶高，嚮來未經人道。

六三　能淡而瘦

方壺居士詞，其獨到處，能淡而瘦。

六四　緻繡細熏

得趣居士詞，喁喁呢呢，緻繡細熏。

六五　清麗芊綿

黃雪舟詞，清麗芊綿，頗似北宋名作。唯傳作無多，殊爲憾事。其〔水龍吟〕云：『柔腸一寸，七分是恨，三分是泪。』蓋仿東坡『春色三分，二分塵土，一分流水』之句。所不逮者，以刻鏤稍著痕迹耳。其歇拍云：『待問春、怎把千紅，換得一池綠水。』亦從『一分流水』句，引伸而出。

六六　張翥壽仇遠詞

張翥《蜕巖詞》〔最高樓〕〈爲山邨仇先生壽〉云：『方寸地，七十四年春。世事幾浮雲。躬行齋內蒲團穩，耆英會裏酒杯頻。日追游，時嘯詠，任天眞。　喜女嫁男婚今已畢，便束帛安車那肯出，無一事，挂閒身。西湖鷗鷺長爲侶，北山猿鶴莫移文。願年年湯餅會，樂情親。』山邨仕元，非其本意，乃部使者强迫之。即碧山亦當如是。

六七　村居幽邃之趣

《竹齋詞》句云：『桂樹深邨狹巷通。』頗能撫寫村居幽邃之趣。若換用它樹，則意境便遜。

六八　小別動經年

余近作〔浣溪沙〕云：『莫向天涯輕小別，幾回小別動經年。』比閱柴望《秋堂詩餘》〔滿江紅〕云：『別後三年重會面，人生幾度三年別。』意與余詞略同。爲黯然者久之。

六九　詞人之詞

兩宋鉅公大僚，能詞者多，往往不脱簪紱氣。魏文節杞〔虞美人〕〈詠梅〉云：『只應明月最相思。曾見幽香一點、未開時。』輕清婉麗，詞人之詞。專對抗節之臣，顧亦能此。宋廣平鐵石心腸，不辭爲梅花作賦也。

七〇　尖纖與質拙

李蠙洲〔拋球樂〕云：『綺窗幽夢亂如柳，羅袖泪痕凝似錫。』〔謁金門〕云：『可奈薄情如此黠。寄書渾不答。』『錫』、『黠』叶韻，雖新，却不墜宋人風格。然如『錫』韻二句，所争亦止絫黍閒矣。其不失之尖纖者，以其尚近質拙也。學詞者不可不知。

七一　婉而多諷

《龜峯詞》〔沁園春〕〈詠西湖酒樓〉云：『南北戰争，唯有西湖，長如太平。』此三句含有無限感慨。宋人詩云：『西湖歌舞幾時休。』下云：『直把杭州作汴州。』婉而多諷，恉與剛父略同。

七二　吳樂庵詠雪

吳樂庵〔水龍吟〕〈詠雪次韻〉云：『興來欲喚，羸童瘦馬，尋梅隴首。有客遮留，左援蘇二，右招歐九。問聚星堂上，當年白戰，還更許、追蹤否。』此詞略昉劉龍洲〔沁園春〕『斗酒彘肩，醉渡浙江，豈不快哉。被香山居士，約林和靖，與坡公等，駕勒吾回』云云，而吳詞意較静。

作詞，最忌一矜字。矜之在迹者，吾庶幾免矣。其在神者，容猶在所難免。兹事未遽自足也。

七三　詞忌一矜字

七四　塡詞須先求凝重

塡詞，先求凝重。凝重中有神韻，去成就不遠矣。所謂神韻，即事外遠致也。即神韻未佳而過存之，其足爲疵病者亦僅，蓋氣格較勝矣。若從輕倩入手，至於有神韻，亦自成就，特降於出自凝重者一格。若並無神韻而過存之，則不爲疵病[一]者亦僅矣。或中年以後，讀書多，學力日進，所作漸近凝重，猶不免時露輕倩本色，則凡輕倩處，即是傷格處，即爲疵病矣。天分聰明人最宜學凝重一路，卻最易趨輕倩一路。苦於不自知，又無師友指導之耳。

七五　塡詞之道

塡詞之難，造句要自然，又要未經前人説過。自唐五代已還，名作如林，那有天然好語，留待我輩驅遣。必欲得之，其道有二：曰性靈流露，曰書卷醖釀。性靈關天分，書卷關學力。學力果充，雖天分少遜，必有資深逢源之一日。書卷不負人也。中年以後，天分便不可恃。苟無學力，日見其衰退而已。江淹才盡，豈眞夢中人索還囊錦耶。

[一] 疵病，原作『癡病』，據《蕙風詞話》卷一改。

七六　入聲字最爲適用

入聲字於塡詞最爲適用。付之歌喉，上去不可通作，唯入聲可融入上去聲。凡句中去聲字，能遵用去聲固佳，若誤用上聲，不如用入聲之爲得也。上聲字亦然。入聲字用得好，尤覺峭勁娟雋。

七七　詞宜守律

畏守律之難，輒自放於律外，或託前人不專家、未盡善之作以自解，此詞家大病也。守律誠至苦，然亦有至樂之一境。常有一詞作成，自己亦旣愜心，似乎不必再改。唯據律細勘，僅有某某數字，於四聲未合，即姑置而過存之，亦孰爲責備求全者。乃精益求精，不肯放鬆一字，循聲以求，忽然得至雋之字。或因一字改一句，因此句改彼句，忽然得絶警之句。此時曼聲微吟，拍案而起，其樂何如。雖剝珉出璞，選薏得珠，不逮也。彼窮於一字者，皆苟完苟美之一念誤之耳。

七八　性情學問

詞衰於元。當時名人詞論，即亦未臻上乘。如陸輔之《詞旨》所謂警句，往往抉擇不精，適足啓晚近纖妍之習。宋宗室名汝茪者，詞筆清麗，格調本不甚高。《詞旨》取其〔戀繡衾〕句：『怪別來、臙脂慵傅，被東風、偷在杏梢。』此等句不過新巧而已。余喜其〔漢宮春〕云：『故人老大，好襟懷消減全無。漫贏得、秋聲兩耳，冷泉亭下騎驢。』以清麗之筆作淡語，便似冰壺濯魄，玉骨横秋，綺紈粉黛，迴眸無色。但此等佳處，猶爲自詞中出者，未爲其至。如欲超軼王（碧山）、周（草窗），伯仲姜（白石）、吳（夢窗），而上企蘇、辛，其必由性情學問中出乎。

上海《小説月報》一九二〇年七月第一一卷第七號

餐櫻廡詞話卷二

一　詞筆之變化

劉伯寵生平宦轍，在吾廣右。惜其姓名廑見省志〈金石略〉，而事行無傳焉。〔水調歌頭〕〈中秋〉云：『破匣菱花飛動，跨海清光無際，草露滴明璣。』『跨海』云云，是何意境。下乃忽作小言。子雲〈解嘲〉所云『大者含元氣，細者入無閒』，略可喻詞筆之變化。

二　循聲按拍

方秋崖〔沁園春〕詞，檃括〈蘭亭序〉。有小序：『汪彊仲大卿，禊飲水西，令妓歌蘭亭，皆不能，乃爲以平仄度此曲，俾歌之』云云。大抵循聲按拍，宋人最爲擅長。不徒長短句皆可歌，即前人佳妙文字，亦皆可歌。水西羣妓，殆非妙選工歌者。如其工者，則必能歌〈蘭亭序〉矣。它如庾子山〈春賦〉，梁元帝〈蕩婦思秋賦〉、〈采采蓮賦〉，李太白〈惜餘春賦〉、〈愁陽春賦〉，儻付珠喉，未知若何流美。又如江文通〈別賦〉，謝希逸〈月賦〉，鮑明遠〈蕪城賦〉，李遐叔〈弔古戰場文〉，歐陽文忠〈秋聲賦〉，蘇文忠前、後〈赤壁賦〉，皆可選摘某篇某段而歌之。此類可歌之文，尤不勝僂指。紅簫鐵板，異曲同工已。

三　渾成而意味厚

莫子山〔水龍吟〕换頭云：『也擬與愁排遣。奈江山、遮攔不斷。嬌訛夢語，溼熒啼袖，迷心醉眼。』此等句便開明已後詞派，風格稍稍遜矣。其過拍云：『但年光暗换。人生易感。西歸水、南飛雁。』〔玉樓春〕换頭云：『憑君莫問情多少。門外江流羅帶繞。』此等句便佳，渾成而意味厚也。

四　程文簡壽詞

程文簡大昌〔臨江仙〕〈和正卿弟生日〉詞云：『紫荆同本但殊枝。直須投老日，常似有親時。』〔感皇恩〕〈淑人生日〉詞源云：『人人戴白，獨我青青常保。只將平易處，爲蓬島。』此等句非性情厚、閲歷深，未易道得。元劉静脩《樵庵詞》〈王利夫壽〉云：『吾鄉先友今誰健。西鄰王老時相見。每見憶先公。音容在眼中。　今朝故人子。爲壽無多事。唯願歲長豐。年年社酒同。』此詞余極憙誦之，與文簡詞庶幾近似。

五　《須溪詞》非别調

近人論詞，或以《須溪詞》爲别調，非知人之言也。《須溪詞》多眞率語，滿心而發，不假追琢，有掉臂游行之樂。其詞筆多用中鋒，風格遒上，畧與稼軒旗鼓相當。世俗之論，容或以稼軒爲别調，宜其以别調目須溪也。所可異者，《須溪詞》中，間有輕靈婉麗之作，似乎元明已後，詞派導源乎此，詎時代已入元初，風會所趨，不期然而然者耶。如〔浣溪沙〕〈感別〉云：『點點疏林欲雪天。竹籬斜閉自清妍。爲伊顛頷得人憐。　欲與那人攜素手，粉香和淚落君前。相逢恨恨總無言。』前調〈春日即事〉云：『遠遠游蜂不記家。數行新柳自啼鴉。尋思舊事即天涯。　睡起有情和畫卷，燕歸無語傍人斜。晚風吹落小瓶花。』〔山花子〕後段云：『早宿半程芳草路，猶寒欲雨暮春天。小小桃花三兩處，得人憐。』此等小詞，乃至略似清初顧梁汾、納蘭容若輩之作。以謂《須溪詞》中之別調可耳。又《須溪詞》〔促拍醜奴兒〕過拍云：『百年已是中年後，西州垂淚，東山攜手，幾箇斜暉。』語極平淡，令人黯然銷魂，不堪回首。此等句求之蘇、辛集中，亦未易多得。

六　融景入情

王易簡〈謝草窗惠詞卷〉〔慶宮春〕歇拍云：『因君凝竚，依約吳山，半痕蛾綠。』易簡《樂府補題》諸作，頗膾炙人口。余謂此十二字絕佳，能融景入情，秀極成韻，凝而不佻。

七　薄相

葛郯《信齋詞》〔水調歌頭〕〈舟回平望，過烏戍值雨，向晚復晴〉云：『應是陽侯薄相，催我胸中錦繡。清唱和鳴鷗。』『薄相』，猶言游戲，吳閶里語曰『白相』，『白』蓋『薄』之聲轉，一作『孛相』。烏程張鑑《冬青館詩》〈山塘感舊〉云：『東風西月燈船散，愁煞空江孛相人。』

八　《明秀集》意境

《明秀集》〔滿江紅〕句：『雲破春陰花玉立。』清婀極憙之，暇輒吟諷不已。余憙其〔千秋歲〕〈對菊小酌〉云：『秋光秀色明霜曉。』意境不在『雲破』句下。

九　言外情感

蕭閑〔小重山〕云：『得君如對好江山。幽棲約、湖海玉孱顔。』比余〈詠梅〉〔清平樂〉云：『玉容依舊。便抵江山秀。』略與昔賢闇合，特言外情感不同耳。

一〇　上去聲不可忽

上去聲字，近人往往誤讀。如『動静』之『静』，上聲，誤讀去聲。『暝色』之『暝』，去聲，誤讀上聲。作詞既守四聲，則於宋人用『静』字者用上聲，用『暝』字者用去聲，斯爲不誤矣。顧審之聲調，或反蹈聱牙螯喉之失。意者宋人亦誤讀誤用耶。遇此等處，唯有檢本人它詞及它人詞證之，庶幾決定所從。特非精擘宫律者之作，不足爲據耳。

一一　上可代入

宋人名作，於字之應用入聲者，閒用上聲，用去聲者絶少。檢《夢窗詞》知之。

一二　鬢髮覆額

閨人時妝，鬢髮覆額，如黝髹可鑑。以梳之小而絕精者，約正中片髮，入其齒中，闊與梳相若，梳齒向上，局曲而旋覆之，令齒仍向上，髮密而厚，梳齒藏不見，則翡起爲美觀。《花間集》毛熙震〔浣溪沙〕云：『象梳欹鬢月生雲。』清姒嘗改爲『象梳扶鬢雲藏月』，蓋賦此也。

一三　五十開六

近人稱壽五十一歲曰『開六』，六十一曰『開七』。程大昌〔韻令〕按，宋人稱詞曰『韻令』，此以爲調名，僅見。〈碩人生日〉云：『壽開八秩，兩鬢全青。顏紅步武輕。』自注：『白樂天〈開六秩〉詩自注云：「年五十歲，即曰開第六秩矣。」言自五十一，即爲六十紀數之始也。』五十即曰開六，與今小異。

一四　帔詩珠字

又〔折丹桂〕按，此調名亦僅見。[一]小序云：『通奉嘗欲爲先碩人篆帔，命爲詩語。某獻語曰：「詩禮爲家慶，貂蟬七葉餘。庭闈稱壽處，童稚亦金魚。」通奉喜，自爲小篆，綴珠其上。』帔詩珠字，事韻而新，它書未之見也。

〔一〕　按，〔折丹桂〕，宋尚有王之道三首，張鎡一首，佚名一首，非『僅見』於程大昌。

一五　工於寫情

易祓〔喜遷鶯〕云：『記得年時，膽瓶兒畔，曾把牡丹同嗅。』語小而不纖。極不經意之事，信手拈來，便覺旖旎纏綿，令人低徊不盡。納蘭成德〔浣溪沙〕云：『被酒莫驚春睡重，賭書消得潑茶香。當時衹道是尋常。』亦復工於寫情，視此微嫌詞費矣。〔喜遷鶯〕歇拍云：『强消遣，把閒愁推入，花前杯酒。』由『舉杯消愁』意翻變而出，亦前人所未有。

一六　嬰香

《歸潛志》載，王南雲〈夢梅〉詩：『嬰香枕簟黄昏月，樧棣東風笑谷春。』曩余譔《蕙風簃隨筆》有云：嬰香，香名，燒之香嬰嬰也。見《眞誥》。余嘗覺嬰兒體中，別具一種香氣，冲微而妮，非世界衆香所及，殆即所謂嬰香耶。但不能凡嬰皆然耳。《神仙傳》：老君妹名嬰香。南雲詩中僻典奇字，決非嚮壁虛造。其下句『樧棣』字，亦必有本。大約非釋典即道書。南雲輒曰，出天上何書，蓋不樂衒博，又欲振奇，謬託詼詭之談，駭世俗聽聞耳。

一七　遺山詩詞

元遺山以絲竹中年，遭遇國變，崔立采望，勒授要職，非其意指。卒以抗節不仕，顦顇南冠二十餘稔。神州陸沈之痛，銅駝荆棘之傷，往往寄託於詞。〔鷓鴣天〕三十七闋，泰半晚年手筆。其〈賦隆德故宫〉及宫體八首、〈薄命妾辭〉諸作，蕃豔其外，醇至其內，極往復低徊、掩抑零亂之致。

而其苦衷之萬不得已，大都流露於不自知。此等詞，宋名家如辛稼軒固嘗有之，而猶不能若是其多也。遺山之詞，亦渾雅，亦博大。有骨榦，有氣象。以比坡公，得其厚矣，而雄不逮焉者。豪而後能雄，遺山所處，不能豪，尤不忍豪。牟端明〔金縷曲〕云：『撲面胡塵渾未掃，强歡謳、還肯軒昂否。』知此可與論遺山矣。設遺山雖坎坷，猶得與坡公同，則其詞之所造，容或尚不止此。其〔水調歌頭〕〈賦三門津〉『黄河九天上』云云，何嘗不崎嶇排奡。坡公之所不可及者，尤能於此等處不露筋骨耳。〔水調歌頭〕當是遺山少作。晚歲鼎鑊餘生，栖遲蘦落，興會何能飆舉。知人論世，以謂遺山即金之坡公，何遽有愧色耶。充類言之，坡公不過逐臣，遺山則遺臣孤臣也。其〈賦隆德故宫〉云：『人間更有傷心處，奈得劉伶醉後何。』宫體八首，其二云：『春風殢殺官橋柳，吹盡香緜不放休。』其四云：『月明不放寒枝穩，夜夜烏啼徹五更。』其七云：『花爛錦，柳烘煙。韶華滿意與歡緣。不應寂寞求凰意，長對秋風泣斷絃。』〈薄命妾辭〉云：『桃花一簇開無主，儘著風吹雨打休。』其它如〈無題〉云：『墓頭不要征西字，元是中原一布衣。』又云：『幾時忘得分攜處，黄葉疏雲渭水寒。』又云：『籬邊老卻陶潛菊，一夜西風一夜寒。』又云：『殷勤未數〈閒情賦〉，不願將身作枕囊。』又云：『只緣攜手成歸計，不恨薶頭屈壯圖。』又云：『旁人錯比揚雄宅，笑殺韓家晝錦堂。』又云：『鹿裘孤坐千峯雪，耐與青松老歲寒。』又云：『諸葛菜，邵平瓜。白頭孤影一長嗟。南園睡足松陰轉，無數蜂兒趁晚衙。』又〈與欽叔京甫市飲〉云：『醒來門外三竿日，臥聽春泥過馬蹄。』句各有指，知者可意會而得。其詞纏緜而婉曲，若有難言之隱，而又不得已於言，可以悲其志而原其心矣。

一八　小中見厚

唐張祜〈贈內人〉詩：『斜拔玉釵燈影畔，剔開紅燄救飛蛾。』後人評此，以謂慧心仁術。金景覃詞〈天香〉云：『閒階土花碧潤，緩芒鞵、恐傷蝸蚓。』與祜詩意同。塡詞以厚爲要恉，此則小中見厚也。又，〈鳳棲梧〉歇拍云：『別有溪山容杖屨。等閒不許人知處。』意境清絶、高絶。憶余少作〈鷓鴣天〉，歇拍云：『茜窗愁對清無語，除卻秋燈不許知。』以視景詞，意略同，而境遠遜，風骨亦未能騫舉。

上海《小説月報》一九二〇年八月第一一卷第八號

一九　遺山佳句

遺山詞佳句夥矣，燈窗雒誦，率臆撰摘，而慢詞弗與焉，不無遺珠之惜也。〈江城子〉〈太原寄劉濟川〉云：『斷嶺不遮南望眼，時爲我，一憑闌。』前調〈觀別〉云：『萬古垂楊，都是折殘枝。』又云：『爲問世間離別淚，何日是，滴休時。』〈感皇恩〉〈秋蓮曲〉云：『微雨岸花，斜陽汀樹，自惜風流怨遲暮。』〈定風波〉〈楊叔能贈詞留別，因用其意答之〉云：『至竟交情何處好。向道。不如行路本無情。』〈臨江仙〉〈西山同欽叔送辛敬之歸女几〉云：『回首對牀燈火處，萬山深裏孤邨。』前調〈內鄉北山〉云：『三年閒爲一官忙。簿書愁裏過，筍蕨夢中香。』〈南鄉子〉云：『爲向河陽桃李道，休休。青鬢能堪幾度愁。』〈鷓鴣天〉云：『醉來知被旁人笑，無奈風情未減何。』前調云：『殷勤昨夜三更雨，賸醉東城一日春。』前調云：『長安西望腸堪斷，霧閣雲窗又幾重。』〔南柯子〕云：『畫簾雙燕舊家春。曾是玉簫聲裏、斷腸人。』凡余選錄前人詞，以渾成沖淡爲宗恉。余所謂佳，容或以爲未是，安能起遺山而質之。

二〇 三先生睡詞

遺山〔水龍吟〕衍陳希夷〈睡歌〉云：『百年同是行人，酒鄉獨有歸休地。此心安處，良辰美景，般般稱遂。力士鐺頭，舒山杓畔，不妨游戲。算爲狂爲隱，非狂非隱，人誰解，先生意。　莫笑糊塗老眼，幾回看、紅輪西墜。一杯到手，人間萬事，俱然少味。范蠡張良，儘他驚怪，陳摶貪睡。且陶陶兀兀，今朝醉了，更明朝醉。』《天籟集》有〈睡〉詞，亦用此調云：『遺山先生有〈醉鄉〉一詞，僕飲量素慳，不知其趣，獨閒居嗜睡有味，因爲賦此。』『醉鄉千古人行，看來直到亡何地。如何物外，華胥境界，昇平夢寐。鸞馭翩翩，蝶魂栩栩，俯觀羣蟻。恨周公不見，莊生一去，誰眞解，黑甜味。　聞道希夷高卧，占三峯、華山重翠。尋常羨殺，清風嶺上，白雲堆裏。不負平生，算來惟有，日高春睡。有林間剝啄，忘機幽鳥，喚先生起。』又用前韻〈答曹光輔教授〉云：『倚闌千里風煙，下臨吳楚知無地。有人高枕，樓居長夏，晝眠夕寐。驚覺游仙，紫毫吐鳳，玉觴吞蟻。更誰人似得，淵明太白，詩中趣，酒中味。　慙愧東溪處士，待他年、好山分翠。人生何苦，紅塵陌上，白頭浪裏。四壁窗明，兩盂粥罷，暫時打睡。儘聞雞祖逖，中宵狂舞，蹴劉琨起。』半唐老人王鵬運〈和天籟詞韻〉云：『輭紅十丈塵飛，人間何許蘧愁地。頽然一笑，玉山自倒，春生夢寐。我已忘情，蕉邊覆鹿，槐根封蟻。問無情世故，倉皇逐熱，誰能解，於中味。　漫說朝來拄笏，最宜人、西山晴翠。何如一枕，忘機息影，黑甜鄉裏。萬事悠悠，百年鼎鼎，付之酣睡。待黃鸝三請，窺園乘興，倩花扶蚤是起。』三先生睡詞，六百年來，沆瀣一氣，蓋坦夷寧靜，時世異而襟袍同矣。余則舊有句云：『從來少睡人，何堪聽雨更愁春。』是不知睡味者。烏在從三先生後，其與半唐不同而同，唯吾半唐能言之。疇昔文字訂交，情踰昆季，春明薄宦，晨夕過從，猶憶睡詞脫稿，一燈商榷，如在目前，其過拍『無情世故』句，歇拍『倩花扶起』句，並余爲之酌定。詎今山河邈若，陵谷婁遷，何止夢中，眞成隔世。俛俯陳迹，能無悁悁以悲耶。

二一　清勁與緜邈

劉無黨〈烏夜啼〉歇拍云：『離愁方付殘春雨，花外泣黃昏。』此等句，雖名家之作，亦不可學。嫌近纖，近衰颯。其過拍云：『宿酲人困屏山夢，煙樹小江村。』庶幾運實入虛，巧不傷格。曩半塘老人〈南鄉子〉云：『畫裏屏山多少路，青青。一片煙蕪是去程。』意境與劉詞略同。劉清勁，王緜邈。

二二　李莊靖樂府

金李用章莊靖先生樂府，〈謁金門〉序云：『西齋得梅數枝，色香可愛，一日爲澤倅崔仲明竊去，感歎不已，因賦此調十二章，以寫悵望之懷。』直書竊梅人之官位姓字，此序奇絕，亦韻絕。其十二章之目，曰：寄梅、探梅、賦梅、歎梅、慰梅、賞梅、畫梅、戴梅、別梅、望梅、憶梅、夢梅，細審一一，卻無言外寄託，只是爲梅花作，抑何纏緜鄭重乃爾。其〈寄梅〉歇拍云：『爲問花間能賦客，如何心似鐵。』亦悱惻，亦蘊藉，直使竊梅人無辭自解免。其後有〈太常引〉〈同知崔仲明生日〉云：

『太行千里政聲揚。問何處、是黄堂。遺愛幾時忘。試聽取、人歌召棠。錦衣年少，插花躍馬，休負好風光。三萬六千場。但暮暮、朝朝醉鄉。』召棠遺愛，於插花年少得之。竊花人幸復不惡，不失其爲『花間能賦』，賴此闋爲之解嘲。

二三　妙於形容

李莊靖〔謁金門〕云：『萬里無雲天紺滑。一輪光皎潔。』『紺、滑』二字，未經前人用過，較『雨過天青雲破處』，尤爲妙於形容。

二四　《天籟詞》用坡公句

《天籟詞》，〔永遇樂〕〈同李景安游西湖〉云：『青衫儘付，濛濛雨濕，更著小蠻針線。』用坡公〔青玉案〕句『春衫猶是，小蠻針線，曾溼西湖雨』，而太素語特傷心。其言外之意，雖形骸可土木，何有於小蠻針線之青衫，以坡公之『瓊樓玉宇，高處不勝寒』比之，猶死别之與生離也。

二五　須溪詞不可及

《須溪詞》，風格遒上以稼軒，情辭跌宕似遺山。有時筆意俱化，純任天倪，竟能略似坡公。往往獨到之處，能以中鋒達意，以中聲赴節。世或目爲别調，非知人之言也。〔促拍醜奴兒〕云：『百年已是中年後，西州垂淚，東山携手，幾箇斜暉。』〔踏莎行〕〈九日牛山作〉云：『向來吹帽插花人，盡隨殘照西風去。』〔永遇樂〕云：『香塵暗陌，華燈明晝，長是嬾攜手去。』〔摸魚兒〕〈海棠一夕如雪無飲者賦恨〉云：『無人舉酒。但照影隄流，圖它紅淚，飄灑到襟袖。』前調〈守歲〉云：『古今守歲無言説，長是酒闌情緒。』〈金縷曲〉〈五日〉云：『欸乃漁歌斜陽外，幾書生、能辦投湘賦。』余所摘警句視此，其〈江城子〉〈海棠花下燒燭〉詞云：『欲睡心情，一似夢驚殘。』〈山花子〉〈春暮〉云：『更欲徘徊春尚肯，已無花。』若斯之類，是其次矣。如衡論全體，大段以骨榦氣息爲主，則必舉全首而言。其中即無如右等句可也。由是推之全卷，乃至〈口占〉、〈漫興〉[一]之作，而其骨榦氣息具在。此須溪之所以不可及乎。

二六　起處不宜泛寫景

近人作詞，起處多用景語虛引，往往第二韻方約略到題，此非法也。起處不宜泛寫景，宜實不宜虛，便當籠罩全闋，它題便挪移不得。唐李程作〈日五色賦〉，首云：『德動天鑒，祥開日華。』雖篇幅較長於詞，亦以二句檃括之，尤有弁冕端凝氣象。此恉可通於詞矣。

二七　名手作詞

名手作詞，題中應有之義，不妨三數語説盡。自餘悉以發抒襟抱，所寄託，往往委曲而難明。長言之不足，至乃零亂拉雜，胡天胡帝。其言中之意，讀者不能知，作者亦不蘄其知。以謂流於跌宕怪神、怨懟激發，而不可以爲訓，則亦左徒之『騷』『些』云爾。夫使其所作，大都衆所共知，無甚關

[一] 漫興，原作『漫與』，據《全宋詞》改。

係之言，寧非浪費楮墨耶。

二八　許古〔行香子〕

『春山淡冶而如笑，夏山蒼翠而如滴，秋山明淨而如妝，冬山慘淡而如睡。』宋畫院郭熙語也。金許古詞〔行香子〕過拍云：『夜山低，晴山近，曉山高。』郭能寫山之貌，許尤傳山之神。非入山甚深，知山之眞者，未易道得。

二九　打油腔

許道眞〔眼兒媚〕云：『持杯笑道，鵝黃似酒，酒似鵝黃。』此等句，看似有風趣，其實絕空淺，即俗所謂打油腔。最不可學。

三〇　明季二陸詞

得舊鈔本明季《二陸詞》，其人其詞皆可傳，欲授梓未能也。節具傳略，并詞數闋如左。陸鈺，字眞如，萬歷戊午舉人，改名藎誼，字忠夫，晚號退菴。九上春官不第，鍵户箸書，足不入城市。甲申遭變，隱居貢師泰之小桃源。曰：吾乃不及祝開美乎。未幾，絶食十二日卒。有集十卷。其《射山詩餘》〔曲遊春〕〈和查伊璜客珠江元韻〉云：『問牡丹開未。正乳燕身輕，雛鶯聲細。共聽〔霓裳〕，看爲雨爲雲，胡天胡帝。與君行樂處，經回首、依稀都記。攜來絲竹東山，幾度尊前杖底。鼙鼓東南動地。見下瀨樓船，旌旗無際。未免關情，對楚嶺春風，吳江秋水。暗灑英雄淚。更莫問、年來心事。又是午夢驚殘，歌聲乍起。』前調再疊韻云：『潫酒曾篘未。羨肉脆絲清，宫浮商細。塞耳休聽，任佗雄南楚越，秦稱西帝。青史興衰處，儘簡閲、紛綸難記。不如倚杖臨風，一任醉□花底。芳草斜陽藉地。看遠樹天邊，歸舟雲際。曲裏新聲，怨羌笛關山，隴西流水。又溼青衫淚。那更惜、闌珊春事。卻看楊柳梢頭，一輪月起。』前調三疊韻云：『曉日還昇未。正虬箭亂傳，獸煙初細。鳴鳥閒關，痛精衛炎姬，子規川帝。千載人何處。笑符讖、何勞懸記。欣然更拓雲藍，自寫新詞窗底。窗外光陰遍地。纔畫角飄殘，一聲天際。豎子成名，念英雄難問，夕陽流水。獨下新亭淚。儘寂寞、閒居無事。誰論江左夷吾，關西伯起。』〔浪淘沙〕云：『松徑挂斜暉。閑叩禪扉。故人蹤跡久離違。握手夕陽西下路，未忍言歸。此地是耶非。千載依依。采香徑外越來溪。碧縹緗約今尚在，歌舞全稀。』前調云：『高閣俯行雲。我一相聞。主人几榻迥無塵。世外興亡彈指劫，一著輸君。回首太湖濆。斷靄紛紛。扁舟應笑館娃人。比擬子陽西蜀事，話到殘曛。』元注：『子陽，雙白語也，蓋有所指。』按，『雙白』義未解。

上海《小説月報》一九二〇年九月第一一卷第九號

三一　陸宏定詞

陸宏定，字紫度，號綸山，别字蓬叟，鈺次子。九歲能文，工詩。與兄辛齋齊名。有『冰輪二陸』之目。宏定一生高潔。有《一草堂》、《爰始樓》、《寧遠堂》諸集。其《憑西閣長短句》，首署『東濱陸宏定箸，孫武熊鈔存。』按，當無刻本。〔滿路花〕〈花朝輯蒲萄[一]繁蔓圖悼亡姬〉云：『刀尺好誰貽，又是中和節。衆芳何處也，催鶗鴂。春遲候冷，別院梅花發。撫景堪愁絶。自入春來，風風雨雨纔歇。　小庭枯蔓，逗的春消息。新條還護取，穿蘿薜。當年記道，縴手親移植。共倚藤蔭月。斷人腸，是花期，轉眼狼籍。』〔望湘人〕云：『記歸程過半，家住天南，吳煙越岫飄渺。轉眼秋冬，幾回新月，偏向離人燎皎。急管宵殘，疏鐘夢斷，客衣寒悄。憶臨歧、淚染湘羅，怕助風霜易老。　是爾翠黛慵描，正懨懨顦顇，向予低道。念此去誰憐，冷煖關山路杳。纔攜手，教款語丁寧，眼底征雲繚繞。悔不翦、春雨蘼蕪，牽惹愁懷多少。』〔虞美人〕云：『花原藥塢茫鋤去。會底天工意。卻移雙槳傍漁磯。剛被一輪新月、照前谿。　來霜往露須臾換。都是牽愁案。漸添華髮入中年。悔把高山流水、者回彈。』宏定娶周氏，名鋆，字西鑫，郡文學明輔女。事舅姑至孝，撫側室子女以慈。好作詩及小詞。〈別母渡錢塘〉云：『未成死別魂先斷，欲計生還路恐難。』〈詠杏〉[二]云：『萱草北堂迴晝錦，荊花叢地妒嬌姿。』〈送外入燕〉〔減字木蘭花〕云：『莫便忘家莫憶家。』惜全闋已佚。

三二　詞忌做

《憑西閣詞》，篇幅增於射山，而風格差遜。射山閒涉側豔，洎乎晚節，夐然河嶽日星，烏可以詞

[一] 蒲萄，原作『萄萄』，據《蕙風詞話》卷五改。
[二] 詠杏，《蕙風詞話》卷五作『詠杏花』。

定人耶。其〔小桃紅〕歇拍云：『終躊躇，生怕有人猜，且尋常相看。』因憶國初人詞有云：『丁寧切莫露輕狂。眞箇相憐儂自解，妒眼須防。』此不可與陸詞並論。詞忌做，尤忌做得太過。巧不如拙，尖不如禿，陸無巧與尖之失。

三三　《射山詞》質拙

《射山詞》〔虞美人〕云：『可憐舊事莫輕忘。且令三年無夢、到高唐。』余甚喜其質拙。〔一斛珠〕云：『挑燈且殢同君坐。好向燈前、舊誓重盟過。』〔醉春風〕云：『淚如鉛水傍誰收，記。記。記。卻正煩君，盈盈翠袖，拭英雄淚。』〔一絡索〕云：『一尊銜淚向人傾，拌醉謝、尊前客。』皆佳句。

三四　凡人學詞

凡人學詞，功候有淺深，即淺亦非疵，功力未到而已。不安於淺而致飾焉，不恤顰眉、齲齒，楚楚作態，乃是大疵，最宜切忌。

三五　直率與曲折

詞筆固不宜直率，尤切忌刻意爲曲折。以曲折藥直率，即已落下乘。昔賢樸厚醇至之作，由性情學養中出，何至蹈直率之失。若錯認眞率爲直率，則尤大不可耳。

三六 《眉匠詞》

《眉匠詞》，竹垞少作，豐潤丁氏持静齋藏。

三七 詞學程序

詞學程序，先求妥帖、停匀，再求和雅、深此深字只是不淺之謂。秀，乃至精穩、沈著。精穩，則能品矣。沈著，更進於能品矣。精穩之穩，與妥帖迥乎不同。沈著尤難於精穩。平昔求詞詞外，於性情得所養，於書卷觀其通。優而游之，饜而飫之，積而流焉。所謂滿心而發，肆口而成，擲地作金石聲矣。情眞理足，筆力能包舉之。純任自然，不假錘鍊，則沈著二字之詮釋也。

三八 聞早

《遯庵樂府》〔大江東去〕云：『不如聞早，付它妻子耕織。』〔江城子〕云：『明日新年，聞早健還家。』〔漁家傲〕云：『住山活計宜聞早。身世滄溟一漚小。』聞早，當是北人方言。《菊軒樂府》中亦兩見。漚尹云：今汴梁城中有此方言，猶言及早。『聞』讀若『穩』。

三九 段復之〔滿江紅〕

段復之〔滿江紅〕序云：『遯庵主人植菊階下，秋雨既盛，草萊蕪沒，殆不可見。江空歲晚，霜餘草腐，而吾菊始發數花。生意悽然，似訴余以不遇，感而賦之。因李生湛然歸寄菊軒弟。』詞後段云：『堂上客，頭空白。都無語，懷疇昔。恨因循過了，重陽佳節。颯颯涼風吹汝急，汝身孤特應難立。漫臨風、三嗅繞芳叢，歌還泣。』節韻已下，情深一往，不辨是花是人，讀之令人增孔懷之重。

四〇　擊丸之戲

馮子駿〈玉樓春〉句：『花觸飛丸紅雨妥。』按，花蕊夫人宮詞：『侍女爭揮玉彈弓，金丸飛入亂花中。』馮詞殆即用此。《續夷堅志》〈京娘墓〉一則，有『它日寒食，元老爲友招擊丸於園西隙地』云云，蓋當時春日有擊丸之戲，若蹴鞠飛堶故事矣。馮名延登，金末刑部尚書，殉汴都。

四一　景中有情

填詞景中有情，此難以言傳也。元遺山〈木蘭花慢〉云：『黄星幾年飛去，澹春陰、平野草青青。』平野春青，祇是幽静芳倩，却有難狀之情，令人低徊欲絶。善讀者約略身入景中，便知其妙。

四二　詞與詩不同處

趙愚軒〈行香子〉云：『綠陰何處，旋旋移牀。』昔人詩句『月移花影上闌干』，此言移牀就綠陰，意趣尤生動可喜。即此是詞與詩不同處，可悟用筆之法。

四三　燈煤代眉黛

鄭谷〈貧女吟〉：『笑翦燈花學畫眉。』潘元質詞：『旋翦燈花，兩點翠眉誰畫。』蓋以燈煤碾細代眉黛。王元老〔菩薩蠻〕云：『留取麝煤殘。臨鸞學遠山。』此用香煤，更韻。

四四 樂府縹渺人

《拙軒詞》〔南鄉子〕序：『大定甲辰，馳驛過通州，賢守開東閣，出樂府縹渺人，作累累駐雲新聲，青其姓，小字梅兒。』云云。『縹渺人』，所本　考。

四五 詞有南北

自六朝已還，文章有南北派之分，乃至書法亦然。姑以詞論，金源之於南宋，時代政同，疆域之不同，人事爲之耳。風會曷與焉。如辛幼安先在北，何嘗不可南。如吳彥高先在南，何嘗不可北。顧細審其詞，南與北確乎有辨，其故何耶。或謂《中州樂府》選政操之遺山，皆取其近己者。然如王拙軒、李莊靖、段氏遯庵、菊軒，其詞不入元選，而其格調氣息，以視元選諸詞，亦復如驂之靳，則又何説。南宋佳詞能渾至，金源佳詞近剛方。宋詞深緻能入骨，如清眞、夢窗是。金詞清勁能樹骨，如蕭閒、遯庵是。南人得江山之秀，北人以冰霜爲清。南或失之綺靡，近於雕文刻鏤之技；北或失之荒率，無解深裘大馬之譏。善讀者抉擇其精華，能知其並皆佳妙。而其佳妙之所以然，不難於合勘，而難於分觀。往往能知之而難於明言之。然而宋金之詞之不同，固顯而易見者也。

四六 凝勁與疏秀

辛、党二家，并有骨幹。辛凝勁，党疏秀。

四七　清勁之氣

党承旨〔青玉案〕云：『痛飲休辭今夕永。與君洗盡，滿襟煩暑，別作高寒境。』以鬆秀之筆，達清勁之氣，倚聲家精詣也。『鬆』字最不易做到。

四八　融情景中

又，〔月上海棠〕〈用前人韻〉後段云：『斷霞魚尾明秋水。帶三兩飛鴻點煙際。疏林颯秋聲，似知人、倦游無味。家何處。落日西山紫翠。』融情景中，旨淡而遠。迂倪畫筆，庶幾似之。

四九　曲折而意多

又，〔鷓鴣天〕云：『開簾放入窺窗月，且盡新涼睡美休。』瀟灑疏俊極矣。尤妙在上句『窺窗』二字。窺窗之月，先已有情。用此二字，便曲折而意多。意之曲折，由字裏生出，不同矯揉鉤致，不墮尖纖之失。

五〇　虛字叶韻最難

詞用虛字叶韻最難。稍欠斟酌，非近滑，即近佻。憶二十歲時作〔綺羅香〕，過拍云：『東風吹盡柳緜矣。』端木子疇前輩採見之，甚不謂然，申誡至再。余詞至今不復敢叶虛字。又如『賺』字、『偷』字之類，亦宜愼用，並用涉纖。『兒』字尤難用之至。如船兒、葉兒、月兒云云。此字天然近俚，用之得如閨人口吻，即亦何當風格。乃至郙夫子口吻，不尤不可嚮邇耶。若於此等難用之字，筆健能扶之使竪，意精能鍊之使穩，庶極嫥家能事矣。斯境未易臻，仍以不用爲是。

五一　七夕詞

曩作七夕詞，涉尋常兒女語，疇丈尤切誡之，余自此不作七夕詞，承丈教也。《碧瀣詞》，刻入《薇省同聲集》。〔齊天樂〕序云：『前人有言，牽牛象農事，織女象婦功。七月田功粗畢，女工正殷，天象亦寓民事也。六朝以來，多寫作兒女情態，慢神甚矣。丁亥七夕，偶與瑟軒論此事，倚此糾之。』『一從豳雅陳民事，天工也垂星彩。稼始牽牛，衣成織女，光照銀河兩界。秋新候改。正嘉穀初登，授衣將届。春耜秋梭，歲功於此隱交代。　神靈焉有配偶，藉唐宮夜語，誣衊眞宰。附會星期，描橅月夕，比作人閒懽愛。機窗淚灑。又十萬天錢，要償婚債。綺語文人，懺除休更待。』即誡余之恉也。

五二　蓮不宜言瘦

《明秀集》，〈樂善堂賞荷〉詞：『胭脂膚瘦薰沈水，翡翠盤高走夜光。』滹南老人《詩話》云：『蓮體實肥，不宜言瘦，似易膩字差勝。』龍壁山人云：『蓮本清豔，膩得其貌，未得其神也。』余嘗細審之，此字至難穩稱，尤須與下云『薰沈水』相貫穿。擬易『潤』字、『媚』字、『薄』字，彼勝於此。似乎『薄』字較佳，對下句『高』字亦稱。

五三　詞家三昧

段誠之《菊軒樂府》〔江城子〕云：『月邊漁。水邊鉏。花底風來，吹亂讀殘書。』前調〔東園牡丹花下酒酣，即席賦之〕云：『歸去不妨簪一朶，人也道，春花來。』騷雅俊逸，令人想望風采。〔月上海棠〕云：『喚醒夢中身，䳺鳩數聲春曉。』前調云：『頽然醉卧，印蒼苔半袖。』於情中入深静，於疏處運追琢，尤能得詞家三昧。

五四　何樓

菊軒〔臨江仙〕云：『浮生擾擾笑何樓。試看雙鬢上，衰颯不禁秋。』按，劉貢父《詩話》：『世語虛僞爲何樓。』蓋國初宋初也。京師有何家樓，其下賣物多虛僞，故以名之。菊軒詞蓋用此。

五五　以竊嘗爲吹笙

李齊賢，字仲思，遼時高麗國人，有《益齋長短句》。〔鷓鴣天〕云：『飮中妙訣人如問，會得吹笙便可工。』宋諺謂『吹笙』爲『竊嘗』。《蘆川詞》〔浣溪沙〕序云：『范才元自釀，色香玉如，直與綠萼梅同調，宛然京洛風味也。因名曰萼綠春，且作一首。諺以「竊嘗」爲「吹笙」云。』詞後段『竹葉傳杯驚老眼，松醪題賦倒綸巾。須防銀字暖朱脣。』『竊嘗』，嘗酒也，故末句云云。仲思居中國久，詞用當時諺語，略與張仲宗意同，資諧笑云爾。《織餘瑣述》云：『樂器竹製者唯笙，用吸氣，吸之恒輕，故以喻「竊嘗」。』

五六　益齋詞不愧名家

《益齋詞》，〔太常引〕〈暮行〉云：『燈火小於螢。人不見、苔扉半扃。』〔人月圓〕〈馬嵬效吳彦高〉云：『小顰中有，漁陽胡馬，驚破〔霓裳〕。』〔菩薩蠻〕〈舟次青神〉云：『夜深篷底宿。暗浪鳴琴筑。』〔巫山一段雲〕〈山市晴嵐〉云：『隔溪何處鷓鴣鳴。雲日翳還明。』前調〈黃橋晚照〉云：『夕陽行路卻回頭。紅樹五陵秋。』此等句，置之兩宋名家詞中，亦庶幾無愧色。

五七　渺渺兮予懷望

蘇文忠〈前赤壁賦〉『桂櫂兮蘭槳，擊空明兮泝流光。渺渺兮予懷句。望美人兮天一方。』幼年塾誦，如此斷句。比閲劉尚友《養吾齋詞》〔沁園春〕檃括〈前赤壁賦〉，起調云：『壬戌之秋，七月既望，蘇子泛舟。』『七月』句下自注：『「望」效公予懷望，平讀。』始知宋人讀此二句，乃於『望』字斷句叶韻。句各六字，亟記之，以正幼讀之誤。尚友，名將孫，入元，抗節不仕，須溪之肖子也。

五八　櫻花雅故

曩賦日本櫻花詞夥矣，頗搜羅彼都雅故。清姒譔《織餘瑣述》，閒亦助余甄采。偶閲《甘雨亭叢書目》，有山崎敬義《櫻之辨》、松岡元達《櫻品》各一卷，吾二人未經見及，可知挂漏尚多矣。亟存其名，粹異日訪求焉。

五九　四月八

《須溪詞》〔百字令〕『少微星小』闋自注：『佛以四月八生，見明星悟道，曰「奇哉」，即《左傳》「星隕如雨」之夕也。』此説絶新。須溪賅博，未審於何書得之。

上海《小説月報》一九二〇年一〇月第一一卷第一〇號

六〇　劉將孫《養吾齋詩餘》

劉將孫《養吾齋詩餘》，《彊村所刻詞》第一次印本。列入元人，余議改編《須溪詞》後，爲之跋曰：『宋劉尚友《養吾齋詩餘》一卷，彊村朱先生依《大典》《養吾齋集》本鍥行，凡二十闋。檢元鳳林書院《草堂詩餘》，有劉尚友〔憶舊游〕論字韻云：『政落花時節，顦顇東風，緑滿愁痕。悄客夢驚呼伴侣，斷鴻有約，回泊歸雲。江空共道惆悵，夜雨隔篷聞。儘世外縱横，人間恩怨，細酌重論。　歎他鄉異縣，渺舊雨新知，歷落情眞。匆匆那忍别，料當君思我，我亦思君。人生自非麋鹿，無計久同羣。此去重消魂，黄昏細雨人閉門。』此闋《大典》本《養吾齋詩餘》未載。樊榭山民跋元《草堂詩餘》：『亡名氏選，至元、大德間諸人所作，皆南宋遺民也。詞多悽惻傷感，不忘故國。而於卷首冠以劉藏春、許魯齋二家，厥有深意』云云。抑余觀於劉許之後，即以信國文公繼之，不啻爲之揭櫫諸人何如人者。劉尚友詩餘有〔摸魚兒〕〔己卯元夕〕、〔甲申客路聞鵑〕各一闋。己卯，宋帝昺祥興二年，是年宋亡。甲申，元世祖至元二十一年，上距宋亡五年。尚友兩詞並情文慷慨，骨幹近蒼。〔聞鵑〕闋，有『少日』、『曾聽』、『摇落壯心』之句，蓋雖須溪之子，而身丁國變，已屆中年。按：《須溪詞》，〔摸魚兒〕〈辛巳自壽年五十〉句云：『渾未覺。恁兒子門生，前度登高弱。』兒子，即尚友。辛巳前二年爲己卯，即尚友作〈元夕〉詞之年，即宋亡之年。是年須溪四十八歲。須溪亦有〈聞杜鵑〉詞調〔金縷曲〕句云：『十八年閒來往斷，白首人間今古。』自注：『予往來秀城十七八年。自己巳夏歸，又十六年矣。』己巳後十六年，恰是甲申，〈聞杜鵑〉詞，當是與尚友同作。是年須溪五十三歲。須溪又有〔二〕〔臨江仙〕〈將孫生日賦〉云：『二十年前此日，女兒慶我生兒。』末云：『兒童看有子，白髮故應衰。』須溪賦是詞時，尚友逾弱冠，有子矣。『白髮故應衰』，猶是始衰者之言。蓋須溪得尚友早，父子年歲相差，爲數二十强弱。據詞略可考見者如右。抗志自高，得力庭訓。詩餘二十一闋，無隻字涉宦蹟。如〔踏莎行〕〈閒遊〉云：『血染紅牋，淚題錦句。西湖豈憶相思苦。只應幽夢解重來，夢中不識從何去。』〔八聲甘州〕〈送春〉云：『春還是、多情多恨，便不教、綠滿洛陽宮。只消得、無情風雨，斷送匆匆。』樊榭所謂悽惻傷感，不忘故國，旨在斯乎。彊村所刻詞成，就余商定編目。余謂《養吾齋詩餘》，宜纚屬《須溪詞》後，不當下儕元人，因略抒己意爲之跋，冀不拂昔賢之意云爾。』養吾詩餘，撫時感事，淒豔在骨。當時名不甚顯，何耶。自昔名父之子，擅才藻者，往往恃父以傳，必其父官位高。若養吾，則爲父所掩者。

六一　《中州元氣集》

仁和勞氏丹鉛精舍校《遺山樂府》，屢引《中州元氣集》。錢竹汀先生〈補元史藝文志〉，有《中州元氣》十册，在詞曲類。是書勞猶及見，當非久佚。唯曰十册，疑是寫本未刻，故未分卷。則

〔二〕又有，原作『有又』。

訪求尤不易矣。晚近弁髦風雅，古書時復流通，容猶有得見之望，未可知耳。

六二 《尚友録》可資考訂

明綏安廖用賢《尚友録》，至尋常之書也。閒亦可資考訂，信開卷有益矣。《陽春白雪》卷四，有雷北湖〔好事近〕『梅片作團飛』云云，外集有雷春伯〔沁園春〕〈官滿作〉『問訊故園』云云。錢唐瞿氏刻本《陽春白雪》卷端詞人姓氏爵里，遂誤分雷北湖、雷春伯爲二人。無論爵里，並其名弗詳也。雷應春，字春伯，郴人。以詩擅名，累官監察御史。首疏時相，繼忤權貴，出知全州，弗就。歸隱北湖。後知臨江軍，安静不擾。嘗欲城新塗，以備不虞，當路阻之。及己未之亂，臨江倉卒無備，人始服其先見。所箸有《洞庭》、《玉虹》、《日邊》、《盟鶴》、《清江》諸集。偶檢《尚友録》，得之，可以訂瞿刻《陽春白雪》之誤。

六三 閑閑公體

《遺山樂府》，〔促拍醜奴兒〕〈學閑閑公體〉云：『朝鏡惜蹉跎。一年年、來日無多。無情六合乾坤裏，顛鸞倒鳳，撑霆裂月，直被消磨。　世事飽經過。算都輸、暢飲高歌。天公不禁人閒酒，良辰美景，賞心樂事，不醉如何。』附閑閑公所賦云：『風雨替花愁。風雨罷、花也應休。勸君莫惜花前醉，今年花謝，明年花謝，白了人頭。　乘興兩三甌。揀溪山、好處追遊。但教有酒身無事，有花也好，無花也好，選甚春秋。』（《中州樂府》作〔青杏兒〕）。遺山誠閒閒高足。第觀此詞，微特難期出藍，幾於未信入室，蓋天人之趣判然，閑閑之作，無復筆墨痕跡可尋矣。

六四　趙閑閑〔梅花引〕

趙閑閑〔梅花引〕〈過天門關〉云：『石頭路滑馬蹏蹶。昂頭貪看山奇絕。』余曩歲入蜀，巫夔道中，層巒際天，引領維勞，愈高愈奇，愈看愈貪，不自知帽之落也。與閒閒所云情景恰合，唯船唇較適於馬足耳。

六五　字奇麗而意境清

又〔缺月挂疏桐〕〈擬東坡作〉云：『珠貝横空冷不收，半溼秋河影。』珠貝，字奇麗而意境益清絕。

六六　元章擇壻

段拂之，字去塵，米元章之壻。世傳元章潔癖特甚，方擇壻，閒或舉似[一]段之名與字，元章曰：既拂矣，又去塵，眞吾壻也。遂以女妻之。吳彥高亦元章壻，其父名拭，與拂義同。容或元章有取乎是。是則前人所未發者。

〔一〕舉似，疑當作『舉以』。

六七　僕散汝弼〔風流子〕

金古齊[一]僕散汝弼，字良弼，官近侍副使。〔風流子〕〈過華清作〉云：『三郎年少客，風流夢、繡嶺蠱瑶環。看浴酒發春，海棠睡暖，笑波生媚，荔子漿寒。況此際、曲江人不見，偃月事無端。羯鼓數聲，打開蜀道；〔霓裳〕一曲，舞破潼關。　馬嵬西去路，愁來無會處，但淚滿闕山。賴有紫囊來進，錦韈傳看。歎玉笛聲沈，樓頭月下；金釵信杳，天上人閒。幾度秋風渭水，落葉長安。』正大三年刻石臨潼縣。今存。詞筆藻耀高翔，極慨慷低徊之致。其『浴酒發春』，『笑波生媚』，句法矜鍊，雅近專家。唯起調云『三郎年少客』，則誤甚。案，唐元宗生於光宅二年乙酉，而楊妃以天寶四年入宮。玄宗年已六十一，何得謂『三郎年少』耶。『但淚滿闕山』，『但』字襯。

六八　敦煌詞三首

唐人詞三首，永觀堂爲余書扇頭。〔望江南〕云：『天上月，遥望似一團銀。夜久更闌風漸緊，以原注：爲。奴吹却月邊雲。照見附元注：負。心人。』前調云：『五梁臺上月，一片玉無瑕元注：瑕。以里元注：迤邐。看歸西□去，横雲出來不敢遮。𩅿𩅿繞天涯。』〔菩薩蠻〕云：『自從宇宙光戈戟。狼烟處處熏天黑。早晚竪金鷄。休磨戰馬蹄。　淼淼三江小。元注：水。半是□元注：不易辨，似『儒』字。生類。元注：淚。老尚逐今財。問龍門何日開。』並識云：『詞三闋，書於唐本《春秋》後

[一]　古齊，《蕙風詞話》卷四作『古齋』。

語紙背，今藏上虞羅氏。《樂府雜録》云：「〔望江南〕始自朱崖李太尉鎮浙西日，爲亡伎謝秋娘所製。」』《杜陽雜編》亦云：『〔菩薩蠻〕，乃宣宗大中初所製。明胡元瑞《筆叢》據之，《太白集》中〔菩薩蠻〕四詞爲僞作。然崔令欽《教坊記》末，所載教坊曲名三百六十五中，已有此二調。崔令欽見《唐書》〈宰相世系表〉，乃隋恒農太守宣度之五世孫，是其人當在睿、元二宗之世。此詞寫其書紀事，訖於開元，亦足略推其時代。據此，則〔望江南〕、〔菩薩蠻〕，皆開元教坊舊曲。於咸通間，距李贊皇鎮浙西時二十餘年，距大中末不過數年，而敦煌邊地，已行此二調，益知段安節與蘇鶚之說，非實録也。蕙風詞隱曰：胡元瑞斥太白〔菩薩蠻〕四詞爲僞作，姑勿與辯。試問此僞詞孰能作，孰敢作者。未必兩宋名家克辦。元瑞好駁升菴，此等冒昧之談，乃與升庵如驂之靳，何耶。

上海《小説月報》一九二〇年一一月第一一卷第一一號

六九　曾同季賦芍藥

曾同季雲莊〔點絳脣〕〈賦芍藥〉云：『君知否。畫闌幽處。留得韶光住。』尋常意中之言，恰似未經人道。〔浣溪沙〕前題云：『濃雲遮日惜紅妝。』所謂仁者見之謂之仁。

七〇　有意境

《雲莊詞》〔酹江月〕云：『一年好處，是霜輕塵歛，山川如洗。』較『橘緑橙黄』句有意境。

七一　抹字叶韻

姚成一雪坡〔霜天曉角〕換頭云：『煙抹。山態活。雨晴波面滑。』五字對句，上句作上二下三，抹字叶韻，不唯不勉彊，尤饒有韻致，詞筆靈活可憙。

七二　子平家言入詞

《雪坡詞》，〔沁園春〕〈壽同年陳探花〉云：『憶昔東坡，秀奪眉山，生丙子年。蓋丙離子坎，四方中氣，直當此歲，閒出英賢。』詞句用『蓋』字領起，絶奇。子平家言入詞，亦僅見。

七三　雪坡壽詞

宋人多壽詞，佳句卻罕覯。《雪坡詞》〔沁園春〕〈壽婺州陳可齋〉云：『元祐諸賢，紛紛臺省，惟有景仁招不來。』命意高絶。前調〈壽陳中書〉云：『著身已是瀛洲。問更有長生別藥不。』極雅切，極自然。又〈壽陶守〉云：『春雨慳時，千金斗粟，民仰使君爲食天。』民以食爲天，尋常語耳。按，見《通鑑》賈潤甫謂李密語，下句『而有司曾無愛惜屑越』。『爲食天』，更雋而新。

七四　呼女曰囡

吳人呼女曰囡，讀若奴頑切。虞山王東溆應奎《柳南續筆》：『吾友吳友篁箐《太湖漁風》，載漁家日住湖中，自無不肌粗面黑。閒有生女瑩白者，名曰白囡，以誌其異。漁人户口冊中，兩見之。』云云。吳叔永泳《鶴林詞》，〔賀新郎〕〈宣城壽季永弟〉云：『爺作嘉興新太守，因拜謁書天府。況哥共、白頭相聚。』則宋人已用之入韻語矣。叔永，蜀人，亦作吳語，何耶。因字偏檢字書，並未之載。

七五　擡貼

《鶴林詞》〔清平樂〕〈壽吳毅夫〉云：『荔子纔丹梔子白。擡貼誕彌嘉月。』『擡貼』字亦方言，謚此僅見。

七六　妙處難以言説

《鶴林詞》〔祝英臺近〕〈春日感懷〉云：『有時低按銀箏，高歌〔水調〕，落花外、紛紛人境。』末七字余極喜之。其妙處難以言説。但覺芥子須彌，猶涉執象。

七七　仙塵糟玉之别

『算一生繞偏，瑶階玉樹，如君樣、人間少。』吳叔永〔水龍吟〕〈壽李長孺〉句。壽詞能爲此等語，視尋常歌誦功德，何止仙塵糟玉之别。

七八　詞筆畫筆所難傳

宋江致和〔五福降中天〕句：『秋水嬌横俊眼，膩雪輕鋪素胸。』以『鋪』字形容膩雪，有詞筆畫筆所難傳之佳處，無一字可以易之。

七九　采蕨食薇

韓子通解：『伯夷哀天下之偷且以彊，則服食其葛薇，逃山而死。』元安敬仲熙《默庵樂府》，〔石州慢〕〈寄題龍首峯〉云：『擬將書劍，西山采蕨食薇，自應不屬春風管。』『采蕨食薇』，改『服食葛薇』，較典雅。

八〇　詞能直爲佳

詞能直，固大佳。顧所謂直，誠至不易。不能直，分也。當於無字處爲曲折，切忌有字處爲曲折。

八一　李治詞

金李仁卿治詞五首，見《遺山樂府》附錄。〔摸魚兒〕〈和遺山賦鴈丘〉過拍云：『詩翁感遇。把江北江南，風嘹月唳，並付一丘土。』託恉甚大。遺山元唱殆未曾有。李詞後段云：『霜魂苦。算猶勝、王嬙青冢眞娘墓。』亦嘅乎言之。按，治字仁卿，欒城人。正大七年收世科登詞賦進士第。調高陵簿，未上。從大臣辟，權知鈞州。壬辰北渡，流落忻、崞閒。藩府交辟，皆不就。至元二年，再以翰林學士召。就職朞月，以老病辭歸。買田元氏封龍山，隱居講學十六年，卒年八十有八。仁卿晚節，與遺山略同，其遇可悲，其心可原，不以下儕元人，援遺山例也。其與翰苑諸公書云：『諸公以英材駿足，絶世之學，高躡紫清，黼黻元化，固有其所。而某也孱資瑣質，誤恩偶及，亦復與吹竽之部。律以廉恥，爲幾不韙耶。諸公愍我耄昏，教我不逮，肯容我竄名玉堂之署，日夕相與刺經講古、訂辨文字，不即叱出。覆露之德，寧敢少忘哉。但翰林非病叟所處，寵禄非庸夫所食，官謗可畏。幸而得請，投跡故山。木石與居，麋鹿與游，斯亦老朽無用者之所便也。』其辭若有大不得已。其本意從可知。故拜命僅期月，即脱疾引去矣。遺山〈鴈丘〉詞、〈雙蕖怨〉詞，楊正卿果亦並有和作。明宏治壬子高麗刊本《遺山樂府》，爲是書最舊善本，附治詞，不附果詞。果，金末進士，縣令，入元官至參知政事。按，李治，《元史》有傳，作李冶，後人遂多沿其誤。元遺山爲治父遹譔〈寄庵先生墓碑〉。子男三人，長澈、次治、次滋。遺山與仁卿同時唱和，斷不至誤書其名，自較史傳尤爲可據。蘇天爵《元名臣事略》亦作『治』不作『冶』。〈金少中大夫程震碑〉，欒城李治題額，曩余曾見拓本，皆可證史傳之誤者也。

八二　劉改之詞格

劉改之詞格，本與辛幼安不同。其《龍洲詞》中，如〈賀新郎〉〈贈張彥功〉云：『誰念天涯牢落況，輕負暖煙濃雨。記酒醒、香銷時語。客裏歸韉須早發，怕天寒、風急相思苦。』前調云：『衣袂京塵曾染處，空有香紅尚軟。料彼此、魂銷腸斷。』又云：『但託意、焦琴紈扇。莫鼓琵琶江上曲，怕荻花楓葉俱淒怨。』〈祝英臺近〉〈游東園〉云：『晚來約住青驄，踏花歸去，亂紅碎、一庭風月。』〈唐多令〉〈八月五日安遠樓小集〉云：『柳下繫船猶未穩，能幾日、又中秋。』〈醉太平〉云：『翠綃香暖雲屏。更那堪酒醒。』此等句，是其當行本色。蔣竹山伯仲間耳。其激昂慨慷諸作，乃刻意橅擬幼安。至如〈沁園春〉『斗酒彘肩』云云，則尤橅擬而失之太過者矣。《詞苑叢談》云：『劉改之一妾，愛甚。淳熙甲午，赴省試，在道賦〔天仙子〕詞。到建昌，游麻姑山，使小童歌之，至於墮淚。二更後，有美人執拍板來，願唱曲勸酒。即賡前韻「別酒未斟心已醉」云云。劉喜，與之偕東。其後臨江道士熊若水爲劉作法，則並枕人乃一琴耳。携至麻姑山，焚之。』改之忍乎哉，是可忍也，孰不可忍也。此物良不俗，雖曰靈怪，即亦何負於改之。世間萬事萬物，形形色色，孰爲非幻。改之得唱曲美人，輒忘甚愛之妾，則其所賦之詞，所墮之淚，舉不得謂眞。非眞即幻，於琴何責焉。焚琴鬻鶴，傖父所爲，不圖出之改之。吾爲斯琴，悲遇人之不淑。何物臨江道士，尤當深惡痛絶者也。《龍洲詞》變易體格，迎合稼軒，與琴精幻形求合何以異。吾謂改之，宜先自焚其稿。

八三　詹天游詞

元詹天游玉送童甕天兵後歸杭〔齊天樂〕云：『相逢喚醒京華夢，吳塵暗斑吟髮。倚擔評花，認旗沽酒，歷歷行歌奇跡。吹香弄碧。有坡柳風情，逋梅月色。畫鼓紅船，滿湖春水斷橋客。當時何限俊侶，甚花天月地，人被雲隔。却載蒼煙，更招白鷺，一醉修江又別。今回記得。更折柳穿魚，賞梅催雪。如此湖山，忍教人更說。』昇庵《詞品》謂『此伯顔破杭州之後，其詞絶無黍離之感，桑梓之悲，止以游樂爲言。宋季士習一至於此。』昇庵斯言，微特論世少疏，即論詞亦殊未允。當元世祖盛稜震疊，文字之獄，在所不免，第載籍藉弗詳耳。鳳林書院《草堂詩餘》，無名氏選至元、大德閒諸人所作，《天游詞》録九首。並皆南宋遺民詞。多悽惻傷感，不忘故國，而於卷首冠以劉藏春、許魯齋二家，以文丞相、鄧中齋、劉須溪三公繼之，若故爲之畦町。當時顧忌甚深，是書於有所不敢之中，僅能存其微恉，度亦幾經審慎而後出之。天游詞歇拍云：『如此湖山，忍教人更説。』看似平淡，卻含有無限悲涼。以此二句結束全詞。可知弄碧吹香，無非傷心慘目，游樂云乎哉，曲終奏雅，吾謂天游猶爲敢言。升庵高明通脱，其於昔賢言中之意，不耐沈思體會，遽爾肆口譏評，是亦文人相輕，充類至義之盡矣。天游它詞，如〔滿江紅〕〈詠牡丹〉云：『何須恠、年華都謝，更爲誰容。銜盡吴花成鹿苑，人閒不恨雨和風。便一枝、流落到人家，清泪紅。』〔一萼紅〕云：『閑著江湖儘寬，誰肯漁簑。』忠憤至情，流溢行閒句裏。〔三姝媚〕云：『如此江山，應悔卻、西湖歌舞。』則尤慨乎言之。升庵涉獵羣籍，大都一目十行，或並天游〔齊天樂〕詞未嘗看到歇拍，它詞無論已。其言烏足爲定評也。

八四　歌曲之作

沈約《宋書》曰：『吴歌雜曲，始皆徒歌。既而被之絃管。又有因絃管金石作歌以被之。』按，前一法，即虞廷依永之遺，後一法，當起周末宋玉對楚王問，首言客有歌於郢中者，下云其爲〔陽阿〕、〔薤露〕，其爲〔陽春〕、〔白雪〕，皆曲名。是先有曲而後有歌也。塡詞家自度曲，率意爲長短句，而後協之以律，此前一法也。前人本有此調，後人按腔塡詞，此後一法也。沿流溯源，與休文之説相應。歌曲之作，若枝葉始㪅，乃至於詞，則芳華益楙。詞之爲道，智者之事，酌劑乎陰陽，陶寫首性情。自有元音，上通雅樂。别黑白[二]而定一尊，亙古今而不敝矣。唐宋已還，大雅鴻達，篤好

〔二〕　黑白，原作『白』，據《蕙風詞話》卷一補。

而嫥精之，謂之詞學。獨造之詣，非有所附麗，若爲駢枝也。曲士以詩餘名詞，豈通論哉。

八五　趙俞詞

陳藏一《話腴》：『趙昂總管始肄業臨安府學，困躓無聊賴，遂脱儒冠，從禁弁，升御前應對。一日，侍阜陵蹕之德壽宫，高廟宴席閒，問今應制之臣，張掄之後爲誰。阜陵以昂對。高廟俯睞久之。知其嘗爲諸生，命賦拒霜詞。昂奏所用腔，令綴〔婆羅門引〕。又奏所用意，詔自述其梗概。即賦就進呈云：「暮霞照水。水邊無數木芙蓉。曉來露溼輕紅。十里錦絲步障，日轉影重重。向楚天空迥，人立西風。夕陽道中。歎秋色、與愁濃。寂寞三秋粉黛，臨鑑妝慵。施朱太赤，空惆悵，教妾若爲容。花易老、煙水無窮。」高廟喜之。錫銀絹加等。仍俾阜陵與之轉官。我朝之奬勵文人也如此。』此事它書未載。淳熙閒，太學生俞國寶以題斷橋酒肆屏風上〔風入松〕詞『一春常費買花錢』云云，爲高宗所稱賞，即日予釋褐。此則婁經記載，稍涉倚聲者知之。其實趙詞近沈著，俞第流美而已。以體格論，俞殊不逮趙。顧當時盛傳，以其句麗可喜，又諧適便口誦，故稱述者多。文字以投時爲宜，詞雖小道，可以闚顯晦之故。古今同揆，感慨係之矣。

上海《小説月報》一九二〇年一二月第一一卷第一二號

餐櫻廡詞話卷三

一　遼懿德〔回心院〕詞

後晉高祖天福二年，契丹太宗改元會同，國號遼。公卿庶官皆倣中國，參用中國人。自是已還，密邇文化。當是時，中原多故。而詞學寖昌。其先後唐莊宗，其後南唐中宗，以知音提倡於上；和成績《紅葉稿》、馮正中《陽春集》，揚葩振藻於下。徵諸載記，金海陵閱柳永詞，有『三秋桂子，十里荷花』句，遂起吳山立馬之思。遼之於五季，猶金之於北宋也。雅聲遠姚[一]，宜非疆域所能限。其後遼穆宗應歷十年，當宋太祖建隆元年。天祚帝天慶五年，當金太祖收國元年。西遼之亡，於宋爲寧宗嘉泰元年，得二百四十二年；於金爲章宗泰和元年，得八十七年。當此如千年閒，宋固詞學極盛，金亦詞人輩出，遼獨闃如，欲求殘闋斷句，亦不可得。海寧周芚兮春輯《遼詩話》，竟無一語涉詞。絲簧輟響，蘭荃不芳。風雅道衰，抑何至是。唯是一以當百，有懿德皇后〔回心院〕詞，其詞既屬長短句，十闋一律，以氣格言，尤必不可謂詩。音節入古，香豔入骨，自是《花間》之遺，北宋

〔一〕　姚，《蕙風詞話》卷三作『祧』。

人未易克辦，南渡無論，金源更何論焉。姜堯章言：『凡自度腔。率以意爲長短句，而後協之以律。』懿德是詞，固已被之管絃，名之曰『回心院』，後人自可按腔塡詞。吳江徐電發釚錄入《詞苑叢談》。德清徐誠菴本立收入《詞律拾遺》。庶幾洒林牙之陋，彌香膽之疏。史稱后工詩，善談論，自製歌詞，尤善琵琶。其於長短句，所作容不止此。北俗簡質，罕見稱述，當時即已失傳矣。

二　屈大均〈落葉詞〉

明屈翁山大均〈落葉〉詞《道援堂詞》。余卅年前，即憙誦之。不知其所以然也。『悲落葉，葉落絕歸期。縱使歸時花滿樹，新枝不是舊時枝。且逐水流遲。』末五字含有無限悽惋，令人不忍尋味，卻又不容已於尋味。又，『清淚好，點點似珠勻。蛺蝶情多元鳳子，鴛鴦恩重如花神。恁得不相親。』『紅茉莉，穿作一花梳。金縷抽殘蝴蝶繭，釵頭立盡鳳凰雛。肯憶故人姝。』哀感頑豔，亦復可泣可歌。

三　蜕巖〈摸魚兒〉

《蜕巖詞》〈摸魚兒〉〈王季境湖亭蓮花中，雙頭一枝，邀予同賞，而爲人折去。季境悵然，請賦云〉：『吳娃小艇應偷采，一道綠萍猶碎。』〈掃花游〉〈落紅〉云：『一簾晝永。綠陰陰，尚有絳趺痕凝。』並是眞實情景，寓於忘言之頃，至静之中。非胸中無一點塵，未易領會得到。蜕翁筆能達出，新而不纖，雖淺語，卻有深致。倚聲家於小處規橅古人，此等句即金鍼之度矣。

四　《蛻巖詞》〔江神子〕

《蛻巖詞》〔江神子〕〈惜花〉云：『縱使專春春有幾，花到此、已堪哀。』〔鷓鴣天〕〈爲妓繡蓮賦〉云：『一痕頭導分雲綰，兩點眉山入翠顰。』『專春』、『頭導』字，並絶新。〔百字令〕〈眉閒雁〉云：『鬢鬟雲低，眉顰山遠，去翼宜相映。』又云：『一點風流應解妒，翡翠雙鈿相並。』『眉閒雁』，當是花鈿之屬，於此僅見。〔瑞龍吟〕〈癸丑歲冬用清眞詞韻賦别〉云：『斷腸歲晚，客衣誰絮。』『絮』字活用，猶言裝緜，亦僅見。

五　正宗中之上乘

『離恨做成春夜雨。添得春江，劃地東流去。弱柳繫船都不住。爲君愁絶聽鳴艣。』楊濟翁〔蝶戀花〕前段也。婉曲而近沈著，新穎而不穿鑿，於詞爲正宗中之上乘。

六　玉船風動酒鱗紅

何摺之〔小重山〕：『玉船風動酒鱗紅』之句，見稱於時。此特麗句云爾。臨邛高耻菴云（見《詞品》）：『譬如雲錦月鉤，造化之巧，非人琢也。此等句，在天壤閒有限。』似乎獎許太過。余喜其換頭『車馬去悤悤。路隨芳草遠』十字，其淡入情，其麗在神。

七　冤家

《東浦詞》〔且坐令〕云：『但冤家、何處貪歡樂。引得我心兒惡。』毛子晉刻入《六十名家詞》，以『冤家』二字涉俚，跋語譏之。按，宋蔣津《葦航紀談》：『作詞者流，多用「冤家」爲事。初未知何等語，亦不知所出。後閲《煙花記》[一]，有云，冤家之説有六：情深意濃，彼此牽繫，寧有死耳，不懷異心，此所謂冤家者一也。兩情相繫，阻隔萬端，心相魂飛，寢食俱廢，此所謂冤家者二也。長亭短亭，臨歧分袂，黯然銷魂，悲泣良苦，此所謂冤家者三也。山遥水遠，魚雁無憑，夢寐相思，柔腸寸斷，此所謂冤家者四也。憐新棄舊，孤恩負義，恨切惆悵，怨深刻骨，此所謂冤家者五也。一生一死，觸景悲傷，抱恨成疾，迨與俱逝，此所謂冤家者六也。此語雖鄙俚，亦余之樂聞耳云云。樸質爲宋詞之一格，此等字不足爲疵病。唯是宋人可用，吾人斷不敢用。若用之而亦不足爲疵病，則駸駸乎入宋人之室矣。

八　朱淑真北宋人

朱淑真詞，自來選家列之南宋，謂是文公姪女，或且以爲元人，其誤甚矣。淑真與曾布妻魏氏爲詞友。曾布貴盛，丁元祐以後，崇寧以前，以大觀元年卒。淑真爲布妻之友，則是北宋人無疑。李易安時代，猶稍後於淑真。即以詞格論，淑真清空婉約，純乎北宋。易安筆情近濃至，意境較沈博，下

[一] 煙花記，原作『煙花説』，據《蕙風詞話》卷二改。

開南宋風氣，非所指不相若，則時會爲之也。《池北偶談》謂淑眞〈璿璣圖記〉，作於紹定三年。『紹定』當是『紹聖』之誤。紹定，理宗改元，已近南宋末季。浙地隸輦轂久矣。記云：『家君宦遊浙西。』臨安亦浙西，詎容有此稱耶。

九　西施死於水

明楊升菴《外集》：『世傳西施隨范蠡去，不見所出。只因杜牧「西子下姑蘇，一舸逐鴟夷」之句而附會也。予竊疑之，未有可證，以折其是非。一日，讀《墨子》曰：「吳起之裂，其功也；西施之沈，其美也。」喜曰：「此吳亡之後，西施亦死於水，不從范蠡去之一證。」《墨子》去吳越之世甚近，所書得其眞。然猶恐牧之別有見。後檢《修文御覽》，見引《吳越春秋》逸篇云：「吳王亡後，越浮西施于江，令隨鴟夷以終。」乃笑曰：此事正與《墨子》合。杜牧未精審，一時趁筆之過也。蓋吳既滅，即沈西施於江。浮，沈也，反言耳。隨鴟夷者，子胥之譖死，西施有焉。胥死，盛以鴟夷。今沈西施，所以報子胥之忠，故曰隨鴟夷以終。范蠡去越，亦號鴟夷子。杜牧遂以子胥鴟夷爲范蠡之鴟夷，乃影譔此事，以墜後人於疑網也。』云云。曩余輯《祥福集》，嘗據以辨西施隨范蠡游五湖之誣。比閲董仲達穎〈薄媚〉〈西子詞〉，見《樂府雅詞》。其弟六歇拍云：『哀忱屢吐，甬東分賜。垂暮日，置荒隅，心知愧。寶鍔紅委。鸞存鳳去，孤負恩憐情，不似虞姬。尚望論功，榮還故里。降令曰，吳亡赦汝，越與吳何異。吳正怨，越方疑。從公論，合去妖類。蛾眉宛轉，竟殞鮫綃，香骨委塵泥。渺渺姑蘇，荒蕪鹿戲。』此詞亦謂吳亡，越殺西施，其曰『鮫綃香骨委塵泥』，又曰『渺渺姑蘇』，似亦含有沈之於江之意。與升菴所引《墨子》及《吳越春秋》逸篇之言政合。仲達宋人，如此云云，必有所本。則爲西子辨誣，又益一證。當補入《祥福集》[一]。

一〇　賞花雅故

葉夢得《避暑録話》：『歐陽文忠公在揚州，作平山堂。每暑時，輒淩晨攜客往遊。遣人走邵伯，取荷花千餘朶，以畫盆分插百許盆。與客相閒，遇酒行，即遣妓取花一枝傳客，以次摘其葉，盡處則飲酒。往往侵夜戴月而歸。』郭遯齋〔卜算子〕序云：『客有惠牡丹者。其六深紅，其六淺紅。貯以銅瓶，置之席閒，約五客以賞之。仍呼侑尊者六輩。酒半，人簪其一，恰恰無欠餘，因賦。』『誰把洛陽花，翦送河陽縣。魏紫姚黄此地無，隨分紅深淺。　小插向銅瓶，一段真堪羨。十二人簪十二枝，面面交相看。』遯齋詞事與歐公風趣略同。玉谿生以『送鉤』、『射覆』入詩，得毋愧此雅故。

一一　聶勝瓊與馬瓊瓊

《青泥蓮花記》：『李之問解長安幕，詣京師改秩。都下聶勝瓊，名倡也，質性慧黠，李見而喜之。將行，勝瓊送别，餞飲於蓮花樓，唱一詞，末句曰：「無計留春住。奈何無計隨君去。」因復留經月。爲細君督歸甚切，遂飲别。不旬日，聶作一詞寄李云：「玉慘花愁出鳳城。蓮花樓下柳青青。尊前一唱〔陽關〕曲，别箇人人弟幾程。　尋好夢，夢難成。有誰知我此時情。枕前泪共

[一] 祥福集，原作『祥福記』，據《蕙風詞話》卷四改。

階前雨，隔箇窗兒滴到明。」蓋寓調〔鷓鴣天〕也。之問在中路得之，藏於篋底。抵家，爲其妻所得。問之，俱以實告。妻喜其語句清麗，遂出妝匳資夫取歸。瓊至，即棄冠櫛，損妝飾，委曲事主母，終身和悅，未嘗少有閒隙焉。』勝瓊〔鷓鴣天〕詞，純是至情語，自然妙造，不假追琢，愈渾成，愈穠粹。於北宋名家中，頗近六一、東山。方之閨幃之彥，雖幽棲、漱玉，未遑多讓，誠坤靈閒氣矣。之問之妻，能賞會勝瓊詞句，既無見嫉之虞，尤有知音之雅。委曲以事，和悅終身，吾爲勝瓊慶得所焉。

又朱端朝，字廷之，南渡後，肄業上庠。與妓馬瓊瓊者，往來久之。及省試優等，授南昌尉，輒轉脱瓊瓊籍，挈之歸家，因闢二閣，東閣正室，居之，瓊瓊居西閣[一]。廷之之任南昌，倏經半載，西閣以梅雪扇寄之，後寫一詞，調〔減字木蘭花〕云：『雪梅妒色。雪把梅花相抑勒。梅性溫柔。雪壓梅花怎起頭。　芳心欲訴。全仗東君來作主。傳語東君。早與梅花作主人。』廷之詳味詞意，知爲東閣所抑，自是坐卧不安，竟託疾解綬。既抵家，置酒會二閣，賦〔浣溪沙〕一闋云：『梅正開時雪正狂。兩般幽韻孰優長。且宜持酒細端相。　梅比雪花多一出，雪如梅蕊少些香。天公非是不思量。』自是二閣歡好如初。茲事亦韻甚。唯是瓊瓊所遭，視勝瓊稍不逮，勝瓊誠勝瓊矣。

一二　王西御《論詞絶句》

丁酉暮春，余客維揚。甘泉徐歗竹布衣穆，時年八十，晤於榕園，傾蓋如故。越日，錄示舊作數闋，及王西御《論詞絶句》如干首。意甚鄭重。西御名僧保，眞州人。殉髮逆之難，有《秋蓮子詞

[一] 西閣，原作『四閣』，據《蕙風詞話續編》卷一改。

稿》。其《論詞絶句》，未經梓行。歗翁云：清新俊雄，雖元遺山、王漁洋論詩，未或過之。『消息直從樂府傳，六朝風氣已開先。審聲定律心能會，字字宫商總自然。』『倚聲宋代始嫥家，情致唐賢小小詩。劉白溫韋工令曲，謫仙誰與並才華。』『落花流水寄嗟欷，如此才情絶世稀。誰遣新人作天子，江山滿目泪沾衣。』『縹渺孤雲漾太清，定知冰雪淨聰明。凄涼一曲長亭怨，擅絶千秋白石名。』『易安才調美無倫，百代才人拜後塵。比似禪宗參寶意，文殊女子定中身。』『前輩風流玉照堂，翩翩公子妙詞章。千金散盡身飄泊，對酒當歌不是狂。』『慷慨黄州一夢中，銅弦鐵板唱坡公。何人創立蘇辛派，兩字麤豪恐未工。』『短衣匹馬氣偏豪，泪灑英雄壯志消。最是野棠花落後，新詞傳唱〔念奴嬌〕。』『功業文章不朽傳，閒情偶爾到吟邊。平山楊柳今依舊，太守風流五百年。』『深情繾綣怨湘春，芳草天涯妙入神。名士無雙堪伯仲，卻鄰宴谷有佳人。元注：穆桉，黄雪舟〔湘春夜月〕『近清明。翠禽枝上銷魂。』李琳〔六么令〕『依約天涯芳草，染得春風碧。』』『精心音律有清眞，往復低徊獨愴神。若與梅溪評格調，略嫌脂粉污佳人。』『須知妙諦在清空，金碧檀欒語太工。豈有樓臺能拆碎，賞心焦葉雨聲中。』『唾壺擊碎劍光寒，一座欷歔墨未乾。別有心胸殊歷落，不同花月寄悲歡。元注：穆桉，張于湖在建康留守席上賦〔六州歌頭〕，感慨淋漓，主人爲之罷席。』『功名福澤及來兹，賸有閒愁寫別離。愧煞男兒眞薄倖，平生原不解相思。』『惜花恨柳太無聊，幽思沈吟裂洞簫。峭折秋山皴一角，賞心到此亦寥寥。』『紅近闌干韻最嬌，泥人香豔易魂銷。春風詞筆渾無賴，獨抱孤芳耐寂寥。元注：穆桉，蔣竹山詞極穠麗，其人則褒節終身，有足多者。〔虞美人〕云：『海棠紅近緑闌干。』』『韻事吟梅宋廣平，當歌此老亦多情。夢魂又踏楊花去，不愧風流濟美名。』『淮海詞人思斐然，春風熨帖上吟箋。輸君坐領湖山長，消受鶯花几席前。』『波翻太液名虚負，衹博當筵買笑錢。不是曉風殘月句，未應一代有屯田。』『絶無雅韻黃山谷，尚有豪情陸放翁。游戲何關心性事，爲君吟詠望江東。元注：穆桉，山谷〔望江東〕詞『江水西頭隔煙樹』云云，清麗芊緜，卓然作者。『自有吟裦妙合宜，空山月破況清奇。蘇詞誤入誠何据，才弱聲流或可疑。元注：穆桉，程垓《書舟詞》〔瑶階草〕云：『空山子規叫，月破黃昏冷。』〔意難忘〕、〔一翦梅〕諸闋，毛晉刻《六十家詞》，定爲蘇長公作，不知何据。』『眼前有景賦愁思，信手拈來意自怡。詞客競傳佳話說，須知妙悟熟梅時。』『詞人多半善言愁，月露連篇欲語羞。夢覺銀屏春太瘦，垂楊應不減風流。元注：穆桉，『銀屏夢覺』，陳西麓〔垂楊〕詞句也。』『笛聲吹徹想風情，酒館青旂別緒縈。最著尚書春意鬧，一枝紅杏最知名。元注：穆桉，陳簡齋〔臨江仙〕云：『杏花疏影裏，吹笛到天明。』謝無逸〔江神子〕云：『杏花邨館酒旂風。』宋祁詞：『紅杏枝頭春意鬧。』從古詠杏花者，未有若此三人也。』『東堂觴詠自風流，語欠清新浪墨浮。孤負坡公相賞識，一官忍向蔡京求。』『竹坡何事亦工愁，海野悲涼汴水流。須識文章關氣節，才名終與穢名留。』『遺編鉅集富搜羅，審擇精詳信不譌。自訂新詞誰媲美，親嘗甘苦竟如何。』『身世悲涼閱盛衰，關山夢裏涕淋漓。蒼茫獨立誰今古，屈子〈離騷〉變雅遺。元注：穆桉，張蛻巖以一身閱元之盛衰，憫亂憂時，故其詞慷慨悲涼，獨有千古。〔陌上花〕云：『關山夢裏，歸來還又、歲華催晚。』』『風流相尚溯當年，不少名家簡牘傳。論斷若無心得處，依人作計亦徒然。』『殘葩賸粉亦堪珍，或恐飄零委劫塵。字字打從心坎上，此中自有賞心人。』『南北諸賢既渺然，寥寥同調最堪憐。瓣香未墜從人乞，吟斷回腸悟秘詮。』『人人弄筆彊知音，孤負霜豪莫浪吟。千載春花與秋月，一經寄託便遥深。』『兒女恩情感易深，更兼怨別思沈沈。美人芳草多香澤，不是〈離騷〉意亦淫。』『沈思渺慮窈通神，一片清光結撰成。豈許人閒輕薄子，柔弦曼管寫私情。』『裁紅翦綠亦尋常，字字珍珠欲斷腸。別有心情人不識，春穠秋豔要思量。』『百徧尋思總未安，眞源自在語知難。高山流水無人處，幽咽秋絃獨自彈。』歗翁贈余絕句：『當年吟社已沈消，淮海詞人半寂寥。今日粵西媚初祖，令人想像海棠橋。』附記。

一三　趙忠簡詞

趙忠簡詞，王氏四印齋刻入《南宋四名臣詞》。清剛沈至，卓然名家。故君故國之思，流溢行間句裏。如〔鷓鴣天〕〈建康上元作〉云：『客路那知歲序移。忽驚春到小桃枝。天涯海角悲涼地，記得當年全盛時。　花弄影，月流輝。水精宮殿五雲飛。分明一覺華胥夢，回首東風淚滿衣。』〔洞仙歌〕後段云：『可憐窗外竹，不怕西風，一夜瀟瀟弄疏響。奈此九回腸、萬斛清愁，人何處、邈如天樣。縱隴水秦雲、阻歸音，便不許時閒、夢中尋訪。』其它斷句，尤多促節哀音，不堪卒讀。而卷端〔蝶戀花〕乃有句云：『年少淒涼天付與。更堪春思縈離緒。』閒情綺語，安在爲盛德之累耶。

一四　李蕭遠詞輕倩

李蕭遠〔點絳脣〕後段云：『碧水黃沙，夢到尋梅處。花無數。問花無語。明月隨人去。』意境不求甚深，讀者悦其輕倩。竹垞《詞綜》首録此闋。此等詞固浙西派之初祖也。其〔鵲橋仙〕云：『小舟誰在落梅邨。正夢繞、清溪煙雨。』〔西江月〕云：『瓊瑰珠珥下秋空，一笑滿天鸞鳳。』皆警句，可誦。

一五　開元曲清詞蹊徑

宋人詞開元曲蹊徑者，蔣竹山〔霜天曉角〕〈折花〉云：『人影窗紗。是誰來折花。折則從他折去，知折去、向誰家。　　檐牙枝最佳。折時高折些。說與折花人道，須插向、鬢邊斜。』此詞如畫如話，亦復可喜。開國朝詞門徑者，高竹屋〔齊天樂〕〈中秋夜懷梅溪〉云：『古驛煙寒，幽垣夢冷，應念秦樓十二。』此等句，鉤勒太露，便失之薄。

一六　詞用詩句、曲用詞事

兩宋人塡詞，往往用唐人詩句。金元人製曲，往往用宋人詞句。尤多排演詞事爲曲。關漢卿、王實甫《西厢記》，出於趙德麟〔商調蝶戀花〕，其尤著者。檢《曲錄》雜劇部，有《陶秀實醉寫風光好》、《晏叔原風月鷓鴣天》、《張于湖誤宿女貞觀》、《蔡蕭閑醉寫石州慢》、《蕭淑蘭情寄菩薩蠻》，各等齣，皆詞事也。就一齣一事而審諦之，塡詞者之用筆用字何若，製曲者又何若。曲繇詞出，其淵源在是；曲與詞分，其徑塗亦在是。曲與詞體格迥殊，而能得其並皆佳妙之故，則於用筆用字之法，思過半矣。

一七　意内言外

詞，《説文》：『意內而言外也。』《韻會》引作『音內言外』，疑《説文》宋本『意』作『音』，以訓詩詞之詞，於誼殊優。凡物在內者恒先，在外者恒後。詞必先有調，而後以詞塡之。調即音也。亦有自度腔者，先隨意爲長短句，後䚡以律。然律不外正宫、側商等名，則亦先有而在内者也。凡人聞歌詞，接於耳，即知其言。至其調或宫或商，則必審辨而始知。是其在内之徵也。唯其在内而難知，故古云知音者希也。

一八　顧梁汾序侯刻詞

國初錫山侯氏刻《十名家詞》，有顧梁汾序一首，論詞見地絶高。江陰金湉生武祥粟香室重刻本，佚去此序。曩移鈔史館本顧集，亦未之載，亟録於此。序云：『異時長短句，自《花間》、《草堂》而外，行世者蓋不多見。明末海虞毛氏，始取《花庵》[一]、《尊前》諸集，及宋人詞稿，盡付剞劂。其中字句之譌，姓名之混，閒不免焉。雖然，讀書而必欲避譌與混之失，即披閲吟諷，且不能以終卷，又安望其暢然拔去抑塞，任爲流通也。亦園主人，高情逸韻，擺落一切，顧於長短句，獨有元賞。其所刻詩不一，而先之以詞。其所刻詞不一，而先之以十家之詞，皆藏弆善本。集中之爲譌且混者絶少，眞可補毛氏所未及。抑余更有取焉。今人之論詞，大概如昔人之論詩，主格者，其歷下之摹古乎。主趣者，其公安之寫意乎。邇者，競起而宗晚宋四家，何異牧齋之主香山、眉山、渭南、遺山。要其得失，久而自定。余則以南唐二主當蘇、李，以晏氏父子當三曹，而虚少陵一席，竊此於鍾記室、獨孤常州之云。總讓亦園之不執己、不狥人，不强分時代，令一切矜新立異者之廢然返也。』

[一] 花庵，疑當作『花間』。

一九 眞字是詞骨

曩譔詞話有云：眞字是詞骨，情眞景眞，所作必佳。金章宗〈詠聚骨扇〉云：『忽聽傳宣須急奏。輕輕褪入香羅袖。』此詠物兼賦事，寫出廷臣入對時情景，確是詠聚骨扇，確是章宗詠聚骨扇。它題它人，挪移不得，所以爲佳。

二〇 張信甫〔驀山溪〕

張信甫詞傳者，衹〔驀山溪〕一闋：『山河百二，自古關中好。壯歲喜功名，擁征鞍、彫裘繡帽。時移事改，萍梗落江湖，聽楚語，壓蠻歌，往事知多少。　蒼顏白髮，故里欣重到。老馬省曾行，也頻嘶、冷煙殘照。終南山色，不改舊時青，長安道，一回來，須信一回老。』以清遒之筆，寫慨慷之懷，冷煙殘照，老馬頻嘶，何其情之一往而深也。昔人評詩，有云『剛健含婀娜』，余於此詞亦云。張信甫名中孚，《中州樂府》有小傳。陶鳧薌《詞綜補遺》誤以此詞爲張行信作。行信，亦字信甫。

二一 蕭吟所〔浪淘沙〕

蕭吟所〔浪淘沙〕〈中秋雨〉云：『貧得今年無月看，留滯江城。』貧字入詞夥矣，未有更新於此者。無月非貧者所獨，即亦何加於貧。所謂愈無理愈佳。詞中固有此一境，唯此等句，以肆口而成爲佳。若有意爲之，則纖矣。〔菩薩蠻〕〈春雨〉云：『煙雨濕闌干。杏花鷩蟄寒。』『鷩蟄』

入詞，僅見，而句乃特韻。

二二　兼有姜史、辛劉兩派

密國公璹詞，《中州樂府》箸錄七首。姜史、辛劉兩派，兼而有之。〔春草碧〕云：『舊夢回首何堪，故苑春光又陳迹。落盡後庭花，春草碧。』〔青玉案〕云：『夢裏疏香風似度。覺來唯見，一窗涼月，瘦影無尋處。』並皆幽秀可誦。〔臨江仙〕云：『薰風樓閣夕陽多。倚闌凝思久，漁笛起煙波。』淡淡著筆，言外却有無限感愴。

二三　容若《塡詞古體》

納蘭容若爲國初第一詞人。其《飲水詩集》〈塡詞古體〉云：『詩亡詞乃盛，比興此焉託。往往歡娛工，不如憂患作。冬郎一生極顦顇，判與三閭共醒醉。美人香草可憐春，鳳蠟紅巾無限淚。芒鞋心事杜陵知，衹今惟賞杜陵詩。古人且失風人旨，何怪俗眼輕塡詞。詞源遠過詩律近，擬古樂府特加潤。不見句讀參差《三百篇》，已自換頭兼轉韻。』容若承平少年，烏衣公子，天分絶高，適承元明詞敝，甚欲推尊斯道，一洗雕蟲篆刻之譏。獨惜享年不永，力量未充，未能勝起衰之任。其所爲詞，純任性靈，纖塵不染，甘受和，白受采，進於沈著渾至，何難矣。嘅自容若而後，數十年間，詞格愈趨愈下。東南操觚之士，往往高語清空，而所得者薄。力求新豔，而其病也尖。微特距兩宋若霄壤，甚且爲元明之罪人。箏琶競其繁響，蘭荃爲之不芳，豈容若所及料者哉。

二四　容若詞與顧梁汾齊名

容若與顧梁汾，交誼甚深，詞亦齊名。而梁汾稍不逮容若，論者曰失之肐。

二五　容若〔夢江南〕

容若〔夢江南〕云：『新來好，唱得虎頭詞。一片冷香惟有夢，十分清瘦更無詩。標格早梅知。』即以梁汾詠梅句喻梁汾詞。賞會若斯，豈易得之並世。

二六　《飲水詞》輕清婉麗

《飲水詞》有云：『吹花嚼蕊弄冰絃。』又云：『烏絲闌紙嬌紅篆。』容若短調，輕清婉麗，誠如其自道所云。其慢詞如〔風流子〕〈秋郊即事〉云：『平原草枯矣，重陽後、黄葉樹騷騷。記玉勒青絲，落花時節，曾逢拾翠，忽聽吹簫。今來是、燒痕殘碧盡，霜影亂紅凋。秋水映空，寒煙如織，皁雕飛處，天慘雲高。　人生須行樂，君知否、容易兩鬢蕭蕭。自與東君作別，剗地無聊。算功名何許，此身博得，短衣射虎，沽酒西郊。便向夕陽影裏，倚馬揮毫。』意境雖不甚深，風骨漸能騫舉，視短調爲有進，更進庶幾沈著矣。其歇拍『便向夕陽』云云，嫌平易無遠致。

二七　周稺圭《心日齋詞録》

周稺圭先生《心日齋詞録》，凡十六家，各系一詩。溫飛卿云：『方山憔悴彼何人，《蘭畹》

《金荃》託興新。絶代風流乾膷子，前生合是楚靈均。』李後主云：『玉樓瑤殿枉回頭，天上人間恨未休。不用流珠詢舊譜，一江春水足千秋。』韋端己云：『《浣花集》寫浣花箋，消得孤篷聽雨眠。顧曲臨川還草草，負他春水碧於天。』李德潤云：『雜傳紛紛定幾人，秀才高節抗峨岷。扣舷自唱〔南鄉子〕，翻是波斯有逸民。』孫孟文云：『一庭疏雨善言愁，傭筆荆臺耐薄游。最苦相思留不得，春衫如雪去揚州。』晏叔原云：『宣華宫本少人知，《珠玉》傳家有此兒。道得紅羅亭上語，後來惟有《小山詞》。』秦少游云：『《淮海》風流舊有名，紅梅香韻本天生。癡人不解陳無已，黄九如何得抗衡。』賀方回云：『雕瓊鏤玉出新裁，屈宋嬙施衆妙該。他日四明工琢句，瓣香應自慶湖來。』周美成云：『宫調精研字字珠，開山妙手詎容誣。後生學語矜南渡，牙慧能知協律無。』姜白石云：『洞天山水寫清音，千古詞壇合鑄金。怪底纖兒誚生硬，野雲無跡本難尋。』史梅溪云：『長安索米漫欷歔，祕省申呈不負渠。泉底纖綃塵去眼，當時侍從較何如。』吳夢窗云：『月斧吳剛最上層，天機獨繭自繅冰。世人耳食張春水，七寶樓臺見未曾。』王聖與云：『碧山才調劇翩翩，風格鄱陽好並肩。姜史姜張饒品目，人間別有藐姑仙。』蔣竹山云：『陽羨鵞籠涕淚多，清辭一卷〈黍離〉歌。紅牙綵扇開元句，故國淒涼喚奈何。』張玉田云：『但説清空恐未堪，靈機畢竟雅音涵。故家人物滄桑録，老淚禁他鄭所南。』張蜕巖云：『誰把傳燈接宋賢，長街掉臂故超然。雨淋一鶴沖霄去，寂寞騷辭五百年。』按，張詩舲《偶憶編》云：『周稺圭中丞録二十家詞，各系一詩。吾鄉蘇虚谷汝謙《雪波詞》〈自敍〉亦謂，稺圭選古詞二十家，今刻本只十六家。』

二八　朱小岑《論詞絶句》

臨桂布衣朱小岑先生依眞《九芝草堂詩存》《論詞絶句》二十八首，宋人於周清眞，國朝於朱錫鬯，並有微詞，頗不爲盛名所懾。惟推許樊榭甚至。觀其所爲詞，固不落浙西派也。小岑所著紀年詞及《分緑窗》、《人間世》雜劇久佚。檢邑志，得〔絳都春〕、〔念奴嬌〕兩調，録入《國朝詞綜續補》。其論同時人詞，意在以詩傳人，不得以論古之作例之。其詩云：『南國君臣豔綺羅，夢回雞塞欲如何。不緣鄰國風聞得，璧月瓊枝未詎多。』『天風海雨駭心神，白石清空謁後塵。誰見東坡眞面目，紛紛耳食説蘇辛。』『柳綿吹少我傷春，杜宇聲聲不忍聞。十八女郎紅拍板，解人應只有朝雲。』『貧家好女自嬌妍，彤管譏評豈漫然。若向詞家角優劣，風流終勝柳屯田。』『詞場誰爲斬荆榛，隻手難扶大雅輪。不獨俳諧纏令體，鋪張我亦厭清眞。』『合是詩中杜少陵，詞場牛耳讓先登。暗香疏影精神在，夜月清寒照馬塍。元注：白石墓在西馬塍。』『香泥壘燕盧申之，淡月疏簾綺語詞。何似山陰高竹屋，獨標新意寫烏絲。』『質實何須誚夢窗，自來才士慣雌黄。幾人眞悟清空旨，錯采塡金也不妨。』『雕梁軟語足形容，柳暝花昏意態中。項羽不知兵法誚，也應還著賀黄公。』賀裳字黄公，著《皺水軒詞筌》，謂史邦卿〈咏燕〉詞，白石不取其『軟語商量』，而取其『柳昏花暝』，不免項羽不知兵法之譏。『半湖春色少人窺，夜月蕢洲漁笛吹。深悔鈍根聞道晚，廿年始讀草窗詞。』『蓮子結成花自落，清虚從此悟宗門。西湖山水生清響，鼓吹蕘章豈妄言。』『兒女癡情迴不侔，風雲氣概屬辛劉。遺山合有出藍譽，寂寞橫汾賦雁邱。』『蛻巖樂府脱浮囂，又見梅溪譜〔六么〕。莫笑凋零草窗後，宋人風格未全消。』『已是金元曲子遺，風流全失《草堂》詞。端須忘盡崑崙手，更向樓前拜段師。論明代。』『燕譜新詞舊所推，中興力挽古風頽。如何拈出清空語，强半吴郎七寶臺。詞至前明，音響殆絶，竹垞始復古焉，第嫌其《體物集》不免疊垛耳。』『陳髯懷抱亦堪悲，寫入青衫悵恨詞。記得《中州樂府》體，豈知肖子屬吴兒。』『樊榭仙音未易參，追蹤姜史復誰堪。一時甘下先生拜，合與詞家作指南。』『侯鯖都不解療飢，癖嗜瘡痂笑亦宜。一夜梨花驚夢破，何如春草謝家詩。吾鄉謝良琦《醉白堂詞》一卷，首二句括其自序語，『昨夜梨花驚夢破，而今芳草傷心碧』，其詞中佳句也。』『十載無能讀父書，摩挲遺譜每唏噓。詞人競美遺山好，藴藉風流那不如。先大夫有《補閑詞》二卷。）』『嶺西宗派頗紛拏，誰倚新聲仿竹垞。獨有春山冷居士，閉門窗下詠枇杷。吾友冷春山昭有詞一卷，詠枇杷詞最工。』『紅杏梢頭宋尚書，較量閨閣韻全輸。無端葉打風窗響，腸斷人閒詞女夫。閨秀唐氏，吾友黄南溪元配也，自號月中逋客，早卒，有詩詞集若干卷，其〔杏花天〕詞爲時所稱。予最喜其『試聽飄墮，聲聲風際，吹來打窗葉』，颯然有鬼氣。』『零膏賸粉可能多，嘖嘖才名梁月波。叵耐斷腸天不管，香銷簾影捲银河。梁月波，宦門女，有才思，早卒。『香燼。香燼。簾捲银河波影。』其〔如夢令〕中語也。』又六首，題云：『僕少有〈論詞絶句〉，迄今二十年。燈下讀諸家詞，有老此數家之意。復綴六章，於前論無所出入也。』『剛道〔霓裳〕指下聲，天風海雨倏然生。不逢郢匠揮斤手，楮葉三年到未成。』『范陸詩名自一時，江南江北鬢成絲。遺聲莫訝多騷屑，不任空城曉角吹。』『妙手拈來意匠多，雲中眞有鳳銜梭。讀書未敢因人廢，奈爾天南小吏何。』『雜擬江淹筆有花，傚顰不辨作東家。等閑渲出西湖色，卻倩旁人寫㟝華。』『欲起瑯琊仔細論，機鋒拈出付兒孫。禾中選體荆溪律，一代能扶大雅翰。阮亭云，『無可奈何花落去，似曾相識燕歸來』，必不是《香奩》詩；『良辰美景奈何天，賞心樂事誰家院』，必不是《草堂》詞。確論也。』『《琴趣》言情尚汴音，獨將騷雅寫《秋林》。當年姜史皆迴席，辛苦無從覓繡鍼。《秋林琴雅》，樊榭詞。』

二九　孫平叔論詞絶句

金鐀孫平叔爾準《秦雲堂詩集》絶句二十二首，專論國朝詞人：『風會何須判古今，含商嚼徵有知音。美人香草源流在，猶是當時屈宋心。』『草窗《絶妙》賸遺編，碎玉風琴韻半天。一曲水仙瀛海闊，剌船何處覓成連。』『鳳林書院紀新收，最愛書棚讀畫樓。猶識金元盛風雅，不知誰洗《草堂》羞。』『詞場青兕說髯陳，千載辛劉有替人。羅帕舊家閑話在，更兼蔣捷是鄉親。』『姑山句好尚書稱，一代詞家盡服膺。人籟定輸天籟好，長蘆終是遜迦陵。』『七寶樓臺隸事駢，雪獅兒句詠衙蟬。清空婉約詞家旨，未必新聲近玉田。』『笛家南渡慢詞工，靜志題評語最公。不分梁汾詩小令，一生周柳擅家風。』『弔雨花臺萬口傳，平安季子語纏綿。東風野火鴛鴦瓦，纔是平生第一篇。』『嚴顧同熏北宋香，清詞前輩數吾鄉。珠簾細雨今猶昔，賀老江南總斷腸。』『新來豔說六家詞，秋錦差能步釣師。雲月西崑撏撦遍，防他笑齒冷伶兒。』『作者誰能按譜塡，《樂章》、《琴趣》調三千。誰知萬首連城璧，眼底無人說畹仙。』『史筆梅村語太莊，雕華不解定山堂。要從遺老求佳製，一曲觀潮最擅場。』『炊聞玉友二鄉亭，山左才人未逕庭。只有曹家珂雪句，白楊涼雨耐人聽。』『麗農延露衍波牋，一世才名祇浪傳。妾是桐花郎是鳳，倚聲誰闢野狐禪。』『問訊楓江舊釣磯，當時未解盛名歸。叢譚他日傳詞苑，一片殘陽在客衣。』『錢郎一曲託湘靈，錦瑟聲聲也愛聽。二十五絃清怨極，整天如水數峯青。』『流傳遮莫笑吳兒，蓉渡眞憑讕語爲。若向蘭陵論風雅，解嘲賴有栩園詞。』『德也清才卻執殳，棠村未許便齊驅。風流側帽天然好，莫向銅街僦獨孤。』『浪將左柳說淫哇，學步姜張便道佳。雪竹冰絲誰解賞，改蟲齋與小眠齋。』『紅友宮商上去嚴，偷聲減字盡排籤。石亭暢好韓歐筆，一字何妨直一縑。』『定甌練果試新茶，樊榭清吟漱齒牙。付與小紅歌一闋，鬢雲顫落玉簪花。』『馬趙陳吳記合并，響山四壁變秦聲。便如宛委山房裏，蕁玉蟬絃字字清。』

三〇　稱妻曰『渾家』

宋毛幵，自宛陵易倅東陽，〈留别諸同寮〉〈滿庭芳〉云：『回頭笑，渾家數口，又泛五湖舟。』俚語稱妻曰『渾家』，屢見坊肆閒小説。毛詞則舉一切眷屬言之。

三一　周必大近體樂府

周必大近體樂府，有〈點絳脣〉〈七夜趙富文出家姬小瓊再賦〉，『七夕』作『七夜』，甚新。小瓊，即范石湖所謂與韓无咎、晁伯如家姬稱爲三傑者，見《本事詞》注。

三二　張校本《遺山樂府》

遺山樂府張家鼒校本，末附訂誤。其〈鷓鴣天〉云：『拍浮多負酒家錢。』訂誤云：『錢』，元誤『船』，今正。按遺山有〈浣溪沙〉云：『拍浮争赴酒船中。』可證〈鷓鴣天〉句『船』字非誤。張校臆改，誤也。《晉書》畢卓云：『拍浮酒船中，便足了一生。』

三三　耳重眼花

《漢書》〈黄霸傳〉：『霸曰：許丞廉吏，雖老，尚能拜起送迎，正頗重聽，何傷。』『重』，傳容切。元劉敏中《中菴詩餘》〔南鄉子〕〈老病自戲〉云：『耳重眼花多。行則攲危語則訛。』『耳重』即『重聽』，讀若『輕重』之『重』，僅見。

三四　接牡丹

《中菴詩餘》〔鵲橋仙〕〈觀接牡丹〉云：『栽時白露。開時穀雨。培養工夫良苦。閒園消息阿誰傳，算只是、司花説與。　寒梢一拂，芳心寸許。點破凡根宿土。不知魏紫是姚黄，到來歲、春風看取。』囊見查悔餘《得樹樓雜鈔》，引《黄伐檀集》[一]〈妒芽説〉：『客有語予，人有以桃爲杏者，名曰接。其法，斷桃之本，而易以杏。春陽既作，其枝葉與花皆杏也。桃之萌亦出於其本。翁然若與杏爭盛者。主人命去之，此妬芽也。』云云。接花入題詠，於劉詞僅見。吾廣右花傭，最擅此技。如以桃接杏，則先植桃於盆，其本必蟠屈有姿致，僅留一二枝條，壯約指許，届清明前，則就杏擇其枝氣王者，壯相若者，與桃之本姿致宜稱者，審定長短距離，削去其半，約寸許，同時於桃枝近本處，亦削去其半，亦寸許，速就兩枝受削處，密切黏合，以苧皮緊束之。外用杏根畔土，調融塗護，勿露削口。若所接杏枝，距地較高，則植木爲架，擡桃盆，務令兩花高下相若，無稍拗屈彊附。迨至夏

[一] 黄伐檀集，原作『黄伐壇集』，據《伐檀集》改。

初，兩枝必合而爲一。苧皮暫不必解，於杏枝削口稍下，徐徐鋸斷，俾兩花脱離，即將削口稍上之桃枝鋸棄，則本桃而花葉皆杏矣。它花接法並同。唯所接皆木本，接時必清明前，如劉詞所云。牡丹係草本，白露已深秋，能於深秋接草木花，其技精於今人遠甚。唯詞歌拍云：『不知魏紫是姚黄，到來歲、春風看取。』當接花時，不能預定其色品，詎昔之接，異於今之接耶。惜其法不可得而攷矣。

三五　山鬼像

又〈木蘭花慢〉〈贈貴游摘阮時得名妾，故戲及之〉云：『松閒玄鶴舞翩翩。山鬼下蒼煙。正閉户焚香，捩商泛角，非指非絃。』曩見宋人所繪〈九歌圖〉，山鬼像絶娟倩，所謂『既含睇兮又宜笑，子慕余兮善窈窕。』彼雲屏妙姬，能當之無愧色耶。

三六　《玄謠集雜曲子》

唐人《玄謠集雜曲子》三十首，鳴沙石室祕籍也，有目無詞者十二首，有詞者只三首。〈鳳歸雲〉云：『征夫數歲，萍寄他邦。去便無消息，累换星霜。愁聽砧杵，疑塞鴈，□□□此三□增行。孤眠鸞帳裏，枉勞魂夢，夜夜飛颺。想君薄行，更不思量。誰爲傳書，雨妾表衷腸。倚牖無言，垂血淚，闇祝三光。萬般無那處，一爐香盡，又更添香。』又云：『怨綠窗獨坐，修得爲君書。前闋起調二句，句四字；此二句，句五字。疑「怨」字「爲」字是襯字。征衣裁縫了，遠寄邊塞。此字應平應叶。「塞」疑傳寫之譌。想得爲君，貪苦戰，不憚崎軀。中朝沙里□此□增，□馮三尺，勇戰姦愚。豈知紅□此□增，□淚如珠。枉把金釵，卜卦□皆虛。魂夢天涯，無暫歇，枕上□此□增虛。待公卿迴日，容顔憔悴，彼此何如。』兩詞譌奪已甚，幾不能句讀，尤不成片段，頃稍加整比，增□六，疑襯字二，疑失叶譌字一，便兩闋皆可分段，前後段句法字數並同，唯後闋起調多二襯字耳。又。又。並闋〔天仙子〕云：『鸎語啼時疑『鶯啼』之譌三月半。煙蘸柳條金線亂。五陵原上有仙娥，攜歌扇。香爛漫。留住九華雲一片。犀玉滿頭花滿面。負妾一雙偷淚眼。淚珠若得似眞珠，拈不散。知何限。串向紅絲應百萬。』又。已下詞並闋〔竹枝子〕、〔洞仙歌〕、〔破陣子〕、〔換沙溪〕、〔柳青娘〕、〔傾盃樂〕。『浣溪沙』作『換沙溪』，僅見。

三七　王文簡〈倚聲集序〉

王文簡〈倚聲集序〉：『唐詩號稱極備。樂府所載，自七朝五十五曲外，不概見。而梨園所歌，率當時詩人之作，如王之渙之〈涼州〉，白居易之〔柳枝〕，王維『渭城』一曲，流傳尤盛。此外雖以李白、杜甫、李紳、張籍之流，因事創調，篇什繁富，要其音節，皆不可歌。詩之爲功既窮，而聲音之祕，勢不能無所寄，於是溫、和〔一〕生而《花間》作，李、晏出而《草堂》興，此詩之餘而樂府之變也。詩餘者，古詩之苗裔也。語其正，則南唐二主爲之祖，至漱玉、淮海而極盛，高、史其嗣響也；語其變，則眉山導其源，至稼軒、放翁而盡變，陳、劉其餘波也。有詩人之詞，唐、蜀、五代諸人是也。有文人之詞，晏、歐、秦、李諸君子是也；有詞人之詞，柳永、周美成、康與之之屬是也；有英雄之詞，蘇、陸、辛、劉是也。至是，聲音之道乃臻極致。而詩之爲功，雖百變而不窮。』云云。僅二百數十言，而詞家源流派別，瞭若指掌。是書傳本絕尠，亟節記之。

〔一〕和，《蕙風詞話續編》卷一作『韋』。

三八　宋人詞精鈔本

甲辰四月下沐，過江訪半唐揚州，晤於東關街安定書院西頭之寓廬，握手欷歔，彼此詫爲意外幸事，蓋不相見已十年矣。半唐出示別後所得宋人詞精鈔本四鉅册，劉辰翁《須溪詞》、謝薖《竹友詞》、嚴羽《滄浪詞》（只二闋不能成卷）、張肎《夢庵詞》、陳深寧《極齋樂府》、張輯《東澤綺語債》、李祺《僑庵詞》、陳德武《白雪詞》、王達《耐軒詞》、曹寵《松隱詞》、吳潛《履齋先生詞》、廖行之《省齋詩餘》、汪元量《水雲詞》、張掄《蓮社詞》、沈瀛《竹齋詞》、王以寧《王周士詞》、陳著《本堂詞》，最十七家。《須溪》、《東澤》、《水雲》三種，曩與半唐同官京師，極意訪求不可得，《松隱》則昔只得前半本，此足本也。右一則，曩譔《蘭雲菱夢樓筆記》，鋟行時，刊削之稿。今半唐歸道山久，四印齋中長物，悉化雲煙。此宋詞四鉅册，不知流落何所，亟記之，以存其目。其《東澤綺語債》亦足本，爲最可惜。比以語漚尹，不信有此本也。

三九　銅器詞

倚聲之作，石刻閒見箸錄，金文尤罕覯。宋〔滿江紅〕詞鏡，鏡邊飾以梅花，詞作回文書：『雪共梅花，念動是、經年離拆。重會面、玉肌眞態，一般標格。誰道無情態也妒，暗香薶沒教誰識。卻隨風、偷入傍妝臺，縈簾額。　驚醉眼，朱成碧。隨冷煗，分青白。歎朱絃凍折，高山音息。悵望關河無驛使，剡溪興盡成陳迹。見似枝、而喜對楊花，須相憶。』馮晏海雲鵬得之濟南，謂其詞類宋人，故定爲宋鏡。見張詩舲祥河《偶憶編》。又曾賓谷燠藏宣德銅盤，內刻〔錦堂春〕詞：『映日穠花旖旎，縈風細柳輕盈。游絲十丈重門静，金鴨午煙清。戲蝶渾如有意，啼鶯還似多情。游人來往知多少，歌吹散春聲。宣德七年正月十五日。』

四〇 賈文元玉詞牌

義州李文石葆恂《舊學盦筆記》，記所見金石書畫，有宋製賈文玉詞牌。按賈昌朝，字子明，獲鹿人。天禧初，賜同進士出身。慶歷閒，拜同中書門下平章事，加左僕射，卒謚文元。有〔木蘭花慢〕[一]云：『都城水淥嬉遊處。仙棹往來人笑語。紅隨遠浪泛桃花，雪散平堤飛柳絮。東君欲共春歸去。一陣狂風和驟雨。碧油紅旆錦障泥，斜日畫橋芳草路。』黄花庵云：『公生平唯賦此一詞』，未審即玉牌所刻否。

四一 顧梁汾題照

《炙硯瑣談》云：『納蘭容若侍中與顧梁汾交最密。嘗塡〔賀新涼〕詞爲梁汾題照，有云：「一日心期千劫在，後身緣、恐結他生裏。然諾重，君須記。」梁汾答詞，亦有「願託結來生休悔」之語。侍中殁後，梁汾旋亦歸里。一夕，夢侍中至，曰：「文章知己，念不去懷。泡影石光，願尋息壤。」是夜，其嗣君舉一子。梁汾就視之，面目一如侍中，知爲後身無疑也。心竊喜甚。彌月後，復夢侍中別去。醒後，急詢之，已殤矣。先是，侍中有小像留梁汾處，梁汾因隱寓其事，題詩空方。一

[一] 木蘭花慢，《全宋詞》作『木蘭花令』。

時名流，多有和作。像今存惠山忍草庵貫華閣。』《炙硯瑣談》，武進湯曾輅大奎譔。貞愍大父也。

四二　烏里雅蘇臺

光緒甲午，伯愚學士志鈞簡烏里雅蘇臺辦事大臣。宗室伯希祭酒盛昱賦〔八聲甘州〕贈行云：『驀横吹、意外玉龍哀，烏里雅蘇臺。看黄沙毳幕，縱横萬里，攬轡初來。莫但訪碑荒磧，自注：『同人屬拓闕特勤碑。爾是勒銘才。直到烏梁海，蕃落重開。　六載碧山丹闕，幾商量出處，拔我蒿萊。愴從今别後，萬卷一身薶。約明春、自專一壑，我夢君、千騎雪皚皚。君夢我、一枝榔栗，扶上巖苔。』蓋伯愚此行雖之官，猶遷謫也。伯希詞甫脱稿，即録示余。小紅箋細字絶精。比幡帋故紙得之。此等詞略同杜陵詩史，關係當時朝局，非尋常投贈之作可同日語。因亟箸於編。王半唐給諫有和作云：『是男兒、萬里慣長征，臨歧漫淒然。只榆關東去，沙蟲猿鶴，莽莽烽煙。試問今誰健者，慷慨著先鞭。且袖平戎策，乘傳行邊。　老去驚心鼙鼓，歎無多憂樂，換了華顛。儘雄虺瑣瑣，呵壁問蒼天。認參差、神京喬木，願鋒車、歸及中興年。休回首，算中宵月，猶照居延。』

四三　半唐雜文

半唐雜文，存者絶少。檢敝簏，得其寄番禺馮恩江永年手札舊稿。馮爲半唐之戚，有《看山樓詞》，故語多涉詞。『十年闊别，萬里相思。往在京華，得《寄南園二子詩鈔》，嘗置座隅，不時循誦，以當晤言。去秋與家兄會於漢南，又讀《看山樓詞》，不啻與故人煙語於匡番寒翠閒，麈柄鑪香，仿佛可接。尤傾倒者，在言情令引，少游曉風之詞，小山蘋雲之唱，我朝唯納蘭公子，深入北宋堂奧。

遺聲墜緒，二百年後，乃爲足下拾得。是何神術，欽佩。欽佩。姪溷跡金門，素衣緇盡。閒較倚聲之作，謬邀同輩之知。既獎藉之有人，漸踴躍以從事。私心竊比，乃在南宋諸賢。然畢力奔赴，終彳亍於絶潢斷澗閒。於古人之所謂康莊亨衢者，不免有望洋向若之歎。天資人力，百不如人，奈何，奈何。萬氏持律太嚴，弊流於拘且雜，識者至訾爲癖人説夢，未免過情。然使來者之有人，綜羣言於至當，俾倚聲一道，不致流爲句讀不緝之詩，則篳路開基，紅友實爲初祖。不審高明以爲然否。往歲較刻姜、張諸詞集，計邀青睞，祈加匡訂。此外如周、辛、王、史諸家，皆世人所欲見，又絶無善本單行。本擬讎刊，並公同好。又擬輯録同人好詞，爲笙磬同音之刻。自罹大故，萬事皆灰，加以病豎相纏，精力日茶，不識此志能否克遂。它日殘喘稍蘇，校刻先人遺書畢，當再鼓握鉛之氣。足下博聞强識，好學深思，其有關於諸集較切者，幸示一二。盼盼。歸來百日，日與病鄰。喪葬大事，都未盡心豪末。負譽高厚，尚復何言。飢能驅人，廏門未遂。涉淞渡湖，載入梁園。今冬明春，當返都下，壹是家兄，當詳述以聞，不再覼縷。白雪曲高，青雲路阻。雙江天末，瞻企爲勞，附呈拙製，祈不吝金玉，啓誘蒙陋。風便時錫好音。諸惟爲道珍重不備。』又云：『倚聲夙昧，律吕尤疏。特以野人擊壤，孺子濯纓，天機偶觸，長謡斯發。深慚紅友之持律，有愧碧山之門風。意迫指訾，遑恤顔厚。兹録辛巳所牿，得若干闋就正。嗟夫，樗散空山，大匠不眂；桐焦爨下，中郎賞音。得失何常，眞賞有在，傳曰：「子今不訂吾文，後世誰知訂吾文者。」謬附古誼，率辱雅裁，幸甚幸甚。』半唐故後，其生平箸作與收藏，均不復可問。即其奏稿存否，亦不可知。此手札亦吉光片羽矣。

四四　冶春紅橋

漁洋冶春紅橋，香艷千古。而《香祖筆記》云：『東坡守揚州，始至，即判革牡丹之會。自云，雖煞風景，且免造孽。予少時爲揚州推官，舊例，府僚迎春瓊花觀，以妓騎而導，與太守節推各四人，同知以下二人，歸而宴飲，令歌以侑酒。吏因緣爲奸利。予深惡之，語太守，一切罷去。與坡公事相似。』或曰，不圖此舉出自王桐花。蕙風曰：此其所以爲王桐花也。曩余自譔〈存悔詞序〉，有云：冬郎風格，不能例以《香奩》。

四五　楊澤民〔秋蕊香〕

『良人輕逐利名遠。不憶幽花静院。』楊澤民〔秋蕊香〕句。『幽花静院』，抵多少『盈盈秋水，淡淡春山』。『良人』句質不俗，是澤民學清眞處。

四六　露垂蟲響

遺山句云：『草際露垂蟲響徧。』寫出目前幽静之境，小而不纖，妙在『垂』字『響』字，此二字不可易。

四七　釣詩竿

《松庢詞》，〔竹香子〕〈詠斑竹菸管〉云：『莫問呑多咽少，釣詩竿何妨飢皺。』『釣詩竿』，可作吃菸典故。

四八　詞與曲作法不同

曲有煞尾，有度尾。煞尾如戰馬收繮，度尾如水窮雲起。見《董西厢》眉評。煞尾猶詞之歇拍也。度尾猶詞之過拍也。如水窮雲起，帶起下意也。填詞則不然，過拍衹須結束上段，筆宜沈著。換頭另意另起，筆宜挺勁。稍涉曲法，即嫌傷格。此詞與曲之不同也。

四九　實字呼應法

劉無黨〔錦堂春〕〈西湖〉云：『牆角含霜樹静，樓頭作雪雲垂。』『静』字、『垂』字，得含霜作雪之神。此實字呼應法，初學最宜留意。

五〇　『揹』字入詞

元張埜夫《古山樂府》，〔清平樂〕〈春寒〉云：『韶光已近春分。小桃猶揹霜痕。』『揹』猶言不放也。與『餘寒猶勒一分花』之『勒』略同。『揹』字入詞，僅見。

五一　雪捲雹響

《古山詞》〔滿江紅〕云：『七椀波濤翻白雪，一枰冰雹消長日。』〔水龍吟〕云：『茶甌雪捲，紋楸雹響，醉魂初醒。』以冰雹形容棋聲之清脆，頗得其似。曩余有句云：『雪聲清似美人琴。』蓋

《爾雅》所云『霄雪』也。

五二 壽詞佳句

壽詞難得佳句，尤易入俗。《古山詞》〔太常引〕〈壽高丞相自上都分省回〉云：『報國與憂時。怎瞞得、星星鬢絲。』〔水龍吟〕〈爲何相壽〉云：『要年年霖雨，變爲醇酎，共蒼生醉。』此等句，渾雅而近樸厚，雖壽詞亦可存。

五三 莊雅宜稱

元張師道《養蒙先生詞》，〔玉漏遲〕〈壽張右丞〉云：『端正嬋娟，爲我玳筵留照。』『端正嬋娟』四字，用之壽詞，莊雅而宜稱。它家詞中，未之見也。

五四 撇雪會

『金朝遺風，冬月頭雪，令童輩團取，比明，拋親好家。主人見之，即開宴娛賓，謂之「撇雪會」。』見王秋澗詞〔江神子〕序。金源雅故，流傳絶少，亟記之。

五五 言爲心聲

宋昭容王清惠北行，題壁〔滿江紅〕云：『願嫦娥、相顧肯從容，隨圓缺。』文丞相讀至此句，歎曰：『惜哉。夫人於此少商量矣。』趙松雪〔木蘭花慢〕〈和李筫房韻〉云：『但願朱顏長在，任它花落花開。』言爲心聲，是亦『隨圓缺』之説矣。《麓堂詩話》載其谿上詩句『錦纜牙檣非昨夢，鳳笙龍管是誰家』，則何感愴乃爾。所謂非無萌蘖之生焉。

五六　愈含蓄愈雋永

倪雲林〔踏莎行〕後段云：『魯望漁邨，陶朱煙島。高風峻節如今掃。黄雞啄黍濁醪香，開門迎笑東鄰老。』舊作《錦錢詞》〔壽樓春〕〈陶然亭賦〉前段云：『登陶然孤亭。問垂楊閲盡，多少豪英。我輩重來攜酒，但問黄鶯。』後段云：『垂竿叟，渾無營。共間鷗[一]占斷，煙草前汀。一角高城殘照，有人閑凭。』蓋當時實景。託恉與雲林略同。半唐云：『愈含蓄，愈雋永。』

五七　當時明月

《雲林詞》〔人月圓〕云：『悵然孤歗，青山故國，喬木蒼苔。當時明月，依依素影，何處飛來。』李重光〔浪淘沙〕云：『晚涼天净月華開。想得玉樓瑶殿影，空照秦淮。』同一不堪回首。

五八　倪雲林〔太常引〕

雲林〈壽彝齋〉〔太常引〕云：『柳陰濯足水侵磯。香度野薔薇。芳草緑萋萋。問何事、王孫未歸。　一壺濁酒，一聲清唱，簾幙燕雙飛。風暖試輕衣。介眉壽、遥瞻翠微。』壽詞如此著筆，

〔一〕間鷗，《詞話叢編》本《蕙風詞話續編》卷一作『閑鷗』，《藝文》本作『間鷗』。

脱然畦封，力雅[一]超逸，『壽』字只於結處一點，後人可取以爲法。

五九　黄槐卿詞

海寧查悔餘慎行《得樹樓雜鈔》：『《宋史》，紹興五年五月，神武中軍統制楊沂中，發卒輦怪石寘太平樓。侍御史張絢劾奏其事，沂中坐罰金。元黄文獻公溍集有〈先居士樂府後記〉云：舊傳太平樓，秦檜所建。按沂中罰金時，檜已去相位。則樓之建，當在檜秉政初。洎檜再相，和議成，日使士人歌詠太平中興之美，樂府〈滿庭芳〉所由作也。此事《咸淳臨安志》不載。』云云。按《吳興備志》：『黄溍，字晉卿，本姓丁，世居吳興。父鑄，育於義烏之黄。溍登延祐二年進士第，累官翰林學士，謚文獻。』據此知溍父名鑄。元吳師道《敬鄉錄》，載宋何茂恭恪〈跋黄槐卿題太平樓樂府〉云：『予友黄槐卿，有膽略之士也。當秦氏側目磨牙，以齏忠肉義骨之際，獨不爲威惕，成長短句以磨其須。其仇因挾爲奇貨以控之，且二十年矣。會秦檜下世，遂不及發。其脱於虎口者，幸也。』云云。據此，知鑄字槐卿。兩宋詞學極盛，士流束髪受書，大都孯究宫律，顧其所作，幸而得傳，鉅公華胄而外，十之一二云爾。槐卿〈滿庭芳〉詞，具見平生風節，乃竟湮没失傳，尤爲可惜。宋元已還，小説雜編之屬，未見者不少，容或記述及之，糇異日孜求焉。《絶妙好詞》卷六，有黄鑄〈秋蕊香令〉一首。鑄，字晞顔，號乙山，邵武人，官柳州守。乃别是一人。姓名偶同耳。

[一] 力雅，《蕙風詞話》卷三作『方雅』。

六〇　愈質愈厚

《清眞詞》『最苦夢魂，今宵不到伊行』，『天便教人，霎時相見何妨』等句，愈質愈厚。趙待制〔燭影摇紅〕云：『莫恨藍橋路遠。有心時、終須再見。』略得其似。待制詞以婉麗勝，似此句不能有二也。

六一　善於變化

趙待制詞〔蝶戀花〕云：『别久嘁多音信少。應是嬌波，不似當年好。』〔人月圓〕云：『别時猶記，眸盈秋水，淚溼春羅。』並從秦淮海『也應似舊，盈盈秋水，淡淡春山』句出，可謂善於變化。

六二　同工而更韻

『僵卧碎瓊呼不起，看繁星、歷亂如棊走。』武進趙意孫舍人懷玉〈題張仲治雪中狂飲圖〉〔金縷曲〉句也。曩予極喜之，采入《香海棠館詞話》。比閱《蘭皋明詞彙選》，淩彦翀〔蝶戀花〕〈詠杏花〉云：『醉眼看花花亦舞。』只七字，與趙同工而更韻。

六三　豔而大且重

《花間集》歐陽烱〔浣溪沙〕云：『蘭麝細香聞喘息。綺羅纖縷見肌膚。此時還恨薄情無。』

自有豔詞以來，殆莫豔於此矣。半塘僧鶩曰：『奚翅豔而已，直是大且重。』苟無《花間》詞筆，孰敢爲斯語者。

六四　冷静幽瑟之趣

《審齋詞》，〔好事近〕〈和李清宇〉云：『歸晚楚天不夜，抹牆腰横月。』只一『抹』字，便得冷静幽瑟之趣。

六五　高竹屋〔金人捧露盤〕

高竹屋〔金人捧露盤〕〈詠梅〉二闋：『念瑶姬。翻瑶佩，下瑶池。冷香夢、吹上南枝。羅浮夢杳，憶曾清曉見仙姿。天寒翠袖，可憐是、倚竹依依。　溪痕淺，雪痕凍，月痕淡，粉痕微。江樓怨、一笛休吹。芳信待寄，玉堂煙驛雨凄遲。新愁萬斛，爲春瘦、却怕春知。』又：『楚宫閒。金成屋，玉爲闌。斷雲夢、容易驚殘。驪歌幾疊，至今愁思怯陽關。清音恨阻，抱哀箏、知爲誰彈。　年華晚，月華冷，霜華重，鬢華斑。也須念、閒損雕鞍。斜緘小字，錦江三十六鱗寒。此情天闊，正梅信、笛裏關山。』《絶妙好詞》録前一闋。余則謂以風格論，後闋較尤遒上也。

六六　宋詞疵病

宋人詞亦有疵病，斷不可學，高竹屋〈中秋夜褱梅溪〉云：『古驛煙寒，幽垣夢冷，應念秦樓十二。』此等句鈎勒太露，便失之薄。張玉田〔水龍吟〕〈寄袁竹初〉云：『待相逢説與相思，想亦在、相思裏。』尤空滑粗率，並不如高句，字面稍能藴藉。

六七　李商隱〈詠落梅〉

李商隱〔高陽臺〕〈詠落海〉云：『飄粉杯寬，盛香袖小，青青半掩苔痕。竹裏遮寒，誰念減盡芳雲。幺鳳叫晚吹晴雪，料水空、煙冷西泠。感凋零。殘縷遺鈿，迤麗成塵。東園曾趁花前約，記按筝篝酒，戲挽飛瓊。環佩無聲，草暗臺榭春深。欲倩怨笛傳清譜，怕斷霞、難返吟魂。轉銷凝。點點隨波，望極江亭。』前段『誰念』『念』字、『幺鳳』『鳳』字，後段『草暗』『暗』字、『欲倩』『倩』字、『斷霞』『斷』字，它宋人作此調，並用平聲。商隱别作〈寄題蓀壁山房〉闋，亦用平聲，唯此闋用去聲。以峭折爲婉美，非起調畢曲處，於宮律無關係也。其前段『水空』『水』字，似亦應用去聲，上與平可通融，與去不可通融也。商隱與弟周隱，有《餘不谿二隱叢説》，惜未得見。

六八　力求警鍊

李周隱〔小重山〕云：『畫檐簪柳碧如城。一簾風雨裏，過清明。』又云：『紅塵沒，馬翠薤輪。西泠曲，歡夢絮〔二〕。飄零。』『簪』字、『沒』字、『薤』字，并力求警鍊，造語亦佳。

〔二〕絮，原作『紫』，據《全宋詞》改。

六九　綺語情語

姚進道《簫臺公餘詞》，〔浣溪沙〕〈青田趙宰席間作〉云：『醉眼斜拖春水綠，黛眉低拂遠山濃。此情都在酒杯中。』〔鷓鴣天〕：『縣有花名日日紅。』高仲堅〈席間作〉云：『夜深莫放西風入，頻遣司花護錦裀。』〔瑞鷓鴣〕〈賞海棠〉云：『一抹霞紅勻醉臉，惱人情處不須香。』〔如夢令〕〈水仙用雪堂韻〉云：『鉤月襯淩波，彷彿湘江煙路。』〔行香子〕〈抹利花〉云：『香風輕度，翠葉柔枝。與玉郎摘，美人戴，總相宜。』〔好事近〕〈重午前三日〉云：『梅子欲黄時，霖雨晚來初歇。誰在綠窗深處，把綵絲雙結。　淺斟低唱笑相偎，映一團香雪。笑指牆頭榴火，倩玉郎輕折。』進道名述堯，錢唐人。南宋理學家張子韶詩云：『環顧天下間，四海唯三友。』三友者，施彦執、姚進道、葉先覺，其見重於時如此。顧亦能爲綺語、情語。可知《蘭畹》、《金荃》，何損於言坊行表也。

七〇　眞質可喜

劉潛夫〔風入松〕〈福清道中作〉云：『多情唯是燈前影，伴此翁、同去同來。逆旅主人相問，今回老似前回。』語眞質可喜。

七一　金風亭長

或問國初詞人，當以誰氏爲冠。再三審度，舉金風亭長對。問佳構奚若。舉〔擣練子〕云：

『思往事，渡江干。青蛾低映越山看。共眠一舸聽秋雨，小枕輕衾各自寒。』

七二　濬發巧思

評閨秀詞，無庸以骨榦爲言。大都嚼蘂吹香，搓酥滴粉云爾。亦有濬發巧思，新穎絶倫之作。《閨秀正始集》，張芬〈寄懷素窗陸姊七律一首回文調寄〔虞美人〕〉詞，詩云：『明窗半掩小庭幽，夜静燈殘未得留。風冷結陰寒落葉，别離長望倚高樓。遲遲月影移斜竹，疊疊詩餘賦旅愁。將欲斷腸隨斷夢，雁飛連陣幾聲秋。』詞云：『秋聲幾陣飛雁。夢斷隨腸斷。欲將愁旅賦餘詩。疊疊竹斜移影、月遲遲。　樓高倚望長離别。葉落寒陰結。冷風留得未殘燈。静夜幽庭小掩、半窗明。』芬字紫蘩，號月樓。江蘇吳縣人，箸有《兩面樓偶存稿》。

七三　詞中意境

無名氏按，當是唐人。〔魚游春水〕云：『秦樓東風裏。燕子歸來尋舊壘。餘寒猶峭，紅日薄侵羅綺。　嫩草方抽碧玉茵，媚柳輕拂黄金縷。鶯囀上林，魚游春水。』李元膺〔洞仙歌〕云：『雪雲散盡，放曉晴庭院。楊柳於人便青眼。更風流多處、一點梅心相映遠。約略顰輕笑淺。』詞中此等意境，余極喜之。潘瀛選〔新荷葉〕云：『日麗風柔，水邊天氣鮮新。閒坐斜橋，數完幾折溪痕。酒旗戲鼓，怯餘寒、未滿前村。小紅乍乳，鶯聲一巷纔勻。　節過收燈，風光尚未踰旬。粉糁疏籬，誰家香玉粼粼。雛晴嫩霽，似垂髫、好女盈盈。江南煙景，殢人猶在初春。』此詞亦韶令可誦。瀛選，順治朝宜興人。

七四　三十三字母詞

大興李松石汝珍著《李氏音鑑》，自以三十三字母爲詞，調〔行香子〕云：『春滿堯天。溪水清漣。嫩紅飄、粉蝶驚眠。松巒空翠，鷗鳥盤翾。對酒陶然，便博箇，醉中仙。』『春滿堯天』即『昌茫陽〇梯秧切』，下仿此。姪書圃調〔青玉案〕云：『垂楊低現紅橋路。看碧鳥、飛無數。殘照平塘人過渡。清尊把酒，迷離秀樹。南浦天街暮。』姪安圃調〔謝池春〕云：『細雨纔晴，便踏春泥沽酒。指人家、數條嫩柳。酩酊獨醉，把《漢書》評剖，看閑門、問奇來否。』徐聲甫鏞調〔錦纏道〕云：『對酒南樓，門掩春花天曉。林邊千點蒼山小。三橋騰跨波紋裊。明鏡平鋪，舟放人歸早。』許石華調〔鳳凰閣〕云：『喜闕巢新燕，低飛屋角。呢喃頻對清閟閣。爭把柳緜桃蘂，常時啣卻。盼將子、數來庭幕。』許月南音鵠調〔醉太平〕云：『春暖鶯狂，花團蝶嚷。雲嵐滋味曾嘗。勸君頻舉觥。軟飽醉鄉。黑甜睡方。懸琴端按宫商。寧知辛苦忙。』各詞調皆三十三字，並與字母雙聲恰合，無一複音。作者非必倚聲嫥家，即亦煞費匠心矣。

七五　《事林廣記》雅故珍聞

《羣書類要事林廣記》，西潁陳元靚編。康熙三十九年版行於日本。彼國元祿十二年。凡所記載，起自南宋，迄於元季。涉明初，則續增也。中閒雅故珍聞，往往新奇可憙。戊集文執類〈圓社摸場〉云：『四海齊雲社，當場蹴氣毬。作家偏著所，圓社最風流。況是青春年少，同輩朋儔。向柳巷花街翫賞，在紅塵紫陌追遊。脱履撏來憑眼活，認冥[一]爲有準，杈兒扶住惟口鳴，識踢乃无憂。右搭右花跟，似烏龍兒擺尾。左側左虚挓，似丹鳳子摇頭。下住處、全在低羙；打著人、惟仗推收。使方藏力，以柔取柔。集閑中名爲一絶，决勝負分作三籌。俺也絲鞵羅袴，短帽輕裘。襟沾香汗溼，韈污軟塵浮。佩劍仙人時側目，攛梭玉女巧凝眸。粉鉗兒前後仰身，身移不浪；金翦刀往來移步，步過頻偷。況乎奢華治世，豪富皇州。春風喧鼓吹，化日沸歌謳。歡笑對吴姬越女，繁華勝桑瓦潘樓。湖山風物，花月春秋。四望觀[二]柳邊行樂，三天竺松下優游。樂事賞心，難並四美，勝友良朋，無非五侯。心向閑中著，人於倬裹求。凡來踢圓者，必不是方頭。』又，〔滿庭芳〕云：『若論風流，无過圓社，拐膁蹬躡搭齊全。門庭富貴，曾到御簾前。灌口二郎爲首，趙皇上、下腳流傳。人都道，齊雲一社，三錦獨争先。

花前。并月下，全身繡帶，偷側雙肩。更高而不遠，一搭打鞦韆。毬落處、圓光膁拐，雙佩劍、側躡相連。高人處，翻身佶料，天下總呼圓。』又云：『十二香皮，裁成圓錦，莫非年少堪收。綠楊深處，恣意樂追遊。低拂花梢慢下，侵雲漢、月滿當秋。堪觀處，偷頭十字拐，舞袖拂銀鈎。

肩尖，並拐搭，五陵公子，恣意忘憂。幾回沈醉，低築傍高樓。雖不遇、文章高貴，分左右、曾對王侯。君知否，閑中第一，占斷是風流。』後有齊雲社規，下脚文毬門社規，白打社規，毬門齊雲入門，白打場户，兩人場户，三人場户，四人場户，五人名小出尖，五人場户，名皮破、落花流水，六人名大出尖，踢花心，各圖式。〈遏雲要訣〉云：『夫唱賺一家，古謂之道賺。腔必眞，字必正。欲有墩、亢、掣、拽之殊，字有脣、喉、齒、

[一] 冥，《蕙風詞話續編》卷一作『眞』。
[二] 四望觀，《蕙風詞話續編》卷一作『四聖觀』。

舌之異。抑分輕清重濁之聲，必別合口、半合口之字。更忌馬嚚⿰車登子，俗語鄉談。如對聖案，但唱樂道山居水居清雅之詞，切不可以風情花柳豔冶之曲；如此，則爲瀆聖。社條不賽筵會，吉席上壽慶賀不在此限。假如未唱之初，執拍當胷，不可高過鼻。須假鼓板村掇，三拍起引子唱頭一句。又三拍至兩片結尾，三拍煞入序尾，三拍巾斗煞入賺頭。一字當一拍，第一片三拍，後做此。出賺三拍，出聲巾斗。又三拍煞尾聲，總十二拍。第一句四拍，第二句五拍，第三句三拍，煞。此一定不踰[一]之法。』〈遏雲致語〉筵會用〔鷓鴣天〕云：『遇酒當歌酒滿斟。一觴一詠樂天眞。三盃五盞陶情性，對月臨風自賞心。　環列處，總佳賓。歌聲嘹亮遏行雲。春風滿座知音者，一曲教君側耳聽。』後有圓社市語、中呂宮圓裏圓。〈駐雲主張〔滿庭芳〕集曲名〉云：『共慶清朝，四時歡會，賀筵開、會集佳賓。風流鼓板，法曲獻仙音。鼓笛令、無雙多麗，十拍板、音韻宣清。文序子，雙聲疊韻，有若瑞龍吟。　當筵，聞品令，聲聲慢處，丹鳳微鳴。聽清風八韻，打拍底、更好精神。安公子、傾盃未飲，好女兒、齊隔簾聽。眞無比，最高樓上，一曲稱人心。』詩曰：『鼓板清音按樂星，那堪打拍更精神。三條犀架垂絲絡，兩隻仙枝擊月輪。笛韻渾如丹鳳叫，板聲有若靜鞭鳴。幾回月下吹新曲，引得嫦娥側耳聽。』〔水調歌頭〕云：『八蠻朝鳳闕，四境絕狼煙。太平无事，超烘聚哨傚梨園。笛弄崑崙上品，篩根雲陽妙選，畫鼓可人憐。亂撒眞珠迸，點滴雨聲喧。　韻堪聽，聲不俗，駐雲軒。諧音節奏，分明花裏遇神仙。到處朝山拜岳，長是爭籌賭賽，四海把名傳。幸遇知音聽，一曲贊堯天。』詩曰：『鼓似眞珠綴玉盤，笛如鸞鳳嘯丹山。可憐一片雲陽水，遏住行雲不往還。』後有全套鼓

〔一〕踰，原作『喻』，據《蕙風詞話續編》卷一改。

板棒數。余嘗謂，宋人文詞，雖游戲通俗諸作，亦不無高異處，蓋氣格使然。元人即已弗逮，明已下不論也。右詞數闋，當時蹋毬唱賺之法，籍存概略，猶有風雅之遺意焉。猶賢乎已，是之取爾，詎謂今日等於牧奴騶竪所爲哉。按，〈遏雲要訣〉『欲有墩亢』，『欲』疑『歌』誤。『社條不賽』，『不』疑誤字。

七六　用字之法

清姒學作小令，未能入格。偶幡帋《中州樂府》，得劉仲尹『柔桑葉大綠團雲』句，謂余曰，只一『大』字，寫出桑之精神，有它字以易之否。斯語其庶幾乎。略知用字之法。

七七　秋翾

劉龍山詩〈龍德宫〉句云：『銅闌秋翾雨留苔。』秋翾字奇警，入詞更佳。

七八　善用字

馮士美〔江城子〕換頭云：『清歌皓齒豔明眸，錦纏頭。若爲酬。門外三更，燈影立驊騮。』『門外』句，與姜石帚『籠紗未出馬先嘶』，意境略同。『驊騮』字近方重，入詞不易合色。馮句云云，乃適形其俊，可知字無不可用，在乎善用之耳。其過拍云：『月下香雲驕墮砌，花氣重酒光浮。』亦豔絕清絕。

七九　度曲

宋人工詞曲者稱『聲家』，一曰『聲黨』，見《碧雞漫志》。詞曲曰『韻令』，見《清波雜誌》。唐劉賓客〈董氏武陵集紀〉：『兵興已還，右武尚功。公卿大夫以憂濟爲任，不暇器人於文什之間。故其風寖息。樂府協律不能足元注：去聲新詞以度曲。夜諷之職，寂寥無紀。』『夜諷』字甚新，殆即新詞度曲之謂。劉用入文，必有所本。

八〇　周濟《宋四家詞選》

周保緒濟《止庵集》〈宋四家詞筏序〉，以近世爲詞者，推南宋爲正宗，姜、張爲山斗，域於其至近者爲不然。其持論與余介同異之閒。張誠不足爲山斗，得謂南宋非正宗耶。《宋四家詞筏》未見，疑即止庵手錄之《宋四家詞選》，以周邦彦、辛棄疾、王沂孫、吳文英四家爲之冠，以類相從者各如干家。止庵又有《論調》一書，以婉、澀、高、平四品分之。其選調視紅友所載，祇四之一。此書亦未見。

八一　詞宜恰到好處

恰到好處，恰够消息。毋不及，毋太過。半唐老人論詞之言也。

八二　朱生

歙程聖跂哲《蓉槎蠡説》：閨秀孟淑卿，自號荆山居士，評朱淑眞詩有脂粉氣，曰：朱生故有俗病，巾幗耳。稱淑眞爲『生』，甚奇。

八三　李淑昭淑慧詞

李淑昭〔擣練子〕云：『桃似錦，柳如煙。鶯不停梭蝶不閒。妨却繡窗多少事。盡抛針黹到花前。』妹淑慧和韻云：『收曉霧，散朝煙。邃閣忙人到此閒。繡線未抛針插髻，腳根早已到花前。』淑昭、淑慧，笠翁二女，其詞未經選家箸錄。

八四　《女詞綜》

《文選樓叢書·未刻稿本待購書目》二册，有《宋四黄山谷、叔暘、稼翁、竹齋詞合集》、《女詞綜》二書。今無傳本。

八五　經意

詞過經意，其蔽也斧琢；過不經意，其蔽也褦襶。不經意而經意，易；經意而不經意，難。

八六　煙水迷離之致

吾詞中之意，唯恐人不知，於是乎句勒。夫其人必待吾句勒而後能知吾詞之意，即亦何妨任其不知矣。曩余詞成，於每句下注所用典。半塘輒曰：『無庸。』余曰：『奈人不知何。』半塘曰：『儻注矣，而人仍不知，又將奈何。』矧塡詞，固以可解不可解，所謂煙水迷離之致，爲無上乘耶。

八七　暗字訣

作詞須知『暗』字訣。凡暗轉、暗接、暗提、暗頓，必須有大氣眞力，斡運其閒，非時流小惠之筆能勝任也。駢體文亦暗轉法，稍可通於詞。

八八　飲水

『如魚飲水，冷暖自知。』道明禪師答盧行者語，見《五燈會元》。納蘭容若詩詞，命名本此。

八九　自然從追琢中出

《韻語陽秋》云：『陶潛、謝朓詩，皆平淡有思致，非後來詩人怵心劌目者所爲也。老杜云：「陶謝不枝梧，風騷共推激。紫燕自超詣，翠駮誰翦剔」是也。大抵欲造平淡，當自組麗中來。落其華芬，然後可造平淡之境。如此，則陶、謝不足進矣。梅聖俞〈贈杜挺之〉詩，有『作詩無古今，欲造平淡難』之句。李白云：「清水出芙蓉，天然去雕飾。」平淡而到天然，則甚善矣。』此論精徹，可通於詞。欲造平淡，當自組麗中來，即倚聲家言，自然從追琢中出也。

九〇　紅友疏於攷訂

《樂府指迷》云：古曲亦有拗者。蓋被句法中字面所拘牽。今歌者亦以爲硋，如〔尾犯〕『肯把金玉珠珍別並作『珍珠』。博』者卿句，〔絳園春〕：『游人月下歸來。夢窗〔絳都春〕句，或當時一名『絳園春』，它本未見。『金』字、『遊』字當用去聲之類。桉，〔尾犯〕如虛齋『殷勤更把茱萸看』，夢窗『滿地桂陰人不惜』，『更』、『桂』字並去聲。夢窗『遠夢越來溪畔月』，『越』字可作去。〔絳都春〕，夢窗別作『更傳鶯入新年』、『並禽飛上金沙』、『更愁花變梨霙』、『便教移取薰籠』、『便教宴接鶯花』，上一字並用去聲。紅友極重去聲字，乃《詞律》〔尾犯〕錄柳詞，無一旁註。〔絳都春〕錄吳詞，竟於『並』字旁註可平，亦疏於攷訂也。

九一　校詞

余癖詞垂五十年，唯校詞絶少。竊嘗謂，昔人塡詞，大都陶寫性情，流連光景之作。行間句裏，一二字之不同，安在執是爲得失。乃若詞以人重，則意內爲先，言外爲後，尤毋庸以小疵累大醇。士生今日，載籍極博。經史古子，體大用閎，有志校勘之學，何如擇其尤要，致力一二。詞吾所好，多讀多作可耳。校律猶無容心，矧校字乎。開茲縹帙，鉛槧隨之。昔人有『校讎』之説，而詞以和雅溫文爲主指，心目中有讎之見存，雖甚佳勝，非吾意所嫥注。彼昔賢曷能詔余而牖之。則亦終於無所得而已。曩錫山侯氏刻《十名家詞》，顧梁汾爲之序，有云：『讀書而必欲避譌與混之失，即披閱吟諷，且不能以終卷，又安望其暢然拔去抑塞，任爲流通也。』斯語淺明，可資印證。蓋心爲校役，訂疑思誤，丁一確二之不暇，恐讀詞之樂不可得，即作詞之機亦滯矣。如云校畢更讀，則掃葉之喻，校之不已，終亦紛其心而弗克相入也。

上海《小説月報》一九二〇年一二月第一一卷第一二號

小梅花館詞話

冷芳

《小梅花館詞話》四則，載蘇州《消閒月刊》一九二一年八月第四期，署『冷芳』。今據此逐錄。原無序號、小標題，今酌加。

小梅花館詞話目錄

小梅花館詞話

一　周介存《詞辨》

周介存《詞辨》，所選甚嚴。謂閨秀詞，惟李清照最優，究苦無骨。存一篇，尤清出者。按《詞辨》以一卷爲正，起溫飛卿；二卷爲變，起南唐李後主。清照〔浣溪沙〕詞，列一卷之末，則固視以爲優也。詞錄於下：『髻子傷春嬾更梳。晚風庭院落梅初。淡雲來往月疏疏。　玉鴨熏鑪閑瑞腦，珠櫻斗帳掩流蘇。通犀還解辟寒無。』

二　《夢江南詞稿》

聞松陵金女士眉長，初嫁後，夫婿即遠出，因誦溫飛卿夢江南詞而感之，和至百闋，其集即名《夢江南詞稿》。惜余尚未之見。女士固深於情而富於才者。按溫詞含情不露，自足移人。詞云：『梳洗罷，獨倚望江樓。過盡千帆皆不是，斜暉脈脈水悠悠。腸斷白蘋洲。』

三　張槎雲

古來雄俊非常之士，建大業於當世者，大約都有夙根。東坡所謂『其生也有自來』是也。若夫女子之聰明絕世者，亦何獨不然。《兩浙輶軒録》云：張槎雲名昊，孝廉步青之長女也。孝廉苦貧，以授經餬口四方。母陳氏，僅以女工課之，而槎雲喜讀書，覽典籍，輒通其文理，所著詩詞皆工。從兄弟祖望偶見槎雲詩，有『殘風殘雪斷橋邊』之句，悄然歎曰：『是妹必以詩傳，但福薄耳。』年十九，歸胡生文漪，唱和極諧。後步青赴春官試，卒於京師。訃音至，槎雲痛悼欲絕，有『孤山何太苦，變作我親邱』之句，讀者憐之。踰年，槎雲方晨起，與文漪論詩，語及關盼盼絕句，曰：『詩至此，得無傳乎。』既而曉裝畢，整衣臨窗，徘徊久之，凝眺雲際。忽曰：『吾腸斷矣。』侍兒扶至床，目已瞑。先是，槎雲夢白鶴振翮於庭，作人言，謂槎雲曰：『盍乘吾以歸乎，若夫婦七年之緣已盡矣。』槎雲跨鶴背，憑空而起，有若神仙。及卒，人始知爲兆云。按《林下詞選》有槎雲〔虞美人〕詞云：『楓林昨夜多風雨。籬菊欹新露。疏枝無力倚西風。這是斷腸花瘦、與人同。　憑欄無語心何已。又見吟蟲起。今年何事忽多愁。怪底凄凄風雨、暗層樓。』槎雲，錢唐人。

四　江陰名家女

《衆香詞》載江陰一名家女，作迴文體。填〔菩薩蠻〕云：『鏡開羞學新妝靚。靚妝新學羞開鏡。離別怕遲歸。歸遲怕別離。　綠痕螺黛促。促黛螺痕綠。千萬約來年。年來約萬千。』女子姓氏未詳，文才敏妙，篇什甚富，爲宦室婦。外君戒其吟詠，故不以姓氏傳。又録〔少年遊〕一闋云：『斜風捲水，平蕪吹側，波面細於絲。楊柳煙中，蓼華影裡，密樹度雲遲。　藤床八尺龍鬚席，臥聽晚蟬嘶。攜卻楸枰，沉吟應劫，抛局數殘碁。』有如此才華，而禁其弄翰。『女子無才便是福』一語，毒人酷哉。

蘇州《消閒月刊》一九二一年八月第四期

雙十書屋詞話

忍菴

《雙十書屋詞話》二則，載無錫商團公會、無錫救火聯合會一九二一年一〇月一〇日《國慶紀念特刊》。該《特刊》爲唐忍菴等編輯。原無序號、小標題，今酌加。

雙十書屋詞話目錄

雙十書屋詞話

一　汪蘭皋〔大江東去〕一

國慶詩詞，以元年度爲最多。武進汪蘭皋〈弔廣州死事七十二烈士〉詞（調寄〔大江東去〕）曰：『幾抔荒土，化萇弘碧血，此中何物。風馬雲車來往處，閃閃青燐石壁。博浪沙前，田横局外，暴骨皚皚雪。黃花開落，鬼雄還是人傑。　回想電掣雷轟，犂庭掃穴，叱咤喑嗚發。大纛高牙靈眼底，拉朽摧枯齊滅。天妬奇功，問天不語，怒指衝冠髮。毋忘在莒，年年記取今月。』

二　汪蘭皋〔大江東去〕二

同社汪蘭皋〈弔廣州死事七十二烈士〉詞，其二曰：『英雄甯死，要河山還我，當年之物。一十二旬軍再起，取次功成赤壁。灑酒靈旗，椎牛銅像，白者衣冠雪。招魂來下，故人多少豪傑。　滿眼流水華輪，游龍駿馬，意氣風雲發。整頓乾坤餘子在，往事空譚興滅。化鶴歸來，尉佗城畔，山縷青於髪。傷心憑弔，珠江獨酹明月。』

無錫商團公會、無錫救火聯合會一九二一年一〇月一〇日《國慶紀念特刊》

啼紅閣詞話

沈瘦碧

《啼紅閣詞話》六則，載上海《禮拜六》一九二二年四月一五日第一五七期，署『沈瘦碧 南京』。今據此迻錄。原無序號、小標題，今酌加。

啼紅閣詞話目錄

啼紅閣詞話

一　晚風晾帕

曩見某雜誌一小冊子，封面作仕女，綠楊陰下，一淡裝女郎，持洗帕欲曝之。顏曰[一]『晚風晾帕』。阿憐夫子喜其句可作詞料，因戲拈爲拍句之資，得〔如夢令〕一闋云：『應是酒痕污了。莫是淚痕紅了。玉手浣殷勤，趁着晚風斜照。斜照。斜照。人與綠楊俱俏。』復有陳君亦爲之，猶憶其警句云：『無限別離情，算有鮫綃知道。知道。知道。洗得淚珠多少。』後有擬再題之者，見此遂爲之擱筆。亦一時佳話也。

二　誰家少婦

某歲，於輪中獨居一室，彌覺淒然。夜闌徘徊未寢，惟聞汽機排浪聲耳。偶一回顧，忽見壁間隱

[一] 曰，原作『日』。

約有蠅頭小字數行，極纖秀，逼視之，蓋不知誰家少婦，以釵蘸墨[一]所書〔昭君怨〕一闋也，讀竟爲之悽咽累日。詞云：『那日臨歧無語。那日有情難訴。忍淚背郎啼。怕郎癡。　今日維舟江渚。任我淚飄如雨。和病更和愁。對江流。』世不乏傷心人，讀此感想當何如。

三　吴晉丞詞

吴君晉丞，肆力倚聲有年矣。今已屹然自立，能不落前人窠臼。昔年見其〈自湘中寄懷阿憐夫子〉一闋，至今猶髣髴記之。覺其一縷深情，尚縈於腦際也。詞云：『故人寄我河梁意，遺我鯉魚雙。書中何有，相思兩字，紅淚千行。　行間字裏，愁濃墨淡，語重心長。情深一往，直隨湘水，流到潯江。』其〔卜算子〕，亦感慨悽涼，一字一淚，今並錄之：『籬下野花黄，窗外疎風勁。小枕懵騰夢乍醒，微怯衣裳冷。　起坐更沉吟，往事從頭省。知己天小涯死生[二]，攬鏡憐孤影。』

四　紅豆詞人〔四時令〕

嘗見紅豆詞人有〔四時令〕一闋，其憨癡處，殊不可及。『風痴雨痴。愁痴夜痴。含情欲告影兒。怕影兒又痴。　思伊恨伊。憐伊感伊。擁衾不語多時。又悲伊悼伊。』

[一] 以釵蘸墨，原作『以蘸釵墨』。

[二] 天小涯死生，疑當作『天涯半死生』。

五　倚紅闌主人

『長簪玉鳳銀釵鞸。髻墮香聞坐。傍肩偎臉〔二〕眼盈盈。絕妙淺深眉意、可傳能。　良宵遇得難心賞。燭剪窗紋漾。碧紗羅袂夜沉沉。慣伴卸裝慵理、又初更。』此倚紅闌主人戲填〔虞美人〕通體回文詞也。閱者試回讀也，當立浮一白，歎曰佳構。

六　吕惠如詞藁

庚申秋，於蔡君用之齋頭，見旌德吕惠如女士所作詞藁一冊，其中佳作，美不勝收。余最喜其〔瑣窗寒〕云：『空欲成烟，浄無堪唾，碧愔愔際。悽迷一片，隔斷故園千里。隱江邊、誰家小樓，有人立在斜陽裹。正單衣纔換，玉釵風漾，滿身涼翠。　花事。久消替。又換了梅園，清和天氣。鳴鳩乳燕，共賞綠天新意。想前番、殘紅褪餘，此中猶有春魂寄。伴畫橋、明月眠琴，夜色籠清綺。』字字由烹鍊而來，爐火純青，今之李易安也。

上海《禮拜六》一九二二年四月一五日第一五七期

〔二〕臉，原作『瞼』。

守誠齋詞話

稚儂

《守誠齋詞話》一六則，小序一則，載上海《小説新報》一九二二年七月第七年第六期、八月第七期。署『稚儂』。今據此迻錄。原無序號、小標題，今酌加。

守誠齋詞話目錄

守誠齋詞話

春雨廉纖，薄寒料峭，小齋兀坐，意態寂寥。追憶昔日所讀諸閨秀詞集，清辭麗句，深印腦海，每不能去。際此多暇，一一寫出，編爲詞話，藉以排遣時日。拉雜錄之，不及删潤。序述殊慚蕪陋，海内彦達，肯加匡謬，是稚儂所馨香企禱者也。

一　孫碧梧《湘筠詞》

余於詞，酷嗜《花間》。每有仿製，殊痛未似。近讀仁和孫碧梧女史（雲鳳）所著《湘筠詞》，置之《花間集》中，直可亂楮葉矣。爲録其〔菩薩蠻〕數闋。其一云：『華堂宴罷笙歌歇。夜深香裊爐煙碧。酒醒小屏風。燭花相對紅。　玉釵金翠鈿。柳葉雙蛾淺。日午未成粧。繡裙雙鳳凰。』其二云：『翠衾錦帳春寒夜。銀屏風細燈花謝。鴛枕夢難成。緑窗啼曉鶯。　愁來天不管。鬢墜眉痕淺。燕子不還家。東風天一涯。』其三云：『日長深柳黄鸝轉。繡床風緊紅絲亂。微雨又殘春。落花深掩門。　高樓眉暗蹙。芳草依然緑。酒醒一燈昏。思多夢似真。』其四云：『爐烟裊裊人初定。紗窗月上梨花影。春色自年年。故人山上山。　露寒風更急。此景還如昔。記得倚闌干。夜深人未眠。』其五云：『小庭春去重簾下。東風一霎吹花謝。底事惜分飛。高樓啼子規。舉頭還見月。脈脈傷行色。今夜莫教寒。有人羅袂單。』碧梧爲隨園女弟子，郭頻伽評其詞，謂『寄意杳微，含情遠渺，髣髴飛卿、延巳[一]之間』，殊非過譽。

二　碧梧長調有宋人意境

碧梧女史小令單詞，固絕似《花間》，長調亦殊有宋人意境。其〔水龍吟〕〈游絲〉一闋，搖曳纏綿，極委婉之致；曼聲長吟，殊令人有意輭魂銷之概。詞云：『雨晴乍暖猶寒，清明時節間庭院。飛花簾幙，輕煙池館，繡床鍼線[二]。曲曲迴腸，悠悠愁緒，隨伊縈轉。颺芳郊翠陌，流雲去水，渾無着、教誰管。九十韶華過半。記南園、踏青歸晚。紅香影裏，綠陰疏處，飄揚近遠。搖漾吟魂，瞢騰午夢，頓成春懶。但垂垂斜日，小闌人靜，晝[三]長風輭。』

三　陳無垢哀而不怨

通州陳無垢女史契（其祖大科，仕清爲大司馬），幼適孫安石。安石家中落，以契無子，不相得，挈婢異居。契乃歸母家。久之，落髮事焚修，然不廢吟詠。晚而益貧，至併日以食，隱忍不以告

[一] 巳，原作『山』，據雷瑨、雷瑊《閨秀詞話》卷三改。按此條與《閨秀詞話》雷同。
[二] 鍼線，原作『緘線』，據《湘筠館詞》卷上改。
[三] 晝，原作『畫』，據《湘筠館詞》卷上改。

人。病數月起，覆水窗前，脫手墜樓死。人咸惜之。其境之哀有如此。事見《衆香詞》。女史有〔菩薩蠻〕詞云：『今生浪擬來生約。從今悔卻從前錯。腰帶細如絲。思君君不知。　五更風又雨。兩地儂和汝。着意待新驩。莫如儂一般。』哀而不怨，此之謂矣。讀者能勿爲之腸斷。

四　鄭蓮含蘊無窮

鄭蓮，字采蓮，爲新城陶響甫先生家侍婢。有〈春草詞〉調寄〔菩薩蠻〕云：『春風二月江南路。春山如畫春光妬。綠幔捲高樓。黛痕眉上愁。　薄烟團數里。拾翠人歸矣。又聽子規啼。如絲雨下時。』末二語含蘊無窮，得意内言外之旨。康成詩婢而後，僅見斯人。

五　〔菩薩蠻〕回文

王西樵先生士禄曰：『〔菩薩蠻〕有二體。有首尾廻環者，如邱瓊山〈秋思〉，湯臨川〈織錦〉是也。有逐句轉換者，如蘇子瞻〈閨思〉，王元美〈別思〉是也。然逐句難于通首，近時惟丁藥園擅此體。』云云。近讀《衆香詞》，蓉湖女子有〔菩薩蠻〕〈仿王修微廻文〉一首，殊極其妙，詞云：『鏡開休學新粧靚。靚粧新學休開鏡。離別怕遲歸。歸遲怕別離。　綠痕螺黛促。促黛螺痕綠。千萬約來年。年來約萬千。』廻環一氣，情文相生，當不在丁藥園之『書寄待何如。如何待寄書』下也。

六　沈散華孫碧梧回文

又長洲沈散華女士纕《浣妙詞》中，亦有迴文〔菩薩蠻〕詞云：『墜華紅處顰眉翠。翠眉顰處紅華墜。春惜可憐人。人憐可惜春。　隔窗疏雨急。急雨疏窗隔。門掩便黄昏。昏黄便掩門。』又孫碧梧女士《湘筠詞》〔菩薩蠻〕迴文云：『小慊疏雨花飛曉。曉飛花雨疏慊小。寒峭覺衾單。單衾覺峭寒。　燕歸傷客遠。遠客傷歸燕。愁莫倚高樓。樓高倚莫愁。』又吴江沈宛君女士宜修《鸝吹詞》中，〈廻文〉云：『古今流水愁南浦。浦南愁水流今古。清淺棹人行。行人棹淺清。　問誰憑去信。信去憑誰問。多恨怯裁歌。歌裁怯恨多。』又云：『曲闌凭遍看漪緑。緑漪看遍凭闌曲。流水去時愁。愁時去水流。　井梧疏葉冷。冷葉疏梧井。横簦晚舟輕。輕舟晚簦横。』皆係佳作，因併録之。

七　曹宜仙詞極悽咽

吴縣曹宜仙女史景芝，爲同邑陸元弟室，着《壽研山房詞》。有〈梅魂〉一闋，調寄〔綺羅香〕。詞極悽咽，殆亦别有所悼耶。爲録如下，詞云：『院宇蕭條，美人何處，腸斷黄昏片月。誰弔芳妍，枝上數聲啼鴂。依舊似、䙓袖[一]來邪，悄地共、華鐙明滅。影亭亭、小立倉苔，乍驚清露更悽

[一] 袖，原脱，據《壽研山房詞》補。

絕。　東風輕颺似許，尋徧闌干，祇有半庭春雪。澹露[二]空濛，誤卻棲香蝴蝶。但一縷、縈住湘雲，扶不起、珊珊瘦骨。還只怕、玉簫吹殘，亂愁千萬疊。』

八　圓圓《舞餘詞》

吳三桂迎滿清兵入關除李闖，說者謂三桂以闖據其愛姬圓圓，憤而出此，故吳槑邨祭酒〈圓圓曲〉，有『衝冠一怒爲紅顏』之句。滿清主中夏幾三百年，其發端始于一圓圓，然則圓圓亦歷史上可紀之人物矣。圓圓著有《舞餘詞》。余僅見其小令二闋，因亟錄之。讀者知圓圓，固不僅以貌勝也。〔荷葉杯〕[三]〈有所思〉云：『自笑愁多歡少。痴了。底事倩傳杯。酒一巡時腸九迴。推不開。〔轉應曲〕〈送人南還〉云：『隄柳。隄柳。不繫東行馬首。空餘千縷秋霜。凝淚思君斷腸。腸斷。腸斷。又聽催歸聲喚。』（圓圓，武進人，名沅，亦字畹芬，事詳陸次雲所作〈圓圓傳〉。）

上海《小說新報》一九二二年七月第七年第六期

九　鳳仙花染指甲

舊日閨中女兒，每值鳳仙花開，多擷花搥汁，染指甲上，紅斑深透，以爲美觀。年來女界昌明，羣趨學校，指甲多翦去，以利操作，纖纖春葱，迺不獲見，而染指甲事，亦遂不復道。吳門葛秀英女史玉

[二] 露，《壽研山房詞》作『霧』。

[三] 荷葉杯，原作『荷花葉杯』。

貞，有〔醉花陰〕詞一闋，詠其事，綠之用志舊日紅閨雅事，詞云：『曲闌鳳子花開後。搗入金盆瘦。銀甲暫教除，染上春纖，一夜深紅透。　點絳輕濡籠翠袖。數亂相思豆。曉起試新粧，畫到眉灣，紅雨春山逗。』

一〇　集詞

集詩難，集詞尤不易。以詞句有長短，詞韻有平仄，一字一句，俱有錯律束縛，不容假借也。葛秀英女士《澹香樓詞》中，有數闋，無縫天衣，殆同己出。爲錄其〈寄夫子〉之作三章。其一憶王孫云：『畫堂深處麝煙微（顧敻）。閒立風吹金縷衣（韓偓）。紅綃帶緩綠鬟低（白居易）。落花飛（王勃）。不見人歸見燕歸（崔魯）。』其二，〔虞美人〕云：『庭前芳樹朝朝改（李嶠）。尚有餘芳在（韋莊）。年光背我去悠悠（沈叔安）。恰似一江春水、向東流（李後主）。　此時欲別魂俱斷（韓偓）。試取鴛鴦看（李遠）。不挑紅燼正含愁（鄭谷）。別有一般滋味、在心頭（李後主）。』其三〔巫山一段雲〕云：『麗日催遲景（公乘億），羅帳坐晚風（趙嘏）。自盤金絲繡真容（王建）。翻疑夢裏逢（戴叔倫）。　離恨卻如春草（李後主）。落花落花慵掃（李珣）。思量長自暗銷魂（韓偓）。蛾眉向影顰（劉希夷）。』其〈贈雙妹兼以送別〉調寄〔生查子〕[一]云：

[一] 生查子，原作『生杳子』。

『桃[一]花落臉紅（陳子良），困立攀花久（白居易）。垂柳拂粧台（歐陽謹）。掬翠香盈袖（趙嘏[二]）。　不敢共相留（盧綸）。去是黃昏後（韓偓）。欲去又依依（韋莊），幾日還攜手（韓偓）。』玉貞以如許清才，惜不永于壽，年十九便卒。造物忌才，于斯益信。

一一　錢冠之《浣青詩餘》

毗陵錢冠之（孟鈿）女史，爲錢維城女（維城官刑部尚書，清謚文敏），崔龍見室。賦性至孝，嘗剪臂療父疾。生平嗜龍門《史記》，研索殊有心得。旁通韻事，所著《浣青詩餘》，其小令，余已選入《綠窗紅淚詞》矣。茲記其〈楊花〉〔長亭慢〕[三]一闋，詠事殊極宛約，余謂有南宋詞人氣息也。詞云：『似花似雪渾無緒。過眼韶光，者般滋味[四]。數點霏微，畫檐飄盡向何許。斷腸堪寄，更莫向、章台路。便折得長條，已不是、舊時眉嫵[五]。　遲暮。望天涯漠漠，忍見亂紅無數。池塘夢醒，倩鶯兒、喚他重訴。卻又被、曉風吹去。更淒冷、一天煙雨。算只有灞橋，幾曲綰愁千縷。』

[一] 桃，原作『落』，據《全唐詩》卷三九改。
[二] 嘏，原作『瑕』，據《全唐詩》卷五四九改。
[三] 長亭慢，〔長亭怨慢〕一作『長亭怨』，『長亭慢』疑脱『怨』字。
[四] 味，似失韻。
[五] 嫵，原作『撫』。

一二　《卷繡詩餘》

外子幾菴客京邸時，在廠肆以百錢購得抄本詞一小册，才可廿餘翻，末數頁虫蝕過半，漫漶不能卒讀，可辨識者，約廿餘闋，字迹娟好，詞復淒豔，題名《卷繡詩餘》[一]。不著姓名，書角有小印，審視爲『夢芙女史』，不知爲誰氏手筆。兹記其〔浣溪紗〕云：『寒食清明奈怨何。傷春人已淚痕多。可堪春在病中過。　徒有相思縈遠夢，了無情緒畫雙蛾。子規底事斷腸歌。』

一三　莊蓮佩多淒咽之音

陽湖莊蓮佩女士盤珠，嫁同邑吳孝廉軾，年廿五便卒。著《秋水軒詞》一卷，多淒咽之音。如〈柳絮〉詞〔蘇幕遮〕[二]云：『早抽條，遲作絮。不見花開，只見花飛處。繞砌縈簾剛欲住。打箇盤旋，又被風吹去。　野棠[三]邨，荒草渡。離卻枝頭，總是傷心路。待趁殘春春不顧。葬爾空池，恨結萍無數。』淒婉幽咽，真傷心人別有懷抱矣。

[一] 卷繡詩餘，或當作『倦繡詩餘』。
[二] 蘇幕遮，原作『蘇慢遮』。
[三] 棠，原作『裳』。

一四　俞繡孫《慧福樓詞》

德清俞繡孫女士綵裳，爲曲園先生女公子，適錢唐許佑身。所著《慧福樓詞》，多長調，頗有可誦語。爲錄一闋，以志嘗鼎一臠之意，始信淵源家學，不同流俗也。其〔長亭怨慢〕云：『正三月、落花飛絮。歲歲魂消，綠波南浦。賸有紅牋，斷腸留得斷腸句。一江春水，量不盡、情如許。欲別更徘徊，但淚眼、盈盈相覷。　日莫。縱歸舟不遠，已抵萬重雲樹。無眠彊睡，怕孤負、翠衾分與。想別後、獨自歸來，對羅帳、淒涼誰語。只兩地相思，挑盡一燈疏雨。』（是闋原題注云：『春莫，隨家大人反吳下，靜壹主人坐小舟送至城外，賦南浦一闋見贈，別後舟窗無事，因倚此調寄之云。』）

一五　俞慶曾《繡墨軒詞》

又曲園先生孫女俞慶曾，字吉初，爲繡孫女姪。工詞，著《繡墨軒詞》。一門風雅，俞氏見之矣。其〔浪淘沙〕云：『往事慣消魂。銀甲金簪，蛛絲應罩舊題痕。孤館簾垂鐙上早，疏雨江邨。　夢裏暫溫存。紙欠分明，花陰燕子鎖重門。兩地酒醒香炧後，一樣黄昏。』〔蹋莎行〕〈秋夜〉云：『秋露冷冷，秋風細細。秋虫切切如私語。有人不寐倚秋鐙，銀屏疏影秋如水。　秋入愁腸，愁生秋際。秋聲聽徹無情緒。開嫌獨自看秋星，秋河隱隱微波起。』〔浣溪沙〕云：『惜別情懷幾度猜。薰籠閒倚漏聲殘。霜濃鴛〔一〕瓦繡衾寒。　度曲怕拈紅豆子，送人記泊綠楊灣。消魂又

〔一〕 鴛，原下衍一『枕』字，據《繡墨軒詞》刪。

是月初三。〔二〕』

一六　孫碧梧〔蘇幕遮〕

孫碧梧女史《湘筠館詞》中有〔蘇幕遮〕一闋，聲調雖胎息于范文正之『碧雲天，紅葉地』，而詞境則絕似晏小山，是《湘筠集》中佳搆也。詞云：『金蘋洲，黄葉渡。雲靜秋空，人逐飛鴻去。目斷高樓天欲莫。遠水孤颿，衰艸斜陽路。漏聲沈，桐陰午。江闊山遙，有夢還難度。簾外霜寒風不住。明日蘆花，今夜知何處。』

上海《小説新報》一九二二年八月第七年第七期

〔二〕『消魂』句，原脱，據《繡墨軒詞》補。

滑稽詞話

堃生

《滑稽詞話》一〇則，載上海《新聞報》一九二二年七月七日、八日、九日、一〇日，署『堃生』。原無序號、小標題，今酌加。

滑稽詞話目錄

滑稽詞話

一　弘光弊政

明季甲申之變，燕京既陷，南都擁立弘光。其時弊政叢生，不勝枚舉。或擬〔西江月〕詞一闋云：『有福自然輪著，無錢不用安排。滿街都督没人擡。徧地職方無賴。　此是成何世界。多才不若多財。門前懸掛虎頭牌。大小官兒出賣。』讀之想見當日國是，不堪聞問。

二　名士聯句

揚州鹽商，乾隆間聲勢方盛，一時名士，多往歸之，有好客最著之豪商，曰方笠亭，曰汪劍潭。值昭明太子生日，諸名流與方、汪輩大會於文選樓。時諸名流方館於方，汪於席間邀過其家，羣諾之。翌日移榻，因相與聯句成一詞云：『笠亭雖好。怎好天天擾。明日初三。打點饞腸吃劍潭。昭明太子。保佑我們休餓死。太子開言。爾與家君大有緣。』

三　〈登坑曲〉三首

《文章游戲》載〈登坑曲〉三首，調寄〔黄鶯兒〕，蓋許小憨、汪醉侯、繆蓮仙三君所戲作也，其一云：『急轉小牆東。找毛坑，要出恭。只因腹有些兒痛。蒼蠅亂叢。黃蛆亂攻。兩條窄板身難動。臭烘烘。來時倉猝，忘記帶烟筒。』其二云：『算小是賢東。不埋缸，怎出恭。宵來腹脹須敖痛。蟠龍内叢。蛔蟲外攻。肚皮揉擦如雷動。急冲冲。和盤托出，一段竹連筒。』其三云：『褪褲去登東。聳尊臀，禮太恭。痔瘡掙出，肛門痛。毛如草叢。烟如火攻。腿酸抖得週身動。撲通通。尿流屁滚，好像倒錢筒。』試讀一過，令人捧腹。

上海《新聞報》一九二二年七月七日

四　禿頭皮

一人因帽舊不足壯觀，棄之而不戴，渾名『酒缸沿』。時有號鐵頭者，戲作〔西江月〕以調之云：『有帽如何不戴，常椿禿著頭皮。居然勿怕冷來些滬上土白。做了鐵頭兄弟。　切莫看人學樣，須防大衆稱奇。渾堂沐浴討便宜。阿要聽來惹氣。』讀之笑不可仰。

五　譏諷科場

清順治丁酉江南鄉試，時稱得人。如張玉書、馬世俊、陸燦、趙炳，皆名士也。題爲〈子貢曰貧而無諂〉一章。外間下第者，加以蜚語，有〔黃鶯兒〕詞一首，譏諷科場，頗堪發噱。其詞云：『命意在題中。輕貧士，重富翁。詩云子曰全無用。切磋欠工。往來要通。其斯之謂方能中。告諸公。方人子貢，原是貨殖風。』其事上聞，遂起大獄云。

上海《新聞報》一九二二年七月八日

六　青蓮後裔

湖南人李從先，性耽詩酒，自稱青蓮後裔。而皆讀別字，有劉某者，作〔浪淘沙〕以嘲之云：

好個李從先。家學淵源。乃祖原來是謫仙。怪道作詩須吃酒，毫興纔添。李詩有『欲添豪興須添酒』之句，寫『豪』爲『毫』。　茶苦酒兒甜。李讀『茶苦』爲『茶苦』，『酒酣』爲『酒甜』。薛禱名箋。李書『薛濤箋』爲『薛禱箋』。自言傳字故通傳。李讀『明知傳舍』之『傳』字爲『傳』字，或指其誤，李云傳字通『傳』字。不放麒麟在鹿邊。李又云，麒麟神物，詎肯與鹿爲伍，乃造字者竟將麒麟皆作鹿旁，儼然置麒麟於鹿邊，殊非厚道。於是私改『麒麟』爲『其粦』。別字連天。

上海《新聞報》一九二二年七月九日

七　〔西江月〕〈戒嫖妓〉

有人填〔西江月〕一闋〈戒嫖妓〉云：『慣喜眠花宿柳，朝朝倚翠偎紅。年來迷戀綺羅叢。受盡粉頭欺哄。　昨夜山盟海誓。今朝各走西東。百般恩愛總成空。誰識煙花如夢。』暮鼓晨鐘，發人深省。

八　謔而不虐

詠詞有善謔而不虐者。如〈詠瘧〉云：『冷將來一似冰牀上坐，熱將來一似蒸籠內臥，顫將来顫得牙錯讀若挫，疼將来疼得天靈破。兀的不害殺人也麼哥，似這等寒來暑往人難過。』其意全在末句道出。饒有風趣。

九　舊交

有馬某者，自號北空居士，性好客，日夕讌集，交游頗廣。後以家道中落，人漸疏之。每訪友，輒爲閽人所阻。馬憤甚，不復命訪戴舟。會有摯友，固請偕飲，不得已，赴之，見舊交咸在座，因拾一廢紙，戲以鉛筆題數行云：『世事紛紛亂似麻。自家跌倒自家扒。無人拉。平時結交了許多好朋友，酒和茶。今朝無事去找他。總回不在家。』闔座大慚，怏怏而散。

一〇　煙禁

烟禁厲行日，犯令者甚至鎗斃。有唐某者，家藏烟土甚富。獨語人云：『此生可免斷炊之患，且亦不虞破獲。』或賦〔一剪梅〕諷之云：『煙禁森嚴孰敢當。丟了煙鎗。又吃洋鎗。同胞幾輩見無常。生也西方。死也西方。　善賈多財巨室唐。西土盈箱。廣土盈箱。安排地窖土中藏。半世無妨。一世無妨。』

上海《新聞報》一九二二年七月一〇日